多角戏

柯 平 著

北方联合出版传媒（集团）股份有限公司

万卷出版公司

ⓒ 柯平 2019

图书在版编目（CIP）数据

多角戏 / 柯平著. — 沈阳：万卷出版公司，
2019.5
ISBN 978-7-5470-5140-5

Ⅰ.①多… Ⅱ.①柯… Ⅲ.①散文集—中国—当代
国 Ⅳ.①I267

中国版本图书馆CIP数据核字（2019）第054973号

出 品 人：刘一秀
出版发行：北方联合出版传媒（集团）股份有限公司
　　　　　万卷出版公司
　　　　　（地址：沈阳市和平区十一纬路25号　邮编：110003）
印 刷 者：辽宁新华印务有限公司
经 销 者：全国新华书店
幅面尺寸：146mm×210mm
字　　数：220千字
印　　张：10.5
出版时间：2019年5月第1版
印刷时间：2019年5月第1次印刷
责任编辑：赵新楠
装帧设计：张　莹
责任校对：高　辉
ISBN 978-7-5470-5140-5
定　　价：48.00元
联系电话：024-23284090
传　　真：024-23284448

自　序

多角与独角

柯　平

在文学与历史之间荷戟彷徨，踽踽独行，时间一长，涉览渐深，感觉二者之间的界线实在模糊得很。如白居易《余杭形胜》的开头两句"余杭形胜四方无，州傍青山县枕湖"，要比杭州著名的南宋三志更像是历史，而《史记·高祖本纪》"高祖沛丰邑中阳里人，姓刘氏，字季。父曰太公，母曰刘媪。其先刘媪尝息大泽之陂，梦与神遇。是时雷电晦冥，太公往视，则见蛟龙于其上。已而有身，遂产高祖"，相信会让网上最著名的玄幻小说家都感觉自叹弗如。

由此激发的好奇心或窥私癖，可谓特殊的精神能量，伴我度过了中年的大部分时光，它或许相当奇妙，但更可能十分糟糕。如果从出版《阴阳脸》那时算起，到现在已有十五年，每天最爱扮演的角色是断案的老吏或社区的警察，连微信也不用，只热衷于跟各种各样的古人打交道，用怀疑的目光审视他们的言谈、服饰、饮食，包括时空观念甚至出行工具，目的就为弄清向往中的历史真相，但结果只能是越来越糊涂。其中一半时间用在对运河的研究，写成《运河个人史》三卷六十万字，却因清华简、上博简和韩国《燕行录全集》的陆续问世，变得毫无自信，不敢拿出来出版。另一半献给了本省的地方志，尤其我喜欢的杭州，写了不少有关当地古代人物的文章，但所谓爱之深，恨之切，基本没说什么好话，或者说，私见大于正史，质疑多过肯定，今结入此集的《吴山恨事》《苏小小考》等，可略见其一斑。

说到人物，或许有必要解释一下书名的意思。将人生比作戏台尽管是用烂了的比喻，但此书修订完成后，面对书里这些身份不同、姿态各异的人物，还是不由自主想到了它。好在这个舞台甚为宽阔广大，剧情自觉也略有新意，时间背景方面从春秋的伍子胥到民国的黄异庵，更有整整两千五百年，也足够长的了。至于轮番上台的这些形形色色的男女，尽一生努力扮演的角色究竟是悲剧还是喜剧，我自己也说不清楚，只记得鲁迅曾经说过："悲剧将人生的有价值的东西毁灭给人看，喜剧将那无价值的撕破给人看。"以此而论，看头应该还是有一点的，就不知风格是否对观众的胃口了。

感谢万卷出版公司的刘一秀先生，从最初闻知我对运河有兴趣到现在，一直关心着我的创作情况，并以极大的耐心容忍我的懒散和拖延，直到感觉自己实在没有任何理由再不有所作为，只好请出九位新主角和四位旧主角凑成这么一台戏。尽管如此，从口头答应到签约到交出书稿，也已经两年过去了。还有远在东北的诗人兼批评家宗仁发先生，几年前他在刊物上看到我的《吴山档案》（《吴山恨事》原名），曾写文章予以肯定，尤其文中有关"潘侯"的见解相当高明，触及吴越历史的软肋或实质部分，终因与正史抵触太大，尽管颇受启发，在修改时也没敢深入探讨下去。附于卷末，算是给自己这种不无离经叛道之嫌的写作方向增添一点信心。

二○一九年春节　湖州

目 录

〔权相〕**伍子胥**

吴山恨事

上　篇

在古代杭州市区东北，有一片迤逦起伏的带形丘陵，名字虽冠之以山，实际上是江中的洲岛，上面有许多玲珑的小丘峰，所谓的吴山，不过是其中之一峰罢了，而且还不是最高的。但它在这座城市历史上的分量，却怎么形容也不过分。市民们习惯将它看作自己精神生活的一部分，在地方史学者眼里，更视之为当地文化最古老的源头。因山下有一座著名的寺庙，庙额随时代而变，种种不一，民间俗称青山庙或神庙，祀的就是大名鼎鼎的春秋贤臣伍员。这个名字对于国家的历史是什么概念，想必不用解释也知道。地以人荣，山因名高，志士仁人千年不灭的精魂，自然连山上的一草一木也都跟着沾光。因为这个缘故，北宋时两度出任地方行政长官的苏轼，还专门为它写了首广告诗，叫作"朝见吴山横，暮见吴山纵。吴山故多态，转侧为君容"，从旅游角度做了很好的推介，相比两位唐朝前任严维和张祜，一个称"一径入湖心"，一个称"西湖石岸头"，诗艺上也是不遑多让。而后来金主完颜亮为江南花花世界所迷，兴师伐宋，行前以"提兵百万西湖上，立马吴山第一峰"作为自己的战略目标，应该说也是很有眼力的。

《儒林外史》第十四回讲马二先生在吴山顶上看杭州："那日江上无风，水平如镜，过江的船，船上有轿子，都看得明白。再走上些，右边又看得见西湖，雷峰一带、湖心亭都望见，那西湖里打鱼船，一个一个如小鸭子浮在水面。……一边是江，一边是湖，又有那山色一转围着，又遥见隔江的山，高高低低，忽隐忽现。马二先生叹道：真乃载华岳而下重，振河海而不泄，万物载焉。"这段文字写得实在漂亮，既体现通俗小说的语言水平，也表明自己观赏的位置。虽说昔欧阳修《有美堂记》"邑屋华丽，盖十余万家。环以湖山，左右映带。而闽商海贾，风帆浪舶，出入于江涛浩渺、烟云杳霭之间"的描写也不差，难怪会被选入中学语文课本，但就生动传神而言不如前者。可惜忘了把这位伍英雄给带上一句，不然的话就更完美了。或许正是为了弥补这一缺憾，清代有个叫金志章的，还专门修纂了一部《吴山伍公庙志》，让后人知道这座山的精神脉络是什么，以及如何形成。但今天的旅游者如果在河坊街上玩腻了，顿起怀古幽思，打算爬上旁边的吴山效法前人，恐怕要使用大功率的军事望远镜才行。

伍公即伍员，清华简作五子疋，俗称伍子胥，是古代吴国宰相，春秋贤臣，这在今天固然已是常识，但吴山原名胥山，又名青山，就不是一般人所知晓的了。杭州最早的地方志之一

《淳祐临安志》在交代它的来历时，老老实实引了《史记·伍子胥列传》"吴人怜之，为立祠于江上，因命曰胥山"这段源头性记录。后来《咸淳临安志》内容虽然丰富，只是史料方面的堆砌而已，比如改写了《淳祐临安志》的内容，增补唐宋间几位太守的碑记及相关诗词。至于庙是哪个年代开始建立的；吴越两国当初为敌国，子胥的精神依恋之地何以不在彼而在此；姑苏有庙，却有名无实，钱塘越地，却虔诚祭祀敌方主帅，是否具有政治上文化上的合理性；尤其是庙的位置，《史记》明确说是在江上，后来为什么却矗立山顶？对这些问题，基本都做了回避。事实上从古代保留下来的文献看，无论唐卢元辅《胥山铭记》"求忠者之尸，祷水星之舍"的描写，还是南宋赵与懽《英卫阁记》"冠山椒而特立，镇江涛而不惊"的形容，地望方面所透露的信息，跟《史记》里的记录是一脉相承的。包括当地数量多得可以把整座山都覆盖的文人诗词，也让人感觉原址只能在水上江侧，否则的话就不好理解了。如白居易诗称"涛声夜入伍员庙，柳色春藏苏小家"，李绅诗称"伍相庙中多白浪，越王台畔少晴烟"，蔡襄诗称"潮头正对伍员庙，燕子争归百姓家"，强至诗称"江上胥山古木阴，祠堂气象亦萧森"。这几位都是唐宋时的杭州太守，有的还出生本土，最有发言权的。看了这些状物如在目前的生动描写，如果谁还认为现在杭州吴山上的那座是原汁原味，只能说明自己的感官系统有问题了。

那么，为什么会有这样的古怪，里头到底藏了什么猫腻？在回答这个问题以前，有必要先来回顾一下历史源头，即此庙神主伍氏临终前的相关情况。据最早记录此人生平的《越绝书》披露，身为吴国宰相的伍子胥跟吴王夫差的矛盾，始于周敬王二十六年（前494，夫差三年，勾践四年），因对战败国越国的处置意见不合而起。伍子胥主张坚决不能宽恕，必须从肉体到精神（祭坛，时以此为国家存在标志）予以彻底消灭，留着早晚是个祸根。理由是两国国土相连、习俗相同，任何一方的强大，必以另一方的弱小为代价，说白了就是有我无你，有你无我。而夫差显然缺乏这样的政治远见，加上虚荣心又强，对敌国君臣匍匐于自己脚边甘为奴仆的场景有相当兴趣，加上另一大臣太宰嚭私底下收受了越方贿赂，极力为之说情，最后还是决定以附庸国的形式让对方继续存在。这样的结果，显然为以前朝元老兼功臣自命的伍子胥所无法容忍。另一汉代文献《吴越春秋》生动地记述了当时的情景："伍胥在旁，目若熛火，声如雷霆，乃进曰：'夫飞鸟在青云之上，尚欲缴微矢以射之，岂况近卧于华池，集于庭庑乎？今越王……入吾椟捆，此乃厨宰之成事食也，岂可失之乎？'"而夫差为自己的优柔寡断，最终养虎成患寻找的理由是："吾闻诛降杀服，祸及三世。吾非爱越而不杀也，畏皇天之咎教而赦之。"于是，"夫差遂不诛越王，令驾车养马，秘于宫室之中"。（引文同上）

　　接下去的十年，为两人君臣关系的不断交恶期，且每况愈下。在伍子胥一方，看着君主被敌方利用，国家一天天走下坡路，而吴王本人居然还蒙在鼓里，心里一着急，说话自然也就没什么顾忌，有时甚至还会暴跳如雷、破口大骂。在夫差一方，一个所谓的"老革命"，居功自傲，整天在耳边啰里巴唆，对自己做出的任何国策都要反对，而且说出来的话又是那么恶毒，开口闭口就是"你们不听我的话，早晚全得死定"或"臣必见越之破吴，豸鹿游于姑胥之台，荆榛蔓于宫阙"。开始念他是先王功臣，不免还让着几分，到后来可是越来越无法忍受了。夫差十三年伐齐归来当为两人的最后摊牌时间。由于行前伍子胥持极力反对态度，并断言出师必定不利，因此夫差得胜回来后趾高气扬，一见面就指责他"昏耄而不自安，生变起诈，怨恶而出，出则罪吾士众，乱吾法度，欲以妖孽挫衄吾师"。没想到姓伍的尽管预言失灵，却丝毫不肯退缩，反口相衅，说这样下去国家的灭亡是迟早的事，并让夫差赶紧把他杀了，"员诚前死，挂吾目于门，以观吴国之丧"。（详见《吴越春秋夫差内传第五》）

春秋历史上最著名的这一悲剧，因双方个性的倔强，就这么不可避免地酿成了。伍员死后头悬国门的记载，听起来像是段子，有着一定的传奇色彩，但司马迁的《史记》号称是信史，书里非但也这么说，甚至还具体说明首级的悬挂地点是在都城的东门之上，那就不能不认真对待了。都城即吴国国都，从前叫姑苏，现在叫苏州，而东门一名蛇门，文化上的含义应该与吴地信奉巫术的传统有关。"曰蛇门者，为其于十二位在巳也；又云：以越在巳地，为木蛇北向，示越属吴也。"（见朱长文《吴郡图经续记》）其门至今尚存，不过已改称盘门，好像是从范石湖编《吴郡志》的时候开始的，并没说明是什么理由。从地理方位看，当为都城的正东偏南，算是基本满足了死者生前提出的要求。当然挂在那里的只是脑袋，而剩下的那个无头尸身，则被盛进一个叫鸱夷的物事扔到了江里。这玩意儿据东汉写《风俗通义》的应劭说，材料采用皮革缝制而成，模样像个大酒壶，浮在水面上不会沉下去，如同现代的橡皮艇一般。当然，由于整体采用密封状态，你也不妨称它为超级气球。

在两千五百年后的今天，想象当年发生的这悲剧性的一幕，确实让人唏嘘不已。伍子胥这个人，毫无疑问是位爱国主义典范，同时也是个性有缺陷的人，比如狂傲、自负、任性，典型的炮筒子脾气，心里有话根本藏不住，想到什么就说什么，这从前面与吴王的几次争吵就看得出来。行事更是凭一己之好恶，毫无原则和底线可言，当年奔吴途中好心帮助过他，于他有恩的渔父和浣妇，即先后因此而死。而阖闾九年（前506）率吴师攻入楚国，将仇人平王的尸体从坟里挖出来鞭打出气倒也罢了，最难让人接受的是，竟然会"令阖闾妻昭王夫人，伍胥、孙武、白喜亦妻子常、司马成之妻，以辱楚之君臣也"。这里所谓的妻，是古人的玩法，跟现代汉语有别，指的当然就是强奸了。这样对待战俘明目张胆的犯罪行为，那是比后来的日本鬼子都要厉害了。对此他自己居然还有个解释，叫作"吾日暮途穷，吾故倒行而逆施之"。但这样一位吴国历史上拓土开疆、功勋盖世的大英雄，出于对国家命运的关切和忧思，不断地进谏，说了些吴王不爱听的话，到头来竟落得如此下场，也实在出人意表。后世的同情与缅怀，大概主要也是冲着这一点。因此，如果要评选春秋战国版的"感动中国"十大人物，此人不仅肯定可以入选，而且名次起码能进入前三。

或许，对于本文要讨论的主题，这些都还不是最重要的，重要的是在《史记·伍子胥列传》"吴人怜之，为立祠于江上，因命曰胥山"这段话后面，有唐人张守义《史记正义》的一段注解，而这段文字，亦非出自原创，又是从比他还要早四百年的晋代学者顾夷《吴地记》（原书已佚）里引来的："越军于苏州东南三十里三江口，又向下三里，临江北岸立坛，杀白马祭子胥，杯动酒尽，后因立庙于此江上。今其侧有浦名上坛浦。"它告诉我们，历史上真实的伍公庙，至少是最早的祭奠场所，地望肯定应该是在江边一个洲岛上，后来改作了庙，地名胥山，既不可能离江太远，更不可能像现在这样是在有近百米高度的山上。除非你把司马迁打倒，把《吴地记》和《史记正义》推翻，否则这历史想要改变是相当困难的。

前面说的有关伍公庙的两个关键问题，现在有一个看来已经基本解决，剩下的就是具体位置在哪里了。三江口的地望要落实不难，因上述顾夷《吴地记》里另有一条资料，称"松江东北行七十里得三江口，东北入海为娄江，东南入海为东江，并松江为三江"。也就是说，这地方以苏州计是东南三十里，以吴江计是东北七十里，两条直线交叉的那一点，应该就是当年伍公祠或伍公庙的位置了。再向下三里的江北岸，即为祭台所在。这个地方，实际上也就是《吴越春秋》里说的"三津"或"三道之翟水"。该书卷七记勾践因主动吃了夫差大便，令对方深为感动，因获提前释放，行前他辞别吴王："再拜跪伏，吴王乃引越王登车，范蠡执御，遂去。至三津之上，仰天叹曰：嗟乎！孤之屯厄，谁念复生渡此津也！"又该书卷十记后来越国强大后复仇伐吴，攻破檇李后一路上打过去，"大败之于囿，又败之于郊，又败之于津（即三津），如是三战三北，径至吴，围吴于西城"。因伍子胥冤魂作怪，只允许越人从东门进入，因为他的头颅悬挂在那里，要等着看好戏。"于是越军明日更从江出，入海阳，于三道之翟水，乃穿东南隅以达，越军遂围吴。"

吴地伍子胥庙的原始位置弄清楚了，另一头越地的庙又是怎么回事呢？这里面的秘密，应该就在连接两地的那条东江上了。此江实为浙江别名，出钱塘后北行连接松江，是春秋时吴越两国的主要航道。从现存文献看，伍子胥的神祇及相关传说盛行于钱塘山阴，最早应该是它的功劳。王充在所著《论衡》里也是这样认为的，他说"传言吴王夫差杀伍子胥，煮之于镬，乃以鸱夷橐投之于江。子胥恚恨，驱水为涛，以溺杀人。今时会稽丹徒大江、钱唐浙江皆立子胥之庙，盖欲慰其恨心，止其猛涛也"。这一记录清楚表明，杭州的伍相祠或称伍公庙，至少在他生活的东汉时期就已经存在了。尽管作为一名唯物主义哲学家，他对当时席卷整个江南的这场民间的信仰狂欢基本持否定态度，认为"夫言吴王杀子胥，投之于江，实也。言其恨恚，驱水为涛者，虚也"。但不管是怀疑还是反对，庙已在越国地面已是不可否认的事实。而《越绝书》又有"朝夕既有时，动作若惊骇，声音若雷霆"的形容，《钱塘记》又有"朝暮再来，其声震怒，雷奔电走百余里。时有见子胥乘素车白马在潮头之中，因立庙以祀焉"的记录，可见伍氏的神灵和著名的浙江潮，犹如一个天然的精神结合物，彼此密不可分，后来吴地的庙反不见提起，希望不是潮水太大被冲没了的缘故。

这里还需要讨论一下有关会稽的概念，这一地名来自伟大的夏禹，为他老人家当初治水会江南诸侯之所。最初只是山名，秦王政二十五年（前222），秦将王翦"定荆江南地，降越君，置会稽郡"，才正式成为郡名，而正史告诉我们郡治所在地是在苏州，也让人有点难以理解。然后又有东汉永建四年（129）的所谓拆郡之事，即分原会稽郡为二，以浙江为界，江南为会稽郡，江北为吴郡。这样看来，既然以江为界，庙又在江心岛上，说本来就是两地共享也未尝不可。后来泥沙淤结，江道变窄，洲岛逐渐与江南侧连接，才开始完全为越地所有。具体年月方面，以南宋地理学家程大昌的考证，大约为唐中宗景龙年间，他的观点是"州图经（《祥符杭州图经》，成于北宋，亡于南宋）云：塘（沙河塘，即湖中沙堤）在县南五里，此时河流去青山未甚远，故李绅诗曰：犹瞻伍相青山庙。又曰：伍相庙前多白浪也。景龙沙涨之后至于钱氏，随沙移岸，渐至铁幢。今新岸去青山已逾三里，皆为通衢，居民甚众，此图经之言也"。（见《演繁露》续集卷四）就是说从公元八世纪初开始的地理演变即所谓沙涨，至五代钱镠兴起时而告结束，持续了差不多有百年之久，作为句号的就是于昔日江湖之上筑起来的吴越新城。而杭州究竟属吴属越，《淳祐临安志》说属吴，《咸淳临安志》说属越，还各有详细考证文章，煞是好看。其实个中秘密早由唐释处默的诗"到江吴地尽，隔岸越山多"泄露，还费那么多劲干什么？

　　而南岸越王城山下的古余暨县（今萧山）自然属于越地无疑，《汉书地理志》称"萧山，潘水所出。东入海"，《吴越春秋》又说"越王葬种（越大夫文种）于国之西山。葬一年

（明弘治刊本作七年，此据明吴琯古今逸史本），伍子胥从海上穿
山胁，而持种去，与之俱浮于海。故前潮水潘侯者，伍子胥
也；后重水者，大夫种也"，字数虽然不多，但信息量很大，
就是有关潘水和潘侯的记录。郦道元当年注《水经》就曾被它
难倒，似乎是吃不准怎么回事的样子，含含糊糊说"疑是浦阳
江之别名也，自外无水以应之"。他居然不知道《山海经》已
有潘侯之山，却又懂得把赵晔的"前重水潘侯者"改成"潮水
之前扬波者"，跟《咸淳临安志》改"潘侯"为"审侯"可以
有一比。浦阳为越地诸水之大者，跟浙江北段别称东江一样，
为浙江南段之别称，汇合点都在余杭临平湖，"湖水上通浦阳
江，下注浙江，名曰东江，行旅所以出浙江也"（《水经注》
卷四十浙江水引《钱塘记》），别忘了这可是杭州人自己说的。
伍子胥内心有满腔冤屈要向家乡人民倾诉，光告诉杭州人还不
够，还要告诉越州人、明州人、台州人甚至温州、衢州、处州
的人，于是又素车白马，浩浩荡荡溯浦阳江而上，涛声往来，
日夜不息。而浦阳江的古名就是潘水，至于潘水因潘侯而名，
潘侯又出处何在？是否系蕃侯或番侯之讹，伍子胥为什么会被
称作潘侯？因正史不肯明说，清代的九姓渔户、民国的浙东堕民
和今天的畲族又缺乏自己的历史学家，只好姑存之以俟高明了。

中　篇

　　在杭州的文化性格中，每年农历八月十八达到高峰的钱江

潮水，一向被当地人认为是自己城市刚烈一面的形象展示。历史上西湖的名气虽然比它要大，但一般都认为过于柔媚和女性化，尤其林升那首《题临安邸》产生的负面影响，所谓"暖风熏得游人醉，直把杭州作汴州"，不是很容易就能消除的。比如南宋的周密就说它像个"销金锅子"，明代袁中郎也称里面荡漾着的是"一湖胭脂水"，即使到民国期间，鲁迅、郁达夫辈笔下也是批评多于赞扬，一个说"平楚日和憎健翮，小山香满蔽高岑"（《阻郁达夫移家杭州》），一个说"外强中干，喜撑场面；小事机警，大事糊涂"（《杭州》）。像这样直言不讳的话，杭州人听了心里一定不以为然，又不好意思跟人家公开打笔仗，难免有些纠结。因此这一年一度的钱江潮，以及钱武肃甲兵三千射潮的雄姿，潘阆"弄潮儿向涛头立，手把红旗旗不湿"的风采，苏东坡"八月钱江潮，壮观天下无"的赞叹，有那么多令人须眉偾张的相关故事，足以证明自己的城市实际上并不窝囊。何况在这一切的上面，还有着一个素车白马、威风凛凛、人见人爱的神，这个神的名字叫伍员。

伍子胥是杭州的骄傲，除了大自然通过地理演变提供的意外恩赐，历代郡守和地方文人以文字为形式的文化渲染也功不可没。总之，本由吴越两地共享，后来变成杭州人独有。但到手以后，却又不大珍惜，有始乱之终弃之的嫌疑。即以庙名为例，每个朝代都要以加封或改额的借口折腾一番，名目繁多，让人眼花缭乱。如：南朝梁称嘉泽龙王庙，见《咸淳临安志》；唐称吴安王庙，见孙光宪《北梦琐言》；又因《越绝书》称子胥为水仙，追封水仙王，因此又叫水仙王庙，见苏轼

《谢吴山水仙伍龙王祝文》并袁韶《水仙王庙记》；五代吴越称钱唐龙君庙，见钱镠《钱唐广润龙王庙碑》；北宋称英烈庙，见《文献通考》；南宋称忠清庙，见《四朝闻见录》，复改五龙王庙，亦见《四朝闻见录》；元朝是外族统治，译成蒙古文又译回来，就成了忠孝威惠显圣王，见郑元祐《忠孝威惠显圣王庙碑》；明朝复国，又重新称水仙庙，且时复时圯，时有时无，见《钱塘县志》；清代前称水仙庙、后称伍公庙，见《西湖志纂》。但老百姓根本不理这些玩意儿，依然按山名叫它青山庙，或按人名叫他伍公庙，既易记又有特色，因庙在青山人是伍公也。唐代杭州刺史卢元辅《胥山庙铭》称："汉史迁曰胥山，今云青山者谬也。"强调庙古名胥山，叫青山不规范，这种讨论实际上跟虎林武林是什么关系，或钱唐的"唐"为何加"土"的把戏一样，其心叵测。虎林是否就是武林，或许只有宝石山那个被宋太祖派人凿掉的虎头最清楚；而钱唐避唐讳加"土"的谎言，亦已被《两浙金石志·唐南岳道士邢口等题名》的"钱唐县令钱华"揭穿。再举个简单的例子，王禹偁出守杭州已是北宋天禧三年（1019），其《伍子胥庙》诗依然称"青山海上来，势若游龙奔。……山椒戴遗祠，兴废今犹存"，则山在水上，庙在山椒，古貌俨然。林逋称他为"宋诗第一人"，想必不会无因。

　　除上述人为制造的混乱，以功利主义为指导方针的地方宗教政策，也让我们的英雄长期以来感觉很不是滋味，夸张一点说，真可谓是尝尽世态炎凉，积郁难遣。官方也好，民间也好，有求请时都说得好好的，许上一大堆愿，事成后转眼就忘了。当然，对这种忘恩负义的行为，他自然也会有自己的对付方法，难怪钱塘江的潮水一年比一年大，而杭州的祈雨仪式效果总是不大灵光。以长庆四年（824）的太守白居易为例，其《祈皋亭神文》："去秋愆阳，今夏少雨，实忧灾沴，重困杭人。居易忝奉诏条，愧无政术。既逢愆序，不敢宁居，故昨祷伍相神，祈城隍祠，灵虽应期，而未沾足，是用选日祗事，改请于神。"其中"灵虽应期，而未沾足"还是自己打圆场找台阶下，实际上是老伍根本不尿他，这才病急乱投医，跑到余杭去拜那位来历不明、面目可疑的皋亭神的。另从苏东坡的《开湖祭祷吴山水仙五龙三庙祝文》来看，"复有唐之旧观，尽四山而为际"，说明北宋伍相庙的规模已大不如前，这才有此许诺。更为可恶的是对庙址的随意改动，这主要是拜南宋小朝廷之赐，从孤山到北山，从北山到白堤，从白堤到南山柳洲，让这样一位春秋贤者、国家地位最尊崇的水神，境遇比社会底层的拆迁户还不如。如此胆大妄为，亵渎神灵，国祚之短也就不奇怪了。

以上说的是此庙唐宋以后直到今天的演变或遭遇，虽然其中蹊跷事不少，如果你感兴趣，至少还有当地方志及文人记述可供参考。而在此基础上还打算往前追索，试图填补汉唐之间的空白，为此庙提供一份相对完整的精神档案，那就是非常冒险，且吃力不讨好的行为了。史料的有限还在其次，更主要是将与所谓正史产生不可避免的冲突。比如《三国志·吴书·孙綝传》记孙綝扶持孙休为帝后居功自傲："綝意弥溢，侮慢民神，遂烧大桥头伍子胥庙，又坏浮图祠，斩道人。"史称孙綝居建业，但南京又哪来的伍子胥庙？文后裴氏注语因此只好不书地望，只引《史记》"立祠于江上"那段记载含糊了事。《景定建康志》伍相庙条下更是只称"吴孙綝侮慢人神，烧大航及子胥庙，今不详其所"，相当于承认他们那里根本没有这样一座庙。而将事件的发生地断为钱塘而非建业，尽管不指望学界能够接受，倒也不是完全空口无凭，因孙休登基前领琅邪王衔，其封邑即为虎林（武林古称，即杭州也）。孙綝力助孙休为帝没能获得相应回报，加上手下兵精将勇，权势倾天，因此在皇帝故邑焚祠庙杀道士以泄愤，同时也不妨视作一种有意的示威和挑战。这以后两人关系迅速恶化，最终孙休设计以叛逆罪诛孙綝，可见这把火烧得实在有点大，等于将历史的华丽下衣烧出一个洞，露出破绽来了。

接下来是郭璞《神仙传》所记之葛玄，此人是杭州文化一块很大的牌子，宋释明教大师契嵩《武林山记》详述当地古代遗迹以葛坞为第一品牌，就是他留下的遗产。只是民间常将名字跟葛洪混同，知名度受到一定影响罢了。实际上在道家历史上，这个葛无论资格还是地位都要远高于那一个葛，论起辈分来更是后者的爷爷一辈。当地所谓葛岭、葛仙翁、葛公井之类，其实也都是他老人家的产品，可惜很多都让孙子给冒名顶替了。郭璞文章里说："玄游会稽，有贾人从中国过神庙，庙神使主簿教语贾人曰：欲附一封书与葛公，可为致之。主簿因以函书掷贾人船头，如钉着不可取。及达会稽，即以报玄。玄自取之即得。"文中贾人指行商之人，主簿指神庙管理者，中国是个区域概念，《诗经》里这样的例子很多，希望不是即指江上洲岛，否则的话也太雷人了。就是说有经商人去浙东，夜宿江侧神庙，庙中主持托其带信给葛玄，后到会稽后通知本人，姓葛的就来把信取走了。这个故事浓烈的神话色彩先不去管它，而所谓的神庙当即伍子胥庙，位于杭城东北。因为自汉代就香火旺盛，又由官方设吏管理，能为旅客提供住宿，这样的规模，不仅江南，即使在全国来说肯定也是相当罕见的。除了被孙綝烧掉后来又重建起来的那一座，又能是别的什么庙？

　　稍后南朝阮叙之（《太平寰宇记》作阮升之，此据《新唐书·艺文志》）《南兖州记》里的一条资料，不妨也可以来研究一下："孤山有神祠，侧悉生大竹，可以为湴田焉。伐之者必祀此神，言其所求之数，无敢加焉。"虽说东晋侨置州郡（相当于拷贝或复印）的奇葩玩法亦为正史的一部分，但这个南兖州玩得实在有点过火，其行政区域可以是扬州，也可以是盱眙，也可以是淮阴，地望已是如此混乱，此类出自文人之手的地理笔记，当初写作时又能指望有多少的规范性？比如同时山谦之的《南徐州记》，所记内容就涵盖了会稽山阴。加上又是神祠，又是大竹，又是湴田，从地望方面看，要同时符合这三个条件的，即使放在全国范围内来考察，也只有杭州孤山的伍子胥庙才有资格当选。也有称在长江对岸靖江的，或许是个历史的误会。因它那里虽说也有个孤山，却称因唐天台伏虎禅师驻锡成名，时间上要晚得多。此前一直叫马汰沙或阴沙，又说没过多久就沉没了。此后是长达千年的沉寂，等到重新从江底冒出来，一座又变成了两座，即渲染太平天国战事所需的大孤山和小孤山，所谓"十万貔貅齐奏凯，彭郎夺得小姑回"是也。而这个大号彭玉麟的彭郎，偏偏又喜欢定居西湖湖心亭，跟俞曲园做邻居。因此，阮氏笔下所记之孤山，在杭州的可能性要远大于苏北，不妨先这么定了。当地人民如果有意见，只要他们说得出那里山上有何神祠，以及自古以来祀的是什么人。当然最好的话，能把这姓彭的为何于西湖有特殊情感也解释一下，到时可以再退还给他们。

现在大致可以确定，两晋以降，钱塘伍子胥庙的马甲，除了我们已知的那些，还有一个更带世俗色彩的称呼叫神祠或神庙。按张华在《博物志》里的解释："昔吴相伍子胥为吴王夫差所杀，浮之于江，其神为涛。"又说"涛之神为灵胥"。就是说神祠并非可以随便乱叫，而必须与举世闻名的浙江涛水相辅相成，缺一不可。而南齐宋躬《孝子传》里又有个故事："缪斐，东海兰陵人。父忽患病，医药不给。斐夜叩头，不寝不食，气息将尽。至三更中，忽有二神引锁而至，求斐曰：尊府君昔经见侵，故有怨报。君至孝所感，昨为天曹摄录。斐惊起，视父已差，父云：吾昔过伍子胥庙，引二神像置地，当是此耳。"大意是孝子缪斐因父亲生病要死了，一连几天不吃饭不睡觉，只跪在地上磕头，两位前来索命的阴间工作人员告诉他原因：你老爸从前在我们庙里做过大逆不道之事，把神像推倒在地，必须让他受到惩罚。现在你的孝心感动了我们，看在你的面上，姑且放他一马。这个故事或许带有过多的传奇成分，但中国普通老百姓喜欢的就是这一套，因此影响力是非常大的。同时它也告诉我们，庙在南朝确实有过一个相对荒凉的阶段，可证南朝梁太宗萧纲《祠伍员庙》诗所咏不诬，内称

"洪涛犹鼓怒，灵庙尚凄清。行潦承椒奠，按歌杂凤笙。无劳晋后璧，讵用楚臣缨。密树临寒水，疏扉望远城。窗寮野雾入，衣帐积苔生"，完全可以当纪实作品来读。你想想，假如当初庙相庄严，香火旺盛，像现在杭州的玉皇山革命烈士陵园或享受正厅级别的灵隐寺，缪斐的老爸哪怕胆子再大，想必也不敢胡来。

经过如此一番梳理，自东汉至晚清，杭州伍子胥庙的渊薮以及基本面貌，大概就是这么个样子。虽说遭遇不常，盛衰有时，如《韩诗外传》评说庙主生前命运那样，归结为"前功多，后戮死，非知有也，前遇阖闾，后遇夫差也"。庙宇的社会政治地位尊崇与否，同样取决于其时执政的皇帝对他的个人感情。但好坏不管，至少在北宋以前，哪怕再破败再寒酸，庙址倒是依然固定在那里，没人敢动他一指头。唐代狄仁杰号称灭江南祠庙一千七百所，侥幸放过的四所（朱熹说两所），名单上就有它。"叹吴亡千有余年。事之兴坏废革者，不可胜数，独子胥之祠，不徙不绝，何其盛也"，这是王安石在为他写的庙记里说的。考其内因，精神崇仰是一个方面，现实功利更是一个方面，因钱塘江的灵涛自古称天险，《文选吴都赋》说得很清楚："灵胥，伍子胥神也。昔吴王杀子胥于江，沈其尸于江，后为神，江海之间莫不尊畏子胥。将济者皆敬祠其灵。"连秦始皇当年到这里，也被迫放下皇帝架子，见水波恶，只好老老实实转道余杭。因此，一般士商百姓渡江前到庙里烧炷香，叩上几个头，心里毕竟踏实不少。谢承《后汉书》说"吴郡王闳渡钱塘江，遭风船欲覆，闳拔剑斫水骂伍子胥，水息得济"，想必上船前神也拜了，头也磕了，因没见什么效果，反敬成恶，不过左右是个死嘛，这才豁出命来大骂一场出出气，没想到这一票让他给押准了。另一位叫周匡物的似乎就没有这样的好运气了，在《应举题钱塘公馆》一诗里感慨"万里茫茫天堑遥，秦皇底事不安桥。钱塘江口无钱过，又阻西陵两信潮"。"郡牧出见之，乃罪津吏，今天下津渡尚传此诗讽诵。"（详见《太平广记》）此人是唐朝举子，江西人氏，按此那时渡江不仅要拜神，还要收费，就不知交给庙里的住持还是堰口的官吏。说到钱，唐宋两朝为此庙知名度的巅峰期，这既缘诸多诗人太守的抬爱和推波助澜，也是当地迅猛发展的经济所带来的现实需求，因口袋里渐渐有了几个钱的杭州人民，变得比以往任何时候都更渴望获得生命财产的安全，正是在这种背景下，昭宗乾宁二年（895）他被加封为吴安王，这个"安"字可谓已经泄漏了其中的天机。

钱镠是五代吴越国的国王，同时也是杭州文化勤勉的开创者。一般人只知道他在位时广建佛寺、射钱江潮、筑铁幢浦什么的，其实最大的贡献体现在城建方面，无论始有西府时的筑子城，还是兼有东府后的筑外城，通过两次飞跃式的扩建，杭州人的居住条件始大有改观。然而因新筑基址大都为潮涨后淤积的沙涂，自然免不了要跟江神打交道，于是就有了《吴越备史》里连篇累牍的那些记录。如"郊封胥山伍子胥为惠应侯"，这是欲得之、先予之的古策；"沙路之患未弭，乃祭江海，而祷胥山祠"，这是有难时老老实实开口；"亲筑胥山祠，仍为诗一章，函钥置于海门"，这是感情投资，有意示好，为下一次打好基础；其殷勤恭谨之意亦可谓极矣。这也难怪，在没有机械和电力的年代，哪怕身为东南霸主，也只有两只手，吃的是望天饭，而这姓伍的是精神世界的最高主宰，管辖面积比他这个天下兵马大元帅吴越国王还大，又怎么敢得罪。好在"为报龙神并水府，钱塘且借作钱城"的基建报告，倒也很快获得了审批。"既而潮头遂趋西陵，王乃命运巨石，盛以竹笼，植巨材捍之，城基始定。其重濠累堑，通衢广陌，亦由是而成焉。"比较可恶的是所谓《武林截潮志》渲染的那个版本，说什么"有宝达和尚，会浙江大溢，潮至湖山，达持咒止之。自是潮系西兴，而钱塘沙涨成陆云"（见《永乐大典》残卷十一辑），企图将吴越国军民多年的汗水和智慧，归功于一个和尚的装神弄鬼。《西湖游览志馀》在此基础上再加作料，改"达"为"逵"，竟称"晋天福时浙江水溢，激射湖山，宝逵诵咒止之。夜有伟人黑冠朱衣，谓逵曰：伍员复求雪耻尔，师慈心为物，员闻命矣。自是潮击西兴，而杭州东岸沙涨数里"。历朝钦封的浙江水神，居然成了灵隐属下，再说他是道宗，黑冠朱衣，宗教属性甚明，岂能听命于妖僧？出家人不打诳语，这个"不"字，看来要改成"专"字才是。至于新城的规模，老钱曾提纲挈领，总结为八个字，即"旧日湖堤，尽为城宇"（详见钱镠《建钱塘湖广润龙王庙碑》），而附带的好处，是本在城外的伍子胥祠，从此变成是在城内，这对千方百计想遮蔽它原始位置的人，应该是个坏消息，真相究竟如何，下面很快就有答案。

下　篇

公元九九三年深冬的一个下午，一位年轻的落魄士子从苏州搭乘航船来杭州旅游，神情落寞伫立在吴山伍员庙前。因他当时不仅久试未第，还身染恶疾，满身都是大大小小的疮疱，访医寻药，治了好久也没治好。房东告诉他说，我们杭州有座吴山神庙蛮灵的，有求必应，有难必解，不妨去试上一试。因此次日一早就赶去那里，在庙中道长引导下抽了一签，庙神伍子胥以诗寓意：时来自有期，此去不忧运。行心但如此，非久销疾病。"甫读于口，意亦知其吉告矣。感激而别，既下山百步，忽闻梅香，回望其上，乃昨日所见之花，烂然在目。因惊悟曰：此吴山庙也。于是遂觉其清香芬馥满衾枕间，良久方歇。自是疮疡之苦浃旬而愈，于戏！灵神之告也若是乎？"（见《分门古今类事》卷八引《该闻录》）这个人，就是宋代道家文化的杰出代表张君房。二十二年后当他的身影重又出现在庙前，其身份已从昔日贫病交加的书生，摇身一变而为新上任的钱塘知县大人了。在郡四年，政绩不少。他写于离任前的《灵梦录》，为历史上有关杭州伍员庙的最早文献之一，仅次于唐代卢元辅的《胥山铭序》，而早于王安石兄弟的《伍子胥庙记》和《胥山庙记》。根据文中自称"今考秩告满，将远灵祠，苟不揭文志石，即不独旷于宿心，亦负王之灵告也。因镵而璧之，冀人知王之灵应事"，记文应该是以立碑方式陈于庙前的，而镌刻时间为"天禧三年秋九月二十一日"，当时的市长正好为前面说到过的王禹偁，两人都为伍公粉丝，应该很有共同语言。清《吴山伍公庙志》号称收集资料赡富，但这篇重要文献还是给漏下了。是限于编者视野，还是因与现吴山上那个有冲突，只能说是两种情况都有，而以后者可能性更大吧。

张先生是北宋初人，真宗景德二年（1005）进士，所处时代去五代未远，因此他笔下所记录的杭城风貌，再现的应该正是吴越重筑杭城后形成的规模。其中"西望阛阓（城区），楼台出没，烟霭浮沉，若水若山，如绘如画"的描写，对比《癸辛杂识》"青山四围，中涵绿水，金碧楼台相间，全似著色山水。独东偏无山，乃有鳞鳞万瓦，屋宇充满，此天生地设好处也"的描述，可知其格局至宋末基本没什么变化，即西为湖、东为江、中为堤，堤上即城区，当然你也可以叫皇城，所谓楼台出没或金碧楼台相间者也，而庙就在堤东洲岛上。不管这湖叫明圣湖、金牛湖、钱塘湖还是西湖，也不管这山叫胥山、青山、孤山还是吴山，更不管这庙叫青山庙、伍员庙、孤山神祠、水仙王庙、忠清庙还是五龙王庙——除了今天的吴山伍公庙或城隍庙以外，你怎么叫都行。这些问题原本都不成为问题，湖里有座山，山上有座庙，庙里有个老神仙，事情就这么简单。只不过有人故意让它变得复杂，以致后人弄不清楚。而地方志异口同声称湖在城外二里，至民国十年（1921）拆城墙、筑北山路，湖与城的关系始如今所见者，不知到底该信谁。

说吴山就是孤山，跟胥山、青山之类一样，彼此也为等同关系，大概算是撩开了笼在伍相庙或他本人脸上的最后一道帷幕。从最早《史记》的权威解释"吴人怜之，为立祠于江上，因命曰胥山"，到最晚《吴山伍公庙志》的详细考证"古胥山在武林城中钱塘县南许，杭之镇山也，春秋时为吴南境，以别于越，故曰吴山。或曰：以伍子胥故，曰伍山；讹伍为吴。亦称胥山"。即使懒得再作其他证引，也足以说明问题。而《咸淳临安志》之所以得四库馆臣推崇，号称"叙录简括，深有体要。详略皆极得宜。考武林掌故者，要必以是书称首焉"，就因作者有本事将一座山变成两座。吴山、孤山分列，前者称"在城中，吴人祠子胥山上，因命曰胥山"，改"江上"为"山上"，后者称"在西湖中稍西，一屿耸立，旁无联附，为湖山胜绝处"。明明山自唐代已与北岸连接，却称旁无联附。经过如此一番居心叵测，尽显史家风范的考证，作为郡治所在地的吴山（复印件）巍然屹立于杭城东南，让喜欢水居的伍某被迫跟着吃尽苦头；而他的故居孤山（原件）则从此披上山水幽绝的外衣，要交给和尚道士或梅妻鹤子去打理了。

　　吴山到底是否就是孤山，还是请老市长苏东坡出来说几句公道话吧，此人是西湖文化最积极的鼓吹者和推动者，一生所写有关杭州的诗文不下百首，且大多脍炙人口，影响弥远。尽管如此，所谓言多必失，偶尔也会一不小心泄露真相，以致在地方志编撰者眼里被视作是麻烦制造者。为什么这么说，因他诗中所包含的丰富的地理信息，与地方历史学家愿意告诉我们的颇多矛盾扞格之处，有时甚至可以说是唱对台戏。比如本文开头戏称为吴山广告诗的那首《法惠寺横翠阁》"朝见吴山横，暮见吴山纵。吴山故多态，转侧为君容"，就说明此山的外表特征应为狭长形，宛如舟船模样。此公一生两度出守杭州，上班喜欢在某个叫十三间楼的隐秘处所批阅公文、饮酒会客，傍晚时分才回市府有美堂休憩。出行工具或轿舆或舟船，由于角度不同，因能看到不同的形态。何况诗中还有"惟有千步冈，东西作帘额""已泛平湖思濯锦，更看横翠忆峨眉"等描写，跟现在西湖大道尽头那个根本对不上号。再如《有美堂暴雨》诗里"天外黑风吹海立，浙东飞雨过江来。十分潋滟金樽凸，千杖敲铿羯鼓催"这几句，尽管意象诡奇繁复，但透露的地域特征十分耐人寻味。"潋滟"指湖面水波，自有他本人的诗为证，"金樽"是比喻，对孤山凸立于湖面的诗意形容。以今天西湖的位置，说是近江已相当夸张，更遑论海乎？因疑"海"字为"湖"字之讹。毕竟此诗的视角是在郡治有美堂俯观湖面，以今天的吴山而论，除非能证明那年代已有远视器材，否则只能说他是科幻作品，或如本朝几位皇帝临幸明州雪窦寺那样号称梦游。

更大的惊异还在后面，苏东坡对有美堂一往情深，自己两次出任杭州，在里面住过几年还不算什么，重要的是此堂系他好友梅圣俞从父梅挚所建，堂记系他老师欧阳修所撰，堂名又系于他有恩的宋仁宗所赐，连书碑的都是他的老朋友蔡襄，因此一想起来就激情洋溢，写了不少以此为题的诗，一首比一首精彩，或者说炸弹一个比一个大，其中又以题为《会客有美堂，周邻长官与数僧同泛湖往北山，湖中闻堂上歌笑声，以诗见寄，因和二首，时周有服》这首威力最猛，相信光看看诗题就足以说明问题。不仅如此，或许他为自己超人的视力所吃惊，几天后好奇心起，甚至还倒换角色，又写了一首《九日舟中望见有美堂上鲁少卿饮处，以诗戏之》，获得证实后才肯罢休。而《淳祐临安志》作者又是个本分学者，在诗后留下的按语里说："按有美堂，钱氏初建江湖亭于此，当在吴山最高处，左江右湖，故为登览之胜。而前贤题咏如此，东坡诗言自舟中望见堂上燕集，此必西湖舟中也。旧经言，在郡城又可以见古城界于吴山矣。淳佑六年府尹赵公获古刻小碑于山巅太岁殿（太乙宫）之侧，即仁宗御赐梅公诗也，由是，此堂故址，益显著云。"相当于已经承认吴山是在西湖中，不过以一种较含蓄的方式表达罢了。难怪他的书问世未久即从人间蒸发，连大名鼎鼎的陈振孙《直斋书录解题》和马端临《文献通考》都未著录，可见在宋代晚期就已绝迹。这也是说真话必须付出的代价，无论古今都是如此。现在残存的六卷，还是知不足斋主人鲍廷博不知从哪里去弄来的。而稍晚《咸淳临安志》采取的却是全然回避的态度，将此按语及相关诗文全部删去，只称"嘉祐二年梅龙学挚出守，仁宗皇帝赐诗。挚乃作堂，取赐诗首句名之曰有美。欧阳公修为记，蔡端明襄书"了事。联想到他前面篡改《史记》里的"立祠于江上"为"立祠于山上"，篡改王安石《伍子胥庙铭》里的"胥山之颜"为"胥山之巅"，恐怕就是想帮他讲话的人，也无法以字讹或一时笔误来解释了。

事情弄到这样不可收拾的地步，姓苏的居然还兴犹未尽，不肯罢休。《饮湖上，初晴后雨二首》是他西湖系列诗里最有名的，但一般人只晓得其一云"水光潋滟晴方好，山色空蒙雨亦奇。欲把西湖比西子，淡妆浓抹总相宜"。不知还有其二云

"朝曦迎客艳重冈，晚雨留人入醉乡。此意自佳君不会，一杯当属水仙王"。如果说前者是文学名篇，后者则更像是历史文献。至少诗里那个关键词"水仙王"，价值要超过几百首吟咏西湖风光的诗。更要命的是诗后还有作者自注："湖上有水仙王庙。"水仙王庙就是伍子胥庙。这就等于直接点明吴山就是孤山。不仅如此，在《书林逋诗后》结尾"不然配食水仙王，一盏寒泉荐秋菊"后面，竟然同样也附有作者自注："湖上有水仙王庙。"跟前面的一字不多，一字不少，这就相当于是双保险了。虽说他不像欧阳修那样同时又是历史学家，但身居高层，圈内的把戏看得多了，知道死后作品惨遭篡改几乎人人难免，多强调一下总非坏事。再说他或许也为自己的研究成果激动，说不定当初也是在绕了很多圈、上了很多当后才弄明白的，他的好友黄庭坚其时在湖北荆州，读后亦有诗记其事云"钱塘昔闻水仙庙，荆州今见水仙花。暗香静色撩诗句，宜在林逋处士家"。诗后也有自注："钱塘水仙庙，林和靖祠堂近之。"透露神庙原址与林逋竹阁是邻居，这就把吴山与孤山的关系挑得更明了。

但南宋的皇帝根本不理他，依然我行我素。对神庙首次肆无忌惮地破坏发生在绍兴十六年（1146），由于高宗在此前的流窜期间就已相中了这块风水宝地，岳飞一杀，和议一签，蓄谋已久的大规模拆迁改造工程就上马了，除林和靖墓外，山上所有的寺庙民居坟墓全被推平，其中自然包括伍氏的故居。整个工程用了四年，对外号称建四圣延祥寺，实际上是营缮皇家内苑和国家大型娱乐区，因每年必须按时以侄儿宋朝皇帝的名义上交伯父金国皇帝的保护费，是个很大的数目，除了将女性的爱国主义化为实实在在的财政收入，一时也没别的办法可想。于是荷花和曲院的概念突然甚嚣尘上，风靡全国，大有与钱江潮一比高下的势头。那时西湖周边的官办妓院即所谓瓦子到底有多少，《武林旧事》说有二十三座，《梦粱录》说有十七座，《咸淳临安志》也说是十七座，《西湖老人繁胜录》说有二十六座，加上私倡、娈童、亲随、小厮、尼庵、道观、站大街的野鸡、半开门的才女，更有打着酒楼曲院官库之类堂皇招牌的，这些杂七杂八的加在一起，肯定是个天文数字。新的西湖神主是苏堤上的淫祠五通神庙，而净慈五百罗汉第四百四十二位阿湿毗尊者身体的某部位，因"临安妇人祈嗣者必诣此炷香默祷，以手摩其腹，其腹黑光可鉴"（刘一清《钱塘遗事》）。

有关庙主此后多年的漂泊生涯，真是一提起来就让人心酸。自绍兴十六年（1146）被强行迁离孤山后，因政府方面迟迟不予落实，一直处于无处安身的悲惨境况。而六年后的绍兴二十二年（1152），吏部尚书林文鼎仗义建言："罗刹江滨，旧有吴王英烈王庙，烬于回禄，乞灵无地，乞付有司营葺。"恰好也是此年，高宗以老妈绍兴陵所完工要送去安葬，怕渡江有风险，这才想起他来了，但当时庙已遭毁，无处可祭，只好"遥于宫中默祷忠清庙"，还公然伪造历史，号称"命词臣行制词以封之，曰：某王一节甚伟，千古如存。帖然风涛，既赖幽冥之相；焕乎天宠，用昭崇极之恩。可特封忠壮英烈威显王"（详见《四朝闻见录》）。这个"忠壮"，不如改成"悲

壮"更为贴切。又十七年后的乾道五年（1169），临安知府周
淙以天久旱无雨，祷请有应，总算是兑现诺言，重建于钱塘门
外二里，不过待遇较前已大大不如，享受的不是单间，而是把
遭受同样命运的孤山三贤祠白居易、林和靖、苏东坡也塞了进
来，四缕孤魂并居一堂，可惜其时伟大的麻将尚未发明，不然
倒是正好凑成一桌（详见《说郛卷二十下苇杭纪谈》）。又四十六
年后的宝庆元年（1225），新临安知府袁韶上任后看不下去，方
始重新拆分，迁址白堤，"予既更三贤祠，而水仙庙未有所厘
正，于是废酒垆创焉。地据湖堤，右湖光拍堤，平揖千顷，仙
峨冠佩，玉乘风载，云方羊（徜徉）于水月倒景之中，仙有灵，
宜不宜邪？"答案应该是否认的，因仅仅六年后庙就坍塌了，
只好再度流浪（详见袁韶《水仙王庙记》并赵与欢《英卫阁记》）。
又十四年后的嘉熙三年（1239），宗室赵与懽再任临安知府，
"时水失故道，湍激波荡无虚日。金谓此天灾难以人力胜"。
迫于无奈，只好再次相求，并加大许愿力度，空头支票开出一
堆，恩及全家，"追爵父启烈侯；以母嘉应夫人配；兄昭顺
侯，以嫂惠淑夫人配。悉像于庙之东房。总曰王父之殿，尊尊
也。妃曰协靖夫人，新命也"。就是不肯说地方到底在哪里，
只称"庙之前堪舆家指为龙首"（详见赵与懽《英卫阁记》）。又
二十九年后的咸淳四年（1268），新市长潜说友上台，当年就动
手将庙改为崇真道院，留给原神主的大约为某角落一个不起眼
的位置。这话不是我说的，是他自己说的，有《咸淳临安志》
卷七十五原文为证："崇真道院在苏公堤，咸淳四年太傅平章
贾魏公（贾似道）给钱创建，仍拨租田以赡云侣。其地旧有水仙

王庙，并以香火之奉属焉。"当然，在此之前已被干掉的可能性或许更大，如果真是那样的话，就更让人痛心了。

其间还发生过更荒唐的事情，为官方地方志极力隐瞒、而由民间正义之士所揭露。在上述反复拆毁重建、重建拆毁的恶性循环中，实际上还有一次隐而未书的复庙工程，对英烈的亵渎可谓已到令人发指的程度，时间约为开禧二年（1206）。当年陈亮死党周南由外任召试馆职入京，看到庙址再次被迁移别处不说，连里面的神像也提前用上了科技时代的图片合成技术，即相貌不是原来的了，一时震惊之下，有诗记其事云："废堞披榛旧，羁卧毕命心。江湖吞故壑，貌相匪斯今。激烈功名在，低徊岁月深。胥门沙衍浅，碑首未应沉。"这首诗的诗题，就叫作《又题伍相庙，时新作庙，塑像皆非其旧》（见周南《山房集山房后稿》）。而叶绍翁《四朝闻见录》又有柳洲五龙王庙条，披露了新庙地址及作恶者名单，他说："出涌金门入柳洲，上有龙王祠。开禧中帅臣赵师择重塑五王像，冕旒珪服毕具。其中三像，一模韩侂胄像，一模陈自强像，一模师择（原注：一作苏师旦）像。"联想起《咸淳临安志》英烈庙条下那个奇葩的记载，即所谓"庆元五年（1199）至嘉定十七年（1224），累封为忠武英烈威德显圣王"。因从未拜识过史书有如此笔法，内心一直感到好奇，至此才恍然大悟，原来叶氏披露的黑幕正发生在这一时间段中，而我们秉笔直书的史官不惜使出最上乘的"春秋笔法"，目的正为掩饰或化解由此所带来的被动，因这本笔记当时影响力很大，承认也不好，不承认也不好，不得已出此下策。但这种拙劣的精神战法效果可想而知，让人不禁想起彼时流传的那个著名的抗金段子，叫作"你有连环马，我有麻扎刀；你有金兀术，我有岳爷爷；你有狼牙棒，我有天灵盖"。

现在的问题是，苏东坡的朋友周邠能在西湖舟中听到有美堂上传来的歌笑，苏东坡自己在堂中更能看清周邠身上衣服的颜色；还有林和靖，生前隐居孤山住所与水仙王庙相邻，水仙王庙必然也在孤山，这不过是常识。而到目前为止，几乎所有的杭州地方志依然称此堂此庙是在吴山顶上，而山的位置在杭城东南，现代测量技术提供的高度数据是九十四米。可以想象，这对那些信奉正史、穷经皓首的人将是何等残酷的打击。一座小小的江心洲岛，潮水大一点就能淹没，在两千五百年的时间长度内，通过不良文人的如花妙笔，竟能演绎出如此丰富而精彩的故事，既化身无穷（有众多别名），又分身有术（一山变成两山甚至更多，暂不披露），如果你聚精会神观赏的话，真是比看魔术表演还要过瘾。而这到底是历史还是文学，别说普通读者回答不出，相信国家图书馆的专家都很难归类。想起袁韶在《水仙王庙记》里的感慨和责问："嗟乎！自苏公去杭，今百三十有七年。水仙有庙，名存实亡，子何人，乃适有感，是孰使之然邪？或曰：事废兴存乎数，其又信然耶？"而袁韶去今又八百多年，他当年的悲哀，我们体味到了，而我们的悲哀，他虽然体味不到，却也并非坏事，因相比后来社会总体道德水准的加速坠落，他或许还是幸运的，或者说，我们现在要承受的他不一定承受得了。

在告别一个只存在于纸上的文化繁盛时代以前，让我们再次回望伍公在南宋的最后背影，并记住崇真道院这个名字，地址是在苏堤第三桥边。因历史留给赵家的时间已经不多了，不到十年，外族的铁蹄就要捎带马粪在西湖水面踏响，而我们的宋国首都市长兼著名学者潜说友先生，也将因本人主动要求，很快要换新工作，去做蒙古国的福州宣抚使了。这一切，哪怕新的安身之所再狭小阴暗，他肯定也是看到了，并不吝施予残酷而精准的报复。史称南宋的最后挫败源于关键时刻浙江潮水三日不至，想象中应该就是他的大作。尽管这是当初朝廷唯一的希望所在，即企图通过汹涌的江潮来阻挡元军，"太皇太后望祝曰：海若有灵，当使波涛大作，一洗而忘之"（陶宗仪《南村辍耕录》）。想象中，当这样的苦苦哀求声传到耳边的时候，他不仅置若罔闻，或许还两眼喷火，像他当年在夫差面前所曾经表现的那样。这不是性格残忍，而是恩怨分明。陈廷言《钱唐怀古》诗有云："越水吴山共寂寥，已无遗老话前朝。海门三日潮声歇，天目千年王气消。夜月乌啼龙井树，春风花落海鲜桥。威仪文物今何在，回首浮屠倚碧霄。"当亦正为此事而发。

再后来，就是号称以强大的军队横扫欧洲的蒙元时代了，在新皇帝眼里他的剩余价值如何，是否尚可利用？因史料有限，很难作出结论，然据王逢《观钱塘江潮时教化平章大宴江上》"熟闻灵胥庙，岁祭莫敢黩。三叫三酹觯，愿兴赤水族"，从所涉内容显示的迹象看，尽管现实功利性毫不输于前朝，但境遇似乎已稍微有了一些改观。可惜好景不长，随着政权更替带来的剧烈动荡，西湖旱涸成田，孤山已无梅花，号称花圃的马塍亦成为真正的牧马场，尤其至正初年接连而来的那两场大火，更是浩劫空前，将杭州城最后一点繁华基本毁灭。《南村辍耕录》提供的受灾数字是"毁官民房屋公廨寺观一万五千七百五十五间，烧死七十四人。明年壬午四月一日又灾，尤甚于先。自昔所未有也，数百年浩繁之地，日就凋弊，实基于此"。《山居新话》又补充说"被灾人户一万七百九十七户，大小三万八千一百十六口"。作为官方版本的《元史》尽管承认"烧官廨民庐几尽"，但两场火灾还是藏了一场没报，且主要着墨于灾后政府及时的救济工作，也可以理解。城门失火，殃及池鱼，原本以为在苏堤的崇真道院亦将遭受厄运，但据《元史》卷一百四十《伯勒齐尔布哈传》，这位当时的杭州最高领导人江浙行省平章"或遇淫雨亢旱，辄出祷于神祠，所祷无不应"。这样看来，似乎又没出什么问题。作为一个素来行侠仗义、爱憎分明的人，加上思想境界又高，绝无狭隘的民族主义概念，当年身为楚人而率吴军入郢灭楚就是一个很好的例子。想必是看到人家对自己不错，这才施予对方"所祷无不应"的回报吧？

齐尔布哈也是灾后杭城重建工作的主持者，经费通过申请朝廷拨给及截留地方税收等办法筹集。"大作省治，民居附其旁者，增直买其基。募民就役，则厚其佣直。"由于措治得当，没用多少时间就完工了。关键是这座新城的位置到底在哪里，正史及地方文人笔记只记火灾不记重建。考《浙江通志》有欧阳玄《江浙行省兴造记》存目，而今《圭斋文集》不见此文。徐一夔的《洪武杭州府志》或许会有记载，但书也早已不存。所幸南宋大儒黄震之孙黄玠当年曾经目睹，并有如实的记录，这就是保存在《弁山小隐吟录》卷二里的那首《观浙省新址》。诗云："钱唐故都犹丽雄，民居百万如蚁封。一夕熛怒赤燔空，市舍欻忽随歊风。丞相夜下哀瘝恫，飞书走檄动帝聪。大宽赋入振乏穷，乃恢黄堂基益隆。斯民子来争赴功，岂弟君子汲黯同。吴山蜿蜒若火龙，渴欲急水鳞甲红。胡不移置山南东，远挹江上青数峰。冈阜回合水朝宗，环拱北极当天中。"其中丞相即指齐尔布哈，《元史本传》说他听到大火消息后仰天挥涕，疾驰赴镇，并请减诸税，朝廷从之。与诗中所叙内容相符。至于新省城位置，黄诗称"乃恢黄堂基益隆"，田汝成《西湖游览志》称"内有紫薇楼"，则为故唐州治无疑，因这紫薇本是白居易任太守时手植，历代珍之，有苏东坡《虚白堂紫薇花》诗为证。"楼后有山，乃元时丞相伯勒齐尔布哈所治（治所）。山下有松化石，节理宛然，枯柟也。"（《西湖游览志》卷十五官署）两人所说看似有异，其实完全相同。黄堂为太守治所特称，而南宋大内即为故唐州治是写进《宋史》里的。何况还有山下那块松化石，更是重要物证。因杭州最早的文化地标，除了山下的伍子胥庙，就是孤山寺里那两株陈朝柏，一枯一荣，是当地历史最权威的见证人。枯的那棵，东坡《孤山二咏序》称"坚悍如金石，愈于未枯者"。荣的那棵，南宋封为土地之神，周必大《玉堂杂记》存孝宗御制祭土地文，内称"我游湖园，乃获奇松。植之禁苑，百态千容"。绕了这么大一个圈子，居然又回到原来的南宋皇城废基，可见古代杭州的区域真是十分有限。而星随斗转，庙随城迁，我们的伍员先生在多年的流离失所以后，也终于撞上了好运，魂兮归来，重返故居，想必心情一定十分激动，如果有电视台采访他，不知会不会说：感谢政府落实政策，返还原有房产。

再以后的事情，已懒得再去理睬。一方面元代杭州无志，明代亦稀见，一方面是清代地方志又太多，仅丁氏兄弟推出的《武林掌故丛编》就有一百八十六种，连什么金龙四大王之类都有专志，而居然将他摒弃在外。总之，在此后的几百年里，经过无数次的战乱与兵火、毁城和重筑，高岸为谷，深谷为陵，加上所谓文献史料的层层堆积——一场从皇帝到地方陋儒的集体狂欢。大约要到民国初年甚至更晚，才形成今天杭州的基本地理面貌。新的吴山和伍公庙于是横空问世，我们的子胥先生再次离开他赖以存身的水域，搬到高高的陌生的山巅上去住了。至于他在那里是否适应，能否入乡随俗，听不到相伴多年的涛声会不会感到寂寞，这就不是我们所能知道的了。包括庙里所塑的神像面容，究竟是唐朝的江上青山庙原型，还是南宋假扮他的宁宗朝太师兼宋史奸臣传得主韩侂胄，也无从验证，更不会有人关心。从那时到现在，又是一百年的时间过去了。今天，所谓吴山伍公庙依旧巍然挺立在那里，接受科技时代的香火和膜拜，而我们当初性如霹雳、声如雷霆的庙主，经过多年世俗烟火的熏陶，说不定也早已改变原先刚烈、正直，疾恶如仇的脾气，变成一名人见人爱的好好先生。如果真能这样，或许也非坏事，只要不说他性格原本如此并写进史书里就行了。想起西人曾经说过：当真理还在穿鞋的时候，谎言已走遍半个世界，而历史是怎样炼成的？历史就是这样炼成的。

二〇一〇年

浣纱传奇

　　十余年前一个春雨潇潇的夜晚，在杭城北部的纯真年代书吧，调酒师小王能分辨十多种鸡尾酒的味道，却始终无法弄明白一件两千五百年前供女性专用的酒器会是什么样子。这是当天媒体刊出的重要新闻，诸暨当局花四十万巨资复制的吴王夫差盉，日前已从上海博物馆安全运抵当地。而我之所以同样对此怀有浓厚兴趣，对文物的爱好肯定是一个方面，但主要吸引我的恐怕还是有关此物主人的联想与绮思吧。尽管从镌于刻器壁面"吾王夫差吴金铸女子之器吉"这行铭文来看，好像也瞧不出什么特别的意思，何况古代器字的本义，跟现在不一样，如果非要让它与餐饮业发生关系，至多也不过是一只木制的饭箪而已，《说文》列此字入木部，释曰"皿也，象器之口，犬所以守之"，是很有见地的。但专家们进行研究后很快得出结论，认为这是夫差当年为自己心爱的女人所特铸的酒器，而这位有着特殊身份的女性，据说就是艳压千古的西施。从考古学的意义上看，这或许也是目前所能找到的唯一可能与她有关的实物，不可轻易放过。这样，一段为情海男女所神往的尘封的历史，或者说，一个艳情故事，一种莫名的绮念，在那个夜晚，在咖啡和音乐的催生下，在显示当下技术社会特征的碟片、威士忌、玻璃器皿、朋克和超女的喧嚣中，再次神奇地复活了过来。

在中国历史上的女性名人中，说起年代最早、影响力最大，西施应该可以稳坐头把交椅了吧？虽然在她之前，商朝的妲己、陈国的夏姬等同样也很有名，但鉴于在世时绯闻缠身，基本属负面人物，多年来一直无法获得主流文化的认可。因此，无论官方还是民间版本，要论起古代德才兼备的美女，生于古越国苎萝山下若耶溪畔的这位神秘女子，一直在排名榜上稳稳占了第一。文艺性的著作就别提了，连战国时那些袖袍宽宽、道貌岸然的大儒，当初也全都是她的粉丝。比如管子由衷赞叹"西施，天下之美人也"，韩非子称"西施之美，无益吾面，用脂泽粉黛，则倍其初"，庄子不仅多次提到她的芳名，还有细节描写"西施病心而矉其里，其里之丑人见而美之，归亦捧心而矉其里。其里之富人见之，坚闭门而不出；贫人见之，挈妻子而去走"——这大约就是成语"东施效颦"的出处了。必须指出的是，在上述这些文献记录中，美人芳名的流播尽管范围广泛，天下皆知，但就性质而论，相对还比较单纯——主要出于对她容貌的仰慕和赞美，并无后来糅入的那些复杂成分。

在此之前我已到过诸暨，因而感受更深，记得是在二十世纪八十年代末吧，怀揣张夬的《苎萝志》当指南车，在县城南门外按图索骥，神魂颠倒，渴望一亲余泽，结果糊里糊涂被人带到一家医院的住院部门前，说那里有美人当年的遗迹（古庙原址）。后来在新造的西施殿空寂无声的庭院里，当我里里外外转上一圈后，坐在湖边石椅上胡思乱想，内心最强烈的一个感觉，就是不大愿意相信有关她那些艳事逸闻是真的。说实话，尽管在年轻时候献给她的诗作里，出于某种少年轻狂或诗意渲染所需，也曾写下过像"两国的刀剑/在她红唇上溶化"这样煽情的句子，但整首诗的立意，主要还是围绕时间和流水做文章，试图通过一种复调式的古典咏叹，纯情中略带几分伤感，细致描摹她的如花美眷和似水年华。当然，诗里代表的不过是我的文学立场，就历史态度而言，一个女人跟政治之间发生瓜葛，总不见得是什么好事情，尤其像西施这样的绝色女人，既然她的容貌已成为一个国家的精神财富，或许，垅上的桑园、家里的纺车或苎萝江边浣纱的那块青石板，是她最好的位置。

回来后情思难遣，过了一两年后，又乘兴写了《戏说四大美人》，列于首位的还是她，观点大致也是如此，不过年龄稍长，多了点戏谑和调侃而已，因当时相邻两县诸暨和萧山有关美人所属权的争端又起，硝烟味已经很浓了。文章里我再次强调了"水"这一意象在她一生中的重要性，无论越中的若耶溪和浦阳江，还是吴地的脂粉塘、越来溪，甚至浙江或五湖，一个水面隐现的若有若无的神秘漂浮物，它是《左传》里语焉不详的鸱夷，还是海明威小说理论中的冰山？身体的主要部分藏于水下，我们看到的仅仅是浮上来的一点。屈原因此感慨

"西施媞媞而不得见兮，嫫母勃屑而日侍"。而柔软与坚韧在时间中完美结合，这也许就是本质。"水一直波光粼粼围绕着她的身体，仿佛围绕演员的舞台，起到某种镜子和编年史的作用。"并断言"从水中而来的女人，最后必将要回到水中，就像来自乡村小镇上的特丽莎，最后又回到她从前的乡村小镇"。读过小说《生命中不能承受之轻》的人想必都很清楚，文章里提到的这位人物，是昆德拉笔下最完美的女人，在书中，她代表了纯情、质朴和梦想。在我当初的想象中，如果非要给历史上这位乱世佳人找个外国替身，那么我们的捷克美人、同样出生乡村的特丽莎小姐，可能是最妥帖，也最够资格的选择了。

现在回想起来，在我的内心，希望西施只是一名普通女子，或者像苏东坡那样只赞颂她的美貌，不涉其他，这样的念头可以说由来已久。二十世纪九十年代初有段时间生病住院，躺在病床上读书消磨时光，看到《史记》里的"勾践世家"一章，文种与范蠡两人都有附传，就是只字未提西施，先是觉得有些意外，后来也莫名其妙感到过欣喜。仔细想想也是，历史学家对待传闻的角度，跟嘲风弄月的文人应该有所不同，至少笔下要严肃一些。就拿与她同时代的孔子来说，据各种版本的施氏家谱，两人甚至还有一定的亲戚关系，但《春秋》也罢，《论语》也罢，都无只字涉及，就不知是未信真有其事还是有意回避了。《国语》里虽有越国饰美女八人以赂吴国的记载，也没明确提到里面就有她，更别说入吴前曾经就读三年制淑女班，请人专门教以媚术，然后风情万种出现在夫差床上；或

《孟子注疏》所谓"夫差大幸之，每入市，人愿见者先输金钱一文"或"西子蒙不洁，则人皆掩鼻而过之"这些烂事了。

出于某种轻浮或无聊，偏要将这个女人出众的容貌跟国家的政治军事史纠缠在一起的，主要源头应该来自东汉的《越绝书》和《吴越春秋》，这两本书虽说是地方志的鼻祖，成书于遥远的汉代，但真正拿出来与读者见面，差不多已是千年后的宋元之交了，其间不知经过多少学者的修理，多少皇帝的钦定，真实性方面自然要大大打上一个折扣。前书最初署名子贡，又有朱竹垞考定出山阴袁康之手，其卷八外传记地传第十"美人宫"条下称："北坛利里丘土城，勾践所习教美女西施、郑旦宫台也。女出于苎萝山，欲献于吴，自谓东垂僻陋，恐女朴鄙，故近大道居。去县五里。"此当为始作俑者，然其文已为后人篡改，因六朝以前只称罗山，不称苎萝或苧萝。后书作者赵晔亦为绍兴本地人氏，在书里多有附和，说当时越王欲伐吴复仇，文种献美人计，"乃使相者国中得苎萝山鬻薪之女曰西施、郑旦。饰以罗縠，教以容步，习以土城，临于都巷"。（苎萝二字问题同上）而事实上这个女人果然不寻常，她对自己所愿意扮演的角色不仅应付裕如，而且发挥得相当出色，甚至可以说超出了她的国家和人民对她的期望。因赵书交代美人登上历史舞台的时间为勾践十二年（前485），三年学服而献于吴，则为勾践十五年，而《左传》所记越国对吴国的复仇之战始于哀公十三年即勾践十六年，如果上述记录准确可信，则献美不过一年，就能使对方的战力有较明显的削弱，可见这个女人的肉体力量是何等的强大。

　　如此一来，好端端一名越国乡间的无名或隐名女子，从此就成为传奇人物，善良一点的称她爱国女战士，口德差的干脆就指斥为色情间谍。总之，"红颜祸水"这四个字，从此就成为她的关键词，在个人档案里蒙上一层艳丽的粉色，当然更准确的表述是浓重的阴影，哪怕用家乡越中的泉水和皂荚来洗刷，只怕也是永远洗不干净了。尤其从唐代开始，也许那时候写诗的人太多了，而能写的题材又有限，因此以她为吟咏对象的诗篇，少说也有好几百首。还有后来大量的词曲、笔记、稗官野史、故事戏文，包括像当代金庸这样的文学大家，也曾挤在里面凑热闹，坊间流行的手订全集版十五部小说中，就有一部《越女剑》是以她为主角的。作家诗人们多少有点叫人害怕的想象力和自以为是，让这个无辜女人可是吃尽了苦头。什么"西施不及烧残蜡，犹为君王泣数行"，什么"若论破吴功第一，黄金只合铸西施"，连王维这样持身庄重、笔下一向比较谨严的，一开口也是"艳色天下重，西子宁久微？朝为越溪女，暮作吴宫妃"。也许在他们看来，女人的容貌和文人的才华一样，天生具有商品属性，早晚得进入资本市场流通才是王道。相比之下，吴梅村《圆圆曲》里"传来消息满江乡，乌柏红经十度霜。教曲伎师怜尚在，浣纱女伴忆同行。旧巢共是衔泥燕，飞上枝头变凤凰"这几句，借事发挥，说得还稍微含蓄一点。

　　而这中间最离谱、想象功能发挥到极致的，恐怕要数唐朝写《吴地记》的陆广微。"（嘉兴）县南一百里有语儿亭，勾践令范蠡取西施以献夫差，西施于路与范蠡潜通，三年始达于吴，遂生一子，至此亭，其子一岁能言，因名语儿亭。"在他的笔下，西施以肉体为武器，媚惑敌主的传闻不仅是铁定事实，甚至此前在去吴国的路上，跟当时作为越王特使兼护花使者的范蠡也早已有了一手。语儿亭史称在嘉兴崇德境内，春秋时为吴越两国边界。历史上最原始的一段运河百尺渎从附近流过，军事位置十分显要。尽管如此，想象两人公务途中在当地住下来结婚生子，三载恩爱，还是相当荒诞的。明人陈耀文、王元美辈早就著文驳斥，而考唐人徐寅《勾践进西施赋》称"晓别越溪，暮归吴苑。越虑计失，吴嫌进晚"。王维《西施咏》"朝为越溪女，暮作吴宫妃"。则朝发夕至，路上所费不过一天。事实上也是，一边是望眼欲穿的吴王，一边是盼着美人计迅速发挥作用的越国君臣，而该书作者竟让两人于途中如此折腾，即使西施这边是妾有心，范蠡那边也肯定是郎不敢。因他知道这可是玩命的事情，哪怕敌国方面侥幸被蒙过了，自己主子想必也不会放过他。唯一可能且合乎逻辑的推理，只能跟那座三年制淑女培训学校的校址有关，想想看，如果让它出现在嘉兴境内而非绍兴山阴，效果会怎么样？至少对我个人来说，非但不会感到意外，于常识上更能接受。因柴辟、御儿为越国地盘是写在正史里的，而吴越之间先后发生的那几次战争，无论你打过来还是我打过去，具体胜负不论，军事地图上标著的那些著名交战地点如径山、檇李、武原之类，也都集中在这一带。以前看书看到这里总是纳闷，假如真是这样，也算是有了更合理的解释。

或许，正因为她的美貌、绯闻以及神秘身世，加上史家对真相有意识的遮盖与误导，更激发了后世强烈的好奇心，历代都不乏有名或无名的大量研究者，可惜越是研究就越是糊涂，或者说越往前走就风险越大。如同你在夜总会幽暗走廊上偶然瞥见的某些女性，容貌娇美，眸子清澈，谈吐优雅。你可以认为她是纯洁无邪的，但你必须放弃向别人打探她过去的欲望，否则只会被证明是自寻烦恼。今人是这样，古人自然也是这样，我们现在的西施概念主要形成于唐代，尽管历史学家说她是春秋时候人，但如果真要究根寻底，别说身世不清，形迹可疑，就连她的芳名能否保住也成问题。怎么说呢，因汉代以前尚无明确的方位概念，后人所谓西施，先秦文献都管她叫先施或戚施，即使到汉末《说文》成书的年代，如果要表达西的意思，也只有一个"栖"字和一个"卤"字可供选择。栖为鸟在巢，安息之义；而卤即咸池，"池之言施也"，这是汉代大儒郑玄说的。包括她的职业，到底是浣纱女还是鬻薪女，也从没一致观点，不过由写书的人自己说了算。浣纱大约自南宋时候起就浣不成了，因美人家乡的《嘉泰会稽志》经过考证说这两个字是错字，"浣"应该作"瀚"，"纱"应该作"沙"，还引用已佚的唐梁载言《十道志》很严肃地告诉我们："沙盖布沙，非纱帛之纱也。"就是说在她被国家赋予重任，离开家乡以前，所从事的工作实际上是"瀚沙"而非"浣纱"。而鬻薪用现在的话来说就是卖柴，但《尔雅释言》说"鬻，糜也"。《仪礼》的注解更让人震惊，叫作"以饭尸余米为鬻也"。前者的解释或许还能接受，不过卖柴禾变成卖稀饭，后者的这个尸字，给人的感觉就像砂子飞进了眼睛，不仅仅是肉体的难受，更有精神上的折磨。回忆起《越绝书》里那么多有关巫术的记载，还有越军临阵威力强大令对方望而生畏的越尸战法，很难让人不产生联想，其中说的"巫里，勾践所徙巫为一里，去县二十五里"，如果跟《太平寰宇记》"诸暨县巫里，勾践得西施之所"的记载对照起来看，实在有些触目惊心，几令人不敢正视。内心多年来维持的美好形象，也难免有些摇摇坠坠，并有开始坍塌的危险。

其中特别有争议的，是她浣纱的石头与周边的地理背景，有关这座具有绮靡色彩的苎罗山到底在哪里，历史学家们从未停止过争论。从原始地理文献上来看，公元四世纪刘宋会稽太守孔灵符所著《会稽记》显然是最权威的，保存在《太平御览》卷四十七里的原文是："诸暨县北界有罗山，越时西施郑旦所居。所在有方石，是西施晒纱处，今名苎罗山。王羲之墓在山足，有石碑，孙兴公为文，王子敬所书也。"而稍后郦道元在《水经注》里的描述则更多地带有摄影风格，他在镜头里看到的景象是"江水又东径诸暨县南，县临对江流，江南有射堂，县北带乌山，夹水多浦"——犹如一张定格的航拍外景图，堪与百度的卫星地图功能媲美。两相对照，县南之射堂又名射的山，属山阴县。因"射的之西（南）有石室，名之为射堂"这一解释同样也来自郦某自己，没有理由不相信。江北之乌山即罗山，诸暨人又称乌笪山，余姚人又称鸟道山，当为二邑交界；《嘉泰会稽志》记余姚县有乌山资福院。《浙江通志》记慈溪县有乌山堰，均堪为证。而诸暨当年所辖的区域，大概就在这南北两山之间，西背金鸡，东临若耶，能有多大面积，不难想象。其中美人故居所在的北山别称罗山，无苎字或苧字；尤其"今名苎罗山"的强调，说明在此之前不可能有这一称呼。

而由好友孙兴公撰文、爱子王献之书碑的王羲之墓就在罗山足下，即昔日西施故里，这一点更让人意外。因这个"足"字于古代浙东的历史地理有特定意义，几乎就是用来标识四明山向东延伸末段之地貌的。更确切地说，一丘突起，宛如脚掌形状，五趾俱全，这一图像今尚栩栩如生地保存在《苎萝志》卷首的插图里。除了山川灵气所钟，还是个秘密的水利枢纽，因足下有个大潭，从北山流下来的诸多泉脉，就汇集在这潭里，然后再作分派，供周边市镇日常饮用及农业灌溉之需。晋木玄虚《四明丹山间咏》之七云："山足两岐通越州。"下有唐人贺知章原注："山脚下便是余姚上虞两县，属越州，水陆皆通。"《元丰九域志》卷五又记明州大隐山"南入天台，北峰四明，东足谢康乐炼药之所"。众口一词，其实都围绕这块神秘的足形区域在做文章，甚至前面提到的"瀚沙"的"瀚"字，郑康成注《礼记》也很明确地说"足曰瀚"。这一切都有力地证明，这个身世神秘、形象复杂的女人出山前的主要活动场所，应该就在这一带。而隐居四明东足的谢灵运又有《山居赋》，其中"求归其路，乃界北山。栈道倾亏，蹬阁连卷。复有水径，缭绕回圆。弥弥平湖，泓泓澄渊"。又相当清晰地勾画出水潭周边的形势，甚至还像要为《越绝书》里的"巫门外麋（麇）湖"作注似的，声称"近北则二巫结湖……引修堤之逶迤，吐泉流之浩漾"。并有自注明确告诉我们说，"二巫"指的就是大小巫湖。是的，历史就是如此的伟大而诡奇，也如此的真实而残酷。在这样的时刻，如果你手边刚巧有《诗经》，也不妨可以乘兴打开它，重温一下里面《葛覃》的第一节，"葛之覃兮，施于中谷"，或者第三节，"言告师氏，言告言归。薄污我私，薄澣我衣。害澣害否，归宁父母"，同时大胆想象一下，看看能否在里面找到我们美人日常生活的影子。比如说，将版权归于她入吴前三年培训期间所作，尽管是个疯狂的念头，但总比现在这样空缺着说是无名氏的作品要好。鲁迅说，悲剧将人生的有价值的东西毁灭给人看，喜剧将那无价值的撕破给人看。研究历史又何尝不是如此？

更残酷的打击接踵而来，那是在我对运河研究产生兴趣，捎带着对吴语音义也有了一点粗浅知识以后。当然更主要的因素还在于事情本身，美色或传奇的力量，因当年她手里辛勤劳作的这玩意儿，经过历代文献的演绎，显得实在太过神奇了，又是晒，又是澣，又是浣，又是苧，又是苎，而澣又能通翰，苎又可作萱，典型的语言魔术，让人眼花缭乱，爱怜交加，生怕把我们的美人给累坏了，因而心里一直纠结着难以释怀。直到有一天在儿子命令下从事刮苧芳的家务劳动，事后两手痒得不行，晚上碰巧又读到一篇叫《诸暨方言中的男女性征用字》的文章，是诸暨文史专家杨士安先生的大作，内称当地以"卵"为"脘"，即阴囊睾丸之俗称也。这才想到如果用湖州土话表达"痒"的意思，发音正为"苎"，如"搔痒"就叫"搔苎"，"痒死"就叫"苎煞"。这一脘一苎的声义加在一起，估计可抵得半部《苧萝志》了。多年的疑惑至此扫去大半，原来神女生涯不是梦，小姑居处亦有郎，沉鱼落雁的面纱撩开以后，出现在眼前的就是一片"青青者莪"的芋芍田，即鬻薪之原材料也。因芋头名目多多，雅者如莪薁芋苎，俗者如乌头土卵蹲鸱以及旦、蛋之类皆是也。其实汉人毛公注《诗经》时早就暗示过我们，《陈风》"东门之池，可以沤纻"的"纻"字，就是"苎"之古字，也可写作"芋"。唐人李善注司马相如《上林赋》更是直言："芋字亦作苎，苎者，芋之别字。"也就是说，将芋头晒干、擀碎，压成沙一样的粉末，浣淘后再晒干收贮，煮糜出售或义赠，这才是她生平除性事和司祭外主要从事的工作。这样宋朝以前的苎萝山，到明清时为什么又作芋萝山，问题就清楚了，除了想避开"苎"字的音讳，又能是别的什么呢？而南朝徐勉又有《萱草花赋》，形容其状为"其叶四垂，其跗六出"，讲的就是大芋母体又附有子芋六个，这种奇特景观相信你在别的植物身上不一定能见到。至于手指接触芋头为什么会发痒，今天专家可以告诉你说芋皮内含有碱性黏液，称为草酸碱，对皮肤有强烈刺激作用，古代科学水平低，无法解释清楚，《说文》只好含含糊糊地说"痒：搔也"，段玉裁又进一步补充说"搔：刮也"，就是芋芍去皮，这事我那天刚有过深刻体会。

然而令人意外的是，眼看着多年的偶像油彩剥落，摇摇欲坠，心里非但没有丝毫轻视和失落，反而敬仰之情更重。或者说，我心目中的美人应该具有的形象与品质，本来就该是如此的。当然，要详尽探讨这里头的关系，将史官们强行塞在她手里的绫罗丝绸还原为一个普通的芋头，或许需要拿出一本砖头

般厚的专著来，同时按眼下行规后面要附上几百个注解，才能
让人信服。虽不想如此兴师动众，但说对自己的发现没有一点
得意之色，也是不可能的，毕竟多年埋首故纸堆，偶尔有所发
见，亦聊足自慰，只是兴奋的时间比较短，不大过瘾而已。因
不久后当我翻出《苧萝志》来重温，看到张尖诗中"苧萝之块
大于拳"的形容，才知前人早已明明白白写在那里，只怪自己
读书不精，以致蒙蔽多年。而去年清华简《越公其事》的出土
问世，算是连心里最后一点不安也打消了。其第五章记勾践战
败求和，保住宗祠，施饮食以笼络人心："乃以熟食脂醯，遍
亡多从。"又"其见兹夫老弱董历者，王必饮食之。其见农夫
稽贞足，见颜色，训比将耕者，王亦饮食之"。其中"董历"
二字特别重要，"董"为祭品，就是芋艿，古称赤董或董头；
"历"为地望，就是历山；而"贞足"为祭祀的位置，即宗祠
所在四明东足也。诗所谓"董荼如饴"，端上来的应该就是这
碗苧萝成粉，加水冲饮，或称"以饭尸余米为鬻"的热气腾腾
的芋艿羹。不过得先祭神，后赐民。至于李时珍在《本草纲
目》里说的"取苧根和米粉为饼御饥，味甘美"，大约是后世
生产力发展，饮食水平提高后的食品，即米饼馒头之类也。尽
管如此，据考古学家陈万里先生自述，当年他与郎静山郁达夫
等游永康胡公庙，途中"购炒米以开水冲之为午餐"，可见古
风犹存。

　　还是在诸暨的西施殿，那次凭吊出来心绪郁闷，曾去马路
对面看传说中她浣纱的那块石头。历代文献都记为方石，按理
说该是独立体，因这实际上也是她当年的食品加工场，相当重

要，找了一下没见到，只好算了。郁氏民国二十二年（1933）来游时称"隔江望金鸡山，对江可以谈话"，而我看到的江面约有四五十米宽。沿岸边扶栏台级走下去，临水有石壁矗立，上镌"浣纱"两字，笔势飘逸，据说是王逸少的真迹。但晚明王思任已断为诸河南摹本，字自然是不错的，惟署名大有问题，因"胥吏阿承官长，易之名而冒其鞣，可恨也"（王思任《游苧萝山记》）。《说文》："鞣：去毛皮也。"其义自明，又是刮苧芳，转喻书法，就是在凿去的原迹上重新摹写，并署上自己名字的意思。稍后周亮工更直言此人为天启二年（1622）诸暨令唐梅臣。可惜后来连此赝本也不易见到了，这一点《民国诸暨县志》说得很清楚："正书径围一尺六寸，下有小字数行，唯一'苧'字可辨识，余皆漫灭，在苧萝山东石壁，濒浦阳江。"张夬诗称"可怜东城一片石，犹存西子千秋迹"，说的就是它了。既然方位不对，江名有异，碑又漫灭几尽，跟现在的到底谁写得好，可惜已无法比较。而当地市民喜欢管它叫结发石，据说恋中男女来此依偎片刻，说上几句知心话，相当于为今后的爱情生活买上了巨额保单。这显然出于文化的力量，当年范蠡奉旨选美，传闻两人就在江边初遇。就像戏里唱的，一个是阆苑仙葩，一个是美玉无瑕，在所有与两人相关的爱情传说中，这是唯一让我深信并神往的版本。如今，苔痕斑斑的石壁与烟雨迷离的江水，在斜阳里闪烁、明灭，涛声拍打岸边，似乎尚在诉说铭心刻骨的往事，这大约就是鱼玄机说的"只今诸暨长江畔，空有青山号苧萝"的意思了。也许，没有什么比这一刻更让我感到传说的魅力，美永远只能是原生的、质朴的、不事雕饰的，犹如自然山水与盆景山水之间那种残酷的区别。这同时也说明了，真实的西施为何只能属于生她养她的这条浦阳江，而那个越王勾践美丽的女间谍，或吴国馆娃宫里千娇百媚的盛妆妃子，只能是一个虚构的神话。

既然已经提到了郁达夫，那就索性再多说几句，毕竟他与当地有着特殊关系。这位乱世才子当年来这里虽非专程寻访，不过作为民国廿二年（1933）杭江铁路开通应邀考察的一个小小插曲，来去匆匆。但由于超人的才情和生花妙笔，让县城原本已经混乱的地理显得更为扑朔迷离。按同年成书的祝志学《诸暨乡土志》，本来供他饱览的景色应该是这样的："浣江清流迂缓于沙洲间。太平桥高跨江上，金鸡塔、娄家荡塔南北对峙。胡公台高立长山岭上，登高可以眺见远近数十里内天然景物。苎萝山距城三里，为西子故乡，风景优美。春季西门一带桃李争开，称为桃花岭，游人极一时之盛。此外城内的五湖五山，也是一般人垂钓登眺闲散的地方。"而出人意料的是，到了他的笔下，却依稀另外一番风光：金鸡山在县城东面，而非南面；苎萝山是白阳山的支峰，而且在江上；浣纱江溪水有倒流之功能，"南折西去，直达浦江"。长山在西门外一里，余峰绵亘数十里，山之最高峰即大名鼎鼎的胡公庙（县志称纪念明将胡大海，而此人却是至元十九年残害越地人民之主凶，详见徐勉之《保越录》）。甚至"有人说，西施生在江的东面金鸡山下郑姓家，系由萧山迁来的客民之女"。而令我个人感兴趣的或许还不是这些，而是他游五泄途中在陶公乡看到的"长山的连峰，缭绕在西南；北望青山一发，牵延不断，按县志所述应该是杭乌山的余脉，但据车夫所说，则又是最高峰鸡冠山拖下来的峰峦"。

这一段描写，真是精彩极了，在他只是如实记述，在我看来，却像是要为郦道元的"县北带乌山"，或孔灵符的"县北界有罗山，越时西施郑旦所居。所在有方石，是西施晒纱处，今名苎罗山，王羲之墓在山足"作一现实意义上的注解。考《乾隆诸暨县志》山川卷有杭乌山条，称此山"绵亘花山、义安、紫岩三乡。山势雄峻，县北之镇"，描述与此相符。又找出同年（1933）绘制的《诸暨全图》和《诸暨全县交通图》来对照，却发现时以杭州为北，东阳为南，浦江为西，绍兴为东，与永乐大典所记不同。相比九年前（1924）《诸暨民报五周年纪念册》告诉我们县城地理方位：南与浦江交界，东与东阳交界；西与富阳交界，北与绍兴交界（详见该书首章《五年来之诸暨》），整体亦已有九十度的偏移。因此当时向东流的东江故道实际上已名不副实，变成是向南流了。好在沿途那些地名如街亭、璜（横）山江、开化溪、东蔡、石壁脚等依然保存着，古意盎然，让人不由怦然心动。而自街亭分出以斜行方式流向嵊县的那一支，即为以九曲闻名的古剡溪，当然你也可以叫它若耶溪或平水。想象中，如果有一天新时代的打桩机一不小心挖出春秋城址来，则位置必在那里的石壁脚一带。脚者，足也。"山足灵庙在，门前清镜流。"这是唐人徐皓说的。"禹祠勾践之旁，复塑一妇人像，云西施也。"这是南宋《宝庆会稽续志》记的。"西施湖在诸暨县北四十里。"这是《永乐大典》残本存的。"舟出越城东南，入镜湖四里许为贺监宅。又东南行二里许为夏后陵。又东可二里入樵风径，东汉郑巨君采薪之所也。又折而西南行二里为阳明洞天。又南入若耶之溪，循宛委玉笥，溯流三里至昌源。又南可四里曰铸浦，是为赤堇之山。其东山曰日铸。（原文较长，略有简缩）"这是明人刘基亲身体验的。"东门外有会稽山，山下有禹穴；谢安之东山，右军之兰亭，西子之浣纱溪，皆系此山之下。是夕过山阴四明湖之太平桥，桥之长可十余里，傍有沃野。"这是清嘉庆廿三年（1808）朝鲜举人崔斗灿旅行途经会稽县时看到的。（此据美国国会所藏手稿本，与韩国东国大学藏本略有不同）而现在，一切都是那么恍惚迷离，让人莫择所从。或许唯一可以相信并确定的，就是郁氏到达次日游五泄，所坐的人力车当向赵质夫惠民公司租用，因当时全县十家同行中，只有该公司经营并垄断这一线路。不过里程方面依然有些出入，他说五泄在县西六十里，而一个当地学生写游记纠正他说："从县城出发到五泄，计四十余里。"（诸暨乡土志）

正因为古代史臣对真相的遮蔽以及地方志专家千篇一律的可爱的乡愿，导致美人精神遗产的归属权至今未能有效解决。事实上，诸暨、萧山两县为此打的笔墨官司已有很多年，而近来又有愈演愈烈之势。尽管双方祭起的武器都是第一流的，如一方是权威的《越绝书》，一方是同样权威的《后汉书》，但这场战争恐怕永远也不会有胜利的一方。因两县地理及行政变革上的复杂关系，早在郦道元写《水经注》的时候，已经是一笔糊涂账，比如他让浙江在余杭临平湖由西向东上通余暨浦阳江时称"阖闾弟夫概之故邑"，又让浦阳江从义乌由西向东流过诸暨时同样也称"夫概王之故邑"。就算他是本着当初的真实地理而言，并非故意制造麻烦，起码也是从此埋下祸根。晚他五百年的西施后裔施宿在主修《嘉泰会稽志》时，不知为何居然也私淑老郦，同样不置可否，力主双存之说，称"旧经（所谓《越州图经》，成于宋，佚于宋）所载西子居诸暨苎罗山，《舆地广记》云越人西施出于萧山，盖萧山昔永兴县，吴尝改诸暨为永兴（注意，不是分，而是改），而二邑疆界联接，苎罗山二邑皆有之"。这种玩法相当于在联合国投弃权票，结果只能是两头都不讨好。而后来相关学者的所谓研究，基本都是站在地方保护主义立场上的，其成果自然可想而知。本来下去踏勘一下不就清楚了？说起来这姓施的还是当时绍兴管文化的副市长呢，如此闪烁其辞，含糊了事，除了严重的官僚主义作风，想必还有更复杂的因素在。因古今地理的变化实在是太大了，南宋时在萧山"县西五十里山形如鸡冠"的鸡冠山（《嘉泰会稽志》），到清代前期已变成在诸暨"县西五十里山形如鸡冠"的鸡冠山了（《雍正浙江通志》），这就是历史的诡秘之处。《诗经·十月之交》所谓"百川沸腾，山冢崒崩。高岸为谷，深谷为陵"。那还是诗人在他有生之年看到的现象，手边另一个例子是前不久有人在微信里展示他收集的三十年前的县城旧影，居然也引起了不小的震动，而中间整整两千五百年的沧桑演变会是什么样子，几让人不敢想象。可见任何试图以今证古的努力不仅是徒劳的，甚至还是荒谬的。从这一立场上来说，诸暨当局本着客观、务实的态度，将此视为精神遗产，搜集相关资源以《西施传说》为名申报国家非物质文化遗产名录，倒不失为一种明智的选择。

西施在中国历史长剧中的整个出镜经过，以及担当的角色，我们现在已经了解得比较清楚了，但对她后来的结局却同样存在着争议，而且分歧很大，历代不衰。一种观点是《墨子》说的"西施之沉其美也"，即吴亡后被越王装入麻袋扔进江里——他可不想让这个女人在倾了别人的国后、再来倾自己的国。这个说法可能比较残酷，不仅现在的人，就是古人自己也受不了。因此北齐《修文殿御览》所引《吴越春秋》佚文很快提供了一个新的版本，称"越浮西施于江，令随鸱夷以终"，这是一种折中的说法，但语意模糊，易生歧义。一般认为是战争结束美人弄回来后，又作为战利品赏给了其时的功臣即她美貌最初的发现者范蠡。虽说相比从前年纪大了点，但多年吴国上层社会奢侈生活的熏染，漂亮程度估计要超过从前。但杨升庵坚持说鸱夷指的是子胥，随鸱夷以终即殉葬之义，让人多少有些扫兴。再者就是《越绝书》说的"西施亡吴国后，复归范蠡，因泛五湖而去"，意思差不多，但语言设计方面可能更加完美一些，以文学的标准而言，应该是最理想的了。后来有关西施故事的众多演绎，基本上都是按这个思路搞出来的。今天江南各地与此相关的那些故迹，如馆娃阁、脂粉塘、响屧廊、西子湖等，还有什么蠡山、蠡塘、蠡湖、蠡相公庙、狮岩、范岩之类，自然也都是拜此所赐。看来值得越地人民骄傲的理由还真不少，因从文化资本的归属权来说，这些财富自然都得算在她的账上。

还是在诸暨的西施殿里，不过时间又隔了很多年，初夏稍显闷热的午后，当时光线有点微暗，将雨未雨，作为某个作家采访团的一员，我再次有幸在那里逗留了很长一段时光。记不得已经是第几次见到她了，空空荡荡的正殿中央，依然是独自一人，就那么肃然或拘谨地坐着，全身笼在静穆、绰约的花气里，玉容清瘦，凝眸蹙眉，仿佛内心有着无尽的纠结和惆怅，又无人可以倾诉。整个凝视与礼忏的过程中，内心除了敬仰，亦有过一些细小的遗憾，怎么说呢？觉得多了点仙气佛气，少了点人间烟火，此外年龄和身材方面亦不无可议之处，跟张夬《苎萝志》里的造型相比，几可视作母女，相映成趣。那时我已看过新发现的《余姚大施巷施氏宗谱》的相关复印件（全国现存《施氏家谱》一百一十一种，其中余姚最多，现存二十二种，占全国五分之一），对历史上是否真有其人，态度上已逐渐倾向于肯定。谱称鲁国大夫施策孙施景"徙居诸暨苎萝，生女西施"，家谱县志之类按谭其骧的说法虽不靠谱，但施姓为春秋鲁国著姓，这大约是可以肯定的。如左氏传桓公九年有施父，杜预注明确称为鲁大夫。而孔子自己也对人说："吾食于少施氏而饱。"一碗普普通通的芋粉羹，或以古人的时尚说法称肉糜，多年以后仍能牢牢记得，平生不解藏人善，到处逢人说西施，圣人之所以为圣人，大概也就体现在这样的细微之处。不过汉代以前不仅无西字，连这个施字也只能写作貤，段玉裁说得很明确："毛诗'施于中谷''施于孙子'，皆当作貤。"也许，文字的发展历史跟政治人物的成长史一样，时间长了难免会有些不干不净。至于《左传》里的施父是否就是家谱里的施策，《周礼》里的少施氏是否就是此文主角，除非美人自己开口，否则就谁也弄不清楚了。

后来天色转晴，在花木掩映的碑廊拍照，看到罗隐的《西施》诗"家国兴亡自有时，吴人何苦怨西施。西施若解倾吴国，越国亡来又是谁"，觉得这人虽说为西施讲了几句公道话，但议论太过，跟他《甲乙集》里其他作品的风格差不多，总非诗家正道。同为唐人的崔道融"宰嚭亡吴国，西施陷恶名。浣纱春水急，似有不平声"的吟咏也好不到哪里去，诗到晚唐，已开宋人议论入诗之先声，不如郁达夫当年留在这里的那副对联蕴藉含蓄，所谓"百年心事归平淡，十载狂名换苎萝"是也，不知在馆内为何却找不到。顺便说一句，当初他如果知道所谓苎萝是芋头，即自传里提到的女佣翠花从布裙袋里摸出来给他吃的烤白芋，估计也不会这么写了。当然，喜欢对事物做出不无唯美倾向的主观性结论，是诗人的职业习惯，历史本身却由琐碎、平庸、恶俗甚至虚假的过程组成。而对后世的倾慕者而言，这些或许都不重要，只要知道在那样的时代，那样的环境，那样的地方，曾诞生过那样一位女人，她的美成为一个时代最可夸耀的财富，而她自己唯一所能做的，就是将它无偿贡献给了自己的国家——这就够了。当年法国的布朗什在向公众解释达达主义这一概念时说"达达只存在于它停止存在的时候"，如果将这句话稍稍变动一下，改成——"美只存在于它停止存在的时候"——用来作为此文的结束，效果会怎么样？我不知道。

二〇〇四年初稿，二〇一七年重写

金庭隐事

以钱塘江南岸古渡西兴为起点，向东南方向穿过越山稽水，复经五云、曹娥、剡溪，曲曲弯弯到宁海境内入海，这是现在媒体所乐于告诉我们的有关浙东唐诗之路的概念。而通过对文献的考察，其结果可能并不十分乐观，如果以剡县为中心，至少前面绍兴境内这一段，今称得力于晋代父母官即《会稽记》作者贺循，但据晋书本传，当年平定陈敏之乱后，"征东将军周馥上循领会稽相，寻除吴国内史"，在任时间十分有限，更无在当地兴修水利之记录。后面明州境内这一段，又有两种观点相互矛盾，一称由通明江至余姚入海，一称由九曲溪即剡溪至宁海入海。唯一取得共识的或许只是对那里山水的高度评价，郦道元称"松林森蔚，沙渚平净"（《水经注》浙江水），白居易称"东南山水越为首，剡为面，沃洲天姥为眉目"（《沃洲山禅院记》），李白、杜甫两位唐诗代言人更是一个声明"自爱名山入剡中"，一个感慨"剡溪蕴秀异，欲罢不能记"。因这地方不仅为会稽、四明、天台余势环接之处，上则峰光峦色缭绕，下则幽泉碧溪汇集，景色清幽，更重要的是山腹均是天然洞穴，所谓神仙洞室是也。因此，如果真有这么一条旅游路线的话，游客们想必都是冲着洞口缭绕的仙气去的。假如你也是当年的旅行者之一，加上眼力又特别好，能看到万绿丛中一点黑，说不定就是王羲之那著名的墨池了。

有关王羲之当年情钟剡中、弃官归隐的原因，后世的研究者各有各的解释，目前尚难取得一致意见。说来也真是的，一个才华出众、仕途通达，艺术上又足以傲世的正厅级高官，好端端的说不干就不干了，还采用到老妈坟前哭诉一番这样的极端方式，确实有点让人弄不大明白。加上那篇原本以为可以窥其心迹的《誓母文》，又让后人修理得比先秦古文还难懂，以开首为例，"小子羲之，敢告二尊之灵。羲之不天，夙遭闵凶，不蒙过庭之训。母兄鞠育，得渐庶几，遂因人乏"，就大有问题。首称二尊，下称母兄，诡异之极。从口气上看，与其说是在跟父母说话，不如说更像是在神灵面前哭诉内心的痛苦和委屈。具体怎么回事，只有改写《晋书》的唐太宗自己知道了。时间方面，一般都认为是在誓墓事件以后，即五十三岁那一年的初冬。

那么，当初究竟发生了什么事情，令他如此心灰意冷，表现得要像网络时代的愤青一样决绝？专家们的解释大多归于他的政敌王述此前出任扬州郡守，自己一不小心成了此人下属的缘故。更有人将此归结于族系恶斗，称琅邪王姓与太原王姓暗中较劲已久，到了他们这一代偏偏又出了两位顶尖角色，屠龙刀倚天剑，既生亮何生瑜。具体恩怨又有《晋书·王羲之传》提供的那个细节，说两人曾是前后任关系，前绍兴市长王述因丧母去职守孝，经济上情感上都期待后绍兴市长王羲之能有所表示，而最终等来的却是羞辱与挑衅，所谓"羲之代述，止一吊，遂不重诣"。《说文》："吊，鸲鱼也。"今人释一吊为份子钱一元，得出这样结论也就不奇怪了。

但更有说服力的解释，可能还在于自身家族的逐渐走向败落。首先他一生中最得力的两位人物即义父王导、丈人郗鉴当时都早已谢世，包括传授他书法的美女老师卫夫人也死了，无法再像从前那样照拂他。其他几位好友如桓温、殷浩、周抚等，不是失势下台，就是得意忘形，至少已不像从前那样再拿他当回事。当这种情绪在内心郁结，并毫无保留地倾泻在纸上，就形成了《兰亭序》最精彩的部分："向之所欣，俯仰之间，已为陈迹，犹不能不以之兴怀。况修短随化，终期于尽。古人云：'死生亦大矣。'岂不痛哉！"仔细研究一下这段文字，以及在全文中的位置，就会发现它跟前后文之间语意上不大协调。似乎在挥毫过程中，突然被什么勾起了心事，一时挥之不去，于是才有如此沉重的感慨。这样的推测或许过于苛刻，难免影响他在后人眼里的精神高度，即从研究者鼓吹的以高洁自许，主动看破红尘，挂冠归隐，变成有可能因政治失意而被迫黯然离场。但如果蒙对了的话，至少可以让他的形象变得比以前更为清晰和真实。

接下来的事情，就是要尽快找到一处清静之地，来安置自己世俗中饱受摧残的肉身。金庭就在这样的背景下进入他的眼帘的，这是今天嵊州市的骄傲，当然更是王当年别具慧眼、情有独钟的结果。这地方位于剡溪腹区，世称道教福地，陶弘景《真诰》命名为"不死之乡"，跟秦始皇的"不死之药"可以有一比。从文字角度看，神话色彩过浓是肯定的，但如果你了解当时知识界的时尚与风气，就不会感到奇怪了。在公元四世纪，只要稍微读过几本书、有点文化素质的人，喜欢玩的好像就是这一套，即形骸特征为言谈放诞、行为乖张，精神表现则为仰慕长生、求神拜佛，并固执地认为只要信仰坚定，肉体就可获得永存。拿当初受全社会追捧的畅销商品五石散来说，明明是块石头，最多不过有点矿物质而已，却有无数的人视之为神药，相信只须每天按时吞服，时间一长，即可达长生不老之目的。金庭在那时宗教界和文人墨客中的名气，大约就是这么来的，山水之幽绝固然是一个因素，但起决定作用的还是它的精神色彩以及在非物质文化方面的地位。

在我们宦途勇退的书法家先生终于拿定主意、决心携带全家去那里隐居以前，他的好友许询甚至已经捷足先登，在邻村济渡盖好房子静候他了。总之，一切既可以说是今生有缘，也可以说是前生命定。金庭与王羲之的关系，好比此前严子陵与富春江边的钓台、此后张志和与湖州西塞山的关系一样，堪称天然自成、妙手偶得，冥冥之中自有一股无形的力量推动，由不得自己做主。如果他不选择那里而选择其他地方的话，也许反倒不正常了。即使在今天旅游者的眼里，越中山水及周边的地理环境，仍然如同某种神物，或者说，精神力量大于现实力量。那里的城郭人家终年包裹在浓重的绿荫与湿意中，中有如练的流水静静穿过，这就是流淌着无数名篇佳构的剡溪了。如果从飞机上往下看，地形应该很像《兰亭序》里那个"中"字，而金庭的位置大约就在中间一竖下来的尾端。当然这一笔非人力所能为，是由造物饱蘸山水精华、草木灵气写成，并在时间流逝中，犹如宣纸上的墨痕那样淡淡浓浓地变化着，让人梦萦神绕。

现在的问题是他到底住在哪里，这是后世仰慕者最关心的。由于年代久远，要准确辨认他当年的隐居之地自然相当不易，但也不是完全没有办法，前人留下的线索是金庭观，称其址即为当年故宅，死后由五世孙王衡捐出，并由一个叫褚伯玉的道士改建成道观。而《琅邪王氏族谱》所附《石鼓山王右军祠堂碑文》对此另有说法，称"王右军创金庭道院于厂岭"，既然说创建，则发生时间肯定是在生前，又有具体地望厂岭，那就应该是另外一座，跟他殁后百年（以二十年为一代计）以遗宅改建的金庭观显然是两回事。只因地方总名金庭，因此容易混淆。

实际上，只要对现存文献源头做一番考察，就会发现事情本来并不复杂。有关王的卒年，《晋书》本传无记，今人据唐张怀瓘《书断》定为升平五年（361）。在他死后一百多年，另有两位跟桐柏山有缘的人物也到了那里，一位是公元五世纪末的文学家沈约，此人永泰元年（498）受齐帝萧鸾之命于越地设祭坛，实际上只是对原来的金庭道院进行改建，"因高建坛，凭岩考室，饰降神之宇，置朝礼之地。桐柏所在，厥号金庭；事炳灵图，因以名馆。圣上曲降幽情，留信弥密，置道士十人，用祈嘉祉。约以不才，首膺斯任"。（《桐柏山金庭馆碑铭》）前因后果，说得相当明白。改院为馆，当然也是他的主意，目的是让它变得更适于居住。因手下道士十人再加上他这个领导，住宿问题也不是可以随便打发的。另一位是同时代余杭高士褚伯玉，到桐柏山的时间比沈要早很多，按《南齐书》本传"建元元年（479）卒年八十六"计，"在山三十余年"，则前朝宋元嘉中期五十岁左右已隐居那里，所选地点即王之故宅。"常居一楼上，仍葬楼所"，则生居于斯，死葬于斯，可称为铁杆粉丝。这座楼如果不是王的书楼，还能是什么别的楼？要知道在那时的浙东，洞居依然是乡村的主要模式，有三间茅庐已是富绅之家，更遑论楼乎？同时代的剡溪资深寄居者白道猷有诗云，"连峰数十里，修林带平津。茅茨隐不见，鸡鸣知有人"，不妨可以参考。

　　唐代官员裴通也是王后世众多崇拜者中的一个，亦为古代有关金庭故宅最权威的发言人。此人于元和二年（807）三月一个春天的早上，曾约了几位好友前往踏勘探访，并写出迄今为止最为详尽的考察报告。可惜文章经后人篡改，文义深奥艰涩，叙事前后颠倒，价值自然降低不少。尽管如此，根据他在当地的所见所闻，至少截至唐代中期，金庭观的面貌还基本认得出来，具体位置是在金庭山北侧小香炉峰一处山坡上。"书楼墨池，旧制犹在。至南齐永元三年（501），道士褚伯玉仍思幽绝，勤求上元，遂启高宗明皇帝，又于此山置金庭观，正当右军之家"。而《剡志》卷二山水志引此文作："书楼墨池，旧制仍在。南齐道士褚伯玉于此置金庭观，乃右军之家也。"

两相比较，任何一个有中学语文水平的人，都能看出后面的文字明快清晰多了。尤其关键部分即金庭观的由来，虽然都承认与王宅有关，但一个口气稍有含糊，一个口气绝对肯定。但你无法确定哪个版本才是真正的原文，这就是历史研究的最诡秘之处。包括褚氏卒于建元元年（479）是写在正史《南齐书》里的，而此文称永元三年（501）他还在给皇帝上书，之后才有改宅为观的事，希望这封信写于当年秋天以前，因为到十月份，不仅小皇帝萧宝卷本人，连南齐政权也完蛋了，除非有本事送到阴间去，不然的话算是白写了。凡此种种，是古代无良史官的惯用手法，即通过制造某些史实错误和疑讹，让后人心中没底，从而达到降低原文可信程度之目的。

在上引这篇题为"金庭观晋右军书楼墨池记"的文章中，还有一点非常重要，作者从头到尾介绍的都是以王羲之故宅改建的金庭观，无片字涉及金庭道馆的概念，可见一观一馆，即使到作者所处的唐代中期，依然是截然不同的两处景观。前者在地面，后者在山顶。前者在山西北，由王羲之生前隐居的住宅改建；后者在山东南，为国家祭坛之一，而中间隔着的那座桐柏山，亦称丹池山，以地有丹池也。亦称大湖山，以地有大湖也。亦称金庭山，以山有洞室也。亦称瀑布山，以山有飞瀑也。种种不一，因事而异。山水奇丽还在其次，最诡奇的当然是此山中空，内有多重石室，四通八达，灵泉涌出，祥气蒸腾，如果你以前不知道洞府是什么意思，这以后你就懂了。古代留下的诸多疑问，或者说历史秘密，起码有一半都藏在里面，只是像王羲之的别业一样，只让你知道有这么回事，不可能具体告诉你在哪里。"人人之者，必赢粮秉烛，结侣而往。约行一百里二百里，多为流水淤泥所阻而返，莫臻其极也。"这是裴先生力所能及的暗示，因讲得太明白文章就不可能流传下来，包括文末那首纪事诗，开头一句也是"寂寂金庭洞"，亦有深意在焉。可惜他当初一番好心，没能引起后世学人重视。另外文中找不到对丹池的介绍，也可能是人为的结果，丹为赤沙，沙里淘金，金庭的这个"金"字，赤城的这个"赤"字，就是这么来的。《太平环宇记》卷九十八引《桐柏山灵宝经》称"上有桐柏合生，下有丹池赤水"，说的正是这个地方。而你如果找出《剡录》来一看，就变成是"去观东去十五里有大湖山，峰势入天，上有赤水丹池"了。

这些地方上的文化事件，由于关系重大，本该好好梳理，但绍兴现存最早的地方志《嘉泰会稽志》在介绍金庭观时，不知出于什么用意，居然称"唐高宗时赐名金庭观，宣和七年（1125）改崇妙观，旧传王右军舍读书楼为观，初名金真馆，后改金真宫"。这样一来，原本彼此相隔、名同而实不同的两处景观，从此合二为一，变成是重叠关系。好比你家住在剡溪边，对岸那个剡溪宾馆跟你本没关系，但有人硬要说这就是你的家。并堂而皇之写进了史书，后来的人年长日久搞不清楚，只好将你的私宅当成是剡溪宾馆了。说句不客气的话，如此胡说八道，可谓真是小看了南朝文坛领袖、二十四史《宋书》作者沈约的水平，要是他当初主持的改建工程原址真为王宅，不可能在文章里一句都不提到。再看碑铭里的那些具体描述："仰出星河，上参倒景。高崖万沓，邃涧千回。因高建坛，恁岩考室。"这样荒无人烟的地方，又岂是一般人所能居住？别说当年王是老婆孩子、家人奴婢几十人浩浩荡荡地迁居，就算身边只带几个服侍的人，让他住在如此危耸的高崖之上，就算放弃多年来习惯的中产阶级水平的饮食起居，像在家会客、出门访友，携儿辈散步，与里中老人扯拉家常，这些几乎每天都要从事的日常活动怎么办？最现实的问题是写字的砚台到哪里去洗？装电梯当然是最好选择，可惜那时没有；采用土办法长索吊篮，毕竟也是麻烦。而按裴通的介绍，"故书楼在观之西北维，一间，而四顾徘徊，高可二丈，已下墨池。池楼相去东西差值才可五十余步，虽形状卑小，不足以壮其瞻瓹，而恭俭有守，斯可以示于将来。"

当然，这些来自千年之下的争议，假如王能够听到，想必一定会被认为相当可笑，更无法影响他专心致志做自己的事情。说句玩笑的话，哪怕你声称要在书楼下放原子弹，相信他也不会放下笔来看你一眼。因为他是那样淡泊瞻然的一个人，既不放弃世俗生活的乐趣，同时又能保持精神品格的高洁，这也正是他与历史上其他隐士有所区别的地方。《晋书》说他生平"雅好服食养性"，自己在隐居后写给谢安的信中也称："年在桑榆，自然至此。顷正赖丝竹陶写，恒恐儿辈觉，损其欢乐之趣。"这样一个活生生的、充满世俗温情的人，现在有些研究者却异想天开，打算让他像传说中的得道僧侣或武侠小说里的顶尖高手那样，住在海拔百米的高山绝顶上，俨然摆出一副不食人间烟火、潜心修道的样子，哪怕用心再好，这种想法本身也不免有些残忍。

　　总而言之，不管别人怎么认为，从公元三五五年到公元三六一年，这位中国历史上最伟大的书法家，在主动辞去绍兴市长一职以后，毅然选定剡溪边的桐柏金庭，度过了自己人生最后的六年时光。尽管当时他年纪已有五十多岁，难得的是依然保持了从前的率直天真。自然之美与艺术之美，就这样在这方圆几十里的山水间，因一颗知性、达观的心灵的作用，恬然交融，形成一种别开生面的奇妙结合。白居易所谓"盖人与山相得于一时也"，大概也就是这个意思吧？而用他自己的话来形容，这种境界，或许又可叫作"从山阴道上行，如在镜中游"了。

　　那些日子里，他的日常生活一般是这样安排的：读书、会客、挥毫、思考、听音乐、锻炼身体。偶尔兴致来时，也爱从事一些力所能及的家务劳动，比如含饴弄孙，教几个孩子读书写字，或种菜浇花、培植树苗什么的。如遇天气晴好日子，就与知己好友结伴出游，足迹遍布江南各地的名山大川，有好几次甚至还乘兴一直走到了海边，像当年的曹孟德那样，望着浩渺无际的海水，情动于衷，喟然长叹。不过曹是英雄，面对命运强大的力量不肯认输，总爱说些"烈士暮年，壮心不已"之类的狠话，而他这个已经与世无争的人，自然就不会再跟自己过不去。生命的秘密、时间的秘密，那时在他内心已如一片光风霁月，豁然通明，因此沉默良久后，说出来的也只是一句短短的但值得后世崇敬者细细品味的话："我卒当以乐死。"

　　与乡中父老亲朋把酒话桑麻、谈收成，顺带着了解一些民间疾苦、地方掌故，也被他视为隐居生活一大乐事。有关他这方面的兴趣，《晋书》里的原文是："颐养闲暇，衣食之余，欲与亲知时共欢宴，虽不能兴言高咏，衔杯引满，语田里所行，故以为抚掌之资，其为得意，可胜言邪！常依陆贾、班嗣、扬王孙之处世，甚欲希风数子，老夫志愿尽于此也。"文中说的陆、班、扬三人，都是历史上有名的高士，一个是汉初治国安邦的谋臣，一个是老庄思想的忠实信徒、写《汉书》的班固的从兄，一个是道德另类分子，古代裸葬理论的创导者与实践者。王羲之生平曾不止一次向好友提到他们，俨然引为自己的精神导师。这些地方，也可看出他晚年的生活态度，与一般人想象中的隐士确有着很大的不同。

当然，这些都是书法以外的事，与一生钟爱的临池挥毫、寄情纵怀相比，人生中其余的一切，无论荣辱得失还是离合悲欢，也许都变得不重要了。六年恬淡的隐居生活，金庭小香炉峰的松涛峦色、虫鸣泉声，化作纸上恣畅的线条。何况底下还有道家的千年精气在滋润着他的笔墨。作为生平最好作品之一的《丧乱帖》，就是在隐居第二年的一个月明之夜写下的。另如《黄庭经》《昨得熙帖》《贤室委顿帖》《群从凋落将尽帖》，以及为王彬长女、按辈分算起来是自己从姐的王丹虎书的《王丹虎墓志》，还有辞世前一年所书《谢司马帖》等，无不反映他当时书艺上的最高成就。甚至辞世当年的暮春，还在病中写下了《年垂耳顺帖》和致好友周抚的《登汶领帖》，真可谓生命不息、挥毫不止了。

许多坊间传闻生动地记述了他对鹅的喜爱，据说这与他晚年书法上的成就有莫大关系。其中有个故事说附近有道士以善养鹅闻名，王羲之知道后让人带了他去观赏，一见之下喜欢得不得了，想把它们买下来据为己有。"道士云：为写《道德经》，当举群相赠耳。羲之欣然写毕，笼鹅而归，甚以为乐。"另一个故事说当地有个孤寡老妇也养有一只好鹅，鸣叫的时候神态尤其可爱。王羲之听说后同样欲得之而后快，托好友前去商量，想把它给弄回来，但遭到鹅主的断然拒绝，没办法，只好自己上门去看。但这老太太也是怪人，听到他要来的消息后，竟做了件出人意表的事："闻羲之将至，烹以待之，羲之叹惜弥日。"这两件事，都是记录在《晋书》本传里的，真实性应该没什么问题。在一般人眼里，作为家禽的鹅虽然笨拙可爱，走起路来摇摇摆摆的，不过跟艺术可扯不上什么干系，而王竟能从中找到他所需要的东西，并成功地用于书法的长年研习，可见其心智确非常人所能及。在书于永和九年（353）的《记白云先生书诀》里，他说："刀圆则润，势疾则涩；紧则劲，险则峻；内贵盈，外贵虚；望之惟逸，发之惟静，敬兹法也，书妙尽矣。"或许，他对这种动物的特殊兴趣，正是基于这样的认识与理解吧。

作为晚年交往较多的朋友，《晋书本传》开出的名单上有孙绰、李充、许询、支遁等，称"皆以文义冠世，并筑室东土，与羲之同好"，陪伴他走完了人生的最后一程。这几个人中，孙兴公应该跟他走得最近，《兰亭序》后记的作者，是封面和封底的关系。许询住所相近，可称邻居，彼此相得甚欢。许迈是资深修道士，在药物养生、老年保健方面或许会给他一些有益的指导。此外还有谢安，是他的旅行朋友，在隐居的最初几年里，他们曾多次结伴出游，瞻仰了不少祖国的大好河山。现存《谢司马帖》写于升平四年（360）十一月廿七日，距他辞世时间仅半年，信中称："得十四、十八日书，知问为慰。寒切，比各佳不？念忧老久悬情。吞食甚少，劣劣！力因谢司马书，不一一。羲之报。"可见两人当初交往之密切。

此外，或许还有个叫刘惔的人也值得一提，此人也是大名士，官至丹阳尹，即当时的首都南京市市长，曾以自己权力所允许的最高规格，接待过由许询陪同前来做客的这位大艺术家，彼此有过深入的交谈，有关人生，有关书艺，有关精神信仰。某次清谈中，客人对主人说起他大舅子郗愔家的一个家奴，说这个人懂文章，会写作，是个才子。刘惔问，那跟你大舅子相比怎么样？王羲之说，他虽然厉害，跟我大舅子当然是不能相比的。刘惔笑道，既然比不过你大舅子，那就只好委屈他继续当家奴了，呵呵。保存在《晋书》卷七十五《刘惔传》里的这段珍贵记录，既见证了两人之间亲密无间的交情，同时也可能是他在人间最后的踪迹了。

他们自然同样也见证了东晋穆帝升平五年初夏炎热的薄暮，在嵊州金庭小香炉峰的寓所里，那个如往常一样伏案窗前、用喜爱的鼠须笔不停挥毫作书的背影、突然剧烈地颤动，变得有些僵硬，在坚持了一会儿后，终于慢慢倒了下去。笔管从松弛的指间滑落，掉在了地上，迅速凝固的散发出松烟芳香的墨迹，仿佛用生命写完的最后一行字。此前一年，他的身体其实已经开始出现了问题，诸如夜间发热、腹痛、呕吐、浮肿等，这些症状被详细记录在由后人撰写的《右军书记》一书里，只是没想到这最后一刻来得如此之快。按《金庭王氏宗谱》所记，这一天的具体日期，应该是当年的五月十日。

也许，生命的物质长度是有限的，其精神长度却难以计量。历史上，因一位杰出人物现实意义上的抉择，致使地方扬名、山水永辉的例子，应该不在少数，比如孤竹君的首阳、陈抟的华山，还有前面提到的富春江边严子陵钓台、张志和的西塞山等。而值得庆幸的是，越地的金庭，因王羲之当年的惊鸿一瞥、情有独钟，同样成为这方面的经典个案。从更高意义上，这是否也可以理解为是一种相互选择的结果？就是说，越中清丽的山水找到了这个人，而这个人找到了越中清丽的山水。彼此之间的关系，有点类似电影里的生死恋人，谁也无法离开对方那一半。正是基于这样的考虑，身后亲友们决定将他葬于当地，以便他的灵魂在夜半醒来后，依旧可以见到门前的崇山峻岭、茂林修竹，依旧可以听到周围的松涛猿啼、清流激湍，应该也是顺理成章的事。

当然，在那里永久陪伴他的，不仅有当地深情的山水，还有当地同样深情的士民百姓。事实上，自他五十九岁当年遽然辞世，他的家人和朋友们从未离开过他。据新近发现的《郗璇墓志》所载，除长子早夭，老婆郗氏已早他三年而去，其余七个儿子一个女儿、再加上十六个孙儿，都义无反顾地在那里安下了家。其后裔更是遍布剡溪两岸，如现在被游客们挂在嘴边津津乐道的画堂村、羲之村等，即为后世王氏子孙的主要聚集点，包括他生前的画楼墨池、祠堂憩亭等，也全都修缮完好，至于哪个是真哪个是假就没法保证了。今天你去那里游赏瞻览，除了能有幸跟自称五十五代孙、担任墓园全职保安的王伯伯聊上一回天，碰上季节适宜、运气也好的话，还能吃到一种叫桃形李的嘉果，据说这是他于隐居次年秋天栽培成功，因此这种水果也被称作羲子李。不过，他青年时候袒腹东床、剧谈豪饮的勃勃英气、中年时候居官勤政爱民的一身正气，以及晚年"率诸子，抱弱孙，游观其间，有一味之甘，割而分之，以娱目前"的日常生活情态，自然无法为现在的我们所能领略。因此，如果实在悠然神往，情不能已，大约也只能靠挂在纪念馆大厅正中那幅遗像去想象了。

二〇〇八年

苏小小考

　　也许她只是一个传奇，也许她原本只是一个传奇，也许她永远只能是一个传奇，或一个有着各种不同版本的故事，而不能像前朝同行如王献之的桃叶，或后世苏东坡的朝云、奕绘的顾太清那样，在文学史上留下较为清晰的身影。南齐，一个中国历史上的短命朝代，尽管存世时间只有二十三年，而且首都也是在邻省的南京，却与东海边的永兴县（萧山前身）似有着千丝万缕的关系，其内容涵盖社会的各个侧面。军事方面，历史上唯一的一次本土农民起义富阳唐寓之之乱，就发生在萧氏登基不久的齐武帝永明二年（484），而且正是借道永兴然后攻入杭州的。经济方面，历史上著名的西陵牛埭，每天的关税收入竟达三千五百缗，可谓富得流油，据《南史·顾恺之传》，始筑年代也就在这期间，支撑起此后越地持续多年的繁荣。水利方面，稍后郦道元《水经注》的沔水篇和浙江水篇，其对浙东地理尤其固陵周边历史的勾稽与描绘，令人惊叹，从而成为本省历史文献中让人无法忽视的部分。文学方面，继谢康乐兄弟后，江淹、江总、孔稚珪、刘孝绰等以渔浦浙江为主题的行旅诗篇，还有孝子郭原平在国家道德领域的建树，以一介平民而享有《南齐书》为之立传的荣誉。其中，自然还包括了本文要说的名倾一时的国家级演艺明星苏小小。

这是一个神秘的女人，之所以说她神秘，是因为在古老的钱塘江两岸，在彼此毗邻的几座著名城市的历史上，她除了留下一个名字，一个背影，一段诡奇的行踪，一首短到只有四行二十字的小诗，其他什么也没留下，却又有特殊的魅力，能在此后的一千五百年里，让无数的人为她缅怀思慕、神魂颠倒。究竟是一种什么样的能量在支撑着她的艳名和人气指数？美，艺术，才华，还是极富传奇色彩的、仿佛神龙见首不见尾的身世？我不知道，我知道的仅仅是，仅以唐宋两朝为例，起码有一半的诗人词客都是她的粉丝，其中不乏有像白居易、刘禹锡、李绅、张祜、李贺、徐凝、杜牧、李商隐、温庭筠、罗隐、寇准、周必大、张炎、方回这样的大家，而今天西湖西泠桥边的所谓芳冢，尽管早在一九二九年因西博会扩路所需进行迁葬时，已发现里面空空如也，证明只是个假古董，每天依然有无数的游客，尤其那些新时代的小资白领，如同赶集般涌向那里，徘徊留恋，久久不忍离去。一边虔诚膜拜，一边还不忘在心里默默背诵着那首有名的诗：妾乘油壁车，郎骑青骢马。何处结同心？西陵松柏下。如果碰巧是下雨天，手里再持上一把戴望舒笔下的油纸伞，那情景也许就更动人了。

那么，一切究竟是怎样开始的呢？一个女人与一座城市，或一段传奇和无数作者。从好不容易找到的一点史料来看,最初的源头应该有两个,一个以《吴地记》为代表,一个以《乐府诗集》为代表。尽管都只是片言只语,但这依然不是主要的,最大的问题是从一开始就彼此矛盾,基本都是各说各的。前者称"嘉兴县前有晋妓钱唐苏小小墓",后者称"苏小小歌,古辞,一曰钱塘苏小小歌。《乐府广题》曰:苏小小,钱塘名倡也,盖南齐时人。西陵在钱塘江之西,歌云西陵松柏下是也"。《吴地记》为唐人陆广微所著,成书年代约在僖宗乾符三年(876)前后;《乐府诗集》编者郭茂倩虽是北宋后期人,但文中所引的那本《乐府广题》,却同样也是唐人沈建的作品,而且在元稹元和十二年(817)的《乐府古题序》中,已经提到了有这样一部书,因此它的成书年代应该还在《吴地记》之前。但这些最早记录她信息的文献如此扞格,好比鸡同鸭讲,不仅居住城市不同,连所生存的时代也相差了有一百多年,客观上加深了人物形象的诡秘色彩。而后来的人喜欢凭借自己的想象发挥,也就没什么可奇怪的了。

接下去该是白居易、李贺、李商隐、温庭筠等诗人轮番登台表演了,时间大约也以唐代中期为标志,其中又数曾任杭州太守的白居易劲头似乎最大,以此为主题或写下的诗作,或在诗中提到这名字的,起码有十几首,什么"潮声夜入伍员庙,柳色春藏苏小家",什么"杭州苏小小,人道最夭斜",什么"苏州杨柳任君夸,更有钱塘胜馆娃。若解多情寻小小,绿杨深处是苏家"。徐凝和张祜是白居易的学生,免不了要捧场凑趣,而且每个人也都写了好几首。其中徐凝那首《嘉兴寒食》

"嘉兴郭里逢寒食，落日家家拜扫回。唯有县前苏小小，无人送与纸钱来"不仅是同类诗中的杰作，同时也成为地方历史文化厚重的一笔资产。他的另一首《苏小小墓》"古木寒鸦噪夕阳，六朝遗恨草茫茫。水如香篆船如叶，咫尺西陵不见郎"也是佳作，虽不见于全集，但由王象之《舆地纪胜》保存了下来。李贺的才气在晚唐无人能比，一首《苏小小墓》也有令他人为之搁笔的魅力，所谓"幽兰露，如啼眼。无物结同心，烟花不堪剪。草如茵，松如盖。风为裳，水为珮。油壁车，夕相待。冷翠烛，劳光彩。西陵下，风吹雨"。词怨情绝，就是带点阴气，但既被称为鬼才，也是品牌特色的体现吧。而温庭筠的《苏小小歌》"买莲莫破券，买酒莫解金。酒里春容抱离恨，水中莲子怀芳心。吴宫女儿腰似束，家在钱唐小江曲。一自檀郎逐便风，门前春水年年绿"。着力处全在于水，让人不容得猜想，这位绝世佳人的幽闺，当年有可能就在临水而架的竹阁上。

然而，在彼此热闹和比拼才气的同时，原先存在的问题实际上并没得到解决。由上述文字所透露的信息，拼凑起来的人物档案依稀是这样的：一个外地女青年，籍贯未明，年当妙龄，在公元四世纪中期（此从《吴地记》晋人说）或五世纪末（此从《乐府诗集》南齐时人说）的时候，单身来浙江打拼，所从事职业为在红灯区卖唱及其他，跟现在KTV里的小姐估计没什么两样。不过素质和生活条件方面可能要好一些而已，不仅有出色的文学才华，还拥有一辆全封闭带顶篷的私家车叫油壁车，司机自然也是必备，因此半夜回家不用为打不到的而发愁，更无被人杀害的危险。男朋友看上去也十分有钱，估计不是个富二代就是官二代，因那个年代出行大都以舟代步，能拥有一匹名马青骢作为坐骑，是非常了不起的事，其牛逼程度起码不亚于现在的奔驰、宝马之类。不清楚他们如何相识，也不清楚相爱以后有否顺利结合，现在唯一了解的是，两人当初的定情之所，是在古老的越王城山一枝松柏下面，那里是浙江历史最早开始的地方，伟大的勾践在山上卧薪尝胆，其百折不挠的坚贞精神，甚至已渗透进周围的一草一木，而她的前辈同行西施也正是从那里走出来，风情万种到吴国去行使特殊使命的。现在你站在山顶上往下看，一前一后两个湖（白马湖和湘湖）冈峦明秀，老木参天，青山不老，绿水长流，似乎很有些地久天长的样子。如果要为爱情找一个真正可靠的见证物，确实没有比那里更好的地方了。

但她的托身之处到底是在哪里，包括最初从业的城市？为什么会被冠以钱塘之名，而死后的葬地却又是在嘉兴？尤其诗中唯一出于自述的西陵，其地却又在钱塘江对岸。在她深颦浅笑、魅力广播的那个年代，越地经济在全国的强劲势头有目皆睹，是如同当代深圳、广州那样的概念。《南史·顾恺之传》称："吴兴无秋，会稽丰登；商旅往来，倍多常岁。"又称："会稽旧称沃壤，今犹若此。吴兴本是堉土，事在可知。"当时甚至还流传着这样一个歌谣，叫作"会稽打鼓送恤，吴兴步担令史"。意思是说绍兴的太守离任时，有车有市民打鼓欢送，还能收到一个丰厚的红包作为盘缠。湖州的太守离任时连车都没有，只好雇一挑夫担了行李，一个人冷冷清清地离开。

杭州当初的情况怎么样？杭州当初的情况或许就更惨了，

甚至比湖州还不如。因那时它的行政级别还不是郡，只是苏州下面一个属县，这种状况一直要持续到隋炀帝开大运河时才告结束。据与苏小小同时略早的刘道真《钱塘记》披露，"昔州境逼近海，县理灵隐下，今余址犹存。郡议曹华信乃立塘以防水，募有能致土石者，即与钱。及塘成，县境蒙利，乃移理此地，于是改为钱塘"（见《元和郡县志》卷二十五杭州所引）。则从郦道元说的位于灵隐山下的县治迁到堤上还没多久，经济条件可想而知，这样全国当红的粉头，当地人想必消费不起。尤其此后不到二十年的时间内又接连爆发了两场战争，即泰始二年（466）的孔觊叛乱和永明二年（484）的唐寓之起义，都以钱塘为主战场，尸横遍野，屋庐俱焚，对地方经济造成了极大的危害。可以想见，南齐前后的杭州，对国家的主要贡献应该还是在精神文明方面，如兴建寺庙、研讨经学、宏扬五斗米教、褒奖孝义、以清丽的山水吸引名人隐居等，一大批学者高僧、经学家、道义之士如褚伯玉、杜京产、鲍灵绶，还有朱谦之和吕道惠如雨后春笋般冒出来，点缀在杭城东北临平、皋亭之间，商讨学问，研习义理，在当初文坛内外有较大影响。至于经济发达与商业繁荣，则是后来唐代中期以后的事，至少在那时还根本谈不上。

这里不妨可以再来比较《宋书》里的一个统计数字，因这个朝代正好处于东晋和南齐中间，不管苏小小到底是晋人还是齐人，应该都有一定的参考价值。"会稽郡：领县十，户五万二千二百二十八。吴郡：领县十二，户五万四百八十八。吴兴郡：领县十，户四万九千六百九。"其中会稽、吴兴尽管领县数相等，户籍数量却超过后者，甚至比有十二个属县的苏州还要多出不少。《南齐书》有州郡无户籍统计，《梁书》《陈书》无州郡户籍，具体情况无法得悉，但据从稍后《隋书》里获得的数据，这种领先地位不仅依然保持着，而且拉开距离更大。据该书卷三十一地理下记载："吴郡，统县五，户一万八千三百七十七。会稽郡，统县四，户二万二百七十一。余杭郡，统县六，户一万五千三百八十。"（其时吴兴郡撤销，新设余杭郡，故有余杭而无吴兴）当时江南地区虽经连年征伐而人口大减，但通过比较可以看出，吴郡五个县，户籍为一万八千三百七十七户；余杭郡六个县，户籍为一万五千三百八十户；而会稽虽然统县比它们少，户籍却是其中最多的，尤其跟杭州相比，县数为它的三分之二，户数却正好倒过来，就是说要超过它将近百分之五十。

或许有人会有疑问，苏小小是绝世才女、风月班首，不谈她的才情和飘零的身世，扯这些枯燥的数字干什么，有意义吗？答案自然是肯定的。你想想，这个女人出来混的目的，当然是为了赚钱，而不是对国家的文艺事业有特殊感情，愿意无偿奉献自己的青春和肉体。何况这女人又是那样的冰雪聪明，这从她留下的诗中可以轻易看得出来。因此，说她当年的谋食之地在钱塘江对岸的会稽而非杭州，应该是合情合理的推测。实际上，她自己在诗里所披露的西陵，已经向我们明确说明了这一点。退而求其次的话，就是当时的嘉兴，就从艺环境和经济效益而言，也只会比钱塘好而不是相反。这地方自吴黄龙五年嘉禾生于县侧，农业种植面积扩张以后，一直以粮食生产高效而著称，为其他同级县城所羡慕，再说距府城苏州距离又近。美人的芳冢后来在该县被发现，宋代权威的全国性地理志《舆地纪胜》更是言之凿凿："在嘉兴县西南六十步，晋歌姬也。今有片石在通判厅，乃云苏小小墓。"说明她晚年有一段时间是在那里度过的。

现在的问题是，如果说苏小小的从业地点是在萧山和嘉兴，而那帮唐代诗人在提到她芳名时前面都爱冠于"钱塘"二字，又该如何解释？这件事情看似复杂，实际上相当简单。当然，所谓的简单，前提是必须对唐嘉兴县的行政隶属有正确的认识。熟悉历史的人应该知道，《隋书·地理志》有盐官而无嘉兴，唐代基本也是这样，当地最古老的地方志《至元嘉禾志》卷第一沿革也明确记载："隋平陈，置苏州，废嘉兴入杭州。"后来时复时省，或隶苏州，或隶杭州，直到五代天福四年（904）吴越国王钱元瓘置秀州，行政上才开始真正有了自己的独立。也就是说，自隋初至五代这四百多年的时间里，我们这位风姿绰约的绝世才女，其精神遗产有一半属于苏州，而另一半属于杭州。以白某为首的地方官员及落魄才子们有恃无恐、敢于公然打出钱塘苏小的招牌来，全部秘密大约就在这里。也许在他们看来，既然你的地盘现在归我管辖，原来拥有的地方资源，无论物质方面还是精神方面，自然也全是属于我的。相当于今天哪个县里发现古墓挖出值钱古董来，省里市里同样也会来函要求上交，由上级博物馆代为保管。此外，嘉兴古称长水，其区域在今长安临平一带，毗邻钱塘，跟现在的嘉兴市区不是一个概念。这种地域上的亲密关系，也是造成彼地的苏粉容易将她看成是自己人的客观因素。

　　同样的情况自然也不可避免地发生在苏州，因这座著名的春秋吴国都城自两晋至唐朝，在很长一个时间段内，一直是嘉兴县的上级行政领导单位。如果苏小小当年投身娱乐业必须进行就业登记，那么表格的"户籍"一栏里更有理由填上苏州而不是杭州。那里的人之所以在对待她的问题上表现得比较理智和克制，一是恪于白太守的名头和势力，二是自己这里已有一个真娘在，足够让当地文人意淫的了，因此没像那边那样表现得如此狂热而已。前人的任性和胡作非为，为之埋单的自然是后人，这方面明代学者周婴就是一个现成的例子，他所撰《卮林》及《卮林补遗》是相当有名的学术专著，但在考证苏小小生平时，一下子被难倒了。因研究中发现，不少唐代诗人笔下在涉及苏小小墓地及生平事迹时，除了杭州和嘉兴，居然还会跟苏州扯在一起，让他感到大惑不解，在书里大发牢骚："罗隐《苏小小墓诗》魂兮樵李城，犹未有人耕。则苏小墓在嘉兴信矣。然杜牧《悲吴王城诗》吴王宫殿柳含翠，苏小宅房花正开。则苏小家似在苏州。李商隐《送李郢之苏州诗》苏小小坟今在否，紫兰香径与招魂。黄滔《寄蒋先辈在苏州诗》夫差宫苑悉苍苔，游客朝游夜未回。冢上题诗苏小见，江头酹酒伍员来。千载三吴有高迹，虎丘山翠益崔嵬。则其墓又在苏州地也。"所幸他研究的对象是个卖唱的歌伎，多地有墓还可强作解辞，说是生前巡回演唱，后世粉丝筑衣冠冢附庸风雅之类，如果换成是伍子胥，明明是越国的死敌，生前强谏吴王夫差杀勾践灭越祭，而死后纪念他的祠堂居然在越而非在吴，只怕就更糊涂了。

更大的好戏实际上还在后头，到了两宋时期，有更多的文人前赴后继地加入了钱塘苏小小的主旋律大合唱，其中既有像寇准这样人望极高的北宋名相，也有像张炎这样的南宋重量级词人，只要一开口、一落笔，都是钱塘苏小。前者号称"长条别有风流处，密映钱塘苏小家"（见《忠愍集》卷中），后者号称"舞扇招香，歌桡唤玉，犹忆钱塘苏小"（见《山中白云词》卷一，调寄《台城路》），其势头犹如钱江潮水，凶猛程度一年超过一年。也许在地方有关部门看来，有前朝打下的良好基础，一切早已胜券在握，如何对已取得的战果进行巩固和扩大，才是需要认真考虑的事情。不清楚背后究竟是些什么人，是否有组织有计划，总之，自十三世纪中期开始〔其中一个醒目的时间标志是淳祐丁未（1247）朝廷令临安府开浚西湖的省札〕，钱塘苏小传统的闹剧或喜剧，在原有剧情上又逐渐增添了新的内容，即努力从诗文向文献与实证高歌迈进。从事后的成效和方向来看，应该有一只看不见的手在幕后指挥、有条不紊地进行着。如果仅仅出于好事之徒的附庸风雅，一切不会表现得如此完美。

他们首先瞄准的目标是西陵。因西陵在萧山属历史常识，自春秋战国起，那里就是越王勾践甲兵五千栖保会稽的主要阵地。郦道元说它本名固陵，即《越绝书》所记"浙江南路西城者，范蠡敦兵城也，其陵固可守，故谓之固陵"是也。六朝时当地设有四座牛埭（以牛系舟过堰），每天可向国家贡献一万四千缗的收入，一年下来就是四百余万。而与苏小小同时的西陵总管杜元懿，居然愿意上交双倍的数额，请求朝廷能同意让他个人承包，可见这地方是如何的富有了。唐代对外贸易兴起，舟来船往此为必经之关卡，欧阳修《有美堂记》称"闽商海贾，风帆浪舶，出入于江涛浩渺、烟云杳霭之间，可谓盛矣"，说的就是它。五代吴越国王钱镠填江筑城，罗隐撰筑城记嫌西陵字义不祥，从此改称西兴。苏东坡《望海楼诗》所谓"青山断处塔层层，隔岸人家唤欲应。江上秋风晚来急，为传钟鼓到西兴"是也。但名字虽然改了，地方却从没变动，无论官方还是民间，一说起西陵或西兴自然知道是对岸萧山的文化品牌，绝不会是在这边钱塘或别的什么地方。因此，它的知名度，它厚重的历史，成为传播钱塘苏小神话的最大障碍，不把这难题先给解决了，其他的一切自然无从谈起。

于是，一次精心策划的山寨行动紧接着就开始付诸实施。当时西湖孤山尽处有一小村叫西村，邻近苏堤，有桥可达北山，董嗣杲《西湖百咏·西林桥》诗序称"在孤山西，即古之西村唤渡处"就是在这个地方。一天早晨醒来，村民们发现自己祖祖辈辈居住的村庄，突然已经有了一个新名字叫西林。时间方面的认定，《淳祐临安志》残本卷六有令临安府守臣开浚西湖的省札，里面首次出现了西林的地名，该书成于淳祐十二年（1252），则在此之前应该已经正式使用。过了一段时间以后，似乎有意无意中，这个西林渐渐又变成了西泠，然后西泠、西林交叉使用。又过了一段时间，大约主事者感觉时机差不多已经成熟，西陵这一地名也就正式开始登台亮相，并被永久性地写进了地方志里。这方面《咸淳临安志》和《武林旧事》表现得最肆无忌惮，异口同声宣称"西陵桥，又名西林桥。又名西泠桥。又名西村"。这样一来，相当于一个人的网名居然从此取代真名，而原来身份证上的名字反倒成为马甲。《梦粱录》和《淳熙临安志》成书居前，年代不同，胆子稍微要小一些，只敢称西林桥，不敢称西陵桥。宋元之际那帮诗人笔下可没这么多顾忌，何况当时国家亡象已现，靠梦和酒精打发日子。相比西村西林，西泠西陵听上去要风雅得多，自然更符合他们营造纸上富贵的胃口。一个新的有关苏美人的创作高潮于是再度掀起，如萧士璘《月夜西泠桥诗》所谓"月明故国三千里，人在西泠第一桥"，葛天民《元夕西陵桥观月》所谓"老子今宵奇绝处，西陵桥上独凭栏"，凌云翰《西陵雪樵》所谓"路人试问归何处，笑指西陵是我家"之类，口气一个比一个狠，劲头一个比一个大。至于这西陵到底怎么回事，按正史明明在钱塘江对岸，怎么会插翅飞到杭州里西湖，这就不关他们的事了。

实际上，在这问题上最有发言权的人应该是林和靖，这位北宋名闻天下的资深隐士，当初的隐居之地就在桥边不远。不仅大半辈子在那里度过，而且身后葬地也就在那里，要说到对周围环境的了解，天底下没有人比他更清楚的了。在此人一生留下的三百多首诗中，曾多次写到过这地方，其《易从师山亭》诗云："西村渡口人烟晚，坐见渔舟两两归。"《山中冬日》诗云："谁家岁酒熟，辍棹忆西村。"《西村晚泊》诗云："弭棹危桥外，霜村乍夕阴。"诗中所用地名都是西村，从没见他用过西陵、西林之类，更别说是西泠了。虽说《送惠师还越》一诗里偶然出现过西陵，但诗题明确说明是在越地，因还越渡江，西陵是必经之堰口也。可见在这位当地资深居住者的心目中，西村就是西村，西陵就是西陵，绝对是两个不同的概念，根本不可能搞错。他当然不会想到，在身后两百年，有人居然会在他的眼皮子底下导演了这么一出好戏。可惜死者无法开口说话，活人却能信口雌黄。时间一长，假的也就慢慢变成真的了。等后来明代田汝成撰《西湖游览志》，更是只称"西泠桥，一名西林桥，又名西陵桥"，原来的西村从此就自人间蒸发。

与此同时或更早，其他的战略步骤也在有条不紊地进行着。这次他们觊觎的对象已不是对岸萧山，而是"嘉兴县前东南六十步"那座美人芳冢了。同样也由写《咸淳临安志》的潜说友充当先锋，责任却悄悄推在了理宗朝诗人兼枢密院编修官周紫芝身上，称苏小小墓在西湖边是这姓周的先在诗里这么说的。包括苏小小的名字，也去掉一个小字，只称苏小。尽管白居易他们当年也是这么干的，但诗人写诗因受字数限制，或许出于无奈，史家著墨也这样，就有些居心叵测了。"苏小墓在西湖上。周紫芝有诗题云：湖堤步游客言此苏小墓也。"（《咸淳临安志》卷之八十七志七十二）如果当初有人认真起来，想去找这位周先生当面探讨或论争一下，对不起，此人过世已经有几十年了，是典型的死无对证。此诗今存《太仓稀米集》卷二十一，但从诗题来看，估计也是个老滑头，同样预先已给自己留好退路。"湖堤步游客言此苏小墓也"，多么机智巧妙的诗题，简直可以说是完美无瑕，意思相当明白，这话也不是他说的，而是路上碰到的某位不相识的西湖游客说的。包括诗里的内容，也经过精心构思，可谓滴水不漏，诗云："野水横分青草陂，谁埋玉树与琼枝？湖边山自向人绿，门外柳今何处垂？行雨行云均是梦，施朱施粉未相宜。一从蕙死兰枯后，刚道桃花好面皮。"可以说每一句都是在写苏小小，又可以说每一句都不是。这样做的好处是，如果没事情的话，这风流勾当的功劳就是他的，而一旦有什么麻烦，比如当地文坛权威人士不屑，或政府部门要追查造假事件起源，那就立马可以抵赖得干干净净，准保自己能安全脱身。

萧山滨江的西陵地名到手了，尽管只是个山寨版，但至少可以聊胜于无；嘉兴县前的苏小小墓也被巧取豪夺迁到了西湖边。这样，从唐诗里的钱塘苏小，到古乐府"何处结同心，西陵松柏下"的地望，再到西陵桥边现实中的苏小小墓，一条看上去已相当完美的证据链，在经过了几百年，或地方上几代文人的集体努力后，基本宣告完成。接下去要做的事情，就是如何对原始文本进行艺术加工，以便让它显得更为完美和合乎己意。这项工作实际上自北宋晚期起已有人自告奋勇在做，而我至今仍然想不明白的是，其始作俑者为什么不是别的什么人，而竟然会是苏东坡的得意弟子、生平形象如同一个刻板道学先生似的张文潜。在所著《柯山集》里他为我们讲述了这样一个故事：有个叫司马槱的人，在陕西做官，一天白日做梦见一美人来到自己床前，"执版歌曰：家在钱塘江上住。花落花开，不管年华度。燕子又将春色去，纱窗一阵黄昏雨。歌阕而去，槱因续成一曲：斜插犀梳云半吐。檀板轻敲，唱彻黄金缕。望断行云无觅处，梦回明月春生浦。后易杭州幕官，或云：其官舍下乃苏小墓，而槱竟卒于官。"

张文潜是北宋文坛大家，但靠的不是苏东坡这块金字招牌，而是自己真枪实弹打出来的名气。晁公武《郡斋读书记》称元祐时天下论文多曰晁、张。晁指晁几道，张即张文潜也。"文潜之文，雍容而不迫，纡裕而有余。君与秦少游同学于翰林苏子瞻，子瞻以为秦得吾工，张得吾易。而世谓工可致，易不可致，以君为难云。"他上面讲的那个段子，篇名叫"书司马槱事"，如果不是因为里面提到了苏小，或许可以把它看作真实故事，因文中男主角并非虚构人物，同样也是当初相当有名的一位文人，而且跟秦少游是好朋友，跟张本人至少也是熟识。再退一步说，既使提到了，也可理解为不过名字偶同，并不代表指的一定就是南齐那个。但他在文章结尾处笔锋一转，添上了"其官舍下乃苏小墓"这么一句话，而"县前有晋妓苏小小墓"正是嘉兴县的特有品牌，也是该县苏小小资源最显著的地理特征，这就不能说他完全是出于无心了。

果然没过多久，或许嫌情节不够复杂，或许嫌关键处尚未能点透，在他所提供版本的基础上，一个新的更煽情的故事开始出现了。这次出场的主角是个叫何薳的外省作家，所生活的年代为北宋末南宋初。文中编造了大量丰富的细节不说，还起了个醒目的标题叫"司马才仲遇苏小"。故事前半部分变化尚不大，只改动了任职的城市，就像嘉兴县廨前的苏小墓已变成钱塘县前一样，司马才仲（即司马槱，字才仲）在陕西为官也成了在洛阳为官。后面部分则增改颇多，《黄金缕》下半阕本由司马氏自续，新版本隆重推出了秦少游的弟弟秦少章；其次原来美人唱完歌就消失了，姓何的却嫌结局太匆促，缺乏诗意，更重要的是对杭州地域文化的宣传力度不够，因此改为"且曰：后日相见于钱塘江上"。还要将老市长苏东坡请出来站台："及才仲以东坡先生荐，应制举中等，遂为钱塘幕官。其廨舍后，唐苏小墓在焉。……不逾年，而才仲得疾，所乘画水舆舣泊河塘，舵工遽见才仲携一丽人登舟，即前声喏。继而火起舟尾，狼忙走报，家已恸哭矣。"（详见《春渚纪闻》卷七）不仅扯上一堆名人以增强故事的可信性，还在旧版本的苏小墓三字前画龙点睛加一"唐"字，这样就为白居易他们的意淫提供了坚实的史料基础。尽管尚不敢一步到位说是南齐苏小小，但唐人笔下的苏小即为南齐苏小，这个工作早在前朝就已完成。而结尾处刻意渲染的传奇色彩，更是为后人想象力的发挥提供了很大的空间。包括像为《资治通鉴》作注的马端临这样严肃的历史学家，一时居然也为其所惑，在为文中男主角写小传时，一反往常的严谨文风，称"司马才仲《夏阳集》两卷，晁氏曰：司马槱字才仲，温公（司马光）之侄孙。元祐初与王当辈同中贤良科，调官钱塘。喜赋宫体诗，故世传其为鬼物所祟而卒"。可见这故事的影响力在当初是如何的大了。

这时，嘉兴方面终于忍不住了，不愿看着本该属于自己的资源被人家白白拿走，开始有人站出来进行反击。最初是北宋写《嘉禾百咏》的张尧同，但此人所做的努力，除了在自己诗集里放进一首《苏小小墓》，意思是这女人是嘉兴的，其他也没做什么，包括诗后附的那些文献史料，还是后人为此诗作注时加进去的，加上身为地方作家，人微言轻，自然不会有什么反响。《至元嘉禾志》作者徐硕勇气可嘉，惜学识才力不够，在该书卷十三冢墓苏小小墓条下先是称"在郡治东一百步"，然后又进行了一番所谓的考证："晋歌姬也，张文潜集及宋百家诗载司马槱事，云墓在钱塘。寰宇记云墓在嘉兴县。然寰宇记为是。"这话可谓一开口就露败象，小小晋人或南齐人，自有唐人郭茂倩《乐府诗集》为证，而司马槱不过活动于北宋中期。乐史撰《太平寰宇记》的时候，编司马才仲遇苏小故事那两个家伙的爷爷辈都还没出生，这本来就是属于常识的事，根本无须辩驳。你不说倒也罢了，一说反而把问题搞复杂了。因此，把这两件事情放在一起扯，于嘉兴方面可谓有百弊而无一利，等于是自杀行为。

接下去极力辩解的那些，则更为荒谬，让人不敢相信真是他本人说的，更有可能如今人所谓"被徐硕"："今墓正在嘉兴县前西南，坟高三丈，有大井在其侧，旧生双桃于上。宋绍兴初衣白以出，人多畏之，因镇以塔。后宋路分行天心法驱除之，遂不复见。有片石在通判廨云苏小小墓，岂非家在钱塘而墓在嘉兴乎？"有片石在通判廨，这话最早是王象之在《舆地纪胜》里所记，所谓片石，就是保留下来的墓碑，证明其墓至南宋中期早已不存，又哪来的"坟高三丈，有大井在其侧"？王在南宋已无幸见识，你在元朝反倒看见了？何况前面已经说过，晋、齐时的嘉兴，其地望在今海宁，跟五代以后的嘉兴城区不是一回事情，当地又怎么可能真有坟墓存焉？而结尾刻意添加的那些神话色彩更是吓人，什么"衣白以出，人多畏之，因镇以塔"，什么"宋路分行天心法驱除之，遂不复见"，无论情节还是文风，显然都深受彼时流行的小说话本的影响，从而将一个才色双绝的美女，硬是描绘成雷峰塔底压着的白素贞那样的妖女，实在是唐突佳人。

遗憾的是，在这场历时千年的有关地方精神资源归属权的诉讼中，绍兴和萧山方面一直保持着奇怪的沉默。《嘉泰会稽志》和《宝庆会稽续志》对此不置一词，历代萧山县志里也找不到有关此事的任何记录。好像这个西陵，这个女人，这个千年之下尚让人临风怀想、仰慕不已的动情故事，跟自己没有半点关系一样。包括像后来毛西河这样的本土文坛大家，素以好辩著称，对杭州地方志的可信度又一直持怀疑态度，曾撰专著予以驳诘，纠正了彼地历史地理不少沿讹，且反复强调柳浦西陵乃古代浙江最重要的对渡渡口，起始年月正当小小所生活的南齐，而对此居然没听到他有什么高见。四库本《杭志三诘三误辩》提要称："其不足辩者，不在所诘所辩之数焉。"或许在他看来，苏小小与情郎结同心于西陵松柏下，已有本人诗作为证，属于"不在所诘所辩之数焉"，因此也就没必要再说什么。或许当地历史文化资源太过丰富也是一个原因，在勾践、范蠡、西施、许由这样的大牌名人面前，一个唱歌卖艺的真算不了什么。

有前代文人的好事和附庸风雅在先，加上萧山的缄默和嘉兴的回击无力，后来杭州人的胆子也就越来越大。随着《雪斋广录》《苕溪渔隐丛话》《能改斋漫录》《窗间纪录》《南村辍耕录》等宋元笔记的转载传抄，尽情渲染，苏小小移葬西湖、入籍杭州基本已成定局，就差不会说一口地道的南宋官话了。有意思的是，面对如此赫赫战果，前面提到的《武林旧事》作者周密犹嫌不足，谦虚谨慎，积极进取，除借助个人著作如《齐东野语》《癸辛杂识》等反复渲染，居然还在此基础上又编出了最新版，即所谓宗室赵不敏与杭妓苏盼奴的故事来，说这姓苏的粉头有个妹妹叫苏小娟，赵死后有赠诗称："昔时名妓镇东吴，不恋黄金只好书。借问钱塘苏小小，风流还似大苏无？"这样就相当于是双重保险，即便南齐苏小小的钱塘户籍不能获得广泛认同，司马才仲的苏小又嫌鬼气太重，还有一个太宗六世孙赵不敏的苏小小在，而这三个女人的身份全是娼妓不说，且同样也都会写诗，足够以假乱真的了。现在网上流传的苏小小版本大多是这样的，身子坐在油壁香车里，结同心于西陵，墓在西泠桥下，唯一混乱的是名字，有叫苏小小的，有叫苏小的，也有叫苏小娟的；而背后的金主同样如此，或称司马才仲，或称赵不敏，就是因为这一缘故。但不管怎么说，有此多重保险，即使司马迁、班固重生，包拯、狄公再世，想考定此事，审清此案恐怕也无能无力，"湖山此地曾埋玉，风月其人可铸金"这块招牌，大约可以在西湖边挂得稳稳当当，不必再担心原主来把它抢回去了。

周密是宋元之际人，祖籍山东，出生湖州，寄居杭州，因妻子是故宋杨和王之后，权势甚是了得。家住西湖北山瞰碧园，南宋称癸辛街，今地方志又说在南山军将桥一带。他对苏小小的感情原因不明，不知是否因老婆娶得好，有爱屋及乌的意思在里头。尽管书里没敢明说苏小小死葬西陵桥，但自有三百年后的明人郎瑛出来帮他说，称"苏小小有二人，皆钱塘名娼：一南齐人，郭茂倩所编《乐府解题》下已注明矣。一是宋人，乃见于《武林纪事》，南齐小小之墓必在西湖上西陵桥，故油壁车之事俱在湖上"。此人为杭地本土作家，《万历杭州府志》称他学问博洽，名冠江浙，却连《吴地记》《太平寰宇记》《舆地纪胜》《方舆胜览》这些重要典籍都没看过，或者看过了假装没看过。把人家的资源抢来做成假古董不说，居然还反咬一口，指责嘉兴那个才是假的，称"此必宋小小坟耳，何也？赵不敏乃吴人，安知不住嘉兴？院判既取小小，而终老可知矣"。元人张昱的《苏小小墓》因有"香骨沈埋县治前"之咏，诗后并附有详细史料，被他说成是胡说八道，其实真正胡说八道的不是别人，只能是他自己。（详见《七修类稿》卷二十七辩证类《苏小小考》）

元代是个奇怪的政权，虽说是帮来历可疑的老外凭着人高马大、身强力壮抢了别人的天下，但对儒学、佛教、诗文和美色表现出的热情，却一点也不亚于被他们打败的汉人，至少从有关苏小小遗产的态度上来看，应该是这样的。不仅同样倾心仰慕，甚至还有自己独特的秘密的方式，即通过在美人的画像上不停地题诗，从而达到情感的渲泄。这种玩法不见于前朝，亦罕见于后世，本以为自己开发出来的独家产品，比如出自元画四大家的某氏之手，但元好问《虞美人·题苏小小图》既称"美人图子阿谁留。都是宣和名笔内家收"，当原为南宋宫廷秘藏，国亡后连同江山落到了新朝统治者手里。让人意外的是有关地望的认同，按一般观点，既然改朝换代了，当然就会拨乱反正，还小小非杭州所有、这个西陵不是那个西陵之真相，用现在的话来说就是对历史冤案进行平反。但张昱《题苏小小像》称"湖上行云逐步移，手携团扇欲何之？鬓边莫笑闲花草，也是当时第一枝"（《可闲老人集》卷二），许恕《题士女苏小小图》称"红牙罢按不成歌，山染新愁压翠蛾。地老天荒春不管，西陵风雨落花多"（《北郭集》卷六），种种迹象表明，他们继承的不仅仅是她的美色和艳闻，甚至连前人编造的故事也全盘接受了。包括昔日铜琶铁绰唱"问世间，情为何物，直教生死相许"的元遗山，如今却也红牙檀拍歌"莺莺燕燕分飞后，粉淡梨花瘦。只除苏小不风流。斜插一枝萱草，凤钗头"。历史学家对这个短命王朝的研究多主汉化说，不知是否也属一例？

事情发展到这种程度，几乎已臻于完美。到了明清时候，尽管还有很多文人继续热衷此事，继续编造出各种各样新的版本来，但苏小小的杭州户籍已基本无人质疑，一切早已尘埃落定，就像《红楼梦》说的"假作真时真亦假，无为有时有还无"，或西谚所谓"当真理还在穿鞋的时候，谎言已走遍半个世界"，时间一长，也就没人理会，见怪不怪了。至于内容方面，自然也是越来越离奇，或越来越无聊。如在清人姚之骃笔下，我们楚楚可怜、千人万爱的美人苏小小，居然成了一位扶乩的巫婆（见《元明事类钞》卷二）；而诗人孙贲却称"莫学钱塘苏小小，又随人上贩茶船"（见《西庵集》卷七）。俨然又是茶叶贩子老婆的模样。晚明学者彭大翼号称自己终于考证出钱塘苏小的真名，说她本来叫苏小娟（见《山堂肆考》卷一百十一），彭先生素称博学，在这问题上没想到还是上了周密的当。杭州本土作家田汝成自然不甘落后："杭人最信五通神，而西泠桥尤盛。或云其神能奸淫妇女，输运财帛，力能祸福见形，人间争相崇奉。"（见《西湖游览志余》卷二十六）葬有小小香魂的西泠桥，竟然是杭州城里淫神日常办公的地方，这是何等的煞风景之事，让人实在哭笑不得。而方以智在《通雅》里似乎又对统计学有很大的兴趣，声称"宋有苏小小，武林小说言：自古至今，凡有二十许名小小者"。至于这惊人的数字是怎么来的，又称得自郎瑛，不过是转发而已。总之，怪力乱神，风花雪月，无奇不有。同时也证实明代有关苏小故事的版本，较之周密时代，数量方面已稳稳翻了七番，可谓行情大牛，一路看涨，比中国股市不知强了有多少倍。

现在我们终于要说到古代小资文艺的鼻祖张岱了，尽管生于晚明，去古已远，但只是一提起这个女人，却又谁也无法指望能将他绕过去。当然不是因为政治地位高，亦非文笔特别出色，而是目前通行的有关钱塘苏小的煽情版本，即由此人在《西湖梦寻》里所发布："苏小小者，南齐时钱塘名妓也。貌绝青楼，才空士类，当时莫不艳称。以年少早卒，葬于西泠之坞，芳魂不殁，往往花间出现。宋时有司马槱者，字才仲，洛下梦一美人搴帷而歌。问其名，曰西陵苏小小也。问歌何曲？曰《黄金缕》。后五年，才仲以东坡荐举，为秦少章幕下官，因道其事。少章异之，曰：苏小之墓，今在西泠，何不酹酒吊之？才仲往寻其墓拜之。是夜梦与同寝，曰：妾愿酬矣。自是幽昏（婚）三载，才仲亦卒于杭，葬小小墓侧。"这个版本最大的问题，或许还不是在原先荒诞不经的基础上继续往前发展，编造出冥婚、合葬等情节，而是对不同源头的文本进行暴力整合。好比面包、鸡肉和生菜原本属于不同类型的食物，进入他这个肯德基大师傅的厨房以后，出来就变成是汉堡包了。这样置历史真相于不顾的野蛮合并，如果不是出于无知，只能说是别有用心了。

就这样，一个遥远年代凄美的爱情故事，在经过白居易、张文潜、何蘧、周密、朗瑛、张岱等烹饪大师历时千年的反复烹调，刀工火候，形式内容，无一不臻其极，终于熬成了一份典型的所谓具有地方文化特色的卤水拼盘，然后被堂而皇之端上了楼外楼的餐桌，与不孤的孤山、不长的长桥、不断的断桥等一起，成为当地最有魅力的本帮招牌菜之一。原料方面既有苏小小和阮朗（所谓南齐苏小小男友。系后人杜撰），也有苏小和司马才仲。上灶时间自唐长庆二年（822年，白某上任之年）开始算起，到清康熙十年（1671年，张某成书之年）烹制成熟；经营地点原名西村，次改西林，再改西陵，今名西泠。调料除袁中郎说的"一锅胭脂水"及众多轻浮的文人诗词外，更有地方志的独家秘术。总算还好，限于当年烹煮的"销金锅子"（汪元量语）容量有限，周密的苏小娟和赵不敏只好忍痛割爱了，如果把他提供的那些香艳佐料也放进去，味道想必就更绝。

接下去就属于权力集体狂欢的时代了，清代那些显赫的帝王疆臣，康熙、乾隆、李卫和福康安，或许还要加上稍晚的杭州将军特依慎。新版《杭州市志》引《西湖志》称："盖康熙南巡，偶向侍臣询及苏小小，浙江乃连夜抔土西泠桥下，一夕成冢，以备御览。"检李卫《西湖志》卷十五冢墓，并无此载。目前较为可靠的记录来自《浮生六记》作者沈三白，该书卷四浪游记快云："苏小墓在西泠桥侧，土人指示，初仅半丘黄土而已。乾隆庚子〔四十五年（1780）〕圣驾南巡，曾一询及。甲辰春〔四十九年（1784）〕复举南巡盛典，则苏小墓已石筑其坟，作八角形，上立一碑，大书曰：钱塘苏小小之墓。从此吊古骚人，不须徘徊探访矣。"则始于乾隆而非康熙。梁章钜《浪迹续谈》又称墓前有慕才亭，为特鉴堂（特依慎号）所建，王韬《漫游随录图记》记自己咸丰八年在杭访墓经历，他看到的景象是"苏小小墓在山麓，绕孤山行数百步即是，近为特鉴堂将军所修治，建亭其上，题曰慕才"，两人所记相合，则此墓确非原有，不过为迎合圣驾南巡而筑，虚应故事，至道光时又增葺之而已，始建年月应该相当有限，就算不是孙子乾隆时，至多也是爷爷康熙时。

当然，这一事实，在《康熙实录》里你是查不到任何记录的，包括乾隆一生写诗四万多首，在全集里也只留下可怜的两首，而且诗题都非正面吟咏，不过云想衣裳花想容，打打擦边球而已。一为《江皋曲》，称"还君金珰君莫恼，不作钱塘苏小小"，一为《题十二月宫词》，称"谁道钱塘苏小小，兰舟罗袂似神仙"。理由很简单，皇帝是圣人，哪能语涉风月，或者说当领导的就要像领导，心里仰慕喜欢可以，嘴巴上却是不能说出来的。后来又有民国《西湖新游记》作者某，以知情者的口气扬言"墓实系伪作。后人不察，乃以为埋香之所，误矣"！他实际上根本不知道，不仅这个，包括最初西泠桥边那个，即沈复所云半抔黄土者，同样也是假的。《湖壖杂记》作者陆休云正是康熙时候人，又身为地方文豪，连他在书里都已承认，无论苏小小，还是冯小青，"二美之墓俱在子虚乌有之间，白门一友求其迹，怅不可得"。话说到这程度，谁还不死心，就是自己的问题了。原始的苏小小墓从来不在杭州，而在故嘉兴县治前。现在该市跑到西湖边誓盟定情的青年男女每年或许不少，一旦知道眼前这墓不过是三无产品，而真正的那个恰恰是在他们自己家乡，心里不知又会是如何滋味？

朱竹垞可能是最后一位发出一点微弱的反抗声音的人，谁让他是嘉兴人，又是清代最著名的学者文人，毕竟前人留下那么多证据，都说墓在嘉兴而非杭州，其中既有唐宰相李绅《真娘墓》序称"嘉兴县前有苏小小墓，风雨之夕，或闻其上有歌吹之音"，晚唐诗人罗隐《苏小小墓》称"魂依槜李城，犹未有人耕"，也有宋初宰辅王禹偁《戏赠嘉兴朱宰同年》称"县前苏小旧荒坟，应作行云入梦频"，苏轼好友嘉兴太守周邠甚至在诗中留下更为直接的证据："小小迁踪去不还，空标遗冢落人间。钱塘门第家何在，回首临平隔断山。"一个"迁"字，一个"空"字，可谓道尽个中奥秘，加上更早的《吴地记》里的原始记录，让竹垞先生觉得如果不据理力争一番，实在有些愧对自己的籍贯。为此他在生平力作《鸳鸯湖棹歌》里进行了有力的辩驳，后来见没什么效果，也就只好算了。毕竟那时距苏美人被迫落户杭州已有六百余年，自觉回天无力。但他晚年写的《西湖竹枝词》居然称"岳王祠外舞台偏，半在湖塘半在田。怕值油车苏小小，劝郎骑马不如船"。相当于又公开承认苏小小为杭产，自己否认自己，让人实在有点难以理解。比较合理的推测是来自权力方面的压力：既然赏识他的皇帝喜欢让美人安家西湖，那有什么办法，因此也就心有灵犀，很快学会讲政治了。

最后还该说一下樊榭山房主人厉鹗，此人为杭州本地人，身兼诗人与学者，在完成与友人合作的那部名气很大的《南宋杂事诗》时，发现前人在有关钱塘苏小的身份认定上疑点多多，漏洞百出。本着文人良心，他在诗中首先对家乡西湖边所谓的苏小小墓表示了质疑："湖堤何地葬桃花？简简芳名未可夸。赚煞西泠桥畔客，几番松下觅香车。"诗后自注里更是明言"苏小墓并不在钱唐，自《武林旧事》载在西湖，而《咸淳临安志》亦载，引周紫芝诗为证。然唐人徐凝有诗云：嘉兴郭里逢寒食，落日家家拜扫回。唯有县前苏小墓，无人送与纸钱来。陆广微《吴地志》亦明载在嘉兴县侧。或谓李贺歌有西陵下，风吹雨之句，然西陵即西兴，亦并不在钱唐，似不足据。后之志墓者，当考正之"（《南宋杂事诗》卷一）。一个敢于公开揭露自己城市历史造假的人，自然是一个勇敢的人，也是一个令后世钦佩并肃然起敬的人。可惜他站在严谨学术立场上的考证，根本没人拿它当一回事，无论是本地的还是外地的。加上当他在书斋挥笔疾书的几乎同时，当地政府为恭迎皇帝圣驾兴建美人香冢的工程，正开展得如火如荼。如果我没记错的话，那是一个历史上皇帝也狂热写诗的特殊年代，同时也是一个文字狱层出不穷的年代。因此，厉氏在发出自己力所能及的一番呼吁后，也很快知趣地闭上了嘴巴。这以后，大约就再也听不到有什么相反的意见了，这种沉默一直持续到了今天。

二〇〇九年

〔隐士〕张志和

西塞山本事

西塞山在唐诗中的位置以及思想、文化上的意义，正如药酒在魏晋时期文学中的位置，可以称得上是"风流千古"。作为中国文人出世归隐生活的一个象征——也许应当说是头脑清醒的中国文人出世归隐生活的象征，西塞山并不孤立，剡溪、洞庭、太湖、富春江边的钓台，这些水边的意象在精神上与它有着继承的关系。陆地上的意象则有终南、庐山、鹿门，甚至陋巷、鞋店和铁匠铺。前者是颜回所居之所，后者是道家大师庄周和晋朝的贤士嵇康生平从事的职业。应当指明的是这些袖袍宽宽的大贤对尘世的遗弃有些是真诚的，真正出自心灵，有些则搔首踟蹰，模棱两可。如王维在辋川山庄的松风涧雨中度过的那些日子，总使人不免将之与南阳山中的诸葛孔明结合起来观察，有一种欲擒故纵、待价而沽的嫌疑，但愿我这样说不至于唐突古人。

西塞山除了上述的真实光辉和高度外，另一动人之处在于它的神秘。这座因唐代中期一首文人词而闻名于世的山峰到了唐末竟然神奇地消失，这真是充满神话色彩的描述。而正是这种神话色彩，使得它在宋代又神奇地出现，而且一下子又出现了两座。一座在浙江湖州，另一座却远在作为三国周郎赤壁所在地的湖北武昌，并由此引起了一场长达千年之久的讼案。有资料表明以下这些学者文人都与这场讼案或多或少发生过一些关系：苏轼、黄庭坚、吴曾、叶梦得、倪思、胡震亨、夏承焘、朱东润，还有已故的山东大学教授林庚、冯沅君夫妇。这些名字为落实西塞山的具体位置曾做出了种种努力，然而最终未能取得一致的看法。与大江东去的武昌相比，其在湖州的可能性也许更大一些。诚然，词中那些具体风土与意象：桃花流水，蓑衣笠帽，白鹭，鳜鱼，斜风细雨所蕴含的文化上的特征大有非湖州莫属的倾向，然而好胜争斗的楚人一点也不肯放弃将他们的郡志与一位名人连在一起的良好愿望。90年代初，由于武昌方面刊载在《人民日报》海外版上的一篇缺乏学术精神的文章，使这场旷日持久的古代讼案再次进入了高潮。

　　提到西塞山不提它生命的赋予者张志和是难以想象的。这位生于八世纪的诗人的一生极富传奇色彩。大约在他十六岁的时候，由于当时的皇帝——安史之乱后登基的李亨痛感板荡中人才的匮乏，采用了面试这样一种较为开明的人才选拔制度，使才华横溢的张志和得以明经擢第，以文字侍候于君王左右。不幸的是他父亲的猝亡使他认识了生命的飘忽和不可知，按照《新唐书》中的说法是"无复宦情"。总之，当时二十余岁的张志和从此开始了他的隐士生涯。先是自号"烟波钓徒"，浪迹著书，尔后便在会稽东部隐居，而且一住就是十年。一篇出自他朋友颜真卿手笔的传记不无夸张地描述了他当时的生活状况：身披一块未经剪裁的大布，食果子和粗粮，居于不削树皮的大木搭成的屋棚。夜间写作，白天则臣服里长——相当于今天的居委会主任一类干部指使，执畚就役，从事疏浚河道的工作。会稽就是现在的绍兴，是盛产侠士、高人、乌篷船和师爷的地方。一百年前那里又出了一代文豪周氏兄弟和女侠秋瑾。东湖位于绍兴城郊三里，是山水幽绝的人间净土。一九八六年一位面容肃穆的青年曾在那里俯仰缅怀，他的悲哀在于他找寻不到半点先贤的遗踪，甚至在当地的郡志里也无半点记载。后来他登上临水的木楼喝酒，倚窗看山，买舟玩月，算是完成了一段怀古佳话。不过，那种混迹于游人中的巨大的孤独之感和幽思，是小小的乌篷船怎么也载不起的。

我对西塞山的兴趣起自一九八〇年，尽管当初在工厂里只是每月拿二十五元工资的一名工人，我还是在贫困的生活中保留了某种精神思考的习惯。当时的情况是这样的：在漫不经心的阅读中偶然发现一条史料，在公元七七二年，也就是以忠烈及一手好字闻名于世的唐代书法家颜真卿在湖州担任刺史期间，曾由身边一位好友，即为后世标榜为茶圣的陆羽前往会稽邀请张志和访湖。奇怪的是这位性情乖僻的家伙居然愉快地接受了这一邀请。这使我产生一种想法，那就是他们可能是京华故识，甚至有着相当不错的交情。与知府大人的相见地点是在府署前的骆驼桥下。当好客的主人请贵客到宾馆下榻，令人意外的事情发生了，作为客人的一方竟然拒绝登岸。以下一段文字是张志和当时答话的原始记录："愿浮家泛宅，往来苕霅间（苕霅系湖州水名），野夫之幸也。"

这次著名的对话以后，张志和便在湖州寄情山水、萍踪不定。没有资料表明他的居住时间有多久，比较可靠的推测是一至二年，至少公元七七四年左右颜真卿离任前撰《浪迹先生玄真子张志和碑铭》时，文章中的主角似乎已经离开了湖州，致使这位敦厚的刺史大人痛感"忽焉去我，思德滋深"。客居期间有关他的记载有以下这些：写作包括"西塞山前白鹭飞，桃花流水鳜鱼肥。青箬笠，绿蓑衣，斜风细雨不须归"在内的《渔歌子》五首，并在当地掀起一个以此为主题的诗歌运动。以荷叶为衣，向他崇敬的屈原以及楚辞表示致敬。出席过市府的两次宴会，其中一次喝得开心之际醉中泼墨为席间众人画像题诗。应颜真卿之请放舟太湖画《洞庭三山图》。前四种出自府志，而后一种是通过当时的名僧皎然一首诗《观玄真子为真卿画洞庭三山歌》间接了解到的。

西塞山不是现实意义的山，张志和也不是尘世中的人物。这位中国道家文化的代表仅就服饰而言就是一位愤世嫉俗之徒，其激烈程度比之二十世纪西方的嬉皮士有过之而无不及，而性情之乖僻更是同时少见，可以一连几天不说话，也可以像鱼一样只喝水不吃东西。他对现实世界的遗弃也是由里及表的，这在热衷贡举取官的唐代称得上是一大奇迹。在此我不想以比他稍大的王、孟以及略晚一些的寒郊瘦岛来比较。即以唐代三大诗人为例，又何尝不都是功名的绝对臣服者。李白被赐金还山，白居易晚年尚贪恋官位不休，而杜甫一生为求得一官半职

"朝扣富儿门，暮随肥马尘"，进三大礼赋，颂赞官僚，麻鞋朝天子，历尽千辛万苦而功名之心不绝。这些分析在很大程度上加强了我对这位精神圣徒的推崇，而正是这种崇敬之心使我在工作之余以与爱情相当的狂热投入了对西塞山地望的复杂的考证。

一个诗人而从事于一项旷日持久的考据工作——查阅资料、辨析传闻、学习摄影、抄书、卡片的保存与分类、向各大图书馆投寄请求帮助的信件、实地寻访，这显然勉为其难。何况我原先于此并无半点实际经验。现在想来，我当时一切从原始做起的方法看来还是相当准确的，将这项历时半年的冒险的大部分时间都花在了阅读和踏勘上。张志和，这位脾气古怪的人物一生仅留下九首短诗，这对所有打算研究他的后人的打击无疑具有毁灭性。我的方法是从他为数不多的朋友入手，如颜真卿、韦诣、皎然、耿讳。仔细阅读他们的全集，尽可能发现与之有关的些微线索。西塞山是友善的，我的匹夫之勇最终有了结果，那就是我从事写作以来唯一的一篇论文《张志和词中西塞山考辨》。一九八四年，由一位长者——杭州《西湖》杂志的主编董校昌先生推荐，这篇文章发表在同年北京出版的《文史知识》第一期上。

在湖州市中心骆驼桥下船，经过西门水闸、雪水桥、严家坟、塘口这样一些地方，沿雪溪一直行驶到潘店附近，再通过钓鱼湾行三四里进入古凡常湖。湖边山水清幽，桃花素静，我考证文章中的西塞山于此独秀。但时间的湮没早已使它草木凋敝，甚至山中的一些古代建筑，如牌楼、石阶、亭阁，以及墓前的石刻人兽等也残迹斑斑，所剩无几，令人大起铜驼荆棘之慨。应该说明的是这些历史遗迹与张志和无关，而只是明初一位官僚，自号"西塞翁"的工部尚书严震直陵前的装饰。这位附庸风雅的洪武朝的权臣显然因官场倾轧从而向往隐士生活的清闲潇洒。他是西塞人氏，遗嘱上表明死后要移葬于此。一位与他有特殊因缘的人——清代道光朝江西督学署使吴孝铭曾于墓前题咏"名贤逸兴常垂钓，胜国忠魂可接邻"，这是我考证文字中的关键和重要论据之一。至今我尚能清晰回忆起当初找到被砌入山下公社机埠的镌有这一对联的石柱时的狂喜之情。是的，我们的工作需要报偿，哪怕是再平凡再普通的工作，这是人类生存下去的力量与奥秘所在。

这里有两个特殊人物要进入我的叙述。西塞山所在的凡常湖——今名凡洋湖村村干部方培林，是一个相当腼腆之人。在我认识他那年，他大约三十岁。西塞山的场景问题与他的责任田里的粮食是两个世界，仅仅出于待客之道，他先后七次陪我寻访踏勘，差不多找遍了全村所有的羊棚、猪圈、民房和机埠。记得我当时的落脚之地就是他家土改时分得的一张雕花大床，兼作资料柜、写作台、餐桌和眠具。夜半时分拥着缎子花被入睡，总疑心床柱的斑驳油漆散发出一种与地主小老婆有关的气息。而头顶水乡特有的长脚豹蚊的频频袭击较之越战时美国人的轰炸机还要凶猛。这些调侃是为了用以说明对先贤的崇敬使我如何克服考证过程中的种种困境。这当然也离不开朋友们的帮助，在一家电台任职的Y女士就是这其中的一位。她的业余爱好之一就是摄影，一架老式的国产方框相机的镜头成了我寻访西塞山的最真实的眼睛。啊！那些山中的可值纪念的岁月，古典情趣的景观，善良质朴的农人，也许美好事物的价值就在于它的来之不易。我在不到六个月的时间内体验了王国维先生论述过的艺术必须经历的三个阶段：从最初的"昨夜西风凋碧树，独上高楼，望尽天涯路"，到中间的"衣带渐宽终不悔，为伊消得人憔悴"，直到一个下午微茫雨丝中我"蓦然回首，那人却在，灯火阑珊处"。西塞山，精神的意象，冥冥之中的神物、古典的斯芬克司，你终于在唐朝的斜风细雨中与我有缘相识。我和Y女士扔掉手里的饮料，孩子一样蹦跳，在最后一刻我终于想起她已是有夫之妇才没有拥抱她。

西塞山目前仍是不为公众所知的一个秘密所在。在我的文章发表以后，来自湖北黄石的两个人找到我，介绍信上的落款是市地方志办公室。那次我因要立即动身去外地参加一个笔会而没能陪伴同去，只为他们画了张详细的路线图以及告知到后可以找谁。在我复杂的内心世界希望有更多的人去西塞山留下游踪和怀古幽思，又希望他们永远也找不到。这是科学救国的时代，一个古代诗人在何处留下他的诗篇对一个国家又算得了什么？西塞山是我的，是我心灵的蓑衣箬笠下的个人秘密，是一个卑微的生活者一生中情动于衷的一次奇遇。

从纯粹地理的角度来观察西塞山也许并无奇特之处。对于农人、渔夫、山民以及贩夫走卒，甚至有志于发展经济、振兴家乡的地方干部，西塞山都是令人沮丧的一个理由。它资源匮乏，交通不便，要知道它只是一座高度不到七十米的小山，全部的出产也只有文化、宗教以及不值钱的诗文，并且在物欲的巨大齿轮间沦没已久。即使是那些热爱它并神仰它的人，也往往知其名而不谋其面。要是谁从严子陵钓台、杜甫草堂，或湖州市内的赵孟頫莲花庄乘兴前来，我想这恐怕不是好事，因为他的虔诚之心将在得到和失去之间承受考验，并迫使自己做出迷惘的然而也是严峻的选择。

这正是我以下要谈到的一个观点，西塞山不等于辋川山庄弹琴长啸的王维，甚至也不等于钓台上的子陵先生。虽然一种形式上的相似使得他们面目颇难辨别，但就本质或曰内在精神而言彼此仍然相去甚远，这可以用一个退职颐养天年的官员与一个一生淡泊者的区别加以比方。说到底，这是物质与精神的区别。据我看来，王维的归隐仅因宦途失意和出于对当时政治格局的某种不满，而张志和的无复宦情则是对生命短暂、人生无常的本质认识。我们已经知道这种认识的起因是他父亲的猝亡。"人生苦短，白日苦暗。""生年不满百，常怀千岁忧。昼短复夜长，何不秉烛游。"这里的"昼"和"夜"也许可以看作两个不同的世界，而烛无疑是一种含有"信念""力量""支柱"一类含义的意象。我们可以假设当初他从千里之外的长安回家奔丧，伏在父亲灵前恸哭那一刻，他血液中的秘密主人——宏大的道家哲学——唤醒了他。他对生命、知识、服饰饮食有了新的认识与新的感悟。在这以后的十年，可以想象他的心境并不平静。他仿佛在寻找什么，企图穷尽什么。完成于这段时间内的哲学著作《玄真子》十二卷显然可以告诉我们一些他心灵的隐秘，但这部令人神往的大书没有能够流传下来（今存本不可信）。现在可以大致确定的是，到了公元七六二年——唐代宗宝应元年，他博大的思想开始澄清，于是他在当时另一贤士，他的兄长张鹤龄的劝说下到绍兴东湖隐居。我在前面已经提到，这种隐居是对茹毛饮血的史前生活的刻意仿效，不带半点文明的印记。还有一个小故事可以用来说明他当时思想上所达到的高度。根据颜真卿的回忆，陆羽去绍兴东湖与他见面时曾问及平时与哪些朋友交往，得到的回答是令人吃惊的——"以日月为灯，天地为室，与四海诸公未尝少别，有何往来？"

在西塞山，张志和找到了他一直以来梦寐以求的那种东西——孤独与大气。这里远离唐代中期繁华喧动的笙歌楼台，也不等同于会稽东部的闹中取静。纯粹的自然景观，烟波迷离的凡常湖上，桃花流水，鳜鱼白鹭，加上陌头的桑姑，水边的钓叟渔娃，寺院的钟声，俨然陶潜《桃花源记》里所描述的理想生活的一个绝佳的现实版本。当时年约四十岁的张志和显然十分满足自己的人生选择。白天他在烟雨中垂钓吟咏，夜晚宿于芦花深处，抱月而眠。这种浪漫的描绘其实来自他本人的自述："雪溪湾里钓鱼翁，舴艋为家西复东。江上雪，浦边风，笑著荷衣不叹穷。""松江蟹舍主人欢，菰饭莼羹亦共餐。枫叶落，荻花干，醉宿渔舟不觉寒。"此为他题为"渔歌子"组词中的第三首与第四首。

这是一个被巨大的孤独彻底征服心灵的男人。一个例子可以用来证明这种孤独，这种对人世的遗弃到了何等乖僻、不近人情的程度。栖贤山和西塞山是湖州地域邻近的两座名山，在唐大历八年（783）的栖贤山顶的一座寺院里，差不多集中了一大半的江南名士：皎然，陆羽，颜真卿，女道士同时也是唐代三大女诗人之一的李冶，"大历十才子"中的耿湋等。他们聚合在那里已有好些日子，参与编撰一部空前绝后的典籍《韵海镜源》，其中不少人是张的故交或旧识。令人不解的是他始终与他们保持了相当的距离。这个判断源自对《颜鲁公文集》的重新阅读。顺便提一句，这位以忠烈闻名的湖州刺史大人喜欢玩一种有趣的诗歌游戏——联句，具体的方法是由一人先吟一联，然后其他人依原韵再继续创作下去，并需将诗意扩展推进。在他数以十计的此类文字游戏中，参加者的名单长得可以从山上排到山下，这中间有僧人、酒鬼、幕僚、道士、歌伎、白衣寒士、浪子和现职官员，但没有烟波钓徒张志和。也许我可以把这看作偶然现象，但他初来湖州之际与颜真卿那番著名的对话使我最终排除了这种可能。

　　我在这里描述的到底是一位隐士还是一种生存方式，我分辨不清了，也许在精神深处它们是相通的。考虑到隐士在中国历史上出现的特殊政治背景更该作如是说。尽管外国文人中也有，例如十九世纪隐居在英国北部湖边的华滋华斯与柯勒律治、法国的耶麦、美国的摩温和在此之前隐于太平洋沿岸卡梅尔小镇上的诗人杰克逊。但在我看来这些工业文明的逃离者比之一位一千二百年前的中国古人则有着明显差别，不仅是时间，而且在高度的占有上张志和也走在了他们的前面。用"逃避""超越""独善其身"等概念来界定他显然不胜其力，他的一切已脱离了尘世的范畴。他不需要这个世界，因为他的蓑衣笠帽下面有一个完整的自己的世界。就像他在一首神秘诗歌《空洞歌》里所说的："无自而然，自然之元；无造而化，造化之端。廓然恚然，其形团圞，反尔之视，绝尔之思，可以观。"

我突然有一种对他形象揣测的强烈冲动。迄今为止我们已大致了解了他的习性、思想、服饰与起居，而有关肖像图绘部分却因某种历史缺憾一向罕为世知。当然我无法想象他的仙风道骨和鹤发童颜，如同我们在影视以及《高士传》一类文献中所见闻的。与其这样，我宁愿想象他矮小、消瘦，具有普通人的弱点和动人之处，御野服，执麈尾，睥睨四顾，疲倦的眼睛里火焰的余烬，于开合之间可依稀辨认出精神的遐外之思。我承认这种描绘并无任何文字依据，仅仅出于直觉，一个诗人对另一个诗人人格力量统治下的容颜的大胆猜测。

西塞山是张志和恬淡人生的生动象征，也是人与自然相互寻找并相互感化交融的典型事例。在外人看来这种结合纯属天成，其实却有着更深的背景。这里请允许我介绍他的父亲张朝真，这是一位谦谦长者与著作家，喜好药石、长生之术，尽一生努力为《易经》作注。而他的哥哥张鹤龄更是一位虔诚的道家弟子。在这种浓重的宗教气息中长大的张志和即使对功名官爵也有着与常人相同的兴趣，但他对生命以及灵魂的认识比之他的同时代人却要深刻得多。现在还不清楚他十六岁那年以什么得到了肃宗的宠爱，也不清楚他突然离开湖州的日期以及为何要匆匆而去，甚至不向主人辞行。厚道的颜真卿当时正为他新制了一只舴艋舟——作为友情的表记——以至从此无所归属，使这位好客的刺史大人不免大大扫兴。这以后其身影便从中国文学史上消失。唯一透露他一点信息的是一首题为"上巳日忆江南禊事"的短诗，根据诗中的意象和情绪可以肯定他后来到过黄河中游一带，我的个人推测是又回到了帝都长安。

这真是"大隐隐于市"了。在那里，他回忆在湖州时的诗酒生涯，字里行间流动着明静而纯真的光芒。

西塞山在所有与名人有关的山中不是最高的，我对它的特殊兴趣也仅仅因为它的真实。不幸的是，西塞山像所有山峰一样，也有自己似乎永难摆脱的内在阴影。但它的阴影只是消极人生的自然折光，是对人无法支配自己命运这一永久事实的深深畏惧。而这种精神思考远不是王维、孟浩然、白居易等山中林下搔首弄姿的人物所能望其项背。就王维而言，他虽然歌咏"独坐幽篁里，弹琴复长啸。深林人不知，明月来相照"，其真正目的却是要让数百里外帝都宫廷里的君王及他的旧日同僚们听到，让他们惊羡："王维这家伙如此闲适，真让人神往啊！"而张志和的意义就在于心灵与行为的统一，这方面的高度我以为只有东篱醉酒、倒履迎客，悠然见南山的五柳先生陶渊明差近似之。

然而西塞山在中国文学上的光辉并没有给它周围的居住者带来什么。当外省的文人因无缘识荆而恨恨不休时，当地的青年却卷起铺盖，或在自行车后架上载上鱼篓朝城市涌去，去寻找梦境中的宫殿、富裕、文明和公共娱乐。对他们来说，物质永远是第一性的。这不是张志和的悲哀，这是时代的悲哀。也许有一天他们会回来，在烟雨冥冥中回想消磨在尘世中的时间和生命，他们会崇仰一位古代伟人，尽管他们也许永远也不可能真正认识他。

独船墩是位于凡常湖正中的一个幽绝去处，它的取名肯定具有某种人物背景和事态寓意。在我心目中它当然与张志和有

关。现在我回想起当初拿到登载我论文的杂志的那个下午，我
坐在那里，一边遥想先贤当年一边把文章焚祭撒在水面：

春天的渔夫隐藏真相的蓑衣箬笠
落满冬天厚厚的雪
我注意到他著作里的白鹭用翅膀——而不是脚
——感知世界
用沉默说出真理

是什么剥削我们脸上的光芒
一些虚荣的文字，功名，一顶冠冕
一个蔑视自己的人　已经看到大理石的伤口
于是他用流水的方式起居　用桃花的嘴唇饮食

寄居于鳜鱼的生活，舴艋舟隔开废墟与宫殿
尘土中微末的修道者啊
他在西塞山前找到精神的终极
在斜风细雨中　著书垂钓　长啸短吟　计算里程与天日

这是一个诗人采用过的方式
一个智性生命　以朝靴为酒具
使谵妄的后来者饮到心灵想饮的酒
他和那桃花、流水、鳜鱼
以及西塞山是同一种事物

就是那天下午，我承认自己以往对生活的认识浅薄无比。我把西塞山和它的创造者看作自己精神上的老师。这样的老师后来又有了一位，那就是现今隐居在明尼苏达州乡下他父亲农场里的美国当代诗人罗伯特·勃莱。这位耶鲁大学的前教授，美国新超现实主义诗歌的领袖人物，却在他事业与文学的巅峰时刻辞谢功名与繁华。我想象他饱受工业文明洗礼的沧桑眉目间的深邃与单纯。直到前不久他的中国朋友——重庆的青年翻译家董继平来湖州，给我带来了他亲笔题赠的照片，使我再次有理由为自己猜测的大胆与准确而自鸣得意。

结束一篇文章比开始动手写它肯定要复杂得多，也困难得多。当叙述到了终极，心灵中的人生积郁——按照古典的说法是"块垒"———一倾而尽，我将再次被迫回到现实之内，在齿轮和粮食中，日复一日地生活。西塞山对我来说始终是与神物意义相近的一种存在。由于有关部门的官僚主义、惰性和自以为是，在长达几十年的时间内，让它成为旅游胜地这一良愿看来已几近于空，但文学上和精神上的意义却长存于世。作为中国文学史上最高的山峰之一，和古代知识分子人格精神的象征，它的超凡脱俗、幽私以及神秘的感召力，使我在世俗的光芒中想象了许多年后：一个舴艋舟的驾驭者，往来苕霅之间，他终于从现实的居住中解脱出来，泊舟山前，垂钓船头，与西塞山朝夕相依，在斜风细雨中感悟微妙的人生——寻找到永恒的安宁。

一九九〇年九月病中作，十年后改定

精神战士陆游

　　陆游在《入蜀记》里写自己四十二岁赴川任职，途经镇江，受太守蔡子平热情款待。此书文笔优美，伪字连篇，气息可疑，因此宴席上端出来的主食难免也有些古怪。其乾道六年（1170）六月十九日条下记曰："赴蔡守饭于丹阳楼，热特甚，堆冰满坐，了无凉意。蔡自点茶颇工，而茶殊下。同坐熊教授（熊克，《中兴小纪》作者）建宁人，云'建茶旧杂以米粉，复更以薯蓣，两年来又更以楮芽，与茶味颇相入，且多乳，惟过梅（黄梅）则无复气味矣'。非精识者未易察也。"明明是宁波乡村的普通董茶，非要说是镇江市长的宴客佳茶，这就是宋代文人小资情调的极端表现了。太守蔡姓，技法又属闽系，说不定跟茶学巨头蔡襄有点关系，找出《宋史》一看，果然是蔡某后人，用上了他曾祖所著《茶录》里"茶少汤多则云脚散，汤少茶多则粥面聚"的独门手法。至于在座会有"热特甚"的感觉，那也是其祖传烹煮秘诀不可或缺的组成部分，因《茶录》

里又说了："凡欲点茶，先须熁盏令热，冷则茶不浮。"熁是烤的意思，《集韵》说"火迫也"，还能不热？而所谓"堆冰满坐"，不过是说彼时京口红灯区发达，叫来吹拉弹唱的三陪小姐比较多，仍无凉意而已。因古人以"脂"代"冰"，就算非用此字不可，一般也写作"父"或"凝"，如《诗经》"肤如凝脂"，《庄子》"肌肤若冰雪"之类。现在用的这个冰字是什么时候冒出来的，尽管无法考证，但至少唐明皇和他老婆在华清池泡鸳鸯浴，所谓温泉水滑洗凝脂，依然以凝代冰；比陆某小两岁的王明清写《挥尘录》，书里用的还是"父"而非"冰"。等西班牙医生比利亚弗兰卡的人造冰冻技术发明出来并投入使用，起码要到一五五〇年即明世宗嘉靖二十九年以后，至于当时国家外贸部门是否像鸦片一样最初同意引进，因史料阙失，谁也不知道。

或许正是丹阳楼那碗非茶非茶的玩意儿吃得不爽，脑子有些糊涂，日记里也开始有些夹缠不清。次日登妙高台，也忘了问一下奉化的文化品牌怎么会出现在这里。还有徽宗为道学老师温州人林灵素在皇城开封筑的神霄宫，如何又一下变成了位于长江中的金山寺，跟他途中在嘉兴看到的池中有很多乌龟的本觉寺，"寺故神霄宫也"，建筑特色方面又有什么区别（史官的补救方法是说朝廷下令全国都要建此寺，放在太平盛世或可奏效，食人肉都要比胖瘦的北宋末就戏法不灵了）。另外好友范成大同月出发使金，既然在杭州没见到，肯定比他先走，军国大事在身，这是何等的要紧，怎么可能在他到达镇江十一天后还"遣人相招食于玉鉴堂"，而见面又无只字可记？尤其到了湖北地面以后，竟说西塞山在大冶县，所谓"晚过道士矶，矶一名西塞山，即玄真子渔父辞所谓西塞山前白鹭飞者"。又说西塞山在洛阳，其《排闷绝句之二》称"西塞山前吹笛声，曲终已过雒阳城"。又说西塞山在湖州，其《六月十四日宿东林寺》称"戏招西塞山前月，来听东林寺里钟"。一个国家的顶级名人，言论如此颠三倒四，一如他文章里那些稀奇古怪的署名如笠泽渔翁、甫里陆某、三山老子、吴郡陆某之类，实在让人生疑，不知道到底什么来头？

事实上他的一生也确实富有传奇色彩，南宋文坛上最具才华的人物，作品丰富得可以前无古人后无来者，身世方面的资料却相当吝啬，很多地方都是空白。首先他三十岁以前的生活情况就相当诡秘，除了含含糊糊告诉我们从小逃难东阳，后来移家山阴，有一座少年时经常去玩的云门草堂和一个写诗的曾老师（曾几），其他基本就没有了，只拿出一个有关唐琬的爱情故事来吊人胃口，或转移视线。《四朝闻见录》说他老妈"梦秦少游而生公，故以秦名为字，而字其名"，这在古代是皇帝才有权享用的体外受精法，看起来是吹捧，实际上是贬低，相当于说他诗写得好不稀奇，因为有神的作用。《爱日斋丛钞》又说他爷爷陆佃直到七岁还不会说话，一开口就是一首名诗，而且全家只要是男的都七岁写诗成名，还有一本家谱叫《七岁吟叙》。他自己所著《家世旧闻》又称老爸在兄弟中排行第四十一，上面有哥哥三十八伯父，下面有弟弟四十二叔父，弟弟下面还有弟弟四十三叔父，放在现在不仅可以申报吉尼斯世界大全，而且外星人入侵以前不用担心会有人打破纪录。总之，全家都感觉怪怪的，不像是正常人的样子。

回头再来看此行的起因，也是怪事不断。比如任职夔州的旨令是上年十二月接到的，这么喜欢为国捐躯，做梦都想着杀敌的人，终于有机会上前线了，却以病为由拖到本年六月（闰五月）才动身，考日记第一篇乾道五年（1169）十二月六日是这样写的：“得报，差通判夔州，方久病，未堪远役，谋以夏初离乡里。”而第二篇已是半年后的乾道六年闰五月十八日：“晚行，夜至法云寺，兄弟饯别，五鼓始决：去。”病生到什么时候可以由自己说了算，是否真去又得跟老哥谋划一晚上才定得下来，因此，说托病延行或许还是轻的，简直有蔑视朝廷贻误战机之嫌。同时他开到四川去的那条“樯高五丈六尺，帆二十六幅”，载重量为二千斛的超级巨轮，也古怪之极，船身比当时的钱塘江还要宽，规模比民国时代的军舰还要大，也不知他是租来的还是自己造的，如能早点贡献出来给国家，哪里还会有什么契丹和金国？且一路上游山玩水，悠闲自得，以国家历史地理代言人自命，又像在央视《话说长江》做主持人，一边走一边说，整个行程居然又花去半年多。而当别人去夔州的时候，在他眼里就完全变样了，非但朝发夕至，甚至船也可以不坐，骑马就行，考《剑南诗稿》卷一有《送查元章赴夔漕》诗云：“柳色西门路，看公上马时。亦知非久别，不奈自成悲。白发刘宾客，青衫杜拾遗。分留端有待，剩赋竹枝词。”还等几天后老查回来读他新写的诗呢。甚至自己想快时也能快，连两千斛私家豪轮也可不要，改由陆行，其《杂感十首》有云：“我昔下三峡，百丈堆（推）两车。初发公安城，已过长风沙"，让"千里江陵一日还"的李白感到压力很大。

南宋的东林在哪里？他本人肯定不好意思说，不仅五十卷的《渭南文集》首篇就是《天申节贺表》，在所著《湖州常照院记》里更有特别介绍，说当地有南宋的祖庙常照院，别称"天申金刚无量寿阁，扁牓及紫檀刻佛号、如来阁牓悉御书也……又一再赐万几（指宋高宗）暇日所临晋王羲之帖二十二纸，唐陆柬之兰亭诗一卷，及米芾史略帖一卷，题团扇二柄，又赐白金助建立"。既然如此，只好请与他关系在师友间的王景文来介绍一下，其《游东林山水记》有云：绍兴二十八年八月三日欲夕，步自闉阇（皇城临安）中出，并溪南行百步，背溪而西又百步，复并溪南行。溪上下色皆重碧，幽邃靖深，意若不欲流。溪末穷，得支径，西升上数百尺。既竟其顶……山有浮图宫，长松数十挺，俨立门左右，历历如流水声从空中坠也。"如此幽绝森严之景色，与他青年时代写的《云门寿圣院记》倒有一比，而此文在明人何镗《名山胜概记》里署名正是作"吴兴陆游"，而非今四库本所谓"吴郡陆游"。包括他的《送三兄赴秦邸》诗"早从丞相乞湖州，莫待异时思少游"（《放翁逸稿》卷下），丞相指秦桧，少游自称，意思是嘱其兄求秦关照，安排在湖州为官，这样兄弟两人就能时常见面。还有后来杨万里在闻知他获准退休写来的信，也一语道破天机，内称"招月西塞，听钟东林"，用的就是他诗中的典，除了证明他就住在那里，很难有别的解释。包括他儿时业师葛胜仲家在东林宝溪；与他为邻居的曾几之子曾无逸，有曾氏极目亭系湖州名胜，后为赵孟頫别业莲花庄（详见周密《吴兴园林记》）；

甚至还得加上那位在镇江请他喝闽式芋羹的蔡太守，《宋史本传》也说是移家湖州多年的资深寓公。

尤为让人无法理解的是，如果仅仅因为是诗人，习惯于浪漫想象，缺乏历史学家的严谨与缜密，如后来查慎行所批评的那样："西塞山在吴兴，《唐书》张志和金华人，颜真卿守湖州时，志和来谒，愿浮家泛宅往来苕霅间，踪迹未尝入楚也。陆放翁《入蜀记》云即玄真子渔父词云云者，茅未详考耳。"一时失误，那也没有什么。问题是这位伟大的爱国主义诗人，实际上是道家文化极度狂热的崇仰者，这在他家是祖传法宝，无论辟谷二十多年的什么太傅公，还是辟谷十年的什么先大师，还是闭门静修的什么先少师，全是西塞山精神之父张志和的铁杆粉丝，一心盼着想尸解成仙，白日飞升。而他本人的表现更是青出于蓝，比如他偶像说"霅溪湾里钓鱼翁"，他马上跟着说"霅水云深著钓船"（《送芮国器司业》）；他偶像说"舴艋为家西复东"，他马上跟着说"舴艋为家东复西"（《上虞逆旅见旧题岁月感怀》）；他偶像说"钓车子，橛头船，乐在风波不用仙"，他马上跟着说"放翁平生一钓船，秋水未落江渺然。孤鹤掠水来翩翩，似欲驾我从此仙（《江月歌》）"。他偶像生前留下五首渔歌子，他也依样画葫芦填了五首，诗题就叫"灯下读玄真子渔歌因怀山阴故隐追拟"，什么"蘋叶绿，蓼花红，回首功名一梦中"，什么"拈棹舞，拥蓑眠，不作天仙作水仙"，蘋是白蘋洲的蘋，蓼是红蓼滩的蓼，白蘋红蓼，这是古代吴兴的文化标识，难得他这时候倒是想起来了。在《道室试笔六首》里他反复提醒我们"吾家学道今四世，世佩施真三住铭”，又进一步解释其中的根源是“平生志慕白云乡，俯仰人间每自伤”（《夜读隐书有感》），甚至向世人公开宣告：“斜风细雨苕溪路，我是后身张志和”（《书感二首》）。但后世的研究者们或缺乏面对真相的勇气，或为主流观点误导，根本没予以重视，依旧乐于将他描绘成书生从戎的典范，这让他非常遗憾甚至愤怒。

明州的史浩可以说是他一生中最大的恩人，虽然素昧平生，年纪也大上一辈，仅仅因为看重他的文学才华，利用自己身为孝宗老师的特殊身份，向朝廷极力推荐，无须考试即由高宗赐第，任命为福建宁德县主簿，转任福州决曹，两年后又迅速升为敕令所删定官，相当于是国务院有一定实权的文化官员了。一个饭都吃不上的人，从此进入仕途，且有进士头衔，登仕郎职称，或许让他一夜之间有从地上到天上的感觉。那时他三十多岁，正当年富力壮的时候，按理说应努力工作，报效国家，不负圣恩特眷才是。尽管晚年感到愧悔时也曾感慨“孤臣实草芥，亦获对宣室。龙颜宛在目，德不报万一”（《岁暮感怀以余年谅无几休日怆已迫为韵十首》），可当初在任时却不干正事，四处游逛，还美其名曰“哦诗忘却登车去，枉是人言作吏忙”（《还县》），或“拂床不用勤留客，我困文书自怕归”（《雨晴游洞宫山天庆观坐间复雨》）。好像除了文学、酒、秘密道术修炼，或许还要加上女人，生活中没有其他能让他感兴趣的事情。几年下来积了点小钱，舴艋买不起，盖了两间土屋，算是有了自己的家，文章里却称“某自念少贫贱，仕而加甚”（《复斋记》），或“仕宦十五年，曾不饱糠粃”（《太息二首之二》），真是风雅极了。没有船，做不成张志和，只好自称"烟艇"，这一招也是从与他有特殊因缘的秦某那里学来的，所谓"有斋亦名艇"是也（详见秦少游《艇斋并记》），并自陈心迹，坦承"予少而多病，自计不能效尺寸之用于斯世，盖尝慨然有江湖之思，而饥寒妻子之累，劫而留之，则寄其趣于烟波州岛苍茫杳霭之间，未尝一日忘也"（《烟艇记》）。而据王景文《寄题陆务观渔隐》诗前小序："乙酉〔乾道元年（1165）〕务观贰豫章（出任隆兴通判），书来告曰：吾登孺子亭，见子以诗道南州高士之神情，奇哉！吾巢会稽，筑卑栖号渔隐，子为我诗之。"考其全集，渔隐之别号始于隆兴改元十一月五日所跋《杲禅师蒙泉铭》，下署笠泽渔隐陆某书。另如乾道元年之《跋邵公济诗》，乾道二年（1166）之《跋查元章书》《跋天隐子》《跋老子道德古文》，还有同年天庆节写的《跋坐忘论》，落款均为渔隐，则斋名原作渔隐，其《烟艇记》也当作《渔隐记》才是，一如改吴兴为吴郡，怀疑这两个字也被人暗中做过手脚。从原因上分析，大约与他后来入蜀途中的言论有关，因"渔隐"二字是他偶像张志和的金字招牌，加上其时客寓湖州的胡仔《苕溪渔隐丛话》畅销的推动，天下几无人不晓。如果让人知道我们的抗金英雄满脑子想的不是直捣黄龙杀敌，而是直奔西塞隐居，那还得了？不过以四库馆臣的深厚内力，渔隐改成烟艇，还算是手下留情，是为了保护他而不得不采取的果断措施；要是改成炮艇，让他直接驾着去打金兵，那就比点茶堆冰，或在池州看到的罗刹石、在马当吃到的野氂肉更不好玩了。

在短命的南宋的历史上，孝宗乾道六年是个奇怪的年头，这一年，几位全国知名度最大的人物突然同时对旅游产生了狂热兴趣，马不停蹄地四处奔走。如楼攻媿从台州出发到金国；范石湖从杭州出发到金国，回来后又从苏州到广西；陆放翁从绍兴到四川；他们的老大周益公自然更没闲着，不过采取与他相反的路线，从四川到杭州，随后又自杭州至昆山，昆山至庐江。更重要的是必须写日记，而且要坚持每天都写，一天也不能落下，好像不这样的话，赵家广袤的国土和大好河山就得不到淋漓尽致的完美展示。以他们的才华和生花妙笔，这自是小菜一碟，于是《揽辔录》《入蜀记》《北行日录》《乾道奏事录》《壬辰南归录》《吴船录》等一大批优美的文学作品被创作出来，其中有虚有实，有真有假，难以一言尽之。但在历史地理和文化和谐的意义上，他们是麻烦制造者，比如楼钥能在缙云看到四明山的刘龙子隐真洞；范成大能在湖南衡山看到李吉甫的岘山洼樽，周必大能在苏州南门看到以越来溪为界的吴城越城。陆氏文学水平最高，本事自然更大，除了湖北西塞山，还能在绵州看到自己参与修订并作序的《嘉泰会稽志》里的越王楼，《宝庆四明志》里的东山安国院，《嘉泰吴兴志》里的罨画亭，并在那里喝到他自认祖宗的陆羽培植的长兴顾渚茶，害得南宋最杰出的史学家李心传家族身份暴露，《宋史》只好改湖州为潮州，而李心传在《兰亭续考》里又自称雪滨病叟、陵阳李心传。凡此种种，在令人大开眼界的同时，也使这一纯洁的极具私密性的文学体裁从此遭受玷污，如果你有幸读过广西来宾市烟草局长韩峰先生的日记，或许才会知道这玩意儿本来应该是怎样写的。

更离奇的是，相同的年代，相同的季节，相同的旅行工具，周从安徽池州到浙江建德县只花半天，《壬辰南归记》乾道七年四月戊辰记曰："早发池阳，饭十八里店。又十二里过紫岩，民居稍众，即产纸之地，有紫岩大王庙。又十五里至柯村，东流县境也，凡三十里乃入建德县界。"（说郛本，四库本略有不同）而陆乾道六年五月十八日自绍兴出发，七月二十五日才行至池州，途中花了整整两个月又一周。他笔下那奇葩的湖北张志和西塞山，就是在离开池州不久后看到的，挑起长达千年的跨省地名诉讼，至今尚甚嚣尘上，让我托身的小城湖州被迫扮演文化意义上的窦娥或祥林嫂的角色。"塞"是什么意思，"西塞"又是什么意思，就算满脑子想着打仗，对先秦文献兴趣不大，他爷爷写的越国词典《埤雅》居然翻都不翻一下，这也太过分了。尽管此书现在已被修理得惨不忍睹，剩下的只是有关牲口而非人类的词条，但至少在他那时候，手稿还保存得好好的，这也是文集里自己说的。另《家世旧闻》主要写的就是爷爷陆佃和老爸陆宰，开口闭口都是先太师先少师，先太傅先少傅，感情又不可谓不深。总之，这些都是令人奇怪的事情，如果不是居蜀期间学会川剧里的变脸术，就是后人假托他的大名进行伪造，用现在的话来说就是被陆游。至少清初汲古阁接班人毛扆见到的《渭南文集》，除了自己父亲毛晋手里出版的附有《入蜀记》，别人的版本是没有的。说起来，这也是古人的拿手好戏，比如在书里他自己就曾提到："《李太白集》有姑熟十咏，予族伯父彦远尝言：东坡自黄州过当涂，读之抚手大笑曰：赝物败矣！岂有李太白作此语者？郭功父（诗人郭祥正，有"太白后身"之誉，亦前几年闹得沸沸扬扬的苏轼《功甫帖》主角）争，以为不然。东坡又笑曰：但恐是太白后身所作耳。"（《入蜀记》乾道六年七月十二日日记）就是说，戏法还是原来的戏法，不过这次主角换成了他自己而已。

说到脸，更打脸的事还在后面，就是现藏美国大都会博物馆的那卷《西塞渔社图》。画卷引首原题"王晋卿西塞渔社图"，卷后董其昌跋文亦称"王晋卿山水"。考宋人邓椿《画继》："王诜字晋卿，娶英宗女蜀国公主。东坡谓晋卿得破墨三昧。有《烟江迭嶂图》《房相宿因图》及《山阴陈迹》《雪溪乘兴》《四明狂客》《西塞风雨》着色山水等，图传于世。"又《东坡全集》卷十九里有《书王晋卿画四首》，作于元祐六年（1091），一图一咏，其四正为西塞风雨，诗云"斜风细雨到来时，我本无家何处归？仰看云天真箬笠，旋收江海入蓑衣"，与邓记相符。或许当初诗太短了不过瘾，又有《次韵子由书王晋卿画山水一首而晋卿和二首》，前诗称"王孙办（扮）作玄真子，细雨斜风不湿鸥"，后诗称"明年兼与士龙去，万顷沧波没两鸥"，一时手顺，天机不免有所泄漏。而《春渚纪闻》作者何薳仗着苏轼是他恩师，竟然也大胆妄为，说湖州富翁万延之"其子结婚副车（驸马）王晋卿家，费用几二万缗，而娶其孙女，奏补三班（万延之子万三班，即王晋卿孙女婿）借职"。历史管理部门的领导认为这很不妥当，英宗的女婿当然应该在开封，怎么能够在湖州，何况苏东坡还想杀过来，要让一只海鸥变成两只海鸥，事情闹大了不好收拾，于是统一口径说王诜的原画失火烧掉了，今存《西塞渔社图》不过南宋一个叫李结的普通官员所作；至于姓何的就更容易对付了，说他书里写的都是胡说八道，不可相信就是（详见四库全书《春渚纪闻》提要），包括东坡特荐他出任武学博士一事，也被改成是推荐他老爸了。此事暂且放下不管，且看画末今存的九家题跋，作者均为南宋政坛赫赫巨头，如参知政事（宰相）周必大、资政殿大学士范成大、敷文阁待制提举佑神观洪迈、参知政事赵雄、知枢密院事兼参政王蔺、礼部侍郎尤袤、吏部侍郎阎苍舒等，可见姓李的面子有多大，《容斋随笔》又说他是秦少游暴死时身边有侍妾艳闻的独家披露者，则绝非一般人物。

此外更精彩的是题跋者中不少还是日记帮的主要成员，身为陆某好友，却像故意要跟他过不去似的，异口同声地都说西塞山在湖州。

其中又以范石湖的长跋最为惊世骇俗，除了在地域意义上为湖州做证，还透露自己的别业，即文学史上名头响当当的石湖也在湖州，这就不仅打了陆某的脸，还打了四库馆臣的脸。"始余筮仕歙掾〔绍兴二十六年（1156），初任徽州司户参军〕，宦情便薄，日思故林；次山时主簿休宁（范属下休宁县副县长），盖屡闻此语。后十年〔乾道二年（1166）〕，自尚书郎归故郡，遂卜筑石湖；次山适为昆山宰，极相健羡，且云：亦将经营苕雪间。"这段文字意思清楚得很，正因他置宅雪上，李某才追随而来，步其后尘亦经营苕雪间。而"日思故林""归故郡"云云，说明他出仕前就住在那里，只是不如同样自苏迁湖的卞山叶氏梦得坦诚罢了。又说："候桃花水生，扁舟西塞，烦主人买鱼沽酒，倚棹讴之，调赋沿溪词，使渔童樵青辈歌而和之，清飚一席，兴尽而返。"内中纯用西塞山本事，即颜真卿所撰《浪迹先生玄真子张志和碑铭》，那就更为透彻。连前面杨诚斋致陆某信所谓"招月西塞，听钟东林"，内涵方面因此也更丰富了，两个朋友都在那里，一西塞一东林，以后想看月就找范，近水楼台先得；想听钟就找陆，深山古刹声悠。文末署淳熙十二年（1175）十月，则距湖北西塞山奇论出台不过十五年，在历史长河中几乎可以说是处于同期。

这篇跋文，不知他好友陆某看到后，又会是什么感觉？而参与题跋这么多人，独独少了他这个西塞山专家，也让人惋惜。按正史，此年为他主管成都玉局观的最后一年，由于国家科学技术发达，用不到去上班，只在绍兴家里用遥控器操作就行，跟在蜀时《蒙恩奉祠桐柏》所谓"罪大初闻收郡印，恩宽俄许领家山"，即住在成都管理天台桐柏崇道观是同样玩法。可见时间方面宽裕得很，若想找他也在画上题几句，不存在人找不到的问题。次年淳熙十三年出任严州知军州事，那地方对他并不陌生，当年自蜀归来，在福建江西短暂逗留后，准备进京述职，就是舟行至此突然得旨让他回家待命的，有《行至严州寿昌县界得请许免入奏仍除外官感恩述怀》诗自纪其事。因言路（监察部门，相当于纪委）指责他"不自检饬，所为多越于规矩"（事在淳熙七年，详见《宋会要辑稿》职官七二），大约就是周密说的"放翁客蜀自挟一妓归，蓄之别室"的事了。全靠四库馆臣保护他，将关键字眼位置调换，变成"放翁客自蜀挟一妓归，蓄之别室"了（《放翁逸稿》卷下又有《吴娃曲》，自

注："友有妾，而内不容，戏为作此，因得不去。"手法相同），虽然后面的"或谤翁尝挟蜀尼以归，即此妓也"，仍然没法弥合，面子至少是挡住了一些，只要老婆不管，也就问题不大。至于客在那年代里是什么意思，而他这个两袖清风、经常哭穷的诗人当初是否养得起门客或馆客，不会有人关心。

周密甚至把他赠此妓或此尼或此妾的诗也登出来，理由居然不是扫黄反腐，而是为了搞文化，号称"前辈风流雅韵，犹可想见也"，希望不是使用了春秋笔法才好。"放翁在蜀日，有所盼（有盼盼），赋诗云：碧玉当年未破瓜，学成歌舞入侯家。如今憔悴蓬窗里，飞上青天妒落花。出蜀后每怀旧游，多见之赋咏"（详见《齐东野语》相关条目，诗有很多，仅录其一）。另一位揭秘牛人陈鹄也不甘落后，透露说此妓自相识后一直跟着他，直到出蜀在江西迫于舆论才分手，这样没进杭州有旨叫他回去也就合情合理。"公官南昌日，代还（妓还），有赠别词云：雨断西山晚照明，悄无人、幽梦自惊。说道去、多时也，到如今真个是行。远山已是无心画，小楼空、斜掩绣屏。你嚛早、收心呵，趁刘郎、双鬓未星（详《耆旧续闻》）。"包括妓名盼盼，在陈笔下亦被证实。好在四库全书里有敏感词自警系统，处理一下就行了。但在以收集"翁年少游戏细事"为主的《放翁诗选》里，偶尔也有漏网的，其《偶过浣花感旧游戏作》云："忆昔初为锦城客，醉骑骏马桃花色。玉人携手上江楼，一笑钩帘赏微雪。宝钗换酒忽径去，三日楼中香未灭。市人不识呼酒仙，异事惊传一城说。"其中"三日楼中香未灭"云云，可圈可点，除非你拿出他是同性恋、爱搽脂粉的证据来，否则同行的必定就是此妓。还有《全宋词》里收录的《解连环》，结尾称“尽今生拚了为伊，任人道错”，那种要美人不要江山的狠劲，除了这位不仅漂亮还会写诗的，又有谁值得他如此倾心且不计后果？事实上居蜀期间已为此事吃过苦头，罢官守祠（事在淳熙三年，详见《宋会要辑稿》职官七二），陈振孙直录谓“以夔倅（副市长）入蜀，益自放肆，不护细行”，不过《宋史本传》说得要含蓄一点，改称“不拘礼法，人讥其颓放，因自号放翁”罢了。

他那首有名的《临安春雨初霁》，大约就是此行在杭等待皇帝召见期间写下的，语言隽永，技法娴熟，深得雅人之致，不仅是他个人的代表作，也是宋诗中的精品，至今尚为人所喜诵。但这是诗歌，不是历史。诗歌可以“小楼一夜听春雨，深巷明朝卖杏花”，历史卖的可能就是官爵或人格。同样，诗歌是“矮纸斜行闲作草，晴窗细乳戏分茶”，优雅得令人心醉，但历史捧出来的却是一碗镇江太守的芋粉羹汤，包括所谓矮纸，也是用芋皮为原料造的楮纸。因此，相比之下我更喜欢他稍后到任写的《小亝壁间张王子乔、梅子真、李八百、许旌阳，及近时得道诸仙像，每焚香对之，因赋长句》，张，挂也，“亝”为古文“斋”，郡斋即太守办公室。也就是说，如果你是当时的爱国青年，为他的作品激动，热血沸腾，跑到那里去拜访他，当你以为他手里会拿着一柄宝剑，至少也是一把柴刀，实际上却是一卷道书或一个拂子。坐下来聊天的时候，发现墙上也没有宋金战事最新兵力分布图，有的只是仙发飘飘的一帮道宗大腕，所谓“晨占上古连山易，夜对西真五岳图”

（《玉笈斋书事》），说的就是这几个老头了。因为这才是他内心真正的信仰所在和生活中最重要的事情，为此不知写过多少诗和文章。也就是说，他从来没有想到过要欺骗我们，只是我们自己愿意欺骗自己，硬是把他喜欢的道冠摘下，换上战士的头盔；内心的泉源封堵，代之燃烧的火焰。这个道理，如果以前你不懂的话，那么恭喜你，现在你已经懂了。诗里他坦承"山城作吏老堪羞，衫色尘昏鬓色秋。敛版那供新贵使，闭门聊与数公游。至人不死阅千劫，大海无穷环九州。安得相携从此逝，醉骑丹凤下玄洲"。一以贯之的对尘世的唾弃和对精神世界的向往，这才是一个更真实也更可爱的陆放翁。就是同一时期写的《雪中忽起从戎之兴戏作四首》也不错，虽然仗不是他那个年龄还打得动，诗艺方面也不够出色，但里面"三尺马鞭装白玉，雪中画字草军书"这两句，却很对我的胃口，读起来感觉很过瘾，能切中事物要害。具体解释方面，人死了已有八百多年，版本古代没人敢注，西塞山也被湖州人自己炸掉，只能是说不清道不明了。

最后的问题是墓志，这样的顶级诗人，"甫七岁，父少师指鸟命赋诗，遽对曰：穷达得非吾有命，吉凶谁谓汝前知"（《爱日斋丛钞》）。一生创作数量空前绝后，质量方面宋孝宗认为可跟前朝李白比，又为文学爱国主义典范，千秋楷模，死后居然既无墓又无志，让热爱他的绍兴人民真是情何以堪，同时也使崇拜他的人感觉很不可思议。因这在古代是大事情，普通人还想鸟过留声人过留名，何况像他那样的，不仅墓志铭，还得有神道碑和皇帝赐额才够级别。尽管其时最理想的人选如比他大的韩元吉周必大，比他小的范成大王景文等已先后谢世，连小他三十岁的刘改之也不在了，只有他一个人活到了最后，这显然得益于对道学的热爱和家传修炼秘法。但即便如此，其他有资格为他作盖棺定论的也大有人在。因此，比较合理的推测，如果不是因生平与正史记载有悖被人拿掉，就是韩侂胄的事在那里作怪了。虽然为人诟病的阅古、南园二记编全集时已删去，但"满园春色关不住，一枝红杏出墙来"的叶绍翁依然不肯放过，在所著《四朝闻见录》里保存了原始档案。从《宋史本传》引用好友朱氏的评论，称"朱熹尝言其能太高，迹太近，恐为有力者所牵挽，不得全其晚节，盖有先见之明焉"，到杨万里闻知此事以赠诗方式的含蓄批评，再到连一向保护他的四库馆臣在《诚斋集提要》里也不得不说"游晚年隳节，为韩侂胄作《南园记》，得除从官，万里寄诗规之，有'不应李杜翻鲸海，更羡夔龙集凤池'句"，可以看出此事的严重程度，绝非帮他讲话的人说得那么轻描淡写，如称主要是韩某主战立场与他相合，或文章里也没说什么吹捧的话，或他还有一个儿子没工作之类。因姓韩的后来毕竟是入《宋史奸臣传》的，而此人政敌名单上除了死掉的赵汝愚，就是他朋友周益公、朱文公这些人了，其中周益公的罪名是"以身为伪学标准，羽翼其徒，使邪说横流，以害天下"，朱文公的罪名是"伪学之魁，以匹夫窃人主之柄，鼓动天下，图谋不轨"，而这种关键时候他写诗庆贺老韩生日居然称"身际风云手扶日，异姓真王功第一"，甚至吹捧为"天为明时生帝傅"，怎么说也是过分了。此外值得一提的还有韩侂胄与四明史氏家族的关系，至少韩侂胄的脑袋是在史弥远主使下割掉送到金国去谢罪的，而史弥远恰恰就是他恩人史浩的三儿子。

有一个始终跟他过不去的人依然是周密，说起来两人都是四库全力打造的明星人物，或称南宋花花世界代言人。其他相似之处也不少，比如都是身世不清、著作等身、居地模糊、光环耀眼，不过所处年代不同，一偏安初一偏安末；世俗形象有别，一英武一儒雅罢了。按理说应党同伐异，却不料竟暗箭射人。因后者手里还藏有一个杀伤力很大的秘密武器，且时做跃跃欲试状，就是他外公章良能执笔的宁宗诏旨，相当于国家正式发布的政治判决书，无论对陆的生前形象还是后世研究，都有相当大的负面作用。在《癸辛杂识》里他忍住了，在《齐东野语》里也忍住了，最后还是忍不住放进了《浩然斋雅谈》，这本书主要是谈艺术的，在商彝周鼎、琴棋书画间出现这么个玩意儿，显得有点滑稽，但我更愿相信并非由于周任性，而依然应该归功于四库的高手，因周前面这两本书经过他们炒作后名气已经很大，俨然南宋遗老，国史专家，关注的人太多，而塞进这里的话，杀伤力至少可以小一些，其文云：

> 韩平原南园既成，遂以记属之陆务观。务观辞不获，遂以其归耕、退休二亭名，以警其满溢勇退之意甚婉。韩不能用其语，遂致于败；务观亦以此得罪，遂落，次对（夺）大中大夫致仕。外祖章文庄兼外制，行词云："山林之兴方适，已遂挂冠；子孙之累未忘，胡为改节？虽文人不顾于细行，而贤者责备于春秋。某官

早着英猷，寝跻臒仕。功名已老，潇然鉴曲之酒船；文采不衰，贵甚长安之纸价。岂谓宜休之晚节，蔽于不义之浮云。深刻大书，固可追于前辈；高风劲节，得无愧于古人？时以是而深讥，朕亦为之慨叹。二疏既远，汝其深知足之思；大老来归，朕岂忘善养之道。勉图终去，服我宽恩。"（《浩然斋雅谈》卷上）

　　碑文阙失的原因，到这里大约也就清楚了。"得罪"就是获罪，"遂落"就是落败，"对"疑为"夺"之伪，"宽恩"是宽大处理。夺大中大夫致仕，用现在的话来说就是撤销党内外一切行政职务。老命保住，感戴皇恩，一封同样漂亮的四六体谢罪书也是配套节目，就是现存文集首卷里的《落职谢表》。辛辛苦苦混了一辈子，到头来白板一块，这墓碑还怎么个写法？钱仲联《剑南诗稿校注》后附有年表，其宁宗嘉定元年戊辰（1208）条下称："二月在山阴，宝谟阁待制半俸被剥夺，本年为文都无系衔，盖已被劾落职"，则时间方面的认定当即此年初或上年底。这以后心境有些落寞自然难免，不过精神依然强健如昔，这也是那些有信仰的人的一个共同特征。一方面是"五十年来住镜湖，白头仍是一臞儒"（《秋兴四首之三》），但另一方面是"细思合辱先生友，五十年来不负天"（《湖上遇道翁乃峡中旧所识也》），抛弃他的只是尘世和功名，而他心中的神依然与他同在，这就够了。

　　与出生同样离奇的是死亡，甚至比出生更离奇，更荒谬。尽管本人反复强调晚年身体状况不错，"年垂九十身犹健，竹屋荆扉不厌低"（《老健》），"行年九十未龙钟，惭愧天公久见容"（《病后小健戏题》），"九十老翁缘底健？一生强半是单栖"（《次韵李季章参政哭其夫人》），虽说偶尔也会闹点小病如拉肚子掉牙齿什么的，总的来说身体相当健康。但有人嫌他话说得太多了，而且又不讲政治，非要让他在八十五岁年底前死去（一称八十六岁）。因此，与其相信历史学家对他生命长度形同活埋式的安排，我更相信他因尸解成功而飞升，飞向了一生神萦梦绕、铭心刻骨的某个地方，"一曲清溪带浅山，幽居终日卧林间。丹经在昔曾亲授，死籍从今或可删。人笑拙疏安淡泊，天教强健享清闲。秋来渐有佳风月，拟与飞仙日往还"。在《幽居》一诗里他深情地为我们描绘那里的景色，以及自己全新的生命状态。这就是西塞山，他一生精神的源头和尘世的寄托，但不是在长江边，而是在雪溪湾，驾的也不是威武的两千斛超级巨轮，而是体积要缩小一百倍的舴艋小舟。在那里，他"故衫已换钓鱼蓑"（《野寺》），"会约张志和，清风泛苕雪"（《大雨》），矶边垂钓，寒夜烧芋，怀抱星斗和众生，终于实现了生平的梦想——追随自己的精神导师，在斜风细雨、桃花流水中与时间永远结合在了一起。

二〇一七年

〔学者〕叶适

南塘河志

—— 叶适笔下所见南塘河事实

《东嘉开河记》

在瓯海五天，为当地朋友对南塘河的热情感染，这条从谢灵运诗里流出来的古老河流，据说目前已成为温州的市河，三百万城市居民的日常生活用水和工业用水，就指望着它来解决，如此则既有独特的文化色彩，又有丰厚的经济价值，真是怎样赞美也不过分。但研究者以宋人陈傅良《重修温州南塘记》为有关此河最早的水利文献，而忽略了年代更早也更重要的叶适的《东嘉开河记》，可能有些不大妥当。因陈的文章说的只是南塘，而不是南塘河；而叶的文章却点明是开河，而不是筑塘。这好比是杯子和水，或床和人的关系。我们知道，杯子是用来盛水的，但水肯定不是杯子；同样，床是人用于睡眠的工具，但你自然不会因此把床当作人。俗话说水到渠成，有了南宋淳熙四年（1177）的开河，才有十年后淳熙十四年

（1187）的修塘，这里头的因果关系是很明显的。筑塘待水固然也可以，但如果你把塘先修好了，而水源问题最终得不到解决，那就相当被动，这有点类似媒体披露当下贫困市县热衷设外商投资区，结果大多长草的做派了，而古人好像一般不会表现得这么愚蠢。

为什么这么说呢？因为无论在古代还是现在，塘和河从来就是两个不同的概念，只是我们自己平时没去留心，一厢情愿地认为罢了。比如在最早的字书汉人许衡的《说文》里，就很明确地表述："塘，隉也。"隉就是堤，古今异体字。《洪武正韵》说得更是通俗易懂："筑土遏水曰塘。"再来看有关河的解释，同样出于汉人之手的《释名》有云："河，下也。随地下处而通流也。"前者谓塘，后者谓河，含义绝然不同。再比如《史记·秦始皇本纪》里有关本省历史那个著名的段子："到钱塘，临浙江，水波恶，西百二十里自狭中度。"钱塘是钱塘，浙江是浙江，概念明确，层次分明，如果钱塘就是浙江，就无须有如此复杂的表述。包括陈氏自己的文章，只要认真读一下，也会发现从头到尾讲的只是塘工而已，他说："州城外南达瑞安，有石塘百里，所不知起何时。而岁积坏，倾者为嵌，陷者为汇。"他又说："公他所为便民者虽多，而其大者在石塘。"其中"倾者为嵌，陷者为汇"这八个字，是此文的关键，就是说此塘自古以来有之，只因年久日深，多处坍塌，岌岌可危。有些地方损坏的程度小一点，出现穿孔现象，渗漏严重；有些地方损坏的程度大一点，干脆塌去一段，连周边洼地也因河水流泄形成了池塘。重修以前是"遇时潦咫尺不得进，往往溺死。自闽山至于吴会（注：福建人苏州人见此七字建议跳过不看），去来者病之。"重修以后是"夹河老翁有年七八十者，携持小儿，嬉戏于其上，不（未）谓：继今民免于死"。郡人的感恩固然理所应当，但能在水面如此活跃的，除了《水浒传》里的浪里白条张顺和嫁给香港富豪的前世界女子跳水冠军，一般人不可能具有这样的本事，因此，这段煽情的描写恰恰证明所修的只是塘而不是河。（注："不"字当为"未"字之讹，今正。）

如果这还不够，地方文献里亦有大量证据可供引稽。比如元人黄溍《永嘉县重修海堤记》说的"江浒故有大石堤，延袤数千尺。舍舟登陆者，阻泥淖不得前"。还有明人周大章《瑞安重筑南塘记》说的"瓯城南过瑞安八十里，故有塘，即郡志所载南塘驿路，陈止斋所谓石塘百里，巨石纵横，鳞萃是己。塘属永嘉者三之一，属瑞安者三之二，实闽越孔道。元季修筑城垣，悉毁之。陆舟胥病"。还有主修《弘治温州府志》的郡人王瓒《重修蒲州斗门记》说的："蒲州之阳，去永嘉县治二十里许，有河滨海，当潮汐之冲，向尝夹堤为防。迩来堤塌河决，民病之。"还有主修《嘉靖永嘉县志》的郡人王叔果说的"南塘在南门外。旧时路通瑞安县，元末拆毁，近修复塘铺大路"。这些地方水利文献记录明确，内容连贯，都强调在古代温州郡治与瑞安县治之间，有一条长达数十里的防海大堤，为府境内唯一水陆通行要道。古人塘、堤通称，塘就是堤，堤就是塘。塘始为土筑，后甃以石，因此也叫石塘；塘的位置是在郡城西南，因此俗称南塘。

叶　适

　　一个遥远的精英人物逐渐走近，并优美地转过身来，就是这篇碑记的作者，永嘉学派的杰出代表，迄今为止可能都是地方历史上除汉东瓯王驺摇、东晋永嘉太守谢灵运、北宋温州市长杨蟠外最著名的人物。他身份证上的正式姓名叫叶适，当然你也可以叫他叶正则、叶水心，或水心先生甚至叶文定公。其中适是他的大名，也是他一生哲学思想和人生原则的核心；正则是他的字，是向《楚辞》表示致敬的意思，因为伟大的屈原表字也叫正则，这绝对不可能是偶同；水心是他的号，但也不妨看作是他对自己世俗身体的诗意描述；文定为他死后的谥号，相当于是杰出的无产阶级革命家之类，最好不要随便乱叫。这个人，《嘉靖永嘉县志》说他是括苍人，宋人陈昉《颖川语小》说他是丽水龙泉人，清人孙衣言《瓯海轶闻》说他是瑞安人。他自己在《水心即事六首兼谢吴民表宣义》里又说卖田买宅郡城生姜门外西湖，算是有暂住证的温州人。这个生姜门，听上去稍有点邪门，跟郑缉之《永嘉记》里的怀化县（怀化门，浙江通志作来化门）可以有一比，因温州古城十门，历代郡志都有详记的，从来没有如此一说，到底是个什么玩意儿，或许只有编《四库全书》的人知道了。但不管怎么说，祖籍或有争议，生于瑞安，迁于温州，宅傍湖水、名闻天下是可以肯定的。这个湖，就是唐代温州刺史韦庸（韩国古籍《燕行录全集》

卷八十三作韦宥）开的会昌湖，因湖中复有堤相隔，根据方位
又有西湖、南湖等别称，包括雁池、韦公湖什么的，你喜欢叫
哪个都可以。至于《光绪永嘉县志》说他家世居西湖之水心，
那明摆着是胡说八道。考《水心集》卷十六《庄夫人墓志铭》
"庆元戊午，余始居生姜门外西湖上"，明确说明自己是庆元
四年（1198）四十九岁时才定居郡城的，而世居的意思至少要
把老爸那一代也捎上才行。萧山大儒毛西河当年曾经教导我们
说："天下不可信者三：一道经记黄帝君臣，一姑布子家谈人
相有休咎，一天下志书所载山川疆域人物居处；斯三者，皆不
可信。"可谓不幸而言中，让他又捡到一条证据。此公顺康间
人，一生读书做学问，想必上当受骗的事遇上不少，因有此久
病成医、痛心疾首之言。也就是说，明末清初时的书，可靠的
就已不多，晚清鼓捣出来的那些，自然就更不靠谱了。因此，
说句开玩笑的话，我宁愿相信写《琵琶记》的高则诚会打领结
喝咖啡读莎士比亚，也不会信它的。

　　　　　温州并南海以东，地常燠少寒，上壤而下湿。

　　这是文章开头的第一句话，注意他具体点明是温州府而非
永嘉郡。历史上温州的行政区划始于西汉惠帝三年（前192）封
的东瓯国，但那是侯国，管辖的范围到底有多少，司马迁和班
固这两个人都不肯讲清楚，因此谁也不知道。真正的置郡历史
当从东晋太宁元年（323）析临海郡永宁县置永嘉郡开始，作为
首任城市规划设计师的是国家级名士兼风水大师郭璞，这个人

当初在为温州的城市建设做出巨大贡献后，第二年就死掉了，郡人因此对他有特别感情，可以理解。

　　首位于史可稽的市长叫谢毅，见于《晋书·王彪之传》，任职时间在永和初（345），不过其时距置郡已有二十多年了。紧接着是王羲之和孙绰，但《浙江通志》不知为何只承认孙兴公，不承认王逸少，尽管也自有其理由，称"温州府志郡守有王羲之，考羲之自为会稽内史后，誓墓不仕。本传既无守永嘉事，亦并不见他书，所称五马坊涤砚池，皆附会也"。实际上根本站不住脚，谢毅杀周矫矫入狱事在永和二年（137）殷浩任扬州刺史期间，而羲之誓墓按晋书本传在永和十一年，中间有九年之隔，从时间上来说宽裕得很。再说孙绰任永嘉太守，也是出于王的推荐。此外还有郑缉之提供的旁证也别忘了，《永嘉记》有记云："固陶邨有小山，出紫石英。人常于山下得一紫石英，王府君闻，遣人缘山掘，得数升，芒角甚好，色少薄。孙府君亦掘得数升也。"府君为太守之雅称，见《新吴书·儒林列传第二十九·朱育传》。这两位府君王在前，孙在后，如果不是逸少和兴公，只能说是买彩票撞到头奖了。

　　以后的几任中，有个赫赫大名的人物就是谢灵运，这是温州的骄傲，也是浙江的骄傲，所存《谢康乐集》存诗七八十首，如果你仔细看的话，就会发现居然有一半是在这里写的，这还没算上文章部分，而《宋书》本传不知出于什么样的考虑，说他只拿工资不管事，又说"在郡一周，称疾去职"。这个"周"字也是精心选择的，有异他书，虽然不是一礼拜的意思，但其字义在古书里相当模糊，最短可以一天，最长可以十二年，可谓诡异之极。联想到他《初去郡诗》这个"初"字，也是大有文章。初者，始也，有始必有终，有一必有二。本传称"灵运以疾东归，而游娱宴集，以夜续昼。复为御史中丞傅隆所奏，坐以免官"。又称与会稽太守孟颛结仇，赴阙自诉，"太祖知其见诬，不罪也。不欲使东归，以为临川内史，赐秩中二千石。在郡游放，不异永嘉，为有司所纠"。他一生担任过的外职，除永嘉外唯有临川一地，则伐山临海，乞湖会稽，"义故门生数百，凿山浚湖，功役无已。寻山陟岭，必造幽峻，岩嶂千重，莫不备尽"这些事，从时间上看，只能发生在所谓临川太守任上。包括他那双名闻中外的登山专用鞋，"蹑常著木履，上山则去前齿，下山去其后齿"。在当时属高科技产品，全国大约也只有浙江有专利有技术能够生产。《史记·夏本纪》说大禹治水"陆行乘车，水行乘船，泥行乘橇，山行乘檋"。唐人张守义注："橇形如舩而短小，两头微起，人曲一脚，泥上擿进，用拾泥上之物。今杭州温州海边有之也。檋，上山前齿短，后齿长。下山前齿长，后齿短也。"因此，这个所谓的临川郡，怀疑它只是临海之讹或伪。《宋书》割裂文义，前后颠倒，有意模糊他的事迹系年，到底想达到什么目的呢，说白了很简单，就是想隐瞒他在永嘉的任职不是一周，而是好几年的事实。因那里有个秘密祭坛，是他一生的精神信仰所系，所谓"游娱宴集，以夜续昼"，说的就是这件事。包括最终吃官司、掉脑袋，根源也在这里。此事关系甚大，不是三言两语说得清楚，暂且表过不提。

接下来的两任名字都带个"之"字，是为《三国志》作注的裴松之和写诗的颜延之，也是国家级的有名人物。一个后人评价注语比原书写得好，一个是陶潜好友，死后为他写传。稍后进入南朝稍有些静寂，所幸梁初还有个散文大家丘迟，可视为最后遗响。包括古代地方上最有名的城市形象广告"控带山海，利兼水陆，实东南之沃壤，一郡之巨会"，就是他在任上亲手所撰，文章叫作《永嘉郡教》。其后至唐朝两百年间江山动荡，朝代更替速度加快，可说一说的人物就比较少了。尤其地望和隶属方面，分拆频繁，让人眼花缭乱，临海、处州、括州、东阳、永嘉还有东嘉这几个地方，一会儿我有你没，一会儿有你没我，或者一会儿你是郡我是县，一会儿我是郡你是县，连治地方史的专家可能都是一头雾水。真正开始叫温州并稳定下来基本不变，当从武则天时代开始，《旧唐书》本纪第五高宗上元二年（675）夏四月条下有记云："分括州永嘉、永固二县置温州，析临海县为乐安、永宁二县。"大约是作为现在概念上的温州，而非作为永嘉的温州最早的历史记录。

永嘉的后谢灵运时代就这么开始，名片上亮出的新名字叫温州。唐代三部权威著作即《旧唐书》《新唐书》及《元和郡县图志》对它的具体地望各置一词，这也是相当蹊跷的。好在接下来有宋初权威的国家地理志《太平环宇记》，其中记载得比较清楚："晋明帝以温峤岭以南分永宁等四县，置永嘉郡，属东扬州。上元二年，分括州至永嘉安固二县，置温州，以温峤岭为名。"既然敢以温名郡，气候暖和是肯定的，作者因有"地常燠少寒"的特色描述。不过其中的重点还在温峤岭，包括作者同时代人泉州太守叶庭珪著《海录碎事》，该书卷四在介绍温州时，同样也以此作为它的地域品牌，称"温州，唐上元间置，因其地自温峤山之西民田多火耕，冬月地常暖少寒，故名"。稍后陈耆卿《嘉定赤城志》也称："《永嘉志》（宋人著作，原书已佚）云：晋明帝太宁元年（323）分临海之峤南永宁立永嘉郡。"而临海峤即温峤岭，称呼不同而已。比如老市长谢灵运当年也习惯称它临海峤，在任上时其弟惠连过来看他，回去时相别于峤上，作《登临海峤初发疆中作与从弟惠连》诗相赠。在郡给一个老和尚回信，也称"海峤岨迥，披叙无期。临白增怀，眷叹良深"。（详见大藏经本《广泓明集》）顾祖禹《读史方舆纪要》更是标出它的具体位置是在"县西十里，一名中峤山，亦名温峤岭，亦曰峤岭。《永嘉记》'妖贼孙恩筑城峤岭，高四丈，周六百步'。即此处也，相传温州之名以此"。晚清温州地方大儒孙诒让对顾一向推崇，其所辑《永嘉郡记》（即永嘉记）帆游山一条，即由此书而得，且称作者"宛溪精博，必有依据"。而同书记孙恩的这一条，不知为何就看不到了，弃而不录不说，反到陈氏《赤城志》里去弄来没头没脑的"孙恩筑城于此"六个字，收进他的辑本里。此公对家乡文献的感情和贡献有目共睹，尤其是这位堪称温州地志之祖的《永嘉记》作者郑缉之，更为他所心仪，又是考证生平，又是辑录佚文，连宁可错杀一千，不可放走一个的手段都用上了。比如《齐民要术》里有个"鲫"字，也被他拿来作为单独一条收进书里；还有关于柘林水出建安吴兴县的那条，前人都认为是谢灵运的大作，也非要把版权判给姓郑的，这明摆着是欺负古人不会打著作权官司了。却偏偏对这个"妖贼孙恩"害怕得很，拒之犹恐不及。原因是什么，我已经猜到一点，没有想透，不敢乱说。

奇怪的这堪为古代温州主要地理标识的石峤，不管它是岭还是山，在以后的各类无论国家还是地方的文献里都见不到了（王瓒《弘治温州府志》是个例外），而代之而起的就是九斗山。说是山，实际上是郡城主山大罗山由西南向东北延伸的一条山脉，上复有隆起之小山九处，因有九斗之名。古人斗魁联称，说文："魁，羹斗也。"段注："魁头大而柄长。引申之，凡物大皆曰魁。北斗七星，魁方杓曲；魁象首，杓象柄也。"这一说法得到了《嘉靖永嘉县志》主编王叔果的证实，他同时强调："按郡城九斗山，松台、郭公、海坛、华盖四山为斗魁；积谷、巽吉、仁王三山为斗柄；黄土、灵官为左右辅弼。"而同时代的地方历史学家姜准在《岐海琐谈》里进一步说明："今巽山、仁王、覆釜俱在城外，为斗柄。"比较上述几个人的说法，巽吉就是仁王，履釜就是积谷，这是没有疑问的；而这个所谓的九斗山，实际上就是温岭峤或临海峤，大有元曲《高祖还乡》"白甚么改了姓，更了名，唤做汉高祖"之遗韵。也就是说，晋代所立之永嘉郡治，其位置当在九斗山西南区域，所谓西者，兼有九斗之斗柄部分，即积谷、巽吉、仁王、黄土、灵官五山也；所谓南者，全有九斗东南近海沙地也。难怪郭璞当年要这样告诉他永嘉的粉丝们说，若城绕山外，当骤富盛。然不免兵戈水火；城于山，则寇不入斗，可长保安逸；因跨山为城，名斗城。就是说最初城是建在斗柄上的，斗魁部分即西边四山属他郡所有。包括叶氏这里说的"上壤而下湿"云云，交代的也是当初立郡时临海与温州的地望，即斗魁与斗柄的关系。以后的年代里齐梁陈隋四个短命王朝乱哄哄你方唱罢我登场，国祚有限，花样无穷，上面的临海郡特别不安分，像网上的资深玩家一样不停地变换马甲，会稽、括州、台州、松阳、处州，甚至还有说闽南话和东阳话的，这就是为什么孙诒让先生所辑《永嘉郡记》，总共不过五十一条，倒有一半内容都是涉及青田松阳缙云的，也是为什么写《永嘉郡记》的郑缉之同时又要写一部《东阳记》，而内容大半相同。柘林水可以从建安吴兴县流下来，而作为东瓯国都的泉山挤满福建的文史专家，到现在还说这山是他们的。下面的温州自己呢，好像也没少折腾，府治搬来搬去也搬了好几次。郡志里有关于新城、子城、内城、外城的记录，证据比比皆是，不过有意说得比较含糊罢了。比如号称吴越钱氏增筑，北宋杨蟠所定的三十六坊，实际上证明从五代开始，郡城已移到了斗下东北，不在原来斗西南的位置了。谢公诗云："步出西掖门，遥望城西岑。连嶂叠巇崿，青翠杳深沉。"叶适诗云："对面吴桥港，西山第一家。有林皆橘树，无水不荷花。"比较两人看到的城西景观，已完全不同。而城北的孤屿，即曾让逃难的宋高宗喘过气来的江心屿，出现在唐朝张又新市长笔下是"碧水透迤浮翠巇，绿萝蒙密媚晴江。不知谁与名孤屿，其实中川是一双"，出现在宋朝杨蟠市长笔下是"把麾何所往，海上有名山。潮落鱼堪拾，云低雁可攀。一城仙岛外，双塔画图间。当路谁知己，天应赐我闲"，一江一海，一北一东，也基本是各说各的。

> 昔之置郡者，环外内城皆为河；分画坊巷，横贯旁
> 午，升高望之，如画奕局。

叶水心这里讲的置郡，指的到底是东晋郭氏的九斗城，还是五代吴越钱氏的内外城，还是北宋杨氏著名的三十六坊，没有具体说明。不过文中既有"奕局"一语，指后者的可能性要大一些。可惜他在这里卖了个关子，没告诉我们当年从高处往下俯瞰的温州城，到底是怎样一幅激动人心的景观，因这不仅关系到郭大师的设计水平及历代郡守的治绩，更重要的是事关南塘河最初的规模和走向。好在稍晚有个人被他的文章吊起胃口，真的爬到山上去看了一下，这个人就是宋末金华大儒金履祥弟子、世称白云先生的许谦。遗憾的是那时照相术尚未发明，更遑论手机自拍，因此他只能使用传统方式将自己看到的情景写成了一首诗，这首诗的诗题就叫作《华盖山》，今存于《元诗选》初集卷四十七，诗云：

> 群山如斗形，华盖气独壮。奋身地势高，极目天宇旷。
> 周回万象澄，一一来献状。中江漾孤屿，濒海横叠嶂。
> 楼台市中居，棋列相背向。烈风搅沧溟，落日鸣白浪。
> 蜃气薄浮云，溟蒙杳东望。长濠浸寒水，短楫起渔唱。
> 同游岂特达，竟尔忘得丧。山下出蒙泉，夷坐待清涨。
> 一掬襟怀空，自谓羲皇上。

其中，"群山如斗形"说的是九斗山，"中江漾孤屿"

说的是江心屿，这应该不会有什么争议；而如果说"濒海横叠嶂"说的就是南塘，"长濠浸寒水"说的就是南塘河，意见可能就不是那么容易统一了。不过也没关系，因为叶水心的名气太大了，后世感兴趣者依然不少。又过了大约两百年，有位当地名士，就是大名鼎鼎的写《岐海琐谈》的姜平仲，同样也为此伏笔激发兴趣，登上山顶去仔细观察过，怕我们这些后世的人因相隔年代遥远看不清楚，还特意将镜头拉近了，他看到的景象是：

> 瓯郡环海阻山，其地西南稍高，而东北渐下。诸山溪发源西南，经络原野间，而注于东北。沿江故有径路一带，偶水发，则行者病涉。历岁居民培土壅沙，渐高至数尺。又斗门原有平字水则，刻于州桥，设老人视以启闭，每处编役夫供其役。

> 郡城为晋郭景纯所扦，当时名为九斗城。延山脊为斗间白路。今登城望，四角俱有山，而华盖在东畔下首，实一郡之主。今巽山、仁王、覆釜俱在城外，为斗柄，引三溪之水由小南门进城，汇于雁池；过府治，绕城西河，缠转仓桥界住，来龙正脉。其河仍向北，过天宁寺前梅坛山，边开一水门，引江流与河水会合。

> 温之龙自括（括苍，即临海）西驶，至海而尽为永嘉场；其支分于北为郡城，分于南为瑞安。永嘉场虽僻在海隅，实中出之干也。北为瓯江，南为飞云江，两江夹东汇于海。而岛屿环列，来龙叠障。从西南降势悉为

石冈，散气铺阳于二三都之间。

描写虽然稍乱，且多重复，但细心的人可以发现，重点强调的南塘河的脉络依然相当清晰。首先郡城的地貌特征是西南高东北低，龙同陇，谓山脉，也就是九斗山在地面的延伸部分，所谓斗柄，所谓石塘，所谓中出之干，说的都是它。由西驰东至斗末即海边而尽，南塘河与之基本保持平行关系；而仙岩应该就在斗柄上，为河之上源。所称三溪之水，即地方志里说的瞿溪雄溪郭溪，源头为仙岩凌空飞泻的那三条瀑布，先积而为潭，再汇而成流，不过在山名瀑，出山名溪，汇合后又称河罢了。郑氏《永嘉记》于此其实也早有记录，其文云："瓯水出永宁山，行三十余里，去郡城入江。"他那时郡城还在原来位置，河道长度自然比后来要短得多，因此也更见其记载之可信。行政隶属方面，可以请王叔果先生来具体解释，他主编的《嘉靖永嘉县志》卷一山川云："大罗山跨德政、膺符、华盖三乡，及瑞安县崇泰乡，广袤四十余里。上有卧龙潭、玉函潭、龙须潭。西麓则仙岩山，多奇胜，为天下二十六福地。弹子山、大度山二山俱大罗之干。"如果还有疑问，老市长谢灵运也可以再补充："潭结绿而澄清，濑扬白而戴华。飞急声之瑟汨，散轻文之涟罗。始镜底以如玉，终积岸而成沙。"这是他在任上写的《长溪赋》（文见《艺文类聚》卷九）。上任由此溪而来，任满也由此溪而归，还有《初去郡诗》里说的"溯溪终水涉，登岭始山行。野旷沙岸净，天高秋月明。憩石挹飞泉，攀林搴落英"。溪谓长溪，岭谓斗柄，沙岸即河堤，飞泉即瀑布，交代得一清二楚。由此可知南塘河最早的官名，当即瓯水，亦名温水，而俗称则非长溪莫属，此外如所谓好溪恶溪之类，概莫能外，南北向沙堤即入永嘉境内这一段，因泥泞难行，大概就是所谓恶溪了；东西向斗柄即瑞安境内这一段，因是石堤，大概就是所谓好溪了。可惜此赋大部分不存，被历史激流卷走或人为散佚，只留下这么这几句，不然的话，也不会给今天研究温州历史的人带来这么多的困惑和麻烦。

其次是蒲洲埭，也称蒲洲斗门，位置就在斗柄东端末梢近海处，为古代温州科技含量最高的水利枢纽，实体部分是埭，副体部分是塘，主要功能是管控由仙岩西来的泉源，行舟灌溉，日常饮用，都得由它来调控分配。陈止斋《重修石岗斗门记》称此埭不知起于何时，北宋元丰四年（1081）瑞安县令朱素增筑，南宋乾道五年（1169）温州太守王速重修。本来建筑材料为竹木之类，后来全部换上了石块。但"惟支倾填漏，苟完而已，盖以俟后之人。而复不省，浸趋于废"，就是说是个典型的豆腐渣工程。"知州事李公械与通判谢公杰慨然念之，谓主簿石宜翁能，以钱七十万，俾治其役。"考《严州图经》卷一："李械，淳熙十年（1183）七月十二日改知温州。"则南宋重修斗门石塘一事始于王速，继以李械，成于沈枢而已，前后三任太守，共花了十八年时间。陈写的《重修温州南塘记》把石塘改成南塘，又将全部功劳归于沈枢，不仅有欠公平，实际上与他自己在《重修石岗斗门记》里的说法也是相悖的。难怪沈某对他的这番好意要心领神会，感激不尽了，又是赠诗，又是赏柑什么的，这是他自己主动坦白，不干我事，呵呵。（详见《止斋集》《作南塘记郡守沈持要以诗来谢》《次韵奉酬和郡守沈持要赏柑之什三首》等）至于那次重建的规模以及技术细节，陈文虽然没有说，但以姜平仲后来的观察："去郡城二十余里，曰蒲洲，其地外江内河，甃石为塘，名曰长埭。延亘十里许，高厚不逾数丈，仅仅如衣带。外御江潮，内蓄河水，以资田禾灌溉，舟楫往来，盖永、瑞二邑所利赖者。"可概而见之。包括当地著名的水利文献《永嘉水则》，那时也就刻在埭身石柱上，今保存在《雍正浙江通志》里的完整文字为："永嘉水则：至平字，诸乡合宜；平字上高七寸，合开陡门；平字下低三寸，合闭陡门。宋元祐三年立。"可调控的范围仅为区区四寸，水平标准为五寸，上下可控范围为两寸，即升二寸至七寸为隘，降二寸至三寸为涸，相当有限，可以给吹嘘宋代科技力量如何强大的学者稍微泼点冷水。埭西斗脚还有个古庙叫巽吉庵，因庙在斗体上，因以巽吉为名。南宋温州最著名的诗人潘柽，即姜夔好友兼邻居潘德久，当年就隐居在庵旁，许深甫赠诗所谓"水过斗门知浦口，庵当巽地见峯头"者是也。姜氏乱世才子，漂泊生涯，一代词宗，世称白石道人，而这个漂亮气派的马甲，没想到还是潘某当年跟他认识时给他起的。

再其次是瑞安与郡城的关系。五代以后的新城，瑞安县治在斗柄南边，温州府及附郭永嘉县在斗柄东北；中间是一条宽阔的长达几十里的土塘，建筑材料为沙土堆积，应该东晋立郡时已有，后来不过逐渐增长增高而已。谢公《过白岸亭》诗谓"拂衣遵沙垣，缓步入蓬屋"（此据《太平环宇记》所引，今俗本堤作垣，室作屋）也好，《白石岩下径行田诗》谓"千顷带远堤，万里泻长汀"也好，说的就是它了。河自蒲洲埭或称蒲州斗门拐弯北走永嘉，就行于这条堤塘之中，达县城南门后，复由南转西至郡城。具体有多少长不知道，但从蒲洲到永嘉小南门（亦名永宁门）总长二十余里，其中斗门"名曰长埭，延亘十里许"，规模占到了将近一半。换而言之，这二十里塘路，一半是南边的蒲洲埭，一半是北边的郡城居民区，中间实际上并无空余地带。即使在文章里号称南塘百里的陈止斋，在自己诗里也习惯只称十里。无论《湖楼送客即事》里的"橘柚两山香尽在，蒲荷十里净相兼"，还是《寿潘省之》里的"泛水浅红荷十里，蔽云浓绿木千章"，也就是说，至少在姜准所处的明代万历年间以前，南塘或南塘河所呈现的基本就是这么一种面貌或态势。如果与现在的河道不能完全吻合，那也没什么关系，因为唐朝的老市长张又新在《帆游山》诗里早就提醒过我们，把当下地理跟历史地理简单对等的思维是不科学的："涨海尝从此地流，千帆飞过碧山头。君看深谷为陵后，翻覆人间未肯休。"东晋置郡时的海域，到唐代已是境内交通要道，更何况还有此后五代钱氏的筑内外城，北宋中期杨蟠的重置坊巷，北宋末年暴民方腊围城时的增筑，蒙古人元初拆城、元末重建的反复折腾，以及针对明代中期倭寇近百年骚扰的城垣布防，所谓沧海桑田或高岸为谷、深谷为陵，那是前人阅尽世态沧桑变幻后的肺腑之言，不仅仅是诗写得漂亮而已。再说此后三百年间清朝在城建上的努力，也千万不可小觑，想想上世纪温州跟现在温州那种天翻地复的变化，就会感觉一切都是可以理解、可以接受的。

　　永嘉非水之汇，而河之聚者。不特以便运输，达舟楫也；而以节地性，防人灾，安居利用之大意也。

　　再回到叶水心的文章上来，有了前面所获得的城市总体印象，再来看这段描述，就比较容易理解了。这里有个重点要强调一下，就是前面有关棋盘的比喻，原创者为北宋绍圣三年（1096）温州太守杨蟠，所谓"水如棋局分街陌，山似屏帏绕画楼"，就是他的杰作。叶水心说的"如画奕局"也罢，许益之说的"楼台市中居，棋列相背向"也罢，其实都是从他那里借用来的。这个比喻对宋代温州城居的刻画可谓形容尽致。棋盘上的红方或者叫西区，即为郡城，棋盘上的黑方或者叫东区，即为永嘉，而中间隔着的那条界河就是南塘河。河两侧是城市主要居住区，阛阓十里，密密麻麻挤满人家，元初郡人陈高因此在《清芬阁记》里抱怨"温城环十八里，居者一万家。甍连栋接，簇簇若蜂房，咫尺空隙地不易得。故各为重屋以处，层楼飞阁翼起，相望于湫溢喧哄之中"。这就是历代郡志津津乐道的三十六坊了，想象这些繁华的社区当年像棋子分布在棋盘一样分布在河道两侧的情景，相信一定会对杨市长这个比喻的精妙有更深刻的领悟。有关它的历史，叶适弟子戴栩在《永嘉重建三十六坊记》里有很详细的介绍，他说："绍圣间杨侯蟠定为三十六坊，排置均齐，架缔坚密，名立义从，各有攸趣。独嗫夫风霜之剥渐，水火之荡毁。百二十余年，而沈守枢更建，如杨侯之旧。"由此而产生的问题是，沈枢淳熙十三年（1186）到任，淳熙十四年离任，在郡一年左右。无论官方文献如《元一统志》《明一统志》《嘉靖浙江通志》《雍正浙江通志》《大清一统志》，地方文献如《弘治温州府志》《嘉靖永嘉县志》《嘉靖温州府志》《岐海琐谈》《万历温州府志》，再加上私人修志中的杰出代表如晚宋王象之《舆地纪胜》、祝穆《方舆胜览》、潘自牧《纪纂渊海》、明章潢《图书编》、明曹学俭《名胜志》、清顾祖禹《读史方舆纪要》等，从来没人说他在这里筑过城，更别说是修复著名的三十六坊了。因此，"沈守枢更建，如杨侯之旧"这段记录，除了证实他当年修的只是堤塘而非开河通水外，更证实南塘河东西两岸即宋温州主要城区。而强调永嘉非水之汇，表明号称"四方诸溪之汇"的会昌湖是在河的西边，隶属郡城；而县城是在河的东边，因中间有界河相隔，跟这湖基本没什么关系。它水利方面的依赖就是横亘于郡城县城间的这条南塘河，县境内主要水源就是它了，不仅仅是运输和出行，更有农业灌溉、旱涝调节、日常饮用，包括那年代时常发生的火灾，也得指望用它的水来扑灭。可谓一县所仰，有关民生也大矣。

> 其后承国家生养之盛，市里充满，至于桥水堤岸而为屋，其故河亦狭矣。

其后者，唐以后也。所谓生养之盛，自然指的是南宋建都杭州这件事。小小的临安县突然成了皇都，浙西大小郡县到处人满为患，浙东自然也好不到哪里去。这一点，写《嘉靖永嘉县志》的王叔果也谈到了，他的水利卷末的按语里引郡旧志大发牢骚说，"府治外原有子城，城四面有壕，壕上下岸各有街。彼时一渠两街，河边并无民居。宋绍兴间，下岸街许民告佃，自是稍架浮屋。岁久居民侵塞，舟楫难通，火患罔备。"什么意思呢，就是说杨市长当初设计温州新城区时，原本预留河两岸空余地带即塘路以方便行人，且栽种花木以美化市容。李两山有《华盖楼》诗"三十六坊如掌平，长桥短艇水纵横。银河一道江连海，尽幛四围山绕城。老树烟云春绿暗，小桥帘幕晓红明。阴阴翠影谁家屋，梦觉草池莺一声"。可谓是对当年城市鼎盛时期的如实记录，包括南门外至蒲洲一带别称花柳塘，这个雅号也是这么来的。稍后宋室南渡，天下尚未安定，就有人说动了宋高宗，想出个闲地租卖的馊主意来捞钱，由朝廷下旨于全国推行。始作俑者即为建炎年间永嘉知县霍蠡，另一位永嘉知县李处廉因执行得特别积极，没多久就因贪赃事发差点丢了脑袋。考宋无名氏《宋史全文》卷二十上绍兴七年条下称："九月丙戌，李处廉除名，新州编管。处廉知永嘉县，坐以官钱雕《伊川集》板及印造与人，并他赃，当绞，特贷死，籍其赀。"《资治通鉴后编》里列有他的具体受贿内容七项，文长不录。姓翟的虽说运气要好一些，最终也因经济问题被罢官（详见李秀岩《建炎以来系年要录》卷一百三十一，张嵲《紫微集》卷十六《霍蠡为擅离职守及收馈送特落职令》）。温州面海背山，土薄艰植，种的粮食自己都不够吃，又哪有什么闲地租鬻？能拿得出手的，自然只有这河边的绿化地了。灾难于是就这么开始，外地流民携儿带女，蜂拥而入，小者搭棚屋开店铺，大者毁林为田，越界侵地。而生活垃圾随手往河里倒原本也是国人习惯，无论古今都是如此。几年时间下来，就糟蹋得不成样子，河道面积越来越狭，直到水流完全断绝。其间曾发生火灾，竟因无水可供，只好眼睁睁地看着火势蔓延。此后情况或有所好转，或时好时坏，不过较北宋以前已不可同日而语了。明代嘉靖年间郡人张孚敬当上国家首辅即宰相后，才下定决心想要改变，指示地方领导："欲尽拆沿街桥棚，开复故迹，众皆称便。然但行于新河、前街、百里坊三处，其余则未及也。"也就是半途而废，其实说半途还是客气的，因为三十六坊仅三坊清除了违章建筑而已，占总数十分之一不到。是什么力量在从中作梗呢，原因比较复杂，甚至相当怪异。好在答案部分就藏在姜平仲的《岐海琐谈》里，有兴趣的人可以自己去找来研究一下。

> 而河政又以不修，长吏岁发间伍之民以浚之，或慢
> 不能应，反取河滨之积，实之渊中；故大川浅不胜舟，
> 而小者纳污藏秽。

这段的难点是"间伍"这两个字，本来疑心有误，但对照了各种版本，都是如此。从文义看显然应该是地望，属于下面某个具体乡镇，但不知这些悍民到底什么来头，竟敢如此胆大妄为，非但置当地政府的行政命令于不顾，反而因公肥私，盗挖原本已伤痕累累的堤土，致使南塘河主道因水源流泄无法正常通航，支流更是污染壅塞。不会就是上面说的手里有暂住证的流民吧？如果是的话，那就只能说是咎由自取了。这个问

题，其实稍后陈氏在《温州重修南塘记》里也涉及了，只是同样没给出答案而已，他说："而历年久，更太守几人，皆畏其役，不敢议，议辄弗就；虽仅就，亦苟简复废者，何哉？"他写此文时年纪刚过四十，福建罢官回来已有八年，住在瑞安知县刘某为他盖的止斋里，地点就在仙岩梅雨潭边，每天对着瀑布研究六经，还经常进城参加文人集会、郡守宴饮什么的，而来来去去都要经由这条南塘河。因此，到底什么原因，他心里应该是有数的，只是不肯或不敢明说罢了。可是他这么一卖关子，加上叶文也是一笔带过，事情就麻烦了，无论对于当时，还是现在，真相到底是什么，就可能永远不会再有人知道了，实在可惜。

写完恭维沈守的文章，他就春风得意地到桂阳军上任去了，那个地方同样神秘得很，治所在平阳县，地望又叫湖南衡山，唐朝时候称南平州，明代却又称嘉禾县，弄不懂到底是什么地方。他受任此职的时间是淳熙十一年（1184），可官太多了要排队，足足等了三年还没轮到。幸亏结识了"四海衣冠多后进，两朝几杖旧同邀"的新太守、吏部侍郎吴兴沈公，才终于有了实缺。赴任途中回忆几年来的煎熬及事情的转机，感慨万端，写了一首记事诗叫《赴桂阳道中喜晴书事》，诗中自比唐人元结，口气稍有点大，但道出的却是实情，这也是他身上的最可爱之处。其诗云："十日九雨垂垂雪，马僵仆病泥乘橇。披衣闿（開）户得星月（信息），喜有耻（止）向妻儿说。耳根久与朝鸡（闻鸡上朝之义）别，熟睡八年谋未拙。乞米作糜蒙被啜，客来午漏家僮出。如今儿噭妻愁绝，我纵喜晴心已折。

可以艺麻多笋蕨，苟有一丘吾计决。奈何诸公厮役皆豪杰，尚爱春陵老元结。"状八年困居一朝得官之喜栩栩如生。或许原诗写得太真实了，有人看了不舒服，甘愿做无名英雄为他进行修改。比如"披衣闯户得星月"，这算什么话，连文义都不通，哪像大名鼎鼎的一代硕儒陈止斋写的，说"披衣开户得信息"还差不多，方与下句意思承接得起来。此二字自唐代始入诗，因是新词，宋人最喜欢用了，不信的人可以自己百度。而结尾这个"诸公厮役皆豪杰"，又当为"沈公厮役皆豪杰"，即夜半敲门之报信人也，以"沈"为"诸"，或讹或伪。再仔细一看，连诗题都可能有问题，因通篇写的都是出发前的生活情景，没一句跟旅途及异地风物相关。因此这个"道中"，本字又可能是"军前"，原题当为"赴桂阳军前喜晴书事"。久雨阻行，见晴心喜，因有是作也。结尾几句总的意思是，生活过不下去了，老婆孩子都饿得哇哇叫，我本来打算自己学会种田，养活家小，终老其身也。承太守沈公见爱，帮助打通了关节，只好学唐朝的元结，下决心隐居后又出来混了。

这个对他这么关心爱护，甘居幕后做他一字师，帮他改诗的人是谁，遗集整理者永嘉郡本的门人曹德远，三山本门人蔡幼学，还是他的儿子女婿，还是明代的王瓒本、安正堂本，还是四库馆里德高望重的乾嘉诸老？这我就不知道了。再说这么多的本子，现在基本都已看不到，能看到的也只有《四库全书》本。我只知道姜平仲讲过一件事，说叶适当年因人求请给汪勃作墓志，此人跟秦桧共朝，为左右相，亦有交情。叶尽可能在文中为他做了开脱，且费煞心思，把"左右"改成"佐佑"，自鸣得意得很。没想到汪的儿子还是不满意，一定要叶改，叶坚持不肯。"未几，水心死。赵蹈中方刊文集未就，门下有受汪嘱者，竟为除去佐佑执政四字；碑本亦除之；非水心意也。"我还知道，当年陈到任后最要紧的事，就是记着要给他的恩公写感谢信，今存于集中的《谢沈安抚》札两件，情感真挚动人，内容丰富翔实，其首札一上来就说："为十国之连，治无善状；假一封之传，宠有误恩。虽庇赖之如初，而侥逾之已甚。"又说："矧如某者，窃为稻粱，滥分符竹。方恐喷言之未免，岂期最课之已闻。竟因借势之私，辄备联事之数。"末称"聊布谢悚，他图幸会交割"，像是连礼物都已经准备好了。其他有看头的地方还很多，而文字方面可疑处也不少，精力有限，懒得再理。只是开头这个"为十国之连，治无善状"，怎么也该是"为十年之困，治无善地"才对，而"假一封之传，宠有误恩"，说的就是前面诗中半夜起来"披衣开户得信息"这件事。其他的也就不管它了。

流泉不来，感为厉疫，民之病此，积四五十年矣。

开头两个字是文章关键中的关键，流泉就是山泉，亦名乳泉，俗称白水，就是上面说的原本从西岩流下来，蓄于蒲洲斗门水库的。沈太守枢自己也有诗为证，所谓"凿山流乳液，开户纳薰风"是也（详见《全宋诗》沈枢卷）。接下来"感为厉疫"这四个字，与"流泉不来"是因果关系。《明一统志》卷四十八记淳熙年间瑞安尉黄度："势家穴塘，引河溉田，度命窒之。复请增置斗门，设水平。度曰：若溉不足，将不顾水平。而塘如故窒之，便岁大疫，乃严巫觋之禁，挟医徧巡四乡，给以药剂，多赖全活。"叶氏自己另有《太孺人邵氏行述》，记邵氏生前行善事迹："预蓄棺，告疫死者以殓，民怀其惠。"作于淳熙十二年（1185），与此文相互比较，则其述更为可信。也就是说，在长达近半个世纪的时间内，因兵火战乱，江山动荡，加上其他天灾人祸，致使水源断绝，瘟疫流行。朝廷积弱官吏无能带给温州人民的痛苦，于此可见一斑，读来令人心酸。其中这个"感"字，看上去有点别扭，实为字之本义，就是感应的意思，用得妥帖之极。泉自地冒，心诚则灵，并非想有就有，因此在古人眼里具有相当的神秘性，《说文》所谓"泉一见一否为瀸"也罢，唐人赵励《晴皋鹤唳赋》所谓"睋蓬壶而易感，冒江海而悬飞。情慕必止，心徂匪违"也罢，表述的就是精神活动与泉水盛衰的关系。而温地自古巫术盛行，必亦与此有关，《嘉靖永嘉县志》称"汉东瓯王信鬼，俗化焉，多尚巫祠"，原因恐怕只说对一半，只强调精神信仰因素，忽略了日常生活因素。而后世"感冒"一词，想必也是这么来的，实在是妙不可言。有关时间长度即"积四五十年"的依据，据下文所记开河一事始于淳熙四年（1177），此为宋孝宗赵昚第三个年号，以此上溯四十年为绍兴七年（1137），刚好是前述李知县卖地丢官的年头；上溯五十年为建炎初年（1127），那时高宗刚渡江逃到江南，流窜东南各地，并于三年后亡海至温。据《嘉靖浙江通志》："霍蠡，建炎三年知永嘉县，四年高宗车驾临幸，禁卫省部，蠡供亿曲尽其道，尝面奏：本州没官田宅，多皇族勋戚，请佃不输赋税，请卖以供亿，少苏民力；诏从之。"刚好又是翟知县卖地丢官的年头。"积四五十年矣"，看上去像是随口说出的一句话，没想到里面大有名堂，相当于埋在文字里的两颗炸弹，是专门用来对付两位特定目标的，不认真学习的话，还真看不出来。古人写文章，就是这么厉害，而永嘉学派的独门功夫，于此亦可略见一斑。

> 淳熙四年，户部尚书韩公之来守也。

就在这样严峻的情况下，一位新的太守来上任了，而且还是以现任国家财政部长的身份来兼职的。这个人就是南宋军头韩世忠的长子韩彦直，尽管名气连他老爸一个零头可能都没有，却身段低，心志高，喜欢少说多干，踏踏实实做事情，是典型的事功之学的作风。此人对温州历史的贡献主要有四项，一是平定海寇，"首捕巨猾王永年穷治之，杖徙他州"。二是"奏免民间积逋，以郡余财代输之"。（以上均见《宋史》本传）三是在任期间写了一部三卷本的《永嘉橘录》，盛赞当地泥山产的乳柑天下第一，在全国产生很大的广告效应，有力推动了当地经济的发展；第四就是对州境内积湮已久的主河花大力气进行了整治。这条河，就是我们这里重点要讨论的南塘河。可笑的是《宋史》把他的知温州写成知湿州，跟同书把李秀岩晚居湖州写成晚居潮州可谓异曲同工。幸亏有叶氏的碑记和他本人橘录的自序为证，不然他对温州人民的一番感情，就永远不会有人知道了。

其九月，即用州之钱米有籍无名者，合四十余万，

益以私钱五十万，命幕僚与州之社里长，募闲民。

《嘉靖温州府志》无职守卷，《光绪温州府志》只书年不书月，因此无法确定韩市长到任的具体日期。考《橘录》自序："去年秋把麾此来，得一亲见花，而再食其实以为幸。"下署淳熙五年。旧历秋季为七月至九月，则至早淳熙四年（1177）七月，至迟九月上任，基本可说是下马伊始就动上了手，离任日期据清人徐松《宋会要辑稿·职官》："淳熙五年十二月十二日，诏知温州韩彦直除敷文阁直学士。"而周必大《文忠集》卷一百九十复有《淳熙六年赐降授中大夫新知泉州军州事韩彦直辞免敷文阁学士恩命不允诏》，下署正月七日。前后一对照，意思就清楚了，朝廷加封敷文阁直学士头衔并让他转任泉州的诏旨是淳熙五年十二月下达的，可能是工程尚未完全竣工或其他事项未了，主观上不大愿意就这么走了，于是上书婉辞；然后过了一个月朝廷又下了第二道诏书，明确表示不同意他的请辞，只好依依不舍离开温州。这样一算，在郡时间前后三年，实为一年四个月。

工程资金投入方面，碑记公布的数额为官费四十万，韩太守自己掏腰包拿出五十万，总计为九十万，但这只是倡议即带头捐款而已，民心和民力部分尚未计入在内。以十年后重修南塘官费一千一百万，当地绅民捐资六百五十余万作为参考，大约两百万左右总是有的。听起来数目不小，不过单位是文，而非贯或者串，更不可能是银子。把一个铜板含含糊糊弄得像

是一贯钱似的，是唐朝人诸多异想天开的伟大发明之一，虽然看上去是财大气粗的样子，和民初北京城里那些天天啃玉米棒子，却不忘买块猪油出门前在嘴上擦一下的八旗子弟可以有一比。但后者满足的不过是自己的虚荣心，情有可恕，前者却有误导之嫌，至少把后世那些老实本分的研究者害得不浅。宋人基本沿袭了唐人的玩法，亦是时习如此，或史官喜好，非个人力量所能改变。考《水心集》卷九另有绍熙元年所作《江陵修府城记》，内云"钱二十五万贯，米四万石"，记述有别。一文是一个铜板，一贯是一千个铜板，可见写明货币单位的和不写明货币单位的，其间有一千倍的差距。

但不管怎么说，韩市长上任伊始，能想市民所想、急市民所急，在当时市财政原本紧张的情况下挤出四十万，又慷慨激昂自掏腰包拿出五十万，这笔钱，是他对温州人民的一片心意，可谓货真价实，没有半点水分的。又好在当时工程款直接以铜钱支付，无须合银两，不然的话，他所身处的宋孝宗时代，因每年国家要拿出两百万两白银来进贡给金国买平安，导致物价腾飞，银稀钱贱。唐朝的标准是一贯折合银一两，而其时比价约为唐时三倍，要三贯才能折合一两。也就是说，工程资金总投入两百多万铜板即两千多贯钱，如果要折合成银子，只有七百两左右。以此区区之数，能让困扰当地积半个世纪之久的水源问题得以基本解决，堪为少花钱办实事的一个典范。因此，上引淳熙六年诏中皇帝夸奖他时说的"卿夙蕴才猷，所临底绩。永嘉之政，威信并行，海道宿奸，俘获殆尽；为守将者，不当如是乎"。同样也是实实在在，没有半点水分的。

为工一万三千有奇。

这是整个工程中的劳动力投入，古代的计算方法以一人一天为一工，相当简单。因此，尽管没有留下工程具体起讫时间是个小小遗憾，但也不难推算，如果投入一万三千人，那就是总共干了一天；如果投入一千三百人，那就是总共干了十天；如果投入一百三十人，那就是总共干了一百天。具体的施工场面，文中没有提及，但在京城当官的许及之回乡探亲时好像看到了，四库本《涉斋集》卷四有《舁石行》一诗，应该就是当时情况的记录，可惜是集非编年体作品，不能完全确定。诗云："沙河塘路飞晴泥，夹道睨立如凫鹥。千夫舁石自何所，相以柝节当鼓鼙。一夫流喝相和答，声与步应如采齐。观者局蹐汗通下，彼独闲暇轻如携。此石非是装玉砌，此石非是筑金堤。不为文陛仪禁卫，定作基础承楹题。俨然一柱方峙立，何者偃植为拱枅。呜呼自昔良工心独苦，大材小用俱难取。"尽管此役的工程重心是通水，但开凿泉源，修补断堤，石块自然也是少不了的。至于与役人员每天的工资收入，也不妨可以来估算一下。由于此次工程的主要目的是凿通泉源，疏浚积淤，所需工具不过什器畚锸之类加少量石头，购置材料方面的开支在整个预算中占的比例应该不大，就算拿出百分之二十，即四十万吧，余下的一百六十万，除以一万三千工时，每天的人均工资大约为一百二十七文。这个标准，不知是否属于当时的平均水平。参照宣和五年（1123）方腊攻城时募兵"每日给米二升、钱六十"。（《嘉靖永嘉县志》）当时米价按《宋史食货志》每石三贯，二升合六十文，加钱六十文，则日工资一百二十文；又嘉定三年（1210）邻郡宁波重建乌金碣，工程性质完全相同，"给于朝者钱十万，助于郡者四百万，总为工万有九千"。（《四明它山水利备览》）四百一十万是工程款总额，也以扣除材料费百分之二十计，余款三百二十万，为工一万九千，每工收入在一百六十八文左右。而工资水平是以物价增长作为主要依据的，以开工之年淳熙四年（1177）为中轴，前五十四年间物价几乎没有增长，而后来只花三十三年就增长了百分之三十多。因此总的来说，南宋老百姓的日子过得要比北宋差，社会稳定性及风气较前朝明显不如，也是咎由自取，怪不得谁。

举环城之河，以丈率者，二万三百有奇。

每人每天挖河面积大约两丈，这是以工程总投入一万三千工计算出来的，当然指的是长度。深度的话，在当时有四尺就很不错了，因号称举世无双的京杭大运河，据司马光在《资治通鉴》里给出的国家标准，也只有两丈。至于宽度方面，前人好像都吝于表述，不大在乎的样子，不过仍有陈止斋的《观南塘四首呈沈守》可以参考，其首句称"曾不容舸呎尺间"。姜准《岐海琐谈》也说："高厚不逾数丈，仅仅如衣带，外御江潮，内蓄河水。"可见相当有限，不会宽到哪里去。至于河道总长，两万三百丈折合成今制就是三十一公里，也即六十二里，这个几乎用不到计算器。虽说宋尺较现在要小一些，但如果加上首尾两边城市的内河部分，估计也就八九不离十了。此后各类地方文献有关这条河的长度记录，看来都是以此为依据的。比如《嘉靖温州府志》就说："瑞安，在府城南六十里。"尽管也有说百里的，如稍后的陈傅良；也有说八十里的，如再稍后的周大章。但古代科技水平落后，文人说话又时常信口开河，不完全作数的，参考一下就可以了。

> 取泥出甓，两岸成丘，村农闻之，争喜负去，一日几尽。

滨海之区，地多斥卤，其土不堪稼穑。而这条积壅五十年的南塘河因是清水故道，河中取出的积土实际上相当宝贵，因此无须支付工资，每天都会有人主动来搬运清理。这里有个可以参考的案例是托名晋人刘道真的《钱塘记》，记云："防海塘去邑一里，郡议曹华信家富，立此塘以防海水。始开募，有能致土一石，即与钱一升。旬日之间，来者云集。"一石泥土居然要出价一升钱来购买，这是什么概念？因此，我怀疑韩太守赞不绝口、为之作志的温柑，实际上就是用这开河所得之沃土种出来的。不然他为什么在书里要说"自屈原、司马迁、李衡、潘岳、王羲之、谢惠连、韦应物辈，皆尝言吴楚间出者，而未尝及温。温最晚出，晚出而群橘尽废"这样奇怪的话，而产地偏偏又叫作泥山，就算跟孔子的出生地只是偶然同名，没有任何关系，但为什么只有那里出产的品种是最好的？用他本人的话来说就是"而出泥山者又杰然推第一"，还特别强调

"南塘之柑，比年尤盛"，仍然没有给出有说服力的理由，除了塘泥肥沃，特利植柑，很难还有别的解释。再加上祝穆《方舆胜览》卷九南塘条说的"夹岸多橘圃"，叶水心《看柑》诗说的"窈窕随塘曲，酸甜在橘中"。什么叫比年？就是近年嘛；什么叫夹岸多橘圃、窈窕随塘曲？就是种在南塘河的两边嘛，仔细想想，怕还真是那么回事呢。

> 毕事，则天雨两旬，于是洗濯流荡，而水之集者，
> 深漫清泚，通利流演，虽远坊曲巷，皆有轻舟至其下。

一切符合工程设计者们事先的预计，经过一段时间的集中治理，尽管没说到底用了多少时间，但至少作者在写这篇碑记的时候，整个工程已经顺利结束了。老天爷也慷慨地送了点顺手人情，即下了一场及时雨，把工程现场冲洗得干干净净，这样就能省下清理扫尾的费用了。不过时间方面两天足够了，不能再多了，如果真是两旬的话，整个温州准保就得沉没，又要重复乾道二年（1166）淹死两万人的惨剧了。因此这个旬字，当为日字之讹。而雨过天晴，山水含情，一场排练多时的重头戏终于拉开帷幕，就像前面已经描述过的那样，从瑞安西岩到蒲洲斗门，再从那里拐弯到永嘉小南门外，重展新容的南塘河，总体流程呈曲尺形的结构，如果要打比方的话，如同一个标准的英文字母L，但我更愿意将它比作是把老式手枪。其中瑞安境内四十里，是由西往东行于山陇，俗称斗柄或中出之干，因距离源头未远，水流尚窄，相当于枪的管部；永嘉境内二十

里，是由南往北行于沙台之上，俗称南塘石塘，水流渐宽，相当于枪的柄部。这两个部分加起来六十余里，即为古代至少是明代以前相对完整的南塘河概念。而处于两者连接处的蒲洲埭，恰如枪体上的扳机部分——整把手枪最重要的构件，代表着那个年代所能拥有的力量和智慧。《大清一统志》说周围有二十四万亩良田得指望它输水来浇灌，这个数字可能有点夸张，温州自己的地方志也不这么讲的。但至少对郡东南沿海地区的农田而言，这是唯一的清水，如果要确保一境的收成和平安，就得让它时刻保持畅通和清洁。

这里想重点讨论的是枪口与准星——仙岩以上部分——即作为南塘河源头和母腹的斗魁，尽管在地方志和诗文里不无记载和描述，但它的真实面目却似乎从未让人看清过。其中的原因可能相当复杂，有关三皇井和黄帝池的记载自然是祸首，但当初也只是传闻，并没多少人知道。自从唐人杜光庭弄了个什么天下名山排名榜，把温州仙岩山列为第二十六洞天，知名度大起来以后，麻烦就开始接连不断了，因《山海经》明确记载浙江源出三天子山，而黄帝登仙于桥山又是司马迁在《史记》里敲定的。尤其是其中的龙髯即龙须草，这是神话和现实的连接部分，相当关键。史云"黄帝采首山铜，铸鼎于荆山下。鼎既成，有龙垂胡髯下迎黄帝。黄帝上骑，群臣后宫从上者七十余人，龙乃上去。余小臣不得上，乃悉持龙髯。龙髯拔堕，堕黄帝之弓"。这些国家历史库藏里的宝贝，本来都是长国字脸讲普通话的，连之江也非要用上湔江、湔河、渐水、浙江等好几个马甲，然后由郦道元引导它从江西和安徽流下来才行，防备可谓森严得很。而谢灵运居然在《游名山志》里说："龙须草，惟东阳永嘉有。永嘉有缙云堂，意者谓鼎湖攀龙须时，有坠落化而为草，故有龙须之称。"那还了得，于是明代以前的温州地方文献只好玩集体失踪，剩下的也有办法让你各说各的，相互矛盾百出。比如东山可以在城西四里（《太平环宇记》），南塘可以在雁山之南（方舆胜览卷九）。大若岩可以在仙岩（《明一统志》），也可以在府城西北一百五十里（《万历温州府志》）。郑缉之的《永嘉记》因年代最早，记录最真，自然首当其冲，从唐代开始就从人间蒸发，即使由后人辑录的残余部分，也早已被修理得不成模样，文义晦涩，句子不通，连小学三年级学生都可以做他的语文老师，教他怎样把文章写通顺。此外如"东瓯"的"瓯"字有七八种解释，让你一头雾水；"温州"的"温"字明明是水名，因地有温泉也，却成功地将它引向气候。雁荡山可以有南、北、中三座，如果检查它的身份证，又好像长的是同一张脸。至于通过惯用手法把山改成井，把"桥"改成"峤"，把"髯"改成"须"之类，那更是小菜一碟。

明代的张孚敬曾经有个大胆念头，想彻底揭开家乡历史的神秘面纱，那是在他为温州童谣"海坛沙涨，温州出相"的神验性做出杰出贡献以前，大概嘉靖初年吧。当时实在耐不住内心的好奇心，带领一帮弟子前去仙岩考察，但仅仅走到梅雨潭西过去一点卧龙潭，看到"其平岩有窍，小如盘，大如盂，相传以为神物卷刮而成"，心里就有些害怕起来。又鼓足勇气"行数百步，见一岩，圆如人颅，口辅俱足"。终于不敢再往前走，自己给自己找台阶下说："然则兹溪也，其源也，可得而穷乎？"（详见《嘉靖温州府志》卷三《穷源记》）可惜有始无终，功亏一篑，如果他再往前走几步，估计就能看到东瓯国都和原版东瓯王庙的庙址了，元人王恽《南台怀古》诗称"石樽剑沼两寂寞，山川良是先生都"者也。下有自注："今庙基即汉高帝封箫台也。"另一位人宋裴作《平坡访谢草池》诗，末称："所嗟秘境禁来往，不敢题诗留姓名。"下亦有自注："悬画八幅，皆熊经鸟伸之术。"而如果他早生一千年的话，还能看到刚写了一首《登石门最高顶》，抱怨"惜无同怀客。共登青云梯"的谢灵运正在那里徘徊吟咏，为他的到来感到由衷惊喜呢。尽管如此，文章里"其中地复宽平，溪皆沙土，无乱石"的描写，对照《永嘉郡记》"湖是白土，无复细石，中生蕴藻，冬天水热如汤，故众鱼归之，名为鱼仓"的原始记录，就可知道那上面有个湖，夏凉冬温，即为南塘河以及温州历史的真正源头。再辅之《图书编》卷六十四仙岩条所记"岩顶有黄帝池，广五百余亩。水分八派，下有玉函潭，龙须潭，雷潭，梅雨潭，三姑潭"，和王叔果《仙岩记》所记"兹山三面环抱，惟西口空，内有小溪，环绕梅潭，水由此出外，通大河"，面貌基本就明朗了。具体地说，此湖由众泉汇聚而成，水质纯净，且有恒温，古称温汤或温水；湖满时通过崖间穴孔，即上记谓如盘如盂者排泄，形成瀑布景观，蓄于下面仙岩周边诸潭，潭水复合流东出石门，就是郭璞说的长溪或陈止斋说的南塘河了。瀑布晋时有八，唐时有五，宋时有四；即使到民国早期朱自清写他的著名散文时，看到的依然还是"仙瀑有三个瀑布，梅雨瀑最低"。

古代仙岩以上部分既然如此神秘，连张孚敬这样的国家总理级高官都望而生畏，一般文人政客也就只有写点诗文发泄发泄的份儿了。卓惟恭作《游梅雨潭诗》，可能心里存了要与李白比试一下的念头，气势相当磅礴，号称"横空峭壁泻飞瀑，声震渊霆摇地轴。纲缊气湿浮太空，冲崖散作珠万斛。源头直与银河通，半空簇落飞流淙。此境定知无炎热，万壑千岩洒晴雪"。到了许横塘笔下却是另外一番面目，其《引泉示吴甥》有云："淙淙玉溪泉，曲折西亭隅。飞流自喷薄，白石净如铺。一出涧谷去，人间供百需。"重点强调的是它的入世功能，可谓开后来永嘉学派之先声。这两个人，都是当地士族的精英人物，一个是明初建文朝忠臣兼烈士，江心屿有他的卓公祠，与文天祥做邻居。一个是宋室南渡名臣，永嘉九先生之中坚，人品学问都是一流的。仙岩瀑布能历经千年不枯不竭，说句不唯物主义的话，跟这些地方英杰在天之灵的阴佑也是分不开的。但它横空飞挂的水帘，在游人的惊叹声飞流直下三千尺的同时，实际上还承担着更重要的现实作用，就是要为南塘河的畅通源源不断地注入清水，而这一点恰恰为一般人所忽略。从山顶大湖的排水到瀑布的形成，从瀑下诸潭蓄积到汇流而出石门，从斗间石塘东泻到斗末蒲洲堘分流，从由沙塘北行到自永嘉小南门入城，可以说，历史上的南塘河，是个相当复杂的有科技含量的水利系统，如果仅仅把它看成是条自然形成或人工开挖的普通河流，那真有点对不起古人的智慧了。

> 民既得以舒郁滞，导和乐，而公之治，遂以清平而成。

彦直为世忠长子，其父南宋政权主要支柱，拥兵自重，气势熏天，就差没有功高盖主而已。连皇帝都时常想着要讨他的好，从小金库里拿出所谓内币来孝敬他。熊克《中兴小历》说他晚年退休后隐居西湖，天气好时出来走走，也是"跨驴携酒，从一二奚童，纵游西湖以自乐，平时将佐罕得见其面"，派头依然大得很。难得这个儿子却相当低调，虽说十二岁时就有三品爵位，整个南宋找不出第二个。但在位有担当，闲居喜读书，是个好官的样子。不过勇于任事，谤亦随之，这也是古今官场惯例。尤其是《宋史》说的孝宗即位后"入对乞搜访靖康以来死节之士，以劝忠义"和"乞追贬部曲曾诬陷岳飞者，以慰忠魂"这两件事，估计得罪了不少人。一生上上下下坐电梯，到中年就退下来了，著书弹琴，无疾以终。因此清平这两个字，可谓对他一生的定评。

> 盖先王之政，以养人为大。生聚所资，衣食之有无，
> 此上之责也；封疆道路，城郭沟池，其修补浚治之功，
> 此民之力所能自为也；如使官亦为之，则费而难继矣。

笔锋一转，思接千载，试图以比较委婉的方式来表达自己的政见，这里牵涉到作者写这篇碑记的具体时间和背景，不妨可以来探讨一下。我们现在已经知道河役是淳熙四年（1177）秋天太守到任后动工的，但碑记没有记下工程结束时间，这在

古代此类文章里相当少见。个人倾向于认为不会早于次年即淳熙五年初春，因古代撰文载德，铭诸于石这种事，一般都是由地方上德高望重的耆宿出面，像同郡的薛季宣、许及之、张忠甫、陈傅良、"二郑"、"二刘"，哪一个名气不比他大几倍？而他那时不过是个下层寒窗苦读的普通青年文士，根本不会有人想到要让他来写。但就在韩某出守温州的这一年，这个当时年仅二十八岁的小伙子的人生，像一架接到起飞信号的飞机那样突然腾空而起了，原因是此前他在吕祖谦家里偶遇朝中大佬周必大，后者看上了他的文才，给有关部门写推荐信，让他以自己门客的身份跳过郡试直接参加漕试，遂于是年得以发解，相当于是在省试预考中名列前茅（详见《益国周文忠公全集》与王才臣书）。初冬从省城回来后又与高氏结缡，新婚燕尔，人生至乐；次年四月参加进士考试，由于吕东莱是主考官，周益公是礼部侍郎，结果高中全国第二，名震天下，可谓好事接踵而至，想推也推不开。连好友陈亮都感觉压力很大，给吕伯恭写信称"廷试揭榜，正则、居厚、道甫皆在前列。自闻察考官，固已知是如此"（《龙川集》卷十九）。意思是自从得知主考官为吕某，就知道结果准保这样。而据叶绍翁《四朝闻见录》记载，本来连状元都是他的，只因孝宗看他卷子，内有"圣君行弊政，庸君行善政"之说。皇帝当时微笑着自言自语：我是圣君行弊政呢，还是庸君行善政呢？下面的人吃不准这话什么意思，为了安全起见，只好委屈他了。在这样的背景下，当地政界包括管事的人由于看好他的仕途前程，主动找上门来相邀，就成了很自然的事。而我们的新科榜眼其时尽管尚未出仕，但身份方面有了质的变化以后，说起话来似乎就有些不大利索。他这段话的的意思大约是说，自古以来，老百姓如果没饭吃，那是上官的责任。而日常生活中碰到麻烦，比如像市河堵塞这种事，最好应该向上古时代的先民学习，自己想办法动手解决才是，不能完全置身事外。如果什么事情都要依靠政府来解决，那国家又哪来这么多的经费呀？

> 后世道失，乃以废官益民者，为政之大。然吏惧其费，而不复为之；或不知而一委之民也；而其劝之或不以其道，使之或不尽其术，则徒扰扰而已矣。

后来，时代发展了，整个社会不如以前那么质朴了，喜欢以清廉爱民自命、讨好老百姓以博取政治资本的官也多起来了，社会责任界线因此也就变得模糊。但当官的光有所谓爱民之心，没实力也不行，大笔一挥命令批下去了，财政部门拿不出钱来，也等于空纸一张。就是有钱，主管的人如果不专业或不敬业，雷声大雨点小，口袋里多工地上少，于事依然无补。这一段讲得很实在，切中时弊，思想也阐述得很透，事功之学主张"片辞半简，必独出肺腑，不规仿众作"，至少从这一点上来说他肯定是做到了。

> 夫上之于下，岂必与之较哉？民以为不能者，官自为之可也；民有四五十年之病，而上无一日之救，则非仁者之用心也。

　　这里又很奇怪地使用了折中之言，相当于是自己给自己打圆场。从文字表面的意思看，像是为上面的两种观点做了一个总结，说政府和老百姓本来就是一家人，相互之间又何必计较，分得这么清呢？老百姓真有困难，政府也该仁义为怀，主动伸出手来帮一把。这样一来，与前面的说法又未免有所矛盾，有难以自圆之嫌。或许他有更深的意思藏在里面，是自己功力不够，未能完全看懂。不过就整篇文章而言，转入议论后的这一部分，好像不是十分精彩。是作者事先并没完全想透就动了笔，或者想透了又因某种功利因素不能十分流畅地表达？如果是后者的话，原因还是应该跟意外中魁这件事有关系。怎么说呢，一个在内心已经把自己的身份认同归属朝廷的人，又不愿完全放弃以前的民间立场，难免有些纠结。

　　　　公之为是役也，可以知其仁矣。

　　或许这才是以上这番议论的真正目的所在，拿古人垫脚，让韩公唱戏。前面已经用了"清"字，这里又用上了"仁"字。尽管韩市长的功劳很大，值得歌颂，但文字力度还是嫌大了一点。这里头肯定有个人情感上的因素，比较合理的推测是，在作者去年以来好运不断平步青云的过程中，除了周必大的力荐，韩彦直应该也起到了某种关键的作用。至少我在他的《祭韩子师尚书文》里读到了"然而不使之郁屈闾闾，束缚贱贫。渴砚枯笔，场屋酸辛。角寒士之一能，取科举之铢分。而使之传簪袭组，峻塘宏闲。身隔影响，势连霄汉。每累然以折节，俄耸焉而擢干"这样一段深情哀婉的自白。大意是连年落第，家贫身贱，困顿风尘，幸逢碑主折节下交，遂有今天之成就。这个死掉的人，《宋史》说他叫韩彦古，是韩彦直的弟弟，也当过户部尚书，我是不大相信的，因叶与他素昧平生，从无任何交往，怎么可能写出这样动情且有实质性内容的文字来？再说一个彦古，一个彦直，一个字子师，一个字子温，字形结构相似，要弄错或动点手脚是很容易的。即使韩彦直真有个弟弟叫韩彦古，那也是受恩深重，爱屋及乌了，但愿我这么说不至于唐突古人。

　　故州之人相与刻石记之，以载公之仁，亦欲使后来者知所考云。

　　古代纪功碑的惯用格式是，没人说自己愿意写的，都是在别人再三央求下，实在推辞不掉才勉强答应的，所谓官样文章这句话，大概就是这么来的，而此文无之；通检《水心集》内碑记部分，亦均无之；于此一节，其人之卓然不群，其文之陈言务去，即可概见。具体内容就不用多解释了，文义自明。尤其最后一句，说明自己留下这篇文章的目的，就是要让后人知道这条温州历史最早、堪称城市命脉的河流，在从晋初曲曲弯弯流到南宋的时候，总体上是个什么状态，曾经遭遇了怎样的命运与不幸，又是怎样在一个叫韩彦直的有责任心的市长努力下，包括筹资、捐款、发动全市人民，让问题在短期内获得了基本解决。所谓饮水思源，后世的温州人可千万不要忘了啊。

　　遗憾的是，如此雄文，人又是本土大儒，赫赫有名，后世的温州人却不怎么买他的账，不知道具体原因是什么，或许文字内容相对比较艰深，或许是因为没有具体写明是开哪条河，以至在很长时间内为人忽略，甚至连历代地方志都无视它的存在，没把它收进书里。即使偶然有注意到它的人，一般也只解读成是对市内河道的常规治理。比如《光绪永嘉县志》就是这么说的，真不知这些人当初怎么想，居然会得出这样让人啼笑皆非的结论来。看看嘉靖府志里有关府城规模的具体记录吧："后梁开平初钱氏增筑内外城，周围一十八里。宋宣和间方腊围城，加筑三千九百四十七步。"这是郡城。县城呢，同样是嘉靖年间编的永嘉县志："罗城周围一十八里，计二千九百七十七丈八尺。"郡城县城大小规模大致相等，说明至少截至明代，市府县府是同城而治。因十八里计二千九百七十七丈八尺，即二万九千七百七十八尺，实际上就是根据府城外城所谓加筑三千九百四十七步推算出来的，因为汉代的大儒们告诉我们说每步等于八尺，好像那年代人人都是体操冠军，幸亏刘翔不读书没看到，不然会感觉很没面子。更奇怪的是如此不合常识的说法，在此后两千年里也没人敢提出质疑，估计是被"犯我强汉，虽远必诛"这八个字给吓的。而南塘河的源头远在瑞安大罗西峰，叶文所记工程又明确写明"举环城之河以丈率者二万三百有奇"，总长度要超过城市周长好几倍，又怎么可能是城中内河治理？

　　好在这些都是老底子的事情了，多说也没意思，因古人也是人，跟现在的人一样，说话做事情不一定总是对的。古代的文人也是文人，跟现在的文人一样，做学问写东西也不一定总是很认真的。毕竟在那个时代里诗歌是王道，有资格拿起笔来留下文字的人，无论是皇帝、太守、僧侣还是经学家，都兼有诗人的身份，或许在他们自以为真实的记录里，本身就包含着某种愿望和梦想的成分，只是不像"黄河之天上来""白发三千丈"那样夸张罢了。而我们今天如果完全站在严格的科学的立场上来对待，就难免会有这样那样的问题。让人感到欣慰的是，至少这种局面现在已在扭转，在前不久地方上出版的塘河文化丛书里，叶先生的大作不仅已被收入，还在目录里占据了排名第三的显要位置，让我这个资深叶粉喜出望外，自以为很有面子。因此，那天坐在南塘河的游船里悠哉游哉，说是参观也好，说是考察也好，在导游充满激情和自豪感的娓娓清音里，吃着韩市长赞美过的乳柑，听着陈止斋形容过的河面的桨声，读着叶公的雄文，感觉实在是很惬意，很可告慰古人的一件事情。

二〇一六年春节写完，前后三月

〔贰臣〕赵孟頫

从松雪斋到鸥波亭

上　篇

　　一湾清澈明净中略带几分沧桑的湖水。一带憔悴垂杨。一座历经整修几失原貌的破败石桥。一幢高墙宽檐，重钥深锁，乍望之下就使人预感里面或许会藏有某种故事的恢宏宅院。今年初春的一个下午，当我陪同一位专程前来凭吊遗迹的外地朋友，站在位于现今湖州月河小区甘棠桥边的赵孟頫旧居门前，我们的第一个奇异感觉就是自己仿佛时间隧道的激情穿越者，转瞬之间就从二十一世纪光电斑驳的网络世界重回到了笔墨纵横的古代。斜阳，衰草，枯萍，昏鸦。带有明显南宋建筑风格的临河廊屋。青衣布鞋倚立门前的老者，蹲踞河埠的浣衣少女的窈窕背影。真的，如果不是楼头木格窗棂内传出的电视机声音和附近月河桥上不时驶过的豪华轿车的时代标志，一切幽秘得就像此间主人当年那幅著名的《苕溪渔隐图》的某个精彩片段。虽然时间和沧桑已将门前相传由赵孟頫手植那棵大银杏树的浓荫无情斫伐，包括宅中富赡的藏书、金石字画、私人游舫，还有《云烟过眼录》所载初次出仕从京城弄回来的那几十件价值连城的书画，甚至当年水边缩系画舫绵缆的兽型柱石，也早已为岁月的手掌轻轻抹平，但这幢古宅历经兵火与劫难神奇地留存下来这一事实本身，应该已足以令人欣慰。考虑到宅主历代为人诟病的暧昧的政治身份，加上当地侈谈气节、标榜情操的士风的因素也许更该作如是说。根据张羽《赵魏公竹枝歌》"全盛须臾那可伦，百年乔木易成尘。凄凉故宅属官府，零落诸孙随市人"，则明初故宅曾经充公入官。而地方文献学家提供的考证是，明成化年间为千户孙氏衙门，清代入丝绸巨商钮氏之手，民初又成为藏书名家密韵楼主人蒋汝藻私人住宅。这些殷实有力者的居住既反映出赵孟頫身后其家族门弟的迅速衰败，客观上也为旧居的修缮与苟存提供了必要的条件。因此，尽管它的现存面积一如门前的月河，尚不到当初鼎盛时的十分之一，但对于像我朋友这样虔诚的后世朝拜者来说，想必已足够令他神情激荡并感慨不虚此行了。虽然我对这位当地历史上最著名的艺术大腕一向不怎么感兴趣，临行前于落日残照、暮霭苍茫间蓦然回首，内心还是不由自主有一种爱憎交加的复杂情感。

从旧居出来到莲花庄，这对绝大多数的慕名来访者都是一个必备节目。步月河桥东拐过四面厅，前后才不过短短的几分钟，若采用船行方式更是只有区区一水之隔。但在精神之途中，赵孟頫当年走完这段路程足足花费了十几年的时间。这位货真价实的宋太祖赵匡胤第十一世孙，由于先祖自高宗南渡后就一直赐第湖州，其父赵与訔又长期任官浙西，因此，位于该城东南横塘的这座江南名园既作为他的襁褓与摇篮，也是他后来在内心世界唯一为自己细心保留的一方净土。在宋末蒙古人的铁骑席卷沙尘与马粪味骤然降落门口以前，赵孟頫似乎一直由母亲丘氏督导着在这里学习、生活和成长。他的两位老师分别是当地大儒敖继公和杰出画家钱选。据赵孟頫成名后自己不无炫耀的回忆，五岁入塾学书时的一些涂鸦之作，当时据称就已达到了"时人持去可以鬻钱"的水平。对于一个世代尚武、钟鸣鼎食，并无多少家学渊源的将门之子，这样的质材颖悟、出手不凡确实令人吃惊。吴兴山水深邃的文化底蕴加身体内部某种命定的天才力量，这就是唯一的解释。当时赵孟頫是那样醉心笔墨，好学不倦，以至十二岁那年父亲在杭州因故猝亡这样的突发事件，都没能让他泼墨挥翰的手腕轻易停顿下来。同时他的生母丘夫人也声泪俱下、言词疾厉地告诉他："汝幼孤，不能自强于学问，终无以觊成人，吾世则亦已矣。"包括几年后他援例以父荫补官，被授予真州司户参军一职，事实上也丝毫没有影响到他的学业。因这种明显带有抚恤性质的所谓朝廷恩命，说穿了不过是让一个宗室子弟无功受禄，白白享用一份丰厚的官俸而已。

　　《岳阳楼书画录》里留有存目的赵孟頫传世最早的那卷作品——十一页的《行书读书乐趣》，从时间上看，应该就写于这以后不久。落款地点即松雪斋后林石掩映中的印水山房。那天黄昏我们曾在那里逗留了不少时光，于花气氤氲、水光潋滟的初春暮色中，一边闲看一边讨论。引起我们兴趣的当然不是这篇即兴随笔文采或命意上有什么独到之处，另外由于全集里未见收入，是否真能归入他的名下也还是个问题。但作者文中展露婚后生活场景"既归竹窗下，山妻稚子作笋蕨，供麦饭，欣然一饱，弄笔窗间"那段描述，除了文笔生动，朴素，令人神往以外，与他后来试图将自己出仕元廷的荒唐行径解释成为生计所迫时再三强调的"向非亲友赠，素食常不饱。病妻抱弱子，远去万里道"倒也丝丝入扣。由于他与女画家管道昇的婚姻事实上要迟至与异族统治者合作后的第三年，即他三十六周岁当年才真正得以结合，因此几乎可以很肯定地说，在此之前赵孟頫应该早已另有家室并至少已经生有一子。其次卷尾所押"印水山房"朱文方印也很有意思，这不仅在赵孟頫一生留下的书画中绝无仅有，更重要的是即使它在现实世界里真的存在，其原址在德清山中的可能性肯定也要远大于湖州。这句话的意思当然就是说，我们现在看到的这处胜迹恐怕只能是一个赝品。包括园内的其他景点如松雪斋、鸥波亭、清胜轩、紫芝亭等，也大都出自好事者的移植与附会。实际上被元代以后的郡志强派到他名下，以莲花喻出淤泥而不染之意，为其仕元一事开脱的所谓"子昂别业"，与他本人青年时代以后的生活可以说没有任何关系。这也可以用来解释为什么赵孟頫自己笔下对此从无片言涉及，包括现存世界各大博物馆与私人收藏家手里的遗作，在题识与落款中你也找不到哪怕一丁点儿与此有关的信息。而我的一个大胆推测是：自至元十二年（1275）赵孟頫二十二岁那年冬末湖州沦陷，这座园林很可能已毁于兵火或成为蒙古人的屯军之所。在此前后赵氏全族数百人于惊恐之下早已纷纷做鸟兽散，藏匿乡下或避乱山中。即使多年后赵孟頫以新朝奉训大夫、兵部郎中的显赫身份富贵还乡，迎娶新欢管氏，也没有任何迹象表明他又曾经重回此园居住。相反，在他一生所留下的为数颇众的诗文中，倒是毫不掩饰自己对德清的深沉情感，不仅多次明言该地有他的居所与别业，还爱屋及乌地对那里的文化、物产和山水进行了由衷颂赞。至少在他身后留下的全集里，仅以"德清别业"为题的诗就有八首之多。

于是，一个长期以来令研究者不敢正视的问题，至此不可避免地再次浮上了水面——那就是赵孟頫生平与德清既微妙又神秘的关系。这位祖籍开封，生长湖州，在政治和艺术领域都曾经大出风头的两朝名士，一生中何以对湖州下属一个小小县城情有独钟，说起来真是相当令人感兴趣的事情。那里不仅有他的别业、田产与奴婢，甚至中国书画史上大名鼎鼎的松雪斋，就坐落在山水幽绝的余英溪畔，而绝非如历代郡志所认为的在湖州甘棠桥边老宅。这方面既有戴表元"集贤直学士赵君之隐居，在德清龙洞山之阳"的公开披露（详见《剡源文集》卷一《紫芝亭记》），又有仇远在跋赵孟頫名作《与陈仲美合作吴兴山水幅》"大德五年辛丑秋仲，仲美访子昂学士于余英之松雪斋，霜清溪碧，作如此活"的再次确认。戴表元与仇元都是他的同时代人，一为生平死党，一为地方文友，所述应该完全可信。何况还有一九八五年在德清乾元山出土，现今尚躺在该县博物馆仓库内不为人注意的那块墓碑，相信可以给所有关注此事的人一个相当完美的答复。根据墓文作者李埛自述，兄妹四人，死者为长兄李熙；二姐嫁武康军节度使赵与芮，考《宋史·宗室表》可以得知，此人为宋理宗赵昀的亲弟，《齐东野语》说他后来娶隆国黄夫人之女为继室，生子赵孟启过继给哥哥，从而又鬼差神使地成为度宗的生父，位高权重，这也不去说他；赵垍为老三；而真正令我们感兴趣的应该是老四，"次女适迪功郎新饶州司户参军赵与訔"，也就是赵孟頫的父亲。杨载《赵公行状》里说赵父原配为"硕人李氏"，死于赵孟頫出生前四年，两者相合起来丝毫不差。至此，赵孟頫与德清的因缘之谜总算全部解开。值得注意的是赵父原配李氏的父亲李仁本，此人系南宋名臣参知政事（副丞相）李彦颖嫡孙，一生为宦，曾任浙东提刑按察使，在当地也算是数一数二的大族了，家财饶富，门庭蕃茂。可以想象，在元兵南下、湖州眼看就要沦陷那段风声鹤唳的日子里，我们当时以长子慨然承担起家庭之责的书画家先生，寡母诸弟，妻儿奴婢二十余口，加上身体又有赵宋宗室印记，如果想要出外避难，看来确实没有比外公家更好的地方了，赵孟頫生前选定自己与管夫人的身后葬地为德清东衡，可以看出这座曾给予他庇护与慰藉的县城在他一生情感上的分量。

松雪斋时代就这样不尽如人意，在毫无心理准备和选择余地的情况下匆匆开始了。作为赵宋亡后政治态度的一个标志，尽管斋名的由来缘于父亲遗下的两把古琴"大雅"与"松雪"，但他毅然选定后者并决定以它行名于世，显然应该包含着比音乐更多的内容——比如说，展示心志与思想。何况这一寓义与他当时的遗民身份又是那么贴切。也许我们可以这样猜想，在赵孟頫最初的人生理想中，不能排斥确实打算从此啸傲林下，在布衣蔬食、诗书琴画中从容消磨自己的一生。他曾花费数年时间写就一本音乐专著《琴原律略》，似乎也有意无意为我们透露出这方面的信息。根据后来戴表元在为该书所作序言里的描述，青年时代的赵孟頫既孤僻倨傲，又愤世嫉俗，俨然一个有意与主流社会保持距离的另类形象。许多年后为《淳化阁帖》撰写题跋时赵孟頫自己也承认，当初他为求购此书两年中曾多次进出杭州的书铺，先后弄到两部，惜均为缺本，后又多方寻求包括与他人易换，好不容易方得凑齐全帙。这样的精神与闲情，也可从另一侧面让我们体味到他那段时间的真实心境。

　　但他的生母丘氏显然对此不以为然，进而深感不满。这位似乎天生具有政治家头脑且信奉"有奶便是娘"人生哲学的女人，自从全家在德清安顿下来以后，就曾振聋发聩地大胆预言："圣朝必收江南才学之士而用之，汝非多读书，何能异于常人？"当然，她强调的读书肯定并非书画与琴艺，而是封侯拜相所必须掌握的经世治国之术。作为世食宋禄的皇亲国戚，如此开放搞活、好像有意要与岳飞母亲对着干的言论，即使在七百多年后的今天听来仍不免令人感到吃惊。这段文字最早见于赵孟頫身后由门人杨载撰写的行状，台湾学者潘柏澄在感叹"丘氏无故国之思，竟督子昂仕元"，并表示"甚奇"以后，不得不怀疑这样不尽人理的说法是否有可能出自赵孟頫自己的弄鬼。他经过反复思考辨析后提出的一个有意思的观点是："或因子昂不能以死拒当政之邀，觍言出任后，深知悔恨，乃思假奉母命以求人谅恕。弟子杨载从之三十年，闻其语，而记之如是也。"这样的推测尽管过于苛刻，但也不能说完全没有一点道理。不管怎么样，在为期十余年的松雪斋时代后期，赵孟頫的思想已明显有了某种微妙的变化。至少我们发现他的身影已经渐渐从琴桌翰几前离开，开始专注于朝政和经史名籍。另外，交游也成为他生活的一个主要组成部分。当时他跟一个名叫顾善之的书法家打得火热，甚至还通过此人结识了几位同样癖好书道的地方蒙古官员。作为对上述慈母一番良苦用心的酬答或应付，赵孟頫生平最重要的一部学术著作《尚书集注》就成书于那几年中。也许，与世俗的荣华富贵相比，所谓精神的高洁确实是个相当沉重与奢侈的话题，尤其是在连肚子都填不饱的时候。从政治形势上来看，占下汉家江山的元廷似乎也不像原先传闻中那样野蛮与无知，一些汉人文职官员开始陆陆续续受到征用。他原任湖州最高地方官员浙西安抚使的叔叔赵与可献城投降后官运亨通，另一位叔叔赵与訔甚至已在元世祖忽必烈身边做了近十年的侍讲学士。这些发生在身边的故事犹如大风摧松，春阳融雪，日复一日影响着赵孟頫的生活和思想。同时，尽管李府上下时有接济，但全家二十余口仰食于人，何况又非亲生骨肉，经济上长期这样下去也总不是办法。因此，我们应该有理由可以相信，在至元二十四年（1287）出仕元朝前的那几年中，当寄居德清的赵孟頫于深夜的灯下无语独坐，思虑万千，昔日名园巨宅、锦衣玉食的生活早已成为记忆中不堪回首之往事，眼下最重要的事情，看来就是如何在新的政治格局下审时度势、瞄准机会，以图东山再起。上述丘氏那番为后人诟病的名言，估计就是在这样的背景下一次次告诫赵孟頫的。是的，在挣脱了气节、情操之类的精神桎梏后，发愤著书立学，争取早日出人头地，确实已成为赵孟頫当时远较心灵问题更值得关心的现实课题。

从事后披露的内情来看，也正是在那段时间的课余笔闲之际，他偶然结识了邻村西茅山下一位乡贤管伸。老头祖上曾居湖州城西二十里栖贤山，后因某种不为人知的缘故迁移至此。自称战国贤者齐人管仲之后，生性落拓，喜好风雅，对这位出身高贵，眼下正处于逆境中的年轻人不免青眼有加。同样持这种钟情态度的似乎还有他二十多岁尚待字闺中的女儿管仲姬。尤其是后者于操持家务、缀弄针线之余练就的一笔生意盎然的墨兰，更是为两人迅速发展的感情提供了某种养料和基础。可以想象，又一个落套的张生崔莺莺式的传奇故事，就这么匆匆忙忙上演在今天德清干山乡境内的桑颠篱落之间。虽然素有"倜傥侠义"之名的管公在剧情后来的发展中坚持扮演与崔母相类的角色不免令人扫兴，但考虑到赵孟頫当时已结婚生子，更致命的障碍是他犹如"文革"走资派子女似的危险的政治身份。这一切打算让一个安分守居的士人发扬大无畏的革命人道主义精神接受下来，从理论上讲或许是可能的，但在现实生活中实在有些强人所难。好在赵、管恋情最终还是有完美的结果，时间是一二八八年的春天，也即他时来运转，应召出任元朝兵部郎中大约两年以后。鉴于赵孟頫一向有名的敏感、倨傲的性格，管道昇这样见兔子撒鹰的做法未免令他内心受挫，并自觉有理由心怀怨恚。在老丈人身故后所作《管公楼孝思道院记》一文中，他挥纵春秋笔法，寓不尽之意于言外，特别标明"仲姬特所珍爱，至元廿六年归于我"就相当有意思。用现在的话来说，不知是否可以叫作你不考上公务员，出人头地，就别想娶我女儿。

此外，由于赵孟頫生前有自画像，爱妻没有写真留存，有关管姿色的猜测，一向也是令后人感兴趣的话题。在我的想象中，这个女人性情刚烈，处事敏捷，其生活能力与《红楼梦》里的王熙凤应该有一定程度的可比性。至于说到容貌那恐怕连中人之姿也谈不上。因此，她与被誉为"神采秀异，珠明玉润"的赵孟頫的婚姻，很有可能就是属于周恩来、邓颖超那种相濡以沫的纯感情结合。这就是为什么后来赵孟頫官做大后一再提出想娶妾，终因管道昇隐含威胁之意的反对——一首《我侬词》，其名句"你中有我，我中有你"译成今语大约就是"我不会抛弃你，你也休想抛弃我"——而快快作罢。当然，如此持论或许会令那些仰慕才子佳人故事的读者大大扫兴。但只要我们平心静气想一想：一个乡下大姑娘，祖籍山东，又是才女，二十多岁还嫁不出去，会是怎样一种状况？这种事情在古代是否属于正常？更重要的理由是：在赵孟頫后来为管道昇所作墓志中尽管说了不少好话，又是"生而聪明过人"，又是"天姿开朗，德言容功，靡一不备，翰香辞章，不学而能"，"处家事，内外整然"，就是没有一句敢正面赞及她的美貌。相反，他在题《二乔图》中视大乔小乔为红颜祸水，同时又发自内心地对主张娶丑妻求平安的诸葛亮大加赞赏，进而推崇备至。用他自己诗中的原话来说，叫作"不见当时老诸葛，独聘丑妇何其高"——不无惺惺相惜之意的夫子自道——大有英雄所见略同的意思在里头。当然，对当时急欲建立功名事业的赵孟頫来说，与管道昇交往在他的生活中实际占的位置并不太大，因当初为这段乱世恋情所提供的政治背景特别的触目惊心。几乎两人花前月下每一次欢会的过程中间，无不笼罩着历史上一连串重大事件的深长阴影：陆秀夫抗元不屈而亡，幼帝赵昺死葬南海，文天祥在北京刑场上慷慨赴义，加上其间发生的亡父茔墓的意外被盗。种种不尽如人意的国事家事，看来都逼迫赵孟頫必须当机立断，面对现实，为自己今后的人生道路提前做出安排。由于那时已有新政府废除科举制度后，将改用推荐与征召的方式选拔人才的传闻，赵孟頫的身影开始频频走出松雪斋，多次往来于杭州周边城市，结交名流，拜谒权贵。据任道斌先生《赵孟頫系年》一书详介，那段时间先后出现在他朋友名单上的牟巘、周密、戴表元、李衎、袁桷等人，都是其时东南文坛上颇具号召力的重要人物。尽可能地抓住时机，扩大影响，让自己的真才实学拥有更广泛的社会知名度，可以认为是赵孟頫占断机先、未雨绸缪，为两年后终于到来的政治机缘预先定下的一着妙算。

当德清山中的赵孟頫放下包袱，轻装上阵，在松雪斋门口搔首弄姿，与此同时，中国历史上第一个少数民族王朝的国家机器也开始了它最初的运转——所幸基本沿袭的还是标有"儒家""程朱理学"的前朝的旧辙。机会与运气有时就是那么充满神奇色彩不召自来。几乎就在赵孟頫赠诗当地最高行政长官蒙古人夹谷之奇，委婉表示自己有意于效忠新朝的当天，两千里外的皇帝忽必烈在历经艰难基本平息了来自家族内部的连年战争后痛定思痛，终于力排众议，做出了一项在当时看来也许不无冒险的大胆举措：即立汉法文治为国策，大量起用汉人中的才干卓异者进入各级政府权力部门，辅助蒙古官员一同治理国家。对于宋亡后一直被排斥在主流政治之外的汉族知识阶层中的那些跃跃欲试者，这显然是个令人欢欣鼓舞的消息。由于选拔出真正的、品学俱臻上乘的人才是此事成功的关键，一位此前降元多年、深蒙宠信的名叫程钜夫的行台御史于是再次受到重用，被委以负责每年向朝廷提出推荐名单，并按图索骥将人带到皇帝跟前接受面试的重任。从历史角度来看，这一政策对当时大病初愈寒热无间的国家肌体无疑起到了镇静剂与营养液的作用。一大批曾侈谈气节、精神、义理的隐士于是纷纷从山中林下走出，争先恐后加入了庞杂浩荡的候选者的队伍。至此，犹如枯木逢春、葵花向日，架设在松雪斋与大都行辕之间的通行障碍看来已全部拆除。

生活在一个少数民族统治的时代里作为前朝遗民的复杂感受是很难向后人描述的，尤其是以这些人中精神表率著称的知识阶层。他们既对西风残照里的宋家陵阙满怀依恋与哀痛，同时又不甘心于自己的一身所学报国无门，就这么烂在肚子里。故国情思与现实人欲与其说形格势禁，不如说更多时候却是以一种相互纠缠、混杂、恩怨难分的形式表现出来的。直到忽必烈的人才总监程钜夫访贤的车辐浩浩荡荡停在西子湖边，他们中的某些识时务者才终于意识到自己几年来费心构筑的精神平台，在物质引诱面前是那么不堪一击。这方面元人杨瑀《山居新话》里的一个笑话很有典型意义："昔有德音搜访怀才抱器不求闻达者，有人逢一书生奔驰入京，问求何事，答曰：将应不求闻达科。"另外元初诗人陈绎某次因事到北京出差，也曾看见许多先前号称隐居不出的名士拥挤在东长安街两旁的小客栈里等候选荐，因而深有感触，写下"处士近来恩例别，麻鞋一对当蒲轮"这样极尽嘲讽的诗句。这其中比较著名的有留梦炎、高彦敬、方回等南宋旧臣，他们后来分别成为新政府枢要部门的重要官员。

一向讲究运筹帷幄、自重身份的赵孟頫显然不该被划入上述诗句讥讽的范围之内。综合现在所能找到的文献史料，赵孟頫的出仕实际上经历了一个漫长的过程。其中的第一个契机发生在至元十九年（1282）初，因与时任浙西道提刑按察使的夹谷之奇良好的私人关系，后者经努力为他在翰林国史院弄到一个编修的位子。但赵孟頫毅然拒绝了这一好意显然并非事关名节，而是这个职务与他内心的政治理想相比实在太微不足道了。《宋史翼》也谈到是年年底赵孟頫"闻天台杨叔和急公好义，子昂转入天台依杨氏"，半路上意外为元兵所获，被带到初次下江南访贤的程钜夫面前。感觉这位皇帝身边的红人对自己自负的才学实际上并无多少了解，生恐再次受到委屈的赵孟頫，不得已以"尧舜在上，下有巢由，今孟頫贯已为微箕，愿容某为巢由"一番含糊之词与程钜夫周旋，"钜夫感其义，释之"（陆心源《宋史翼赵若恢传》）。然后事情又这么过去了几年。至元二十二年（1285）秋天，在松雪斋中高价待售、问津无人的赵孟頫看到同行中人已纷纷任官京师，而自己的前程依然一片渺茫，情急之下不免妙计奇出，一反以往守株待兔的保守策略，开始频频出击。他分别上诗本省各位居要津者要求举荐，什么"春风不披拂，胡能见幽心"，什么"数公如见问，为说混风尘"；又主动给李仲宾收藏的王羲之《眠食帖》题跋。其中赤膊上阵，犹如重镑炸弹令朝野侧目的那篇著名的《明肃楼记》，更是给人一种完全豁出去了的感觉。连一向小心维护赵声誉的任道斌，在所著《赵孟頫系年》一书该年条下，也不得不记上"元廷于雁北筑圆营屯兵，孟頫名之曰明肃，且有《明肃楼记》，颂元廷功德"这么一笔。当然，事后证明赵孟頫的这些努力在现实效果上可以说相当成功，我们将有幸看到，在次年经皇帝御笔钦点的引荐名单上，赵孟頫的大名已赫然在目。包括他的五姐夫张师道，虽然当时已年近五十，居然也福星高照，顺势搭上了便车。

京师的二月在风沙与柳絮中犹如政治舞台上复杂、明暗不定的深色背景。一二八七年春天，两个彼此知名已久，且互有所图的人物——七十三岁的忽必烈与三十四岁的赵孟頫——在好不容易卸下民族、节义这类令双方都难免头痛的重负后，终于在北京的皇宫内欣然相见。据《元史·赵孟頫传》所载，当"才气英迈，神采焕发，如神仙中人"的赵孟頫由程钜夫引带到皇帝面前的那一刹间，后者显然被眼前这位赵宋王孙儒雅、高贵的气质深深打动了，以至当场表现出像高兴过了头的孩童那样的任性与失控。不仅当即将赵孟頫亲热地拉到自己身边，甚至还让他坐在右丞相叶李的前面。接见过程中又吩咐侍从安排纸笔请他代草诏书，以便有机会当场验证一下仰慕已久的赵孟頫的笔墨文采。应该说，皇帝不同寻常的破格礼遇中既有对赵孟頫才华的高度赏识，更多的恐怕还是作为胜利者在接受降臣朝觐时一般所愿意展示的宽爱与嘉勉——或称怀柔之术。几天后赵孟頫得到的正式封赏是奉训大夫领兵部郎中，受命总管天下驿置的整改事宜，这个职位论大小虽然不过是个从五品，但能与贰臣中的大腕叶李几年前被荐时所授浙西道儒学提举一职旗鼓相当，想必内心应该已足以令赵孟頫欣慰，并自觉身价不菲了。当天晚上他在《初至都下即事》一诗中写下"半生落魄江湖上，今日钧天一梦同"这样几近感恩戴德的句子，事实上并不让人感到奇怪。那时包括赵孟頫自己在内的很多人都坚持相信，世祖的青眼另加绝对是一个意义明确的信号，既然多年向往的政治生涯已经有了这样良好的开端，未来封侯拜相的热闹场面只怕不是什么非分之想。

　　然而命运有时就是这样喜欢跟所有相信它的人开玩笑，就在赵孟頫次日起来兴冲冲去兵部衙门报到的几乎同时，元代历史上第一个黑暗时期突然到来了。原先政府的宗教事务大臣桑哥意外得到年迈的皇帝宠信，几天内便官拜尚书省平章政事（丞相），并被允许以自以为是的方式管理国家的税收与漕运。作为忽必烈时代晚期权势熏天的人物，此人最大的能耐据说就是排斥汉僚和任意掌掴下属，从左右参知政事到下面的文武百僚，几乎无人能逃此劫难。在兵部的公事厅，一再要求自己谨小慎微，以尽可能老庄持重面目示人的赵孟頫很快发现，尽管自觉上任以来一向勤勉职事，对修改驿制、参议钞法、确定贪赃罪的数额界线，讨论其时发行的至元宝钞与旧币的标准兑换率等均有贡献，却依然感到自己一直身处同僚的歧视与排挤之中。一天早晨他因上班迟到了几分钟，竟然也被强迫跪在堂下接受耳光的惩罚，好在有与桑哥关系不错的叶李代为说情，才得以幸免。而每逢这种时候，一向爱把手下蒙汉大臣分为自家骨头与疏远之臣的皇帝，最多也不过出来客串一下和事佬的角色。几个月后两位汉人副丞相杨居宽与郭佑突然以莫须有的罪名被同时赐死，不免令赵孟頫发热的政治脑袋一下子清醒了不少。何况此前已有张雄飞、温迪罕、卢世荣等多名汉人大员走马灯似的起起落落，不是被炒鱿鱼就是下令处决。其中卢世荣死后甚至还受到以其肉饲禽獭这样令人发指的酷待。总之，不清楚赵对自己官场前途的担忧与畏惧究竟始于何时，但至少在出仕次年寄杭州友人郭佑之的私人信件中，一派心灰意懒之态已跃然纸上，其中有云：“夙兴夜寐，无往而不在尘埃俗梦间。视故我已无复存者，但赢得面皮皱折，筋骨衰败而已。”类似情绪还集中流露在同年所作《罪出》一诗中：“谁令堕尘网，宛转受缠绕。昔为水上鸥，今如笼中鸟。哀鸣复谁顾，毛羽日摧槁”，整个一个含冤受屈、哭诉无门的可怜形象。虽然熟悉他的人都知道，这一切都不过出于他的自找。

这时候还发生了这样一件令人胆战心惊的事情。一日忽必烈于南书房约他闲话，突然间就提出了两位降臣留梦炎与叶李人品谁好这种事先根本想不到的问题。由于叶李此时已位居中书省右丞这一令人眼热的要职，自以为有机可乘的赵孟頫当即答以“李所读之书，即臣所读之书；李所知所能，臣亦无不知无不能”，这样明显的扬己贬彼，前不久叶算是白救他了；同时将他的父辈朋友、曾以媚贾似道起家留梦炎誉为“为人性厚重，笃于自信，思虑甚远，善断国事，有大臣之器”。但紧接着皇帝的一番疾言厉色的训斥犹如兜头一盆冷水。忽必烈认为："梦炎在宋为状元，位至丞相。当贾似道误国罔上，梦炎依阿取容。李布衣，乃能伏阙门上书，请斩似道，是贤于梦炎矣。"他同时又毫不客气地挑明问题的实质在于："卿以梦炎父执友，故不敢斥其非。"作为对赵孟頫的惩罚，皇帝命令他当场写一首诗将留讥侮一番。自以为得计的赵孟頫在这样弄巧成拙的事变面前，为求自保又焉敢违逆？也活该他的朋友兼前辈倒霉，"状元曾受宋家恩，国困臣强不尽言。往事已非那可说，且将忠直报皇元"。在把留骂得一文不值的同时，又忍气吞声拼命表明自己对元帝国及皇帝本人的忠心耿耿。在赵孟頫的一生中，无论政治还是生活方面，这都堪称是他生平所受到的最大羞辱。尤其让人觉得后怕的是：在明明已有自己固定结论的情况下，忽必烈如此一番居心叵测的举动，显然暗示着此人政治上对自己已怀有戒心。于是，在几个月后皇帝又向他请教对宋太祖赵匡胤的看法时，余悸未消的赵孟頫只好连连谢罪，干脆以"臣不能知"加磕头为对。《赵公行状》说他此后"自是稀入宫中"，《元史·赵孟頫传》也谈到"孟頫自感久在帝侧，必为人所忌，力请补外"。如果这些记录可以相信的话，这表明同僚倾轧、蒙汉对立，尤其是伴君如伴虎的险恶的政治环境，已经令赵孟頫从内心深处感到厌倦与恐惧。在反复权衡利弊、掂量得失之后，他为自己确立的新的现实形象是苏东坡那样诗酒风流的文章太守。次年六月，赵孟頫多次要求下派到基层锻炼的申请终于获得朝廷批准，出任山东济南府总管同知。作为极富象征性的巧合，这一年，他的岁数正好距离

"四十不惑"剩下不到几个月的时间。

　　大约在此前后，打算放弃政治雄心，以交游与书画创作构筑生活主要内容的后赵孟頫时代终于要开始了。这是元代乃至古代中国艺术的幸事。我们还无法断定赵孟頫当初做出这一重大决定时，精神上所经历的痛苦而复杂的过程。因为头上这顶乌纱毕竟来之不易，何况为此他甚至还付出了牺牲个人名誉及有可能受到后世唾骂的代价。但是，可以肯定的是，当他两年后济南任满回京交付公事完毕，以丈人病重为由乞假回到湖州时，昔日心雄天下的济世抱负，依稀已化作一片似真似幻的纸上云烟了。他先后寻找借口婉辞了国史馆主管和山西太原路汾州知府兼劝农事的任命，除中间为书《藏经》应召短暂回过一次北京外，一直以身体不好及先人陵墓亟须迁葬为由赖在家中潜心绘事。多年的艺术积累加上内心难与人言的委曲与怨懑，在才情的驱使与引导下犹如瀑布狂泻——在洁白的纸绢上渗开、凝固、意态纵横——从而形成一种极富创造性，化作家气为士气的新的画风，从今人所编赵孟頫的作品著录及流传编年来看，他一生中许多重要作品均成于这一阶段。在其中唯一存世的那幅我们熟悉的自画像中，其年四十五岁的赵孟頫儒雅、潇闲，俨然一副看破红尘的样子。上面还有他当时意犹未尽题写的一首七律："致君泽物已无由，梦想田园雪水头。老子难同非子传，齐人终困楚人咻。濯缨久判从渔父，束带宁堪见督邮。准拟今年弃官去，百无拘系似沙鸥。"尽管自数年前应召出山那一刻起，为了掩饰自己热衷仕途的志趣，对周围的朋友及社会舆论有所交代，山中林下生活作为一个潇洒的话题就一直出现在他笔下。但此诗中如此坚决彻底的态度，依然让人印象深刻。另外细读《元史》也可以知道，他的济南同知一职虽说因去京公干作罢，其内在原因却为与一个省政府监察部门的蒙古官员韦哈剌哈孙长期不合，后者一次次向上头打小报告，说他坏话这才干不下去。

这里或许要稍稍旁涉一下德清的水势，这可以帮助我们对赵孟頫在该地别业的位置做出大致无误的确认。在作为个人政治标识的松雪斋时代行将结束之际，这一点也许尤为重要。尽管由于环渚皆山，溪洞密布，想弄清从西天目下来的湍流在县城周边的真实走势相当不易，甚至当地县志里也一向纠缠不清，但三条主要水道——余不溪、龟溪和余英溪仍然不难分辨。其中余英溪在德清城南，北流入吴兴境二十余里，戴表元《紫芝亭记》云"集贤尝语余，龙洞奇甚，山逆溪回，逆而上者二十里，古之至人所居"。按此松雪斋的确切位置在余英溪龙洞山，这一点基本上可以无异。龙洞虽为俗称，不见于正史，但德清有王母山——明代以降又名响应山与黄陇山——疑即所谓龙洞。不仅因为高度及地理位置大致相符，更重要的是它独特的人文景观：瀑布、亭阁、寺庙与龙穴，同时也是地方志唯一记载古有高人居住的地方。可以想象，在大德初年前后，赵孟頫偕妻乞假归隐，以逸待劳那几年中，这对恩爱夫妇除偶尔去杭会友及参加艺术活动外，一直隐居在那里拈管吮毫，朝夕不离，其"绿蕉泻影昼挥翰，红袖添香夜读书"的旖旎风光该是多么自在且让人神往。由于当时赏识他的老皇帝忽必烈已经去世，皇室内部围绕权力的争斗再度高潮迭起。继位者成宗皇帝铁木耳虽已登基，同为成吉思汗孙子的海都对他却不买账，于是同室操戈，积尸如山，这场争夺皇位的战争一直延续到成宗死前不久才告结束。因此，无论就政治机变还是从个人安危角度来考虑，赵孟頫为自己做出的"隐而不拒于出也"（戴表元语），以退为进、静观其变的策略都不失为一项明智选择。再说德清的乡居生活确实也让他深感宁静与喜悦，至少几年来畏谗受讥、战战兢兢的内心压力得到了有效释放。宋濂《姑苏幻住庵记》说他与后来成为生平知己兼精神导师的中峰明本结交就始于此时，这一点非常重要。其间他写下大量寄情山水、渴慕清闲生活的诗篇，还多次沐手熏香精绘陶渊明彩像，用于赠人或自赏（其中《陶潜遗事》甚至有十余幅之多），依稀可窥其当时迷惘消极心志之一斑。

几十年后，门人杨载为他私谊甚深的老师写传记，显然出于为尊者讳和不愿开罪朝廷的双重考虑，对赵孟頫出任江浙儒学提举前的这段特殊生活思想经历只字不提。《元史》本传同样也是一片空白。由于这两篇文字是现存有关赵孟頫生平最原始的资料，对致力于赵孟頫的中年心迹研究，即打算在从松雪斋到鸥波亭的途中搜寻某种转折信号，显然是件麻烦和不幸的事情。唯一可以参考的或许是他的诗文，戴表元《赵子昂诗文集序》下署"大德戊戌二年（1298）仲春既望"，则成集当四十五岁，即五年闲居生活期间所编也。从时间上看，此书的定稿正好处于前后赵孟頫时代一个完美的临界点，或者说，某种精神的真实曲线。假设此前政治理想与济世抱负是他人生的主要兴奋点，那么在此之后将逐渐转向内心修炼，如果没有什么意外事情发生，我们将有幸看到，他的才华、情感与天赋终于想到要返璞归真，抱元守本，打算通过画绢与纸张认认真真向世人集中展现出来了。

下 篇

　　江之汇位于湖州市区馆驿河头苕梁桥下，是这座当年名闻江南的文化望郡目前仅存的古老地名之一。从天目山下来的两股主要水源——著名的苕溪与霅溪——在分别由东西方向浩浩荡荡进入城内后，在这里汇合、冲激、蓄积，然后穿过不远处的骆驼桥由机坊江北流太湖。尽管眼下日益狭窄的河道、倾圮的石埠、低矮破烂的旧式民居，使它在周围鳞次栉比的现代化建筑的挤压下显得极为灰暗、刺眼，但在八百年前的宋末元初，这里是湖州最繁华的政治经济中心和富人别墅区。毗连的烟波浩渺的月湖（月河原名，面积远较现在为大）像一面巨大的明镜辉映出财富、功名、门阀、建筑与文化的迷人景观。由于湖西今竹安巷底至湖州大厦一带自唐代以来一直是该地的客航码头兼主要商品集散地，加上犹如珍珠般点缀湖面的数不清的亭台楼馆，其甲第连云、富丽奢靡之景象甚至较之它历史上的鼎盛时期——唐以前这里即为古之白蘋洲——尚有过之而无不及。仅以现在月河桥西至苕梁桥一带为例，郡志里留有记载的寓主就有尚书倪思，名士王子寿、沈自诚，名宦兼巨贾莫君陈父子等官僚豪绅或文坛泰斗。他们中的大多数人及后代在宋亡之后一直倾向于持一种消极、观望的态度。正是基于这样的原因，至元二十六年（1289）当赵孟頫出仕元廷后第一次返回湖州，用世祖皇帝忽必烈见面时赏赐的五十锭中统宝钞在这里买地造楼，修筑后来成为中国艺术胜地的鸥波亭，迎娶相爱近十载的红粉知己管道昇，事实上也并不敢有多大的张扬。这固然与他一向低调的处世原则有关，同时当地舆论的訾议想必也是不得不考虑的一个因素。包括同族中的许多亲戚、朋友，当时就不乏有人以断然绝交以示不满。这也可以用来解释赵孟頫生平为何一直喜欢住在德清而不是湖州。由于婚后管道昇长期随夫辗转任职北京、济南等地，这座巨宅很长时间内一直只由家人看管。大德年间一方面由于赵孟頫自身政治态度的某种微妙变化，一方面居住乡下的丈人管伸身染重疾，为求诊治方便不得已迁居郡城，加上母亲丘氏年事已高也时需探望，赵孟頫回湖州的次数及居住时间较前或有所增加。这方面一个有意思的观察点是他留在画幅上的落款。即以大德二年（1298）为例，松雪斋与鸥波亭在他笔下以差不多同等的次数出现，透过纸光缣色，似可依稀看见他频繁往来两地的匆忙身影。在其时写给一个和尚朋友南谷大师的信中，他自己也称："旧年廿六日还乡，除夜来德清。新岁二日，忽路家（湖州路总管府）迁吏见请。三日，急回城中，乃蒙隆福有书经之召。今日至德清别墅，明日即过杭诣省中计事。"当然，将这样的自白仅仅看作个人生活记录显然是不够的，从精神或政治角度来理解，这也是当时赵孟頫复杂、矛盾的内心世界的一幅绝妙肖像。

　　一辆进口旅游大巴于正午时分穿过暮春江南常见的*丝丝*

小雨，停靠在湖州市中心豪华的浙北大酒店门前。当游客们纷纷下车涌入大堂办理住宿手续时，他们中的一位却不顾满身风尘，敏捷地跳上一辆三轮车，过仪凤桥直奔金婆弄尾的苕梁桥头，与事先等候在那里的一个当地朋友秘密会面。两人的接头暗号是一本同治版《湖州府志》的古迹分册。这种类似当年地下党作派的描述在旁人看来也许不无夸张，事实上却是我与前述那位外省的赵孟頫研究者最初见面时的真实情景。此前他曾多次来信表示想找到鸥波亭的原始位置，而我刚巧对此也开始产生了兴趣，于是就有了这次在彼此事后的回忆中充满浪漫色彩的联袂踏勘。根据目前最权威的《成化湖州府志》——元代无郡志，成化志为赵殁后首部地方志——里"鸥波亭在府城内江之汇南，元赵孟頫筑，今为旗纛庙"的原始记载，经过反复勘查、确认、寻访，包括辨析各种有关文献以及向专家和地方耆老请教，事情似乎很快有了眉目。就大致范围而言，将今苕梁桥南临水位置理解为当年鸥波亭的具体所在，应该不会有什么大的差错，而且这一判断也得到了湖州博物馆的资深考古学家陈兴吾先生的支持。一九九〇年当他闻知市有关单位决定将此地划归一家房产公司拆迁开发，曾费时数日对那里的地形与建筑进行了专业角度的细心勘查。其间的一个意外发现是虽然几十户人家杂然而居，但其地墙基的深固广绵，砖色的统一，廊柱梁檐的宏壮与匠心，均显示出当初不同凡响的气象和建筑规模。出于专业本能和保护地方文化的双重责任，陈当时所做的努力是立即向上头打报告要求暂缓开发，加以保护，事后自然了无音讯。所幸他的一番敬业精神如今看来还是没有白费，至少为十余年后两位业余考据爱好者的一时兴起提供了莫大帮助。因此，尽管此亭的遗址上现在耸立着一座公共厕所与一座垃圾中转站多少叫人有些扫兴，但我们的内心仍然沉浸在喜悦之中。晚上在厕所隔壁的文豪大酒店楼上倚窗看水，开怀痛饮。算起来，这个位置应该正是原先鸥波亭的生活起居部分。假如铝合金玻璃的宽大窗台能退回到从前的雕栏明牖，视线里那几根粗陋的电线杆也一律改换成古松翠竹，七百年前赵孟頫与朋友赋诗挥翰之余如果想到要喝上一杯，大概也会像我们这样站在窗前极目纵眺，逸兴遄飞，一边饮酒一边闲话的吧！

我在前面已经不止一次说过，鸥波亭是赵孟頫有意让自己的现实形象从政治竞技场中淡出，开始全力在艺术领域展示手脚的最初尝试。其定名与寓意显然与杜甫的名诗"白鸥没浩荡，万里谁能驯"有关。无论就时间背景还是思想上的象征意义而言，它在公众视线里的正式推出频频亮相，无不预示着赵个人历史上一个新的时代的开始。另外从选址角度来看，当时他的丈人老管买宅金婆弄，母亲及族人均住甘棠桥老宅，而鸥波亭正好位于两者中间，彼此相距均不过数十步之遥。如果将友情因素也一并计算在内的话，如住在南园（今中国人民解放军第九八医院，位于湖州）的牟氏父子，客寓潮音桥边慈感寺清容轩的好友袁桷，以及家居月湖南侧横塘时常与他诗酒相酬的同学兼诗友章德一，这样的架式与地利优势，无不呈现出这位其时对仕途前程已失去信心的政治明星打算暂时安顿下来，以退为进的种种迹象。说起来那几年他在书画上的确也花费了很大的心血。尽管当时的知识阶层对赵孟頫失节仕元的"壮举"

尚记忆犹新，但在看到从这里流传到社会的一幅幅精美绝伦的作品时，除了表示由衷钦佩和叹为观止，另外又能怎么样呢？再说那个时代汉人中不甘寂寞与少数民族统治者合作的也不止赵孟頫一人。何况这个出身高贵、举止文雅的家伙在公众场合又总是表现得那么谦逊、低调，善于与各种各样的人打交道。即使他的现实身份多少有些暧昧，是类似清初的钱谦益、吴梅村，二十世纪三十年代的周作人、胡兰成那样的人物，仍然无法阻挡那些善良的、被他的天才魅力弄得神魂颠倒的同道与崇拜者愿意遗忘并宽恕他，至少认为可以将政治与艺术区分开来对待。大量来自全国的慕名求请与后者有求必应的慷慨态度，无疑在很短时间内就将他的知名度与人气指标推向了高潮。据作家陶宗仪在《南村辍耕录》里提供的统计数字，仅《千字文》赵孟頫一生就先后给人写过一百多卷。可以说，从松雪斋到鸥波亭，其间的不同策略与手腕，犹如以新投放的极具亲和力的画面取代以往浓墨重彩的拙劣宣传，简直可以作为一个成功个案被写入中国广告学的发展史中。

令人奇怪的是，在当时与赵孟頫政治态度上判若水火的文化精英圈子里，持这样宽容、暧昧态度的居然也大有人在。钱选、戴表元、牟巘父子、周密、仇远，这些元代历史上的遗民领袖和儒林表率，虽然一生中持身严正，或寄迹市井，或隐居林下，但与赵孟頫的私人交情均可谓不浅。至于同样仕元的高克恭、邓文原、马昫等就更不用说了。对艺术的推崇与尽可能不因事废人固然是其中的一个重要因素，但赵孟頫其时为挽回自己的形象所展开的卓有成效的公关攻势同样也功不可没。

这方面的一个典型事例是任职济南归来为同乡前辈周密绘的那幅著名的《鹊华秋色图》，对于祖籍山东，因世乱兵危流落江南，并一直为此积郁在心的周密来说，还有什么比这更好的方式能给予他慰藉与解脱，并为他提供在精神世界里重回家园的捷径呢？尽管作为南宋遗老的代表他对赵孟頫的失节私下里肯定不以为然，但在这样的殷勤与主动示好面前，又焉能翻得下脸来？同样的例子还有赵孟頫对与他齐名的鲜于伯机、高克恭、李仲宾，包括故老相传一向不给他好脸色看的堂兄赵子固等的恭维与吹嘘，包括在人家的书画作品上主动题跋，推崇备至，表示自己技不如人，如此等等，无不是他在当时的被动局面下所采取的一种行之有效的手段。

这里还应该提到的一个著名人物是吴中高士宋子虚，此人宋亡后隐居不仕，品学俱优，是受人敬重的文坛前辈。尤其是他晚年呕心沥血所推出的力作《嘈呓集》，借政治讽喻诗的形式，将历史上的一干忠奸人物尽情褒贬了一番，嬉笑怒骂，痛快淋漓。其中涉及元初部分如叶李、留梦炎等降元宋臣均难逃笔伐之厄，却单单漏掉了同为降臣的赵孟頫。此事从表面看虽然有些不尽合理，事实上不妨同样看作是出色的公关能力运作的结果。考虑到赵孟頫一生自重身份，很少为人作序。因此次年宋新书《翠寒集》卷首那篇珠唾玉咳的文字，恐怕就不能简单看成是朋友间的相互捧场了，何况两人当时甚至还不相识。当然，赵孟頫善舞的长袖固然能于生前抹去所有针对他的不利批评，身后的事情就很难再由他自己来做主了。比如见于《春郊挟弹图》卷末那首著名的七言歌行，就曾将他骂得狗血喷头："赵松雪，宋宗室。画唐马，称第一。至今笔踪俨若生，张弓弹雀意气横。会将文墨动元主，拜官翰林贵无比。诗辞婉丽字风流，千金未许易片纸。金莲醉动玉堂仙，父子归来共被眠。锦缆牙樯非昨梦，岂无十亩种瓜田。李潭州，文丞相，口血模糊尸铁强。一瓣香，为有此，何人慷慨崖山死。董狐有笔直如弦，元宋分明两青史。"（详见《式古堂书画汇考》）作者黄溍为元至顺间诗人兼经史学者，书画上也很有一手，说起来还是赵孟頫的一名后世崇拜者，岂料原则问题上却一点也不含糊。与这首慷慨激昂的诗篇相比，姚桐寿《乐郊私语》记载的那个故事或有过于夸张之嫌。"赵子固，宋宗室也，入本朝，不乐仕进……公从弟子昂自苕中来访，公闭门不纳，夫人劝之，始令从后门入。坐定，公问：弁山笠泽（湖州著名山水，世多高人隐居）近来佳否？子昂云佳。公曰：弟奈山泽佳何？子昂惭退。公使令苍头濯其坐具（吩咐奴仆将赵孟頫所坐之椅冲洗一遍），盖恶其作宾朝家（出仕新朝）也。"今人蒋天恪号称经考证赵子固卒年当在宋亡以前，从时间上否定两人有此一番交往。但从另一侧面，也可看出民间舆论对赵以宋室子弟身份仕元一事的不满，以及利用一切可能的机会进行讥刺与抨击。

杭州的街道在炎夏中呈现出新旧交替时代特有的那种混乱肃杀景象。西子湖边昔日山外青山楼外楼的繁盛日益消减，船上歌伎弦间令闻者心荡的吴侬软语中，也早已夹进了几分金戈铁马和胡笳羌笛之声。故宫的宏伟宫殿因一个妖人杨琏真迦的肆意毁坏——造镇南塔断宋龙脉——从而瓦砾遍地，芰夷芜秽，令人无不起铜驼荒草之思。佑圣观到官巷口一带的商业密集区看来也好不了多少。沿街的大小酒店门口到处是耀武扬威，且喝得醉醺醺的蒙古人、色目人和番僧。由于连年战争引起的供给紧张，物价昂贵，最终导致了通货膨胀的全面爆发。而科举制度的废除又使得那个时代的知识分子普遍感到前程无望，甚至连生计也成了问题，于是不得不降尊纡贵混迹风尘，靠在衙门打杂和给瓦子勾栏写曲子聊以度日。其中为我们所熟悉的就有马致远、关汉卿、白朴、张养浩等知名文人，这种情况跟今天作家诗人为了赚钱争着给电视台写连续剧倒有几分相似。尽管对元代的文学史来说，这倒未尝是件坏事。最近四川的文化大腕魏明伦继余秋雨、余光中之后在长沙岳麓书院开讲，试图以他个人发明的术语"编剧主将制"界定此一时期的特殊创作现象，指的应该就是这帮穷愁潦倒的才子对于中国戏剧的杰出贡献。

　　与此相反，对于同一城市里以识时务者自居的那一批人，时代为他们提供的却是截然不同的命运与机缘。首先，在原近湖区域拥有一所私人住宅，是这些人的一个共同标志。富裕的家产，差强人意的官职，不菲的俸入，当然还应加上宅中收藏品的数量以及书画或文学上的赫赫声名。其次坐落在葛岭附近的新派隐士鲜于伯机的霜鹤堂，也是衡量当时文人社会地位的一个有意思的观察点。元成宗大德二年（1298）二月二十三日当此轩落成之际，几乎江浙行省辖内所有跟文艺能沾上点边的官僚政客、名公大儒均摩肩接踵来此庆贺。作为主人对来宾除酒宴外的盛情款待，是一卷新弄到手的北宋郭忠恕《雪霁江行图》真迹和由郭天锡收藏的王右军《思想帖》残本。在事后由他们中的佼佼者赵孟頫主笔的题款中，还保存了一份珍贵的与会主要人物的名单：“大德二年二月廿三日，霍肃清臣，周密公瑾，郭天锡佑之，张伯淳师道，廉希贡端甫，马昫德昌，乔篑成仲山，杨肯堂子构，李衎仲宾，王芝子庆，赵孟頫子昂，邓文原善之，集鲜于伯机池上。佑之出右军《思想帖》真迹，有龙跳天门、虎卧凤阁之势，观者无不咨嗟叹赏，神物之难遇也，孟頫书。”（四库本汪砢玉《珊瑚网》卷一）截至此时，赵孟頫的身份应该还是如他自己所认为的那样，是官场红尘的急流勇退者。一个月后作为某种暗示，他甚至还以相当虔诚的姿态精绘了一帧陶渊明像，同时在爱姬管氏刚脱稿的《梅竹卷》题写了“小径幽然临石砌，斜蹊清雅护苔封。炉香枭枭茶烟好，逸兴飘然岂俗同”这样似不食人间烟火的雅句。不过那时赵孟頫实际上已处于政治上又一次飞黄腾达的前夜，像一个老资格的斗牛士再度勇猛上场且已将红绸在眼前抖开。由于整个过程都是在绝对保密的前提下进行的，因此，对于他绸布后面的面容，以及面容后面的真实思想，我们事前几乎一无所知。

一年后的盛夏，薄暮时分，吴山下以故开元宫改造的江浙行省官署照例在夕照中发出炫目的光辉。由于当时正逢大小衙门退堂时刻，门前轿舆起降，官吏喝道，一派威赫气象自难描述。这样的场景里如果谁正好经过那里，看到有一个熟悉的气宇轩昂的中年男子前拥后呼从里面走出来，那也没什么好值得大惊小怪的，因为这个人就是我们相识已久、相知已深的艺术大师兼资深政治家赵孟頫。在借口养病从当初险恶而复杂的庙堂形势脱身，潇潇洒洒过上几年逍遥的江湖生活以后，既为自己胸中久久盘旋不去的济世之梦，也因一度内乱的朝廷逐渐稳固，加上将行省从扬州迁至杭州等重大举措，也有足够的理由令他深受鼓舞。不清楚在这次带有突发性质的重返政坛中赵孟頫个人意志所占的比例，但至少从上任后的种种表现来看，倒不像是如当年那样想在仕途上高歌猛进的样子。也许，既不开罪于朝廷，又不太委屈自己，大概是他为自己设计的最新角色定位吧。更何况他坐上的江浙行省儒学提举这把交椅，可是比当年杭州的风流太守苏东坡还要惬意的职务。既因那里是元代除北京外最大的政治文化中心，又因位置清闲，用不到干什么正事，消除或减弱文化人对政府的敌意几乎是主要工作，而采用的形式就是他喜欢的应酬、聚宴、游赏、观摩及其他风雅活动。再说让一个以牺牲名誉为代价出仕的人说不干就不干了，那也实在是太难了。不说有意树立典型的元政府不会轻易放过他，就是赵孟頫自己夙夜扪心，恐怕也会觉得这样做有些太不划算。

搜集中年赵孟頫的全部作品，细心揣摩上面的题跋，企图通过对内容的研究进入他真实的内心世界，也许是我在此文的写作中最费时费力且劳而无功的事情。更要命的是，这一努力在某种意义上来说，反倒成为对我自己最初动机的一种反讽。看看他笔下这些令人思邈神远的动人图景吧：清绝的山水，古松修竹，凌寒独开的梅花，草庐中静修或小艇上独钓的隐者的背影，中国古代知识分子的人格力量和精神情操，可以说在他传神的画笔下被演绎得尽善尽美。不过叫人遗憾的是，相比较他略晚的元代另一杰出画家倪瓒，赵孟頫的这些作品显然更多地带有装饰风格和灵肉分离的特征。也就是说，当他的才华与艺术功力在纸面上腾跃的时候，他的心灵却不在那里。我注意到在他一二九九年八月再度欣然出任前夕，尚精心绘制了一幅《桐荫高士图轴》送给一个朋友。甚至还在宋高宗赵构所书的《孝经》上题款，恭称"中兴皇上，非独以孝敬达于中国，而以奎画行于天下，遒劲婉丽，稼纤巨细，一崇格法，虽钟王复书，虞诸再世，未易过此"。前后也就不到一个月时间，这位宋高宗的后嫡转眼就成了元成宗的宠臣，而桐荫下号称隐而不仕的高士头上的荷冠，恐怕也得改换成一顶簇新的"集贤直学士、行江浙等处儒学提举"的官帽了。

　　还有什么比让一个扬言退隐的人在官场重又频频出镜更严厉，同时也更具戏剧性的惩罚呢？尽管赵孟頫表面看上去不露声色，一副心安理得、气定神闲的样子，私底下想必也会为自己好不容易扭转过来的形象重遭损毁感到十分尴尬。好在多年的官场历练早已使他学会了忍耐与逆来顺受。再说与由此获得的现实的利益相比，这点精神的损失又算得了什么呢？更何况这个职位跟从前在京师的侍臣生涯毕竟有着很大的区别，至少对他其时正处于高峰期的创作状态并无多大影响。首先公堂上可以随意摊纸泼墨就是一大便利。其次工作量不大，职能相对独立，不必整天处于政治旋涡中担惊受怕，两位主管上司左右参知政事燕公楠与郝天斑又都系文人出身，喜欢艺术与经史，且与他私交都相当不错，也颇令人惬意与喜出望外。《客杭日记》的作者郭畀一三〇八年秋天来杭州公干，由知情朋友提供的有可能顺利找到赵孟頫的地点，竟然是西湖边的几所知名寺庙里，就是一个最好的说明。"到玄同观……是日郝左丞赵子昂方会而去。""湖上兜率寺见赵子昂学士不遇，乃侄赵仲美具茶讫，致意。""玄同观见赵子昂，时郝左丞坐正席，子昂问都下事。"在漫长的为期十年的江浙儒学提举任上，这几乎可以看作赵孟頫工作及生活实况的一个缩影。如果说那时他除了每月定期回德清或湖州的家中度假外还有什么别的爱去的地方，估计就是因藏有王羲之《快雪时晴帖》而闻名于世的杭州名士郭天锡的此静轩，或者与他书法齐名的鲜于伯机新盖的规模宏丽的别墅了。在那里他们切磋技艺，议论时事，临摹或品评鉴赏前代的法书名画。

令人奇怪的是，尽管其时赵孟頫的身份已由采菊东篱的雅士魔术般变回从前路人侧目的朝廷新贵，但朋友圈子里的那些人对他的态度似乎并未有多大变化。而他自己偶然在某种场合遇到诘责与蔑视时也总爱以"自知世事都无补，其奈君恩未许归"或"功名到手不可避，富贵逼人哪得休"诸如此类的借口来搪塞和自辩。言下之意当然是试图让公众产生这样一个印象，那就是出仕并非他的本意，无奈朝廷错爱，不肯让他歇着，不得已只好出来勉为其难。前引《赵孟頫系年》一书在记录这帮元代历史上最杰出的才子的日常言行交往方面，做了大量详尽而有实效的工作，但至元三十一年甲午（1294）条下称"是年，鲜于枢为孟頫书五言绝句四幅"一事显然由于作者失察误读，以至未免张冠李戴了。该书原引《石渠宝笈》卷三十七《元鲜于枢大书二十字一轴》中的原始文字是这样的："至元甲午良月，北村市舶之赵翰林，以此四纸求余作大草书。久病目昏，不能对客，聊以应命，殊愧不工。他日再易，必又是病目时也。呵呵！鲜于枢。"任道斌先生似对文中"北村市舶"这一关键词未予深审，误人名为地名。北村者，杭州本土诗人、曾任庆元路市舶提举的汤北村也。当时他不过拿了请困学斋主人所书的四纸狂草去与赵孟頫共赏，从卷末赵孟頫的跋语"困学之书，妙入神品，仆所不及。然四幅不若合为一幅之为佳，爰使能者重装潢之"来看，也可证实此书非应赵孟頫请而作。当然，少此一番翰墨因缘，于鲜、赵两人的交情不可能有什么实际影响。事实上自至元二十四年（1287）六月在杭州结识直到十年后鲜于枢辞世，赵孟頫对这位身世、经历、志趣与自己均有几分相似的朋友一直持礼甚恭。在明代杰出艺术家董其昌的著述中，后者还被夸张地说成是赵孟頫初学书艺时的老师。

在后人的想象中，十四世纪前期的杭州所以会有宛如艺术圣殿那样的感觉，主要是因它后来在艺术史上的地位而产生的误判，从表面看，有那么多的书画名家云集在这座城市。传世巨作一幅接着一幅，层出不穷，但你如果真能穿越时空到那里去一看，就会发现实际上并不美好，这从作品的题材也看得出来，多山水烟云而少人物花鸟，多枯木竹石而少富贵气息。如果说在昔日故宫原址高高矗起的那座西僧番塔是一个权力的象征，那么汉人只能充作低级官员的规定更让他们的济世雄心彻底破灭。即使像赵孟頫这样官居江浙行省儒学提举，在别人眼里已是飞黄腾达的人，其实也不过是个从五品，其他的就更不堪了。为了给自己既渴慕学陶潜归隐，又舍不得放弃五斗米的尴尬境状寻找理论上的有力支持，于是一个所谓"吏隐"的概念被重新炒热，并很快成为当年度使用频率最高的词汇之一。这项高帽首先由赵孟頫在《寄鲜于伯机》一诗中慷慨地抛给了对方，接着其时已有些耐不住寂寞的浙东大隐戴表元在《紫芝亭记》里又将它回赠于赵孟頫，然后上述诸人一个个如获至宝并开始抢着往自己头上戴。从字面上分析，它的寓意应从庄子的"大隐隐于朝"派生出来，只不过自我标榜之心更显而易见，动机也更功利罢了。与那些不守戒律的俗僧打着"酒肉穿肠过，佛在中间坐"的招牌花天酒地几乎是同样的玩法。尽管此前宋末大儒王若虚曾对此予以深刻揭露，认为"吏则吏，隐则隐，二者判然其不可乱。吏而曰隐，此何理也"，并一针见血地指出事情的实质在于"尸位苟禄者，遂以为借口"，但这样尖锐的批评似乎并不影响这些新一代的热衷者依然借此自高身价，互相捧抬。而赵孟頫作为其中的典范以及首倡者，玩起这套把戏来就更是得心应手。说起来，尽可能让官场背景淡化在自己的艺术声名之中，这也是鸥波亭时代政治上的重要特征之一。

但在通往前朝曲折的精神道路上，爱恨交加与怅然若失似乎依然凸现出赵孟頫情感的内在秘密。一个秋天的下午，当他伫立于冷雨霏霏的岳坟边，凝望似曾相识的故国山川，久久封闭的心灵闸口一刹间波涛汹涌，并以迅疾的不可阻挡的方式奔泻出来。于是，后人眼里赵孟頫一生中最杰出的诗篇，就这样在短短几分钟内诞生了。"鄂王坟上草离离，秋日荒凉石兽危。南渡君臣轻社稷，中原父老望旌旗。英雄已死嗟何及，天下中分遂不支。莫向西湖歌此曲，水光山色不胜悲。"按照元史学者幺书仪的说法，此诗之佳处显然在于"亡国之痛、故国之思和一个书生无力回天的叹息交织在一起"。即使后世那些对他改节仕元一事颇多成见的人，如虞堪、董其昌、爱新觉罗·弘历（乾隆）等，也不得不承认诗中开阔的襟怀与哀婉的情愫，自有一种沉痛的动人心魄的力量。当然，这样真实呈现自己情怀的瞬间在赵孟頫一生中应该并不多见，与他几个月后主动上诗元室，颂赞其铁腕统治"仁风遍满九垓，望霓旌缓引，宝扇徐开，喜动龙颜，和气蔼然交泰。九奏箫韶舜乐，兽尊举，麒麟香霭。从今数，亿万斯年，圣主福如天大"或"八音奏舜韶，庆玉烛调元。岁岁龙舆凤辇，九重春醉蟠桃宴。天下太平，祝吾皇，寿与天地齐年"的那些谀词滥调相比较，就算放在科技时代的高精度显微镜下，恐怕也很难使人相信上述诸作竟会出自同一人之手。主旋律与多样化的复杂关系，在他手下被阐述得如此完美，这真是一个奇迹。或许，在赵孟頫秀外慧中、大智若愚的外表下面，精神与肉体确实天生具有能够各自存活的特殊功能。它们偶尔也会表现出相依为命，但更多的时候却分道扬镳。如果有谁对两者之间的血缘关系感兴趣，那么我想，只要他能准确测量出从松雪斋到鸥波亭之间精神上的实际长度，这个问题应该不难得到解决。

自从济南罢官当年为周密绘《鹊华秋色图》的新的个人时代以来，通过展示令人惊叹的艺术才华消弥因出仕一事引起的舆论风波，争取得到知识界的谅解并为之重新接纳，事实已经证明赵的这一策略相当成功。同时值得庆幸的是，杭州十年的儒官生涯非但没有想象中功亏一篑、欲饰无辞的窘迫情状，反倒为他改变自己形象的努力提供了大量的机缘与时间。当时一方面由于元廷统治经过多年的励精图治基本上已趋稳固，另一方面随着民族矛盾的逐渐淡化，也使得汉人知识分子在政府中任职的人数越来越多。手头的现成例子除了昔日与他同列湖州八骏中那些故交，另有筑室浙东奉化的戴表元，这位被同时代人誉为"东南以文章大家名重一时者"的儒林领袖，当年闻赵欲应召出仕曾写下《招子昂歌》力加劝阻，此时自己居然也兴冲冲为了一个信州儒学教授的蝇头微官，而不惜以三十年隐居林下的清誉为代价。还有杭州的张仲实和仇仁近，前者为牟陵阳女婿，而牟陵阳是赵孟頫敬重的前辈高人，后者即仇远，与他关系一向不错。可以想象，这些职位都在赵孟頫领导的范围之内，说没有他的暗中力助就能唾手可得几乎相当于是神话。热情、低调、和善的处世态度加手里掌握的实权，这就是他改善自身形象的秘密武器。等到至大三年（1310），五十七岁的赵孟頫被召令立即回京接受新的任命时，主流圈子里的那些人这才发觉自己甚至已有些离不开他了。当时署名松雪斋或鸥波亭的作品在全国各地成为抢手货。加上鲜于枢、周密、高克恭等已先后谢世，赵孟頫的书画市场俨然稳居全国第一。特别是他于传统技法中引入文人意识，融书法线条入画，气韵格调上力主取法晋唐等革命性主张，在深受南宋院画影响浸淫的元初画坛确实令人感到刺激和耳目一新。据他的好友，因在北京刑场劝文天祥投降被啐了一脸唾沫而闻名的诗人方回说，当时赵孟頫在湖州江之汇的鸥波亭因求画者接踵而至，络绎不绝，"小者士庶携卷轴，大者王侯掷缣墨"，热闹得简直已到了"门前踏破铁门槛"的惊人程度（《桐江续集》卷三十一）。包括他的爱妻管道昇和二十岁的儿子赵雍，在画坛上也已有了不俗的名声。今天赵孟頫的研究者都乐于推崇他中年时期艺术上的功力，而对纸张与缣帛之外的人情练达部分，却很少关注或干脆置若罔闻。

多年以来一直流传着这样的故事：一次赵孟頫在回湖途中遇见一对旧日相识的夫妇竟沦为以乞讨为生，一时恻隐之心大起，不但立即将两人收留在鸥波亭中负责日常清扫工作，甚至一段时间后当后者衣食无忧之余得陇望蜀，提出有关终老之计的非分要求时，还尽可能大人大量地让他们的愿望得到满足："命侍使取纸墨就亭图之，神速特甚，俾夫妇鬻以为身后计。其人持至骆驼桥，好事者以十千购之。"（刘绩《霏雪录》）另一个故事的发生地好像也是在湖州的家中："有二白莲道者造门求字，门子报曰：两居士在门外求见相公。松雪怒曰：甚么居士？香山居士？东坡居士耶？个样吃素食的风头巾，甚么也算居士？管夫人闻之自内而出：相公不要凭地焦躁，有钱买得物事吃。松雪犹愀然不乐。少顷，二道士入谒罢，袖携出钞十锭，曰：送相公作润笔之资，有庵记，是年（疑"牟"字之误，即牟陵阳。苏州今存《玄妙观重修三门记》碑，赵书牟记，即此）教授所作，求相公书。松雪大呼曰：将茶来与居士吃！即欢笑逾时而去。"（孔济《至正齐记》）对于打算破译他真实内心的研究者，这两个故事造成的障碍不言而喻。相比前者的大度与仁者之风，后者提供的细节显然又生动得近乎残酷。冰和火可以同时存在于他的体内，也许这就是赵孟頫的意义与魅力。由于以上记载均出自同时略晚的作家之手，可以相信，即使当时赵孟頫在艺界已隐然有领袖群伦的气象，但不排斥在民间和后人眼里依然是个有争议的人物。

一个不仅是政治面目，包括世俗形象也复杂善变者，即使出身高贵，待人和善，且又才华出众，但想获得公众真正发自内心的尊敬与拥戴，看来还是有着一定的难度，更何况时代为此提供的背景又是那么复杂。因此，赵孟頫在为期十年的江浙儒学提举任上，尽管表面上看是相当成功的，私底下有关他的笑话与段子事实上也一直没停止过。这方面虞堪题《苕溪图》的那首诗极具典型意义："吴兴公子玉堂仙，写出苕溪似辋川。回首青山红树下，那无十亩种瓜田。"对于为自己的出仕百般寻找理由的赵孟頫，这样的讥讽真称得上是入骨三分，几令人无地自容。同样的例子还有一个无名和尚在他《归去来辞》上题的跋语："典午山河半已墟，褰裳宵逝望归庐。翰林学士宋公子，好事多应醉里书。"原来想学陶渊明不过是酒喝多了写着玩玩，醒来立马忘个干净，这话同样也说得相当尖刻。至于《元诗选》所收宋子虚"文在玉堂多焕烂，泪经铜狄一滂沱。原陵禾黍悲郑镐，人物风流继永和"一诗，我怀疑即前述《嘐呓集》里被赵孟頫通过有效的公关与人情手段撤下的那首。元史研究者徐子方先生认为此诗的要害在于"故意将赵孟頫的文采风流与宋亡后江南残破遗民悲愤对照起来。叹惜与讽刺显明于字里行间"，可谓知者之言。这样的例子在赵孟頫生前死后应该还有很多，包括有人在他儿子赵仲穆的《墨兰》上题的"滋兰九畹空多种，何似墨池三两花。近日国香零落尽，王孙芳草遍天涯"，作者张雨说起来还是与赵父子关系相当不错的一位朋友，尽管事后仲穆画《黄粱梦图》并题诗于上赠张，认为"举世通惊梦一场，何须抵死说黄粱？劝君切莫频开口，恐起疯人论短长"，委婉表示了不满之意，但依然没法阻挡此诗在圈子内外的迅速流传。看来，赵孟頫在自己文集里所言"若夫人心之险，又非水之能喻也。谈笑而戈矛生，谋虑而机阱作"云云，倒也并非完全是无的放矢。当然，对待来自舆论的抨击与讥刺，赵孟頫的虚心态度一向有目共鉴，这就使得那些有心找他碴子的人自然无法发起持续攻击。尤其是在杭州任职的晚期，除了以更谦卑更诚恳的态度在公众场合与人周旋外，他还写下了大量深忏痛悔的诗篇。在鸥波亭的临水楼台和西湖边的文艺沙龙里度过的那些最后的夜晚，赵孟頫似乎更热衷于片刻不停地在向人家解释他欲盖弥彰的出仕问题。他饮着龙井，画着山水，尽可能将自己打扮成忍辱负重、迫不得已的红尘严光或烟波钓徒张志和。虽然"我今素发飒以白，宦途久已思归耕"，无奈"倦游客子何时去，屡欲言归天未许"，这就是他打算让世人了解的他的所谓真实境状。而实际发生的一切也许并不乐观，直到十年后他在自己湖州鸥波亭的家中病逝，除了与他行迹相类的那帮朋友外，批评和嘲讽的声音事实上也一直没有停止过。

皇庆初年（1312）以后，赵孟頫在京师的生活基本上是以前朝遗老和艺术宠臣的身份从容度过的。是年新登基的仁宗皇帝年轻有为，除勤于修身治国、不好财色的良好个人品质外，还毅然起用大贤李孟为相，尊崇儒学与佛教，励精图治，朝廷上下一时隐隐有中兴气象。更重要的是，废黜多年的科举制度在他即位的第四年终于得到了开复，同时汉族才学之士的任职限定也有望逐渐开始突破。作为这种开明政策的明显受益者，赵孟頫从出仕以来的这第四位皇帝手里获得的封赏是从二品中奉大夫、集贤侍讲学士的显赫头衔。但令人遗憾的事情还是接连发生，当时随待在京的夫人管道昇不幸突然身染重疾——一种十分古怪的下肢皮肤病，而自己身体可能也已不怎么硬朗，毕竟那时年龄已是六十开外了。除了替皇帝炮制些御用文章和应请为各王公大臣书写墓志，在政治生涯的最后阶段唯一还能有点价值的东西，就是精神尚能对付时处理信件写下的那些书札。《元史》里所津津乐道的仁宗赐御府貂鼠翻披一事，就是在一连几天不见赵孟頫来上朝，左右告知以"子昂年老，畏寒不出"的情况下，一时恻隐之心大起做出的决定。几天后这位皇帝又下令将赵孟頫与夫人以及儿子的代表作品装成卷轴，藏入内库，"使后世知我朝有一家夫妇父子皆善书，亦奇事也"，从而将赵孟頫的声誉与政治地位推向了一生的高潮。

延祐五年（1318）是赵孟頫仕途生涯的最后一年，当时六十五岁的赵孟頫似乎去意已决，此前他经深思熟虑后写下《自警》一诗，第一次敢于正视自己并对一生的进退得失做了认真总结。诗中他坦然承认"齿豁头童六十三，一生行事总堪怜。惟余笔砚情犹在，留于人间作笑谈"，一种沉痛的忏悔之情溢于言表，并依稀有立此存照、以戒后人的味道。同时也相当于是为自己即将做出的辞官决定提前预告。作为当年度耐人寻味的重要迹象之一，他自春节后接连三次为人写陶潜的《归去来辞》，此事应该同样也有广而告之的意味在里头。其中打算弘扬地方文化的湖州市去年花八百余万重金从藏家手中购置的那件，由于卷末有"为云山书"的落款，且以一向限于在同行中才使用的"子昂"署名，可以基本断定受主为与他同时略晚的镇江儒学学录郭云山。考虑到此人与赵孟頫向有芥蒂，绝少往来，当时又与倪迁打得火热，时常在后者位于吴江太湖边的隐居之所饮酒论道（有倪瓒《题郭天锡画》并诗前长序为证，详见拙作《客杭日记》始末），足迹似不大可能轻易踏入京师红尘。唯一的解释是托人辗转求书，这样于情于理方才说得过去。另外一个迹象是该年五月在京郊万柳堂挟妓饮酒一事，据陶南村《辍耕录》披露："京师城外万柳堂，亦宴游处也。野云廉公一日置酒招疏斋卢公，松雪赵公同饮，时歌儿刘氏名解语花者，左手折荷花，右手执杯，歌《小圣乐》……赵公喜，即席赋诗。"此诗即现存《松雪斋全集》里的《万柳堂席上作》，作者自己显然不愿收入，偏有好事者要将它找来放进去，无意中做成了一段韵事文本意义上的完整。而生平一向老成持重、不苟言笑的赵孟頫，当时竟能置清议于不顾，表现得如此放开，这官看来是真不想再当下去了。其中的心态与行为特征，与眼下媒体讨论的政界"五十九岁现象"，亦不乏可以印证和同参之处。

还是在政治失意的一二九六年，赵孟頫就有过将自己的形象从仕途显宦转为林下高士的尝试，并用这一招牌成功地确立了在艺术界的地位。在随后的二十年中，却又再次以自己的肉体完成了对精神的颠覆，这难免给那些攻讦他的人留下了更多把柄。虽然朝廷的意旨起到了主要作用，但自己言不由衷、见风使舵的个性也难辞其咎。只是到了年迈体赢、垂垂老矣的一三一九年（六十六岁），才真正从内心感受到了时间的无情和物质世界的空虚。在写给好友袁桷的信中，他感叹自己"年齿日长，精力日衰，笔役研劳，渐学庸退"。同时，爱妻管氏的脚疾虽蒙皇帝特恩，令御医细心诊治，无奈反复多次不见起色，整天吵着要回去，想必这也是促成他最后下定决心的一个重要原因。于是，在该年春夏之交，赵孟頫经郑重考虑与权衡后，正式向朝廷提出辞职申请，并有幸很快获得了批准。至此，历时三十二年几经沉浮的政治生涯终于全部结束。在归舟中，应故人之子仇治所请为其父仇锷书墓志铭的赵孟頫如果转过身来回望舱外，也许碰巧会在船尾的波浪间看到几只盘旋的白色鸥鸟——他内在精神的象征物——正贴着水面自由自在地飞翔。但不幸的事情发生在中途。自四月二十五日携带家眷奴婢离京启程，五月十日船行至山东临清地界时，归途中一直辗转病榻，积重难返的夫人管仲姬突然撒手西去。三十年齐眉举案、相敬如宾的恩爱夫妻一朝说散就散，天上人间相隔，这显然迫使赵孟頫重新审视生命的意义并有理由对此产生本能的畏惧。扶柩南归路上在分别致京中同事及晚年最崇敬的朋友中峰明本的札中，他痛陈哀绪，声泪俱下，称"伤悼痛切，如在醉梦……岂特失左右手而已耶！"又称"哀痛之绝，几欲无生。忧患之余，两目昏暗，寻丈间不辨人物。足胫瘦瘁，行步艰难，亦非久于人间者"。所谓人之将死，其言也善，因此，作为一种自我心灵拯救手段，在此后约四年的家居岁月中，忏生与礼佛一直是他生活创作的一个主要课题。

当三十六年前义无反顾走出松雪斋去北京实现自己雄心勃勃的政治理想时，赵孟頫的年龄才不过三十出头。那时他在少数民族统治背景下的一番大胆作为尽管"惊世骇俗",但在今天某些激进的历史学家看来,应该也算不上是什么了不得的大事。再说蒙古人席卷欧亚大陆的铁骑早已成为中华民族辉煌历史的一部分,杭州岳坟秦桧跪像头上的唾沫据报载也日益稀少。这大概可以为黄仁宇先生在《万历十五年》一书后记里所倡导的大历史观提供一些有用的例证吧。包括此文所要重点讨论的,其实也只是他的心灵状态而非改节仕元一事。而对赵孟頫本人来说,在历经多年的宦海沉浮与世态炎凉后,当他终于踌躇满志回到湖州的家中时,真正令他遗憾和感慨的恐怕已不是昔日反复纠缠自己的名节问题,而是门前月湖春水里的衰颜与满头白发了。由于那时两个儿子赵雍、赵奕均已先后结婚并定居郡城,德清的松雪斋虽令他情有独钟,但那里冷山僻水的地理环境显然不适合一个时刻需人照料的老人居住。这样,选择湖州城中江之汇东、甘棠桥西与旧居相邻的鸥波亭作为养老之所,看来已是当时情况下不得已的决定了。尽管他的族人与亲友中不乏有人对他不太友好,两位出身小家碧玉的儿媳看来又不善治家,以至"自老妻之亡,家务尽废,事事无人掌管"。加上身体状态也每况愈下,"归来便著病疾,又遍体生疮,奇痒不可言,爬搔所不能快。终日茕然,独处一室,无复生意"。可以想象,在这样不尽如人意的生理与心理境况中,他的晚年生活该是如何一副糟糕的模样了。更残酷的是,辞官以后所显示的种种迹象表明,除了大量求书画者依然蜂拥在门,"使人终日应酬,体疲眼暗,无策可免"外,已不大见得到有官场中人愿意嘘寒问暖地来与他周旋了。甚至昔日的朋辈中人也踵门者几绝。在这种情况下，一三二〇年暮春已在京任侍读学士的故人袁桷顺道过此的一次短暂拜访，理所当然被他看作是晚年生活中的一件大事。除了剪烛西窗，联床长谈，将满腹牢骚与落寞之情均向老友一倾为快外，他还在后者随身所携那幅有名的《王维辋川图》的卷末，题上了"余向僻处寡营，适清容过慰岑寂，并以佳卷索跋，欣喜无已"这样充满强烈感情色彩的文字。

在晚年造访鸥波亭的寥寥无几的来宾名单上，其中还有一位就是他的学生兼朋友杨载。《赵孟頫系年》说他"时迁宁国推官，归棺省墓，因过吴兴"，我估计私底下的目的大约是为自知不久于人世的赵孟頫的传记准备材料——通过口述、答问与侧记相结合的方式，甚至有可能就在现场完成了此文的写作与定稿。因为一年多后距赵孟頫突然猝亡不过几个月时间，杨载自己也随即因病匆匆辞世。这篇原题为"大元故翰林学士承旨荣禄大夫知制诰兼修国史赵公行状"的洋洋数千字长文，虽然堪称传世的有关赵孟頫生平最原始的记录，包括《元史》在内各种版本的作者传记无不取源于此。但由于受制于为尊者讳和文过饰非的拙劣文风，字里行间总使人觉得有一种不尽不实之感。比如至元末年权相桑哥在也里审班、也先贴木儿、阿利浑彻里三位大学士联名力奏下终于被诛，这件功劳居然也被算在了赵孟頫的头上。此说不仅与《元史·世祖实录》等书所述迥异，即使在同时代人的言行著述中也从未见有如此提法。另外大德年间赵孟頫因家乡德清连续干旱，曾率地方官员设醮求雨的松雪斋后龙洞一山，其址竟被说成是在山东济南郊外，可见传记作者对传主的生平事迹事实上并不十分了解。至于杨载本人自称与赵孟頫所谓二十年的亲密师生关系，除此次造访中所索得一幅行书千字文上有赵孟頫"延祐七年八月，杨仲弘过予松雪斋（其时赵孟頫刚好去德清山中避暑），秋热异于常年，殊无情思。二日，得雨，一洗烦暑。明旦，为写此赋"的亲笔题款，依稀可证明彼此间的交情外，其余往来均不见有任何记载。如果《元史》杨载本传"吴兴赵孟頫在翰林得载所为文，极推重之，由是载之文名，隐然动京师"的说法可信，两人的正式相识交往应该不早于一三一〇年，也即赵孟頫初任翰林待读学士，主持国史编纂工作——刚巧为其时任国史馆编辑的杨载的顶头上司——的当年。而杨载在传记写作过程中对赵孟頫声誉与行迹的百般呵护，显然与感恩之余极思报效的朴素心理有直接的关系。细较本传与行状之间叙事的异同，应该可以发现有很多地方都相当有意思。

当然，对于其时疾病缠身、羸弱不堪，连给新装裱的王献之《洛神赋》写段跋语的力气都没有的赵孟頫本人来说，任何有关身后荣辱毁誉的话题，显然都不大可能再让他为之操心和左右了。即使他缜密的思想尚心犹未甘，他衰残的身体也已绝不允许。除了坚持不让自己言行相悖的文集在生前出版，当时唯一还能做的事情，看来就是整天忏生礼佛，冥思静想，在病榻与药物之间打发自己生命最后的光阴。作为晚年生活难得的一抹亮色，至治二年（1322）春天，新登基不久的英宗皇帝曾委使臣携带衣酒等物前来探视，总算为他一生的政治梦想画上了圆满的句号。两个月后的六月十六日，在我们熟悉的湖州江之汇南的私人别墅中，据言上午尚在"观书作字，谈笑如常"的赵孟頫"至暮倏然而逝"。六十九年的尘世浊梦至此全部付与声声相催的暮鼓晨钟，仿佛烟消云散，又仿佛花落水流。规制隆重的丧事结束后，他的遗体遵嘱由亲友护送立即被运往德清东衡，与五年前不幸劳燕分飞先走一步的爱妻管氏合葬在一起。尽管在后来的诗人兼乡贤蔡显临先生眼中看来，那里清溪数曲，松杉千树的典型林下景色，事实上并不能遮去死者生前政治上的污点。是啊，"墓谒自书元学士，居人犹说宋王孙"。但今天赵孟頫旧居的参观者和莲花庄内品茶闲谈、言笑晏晏的游客显然不会再这么看，尤其是当他们被告知此人现今存世的近千件书画尺牍的总值，几乎相当于他们眼下逗留的这座城市年财政收入的五至六倍，这是怎样让人不可思议且两眼放光的事情。也许，对一位有争议的古人做出中肯公允的评价，最终将取决于一个时代的道德水准与价值取向，而如此沉重的话题自然远非本文所能承载。正是基于这样的无奈与局限，几天前的一个黄昏，当我于霏霏细雨中伫立苕梁桥头，凝视暮色与江水环绕中的当年的鸥波亭遗址时，内心突然涌现出的惶惑、失落与迷惘之情，一如眼前灰暗、湍流相激的水面上某种无助的漂浮物。真的，我不知道在文中是否已顺畅表达了自己写作时的初衷，我甚至不知道这些即兴写下的文字，其文本特征究竟接近于人物传记呢还是更像一篇精神分析报告。当然，如果是前者，我的喋喋不休可能已令读者烦厌；如果是后者，我真正想说的或许并没有说出。

　　二〇〇二年六月十日写毕，时值赵孟頫逝世六百八十周年忌日

〔俗吏〕郭畀

《客杭日记》始末

"廿二日四更到杭州城外，霜月满天，寒气逼人，候北关门，接待寺钟响，换舟入城。"七百年前秋天的某个早晨，一位前来谋取升职的镇江文人用这样一句话开始了他蓄谋已久的杭州之行。曙光刚刚刷亮江浙行省官署前睡意蒙眬的石狮，他已来到这权欲横流的元廷江南行政中枢，在礼部、照磨所、儒学提举司等办事衙门作穿梭般的拜访谒造，包括会见亲戚、同乡、旧友、上司，分赠土产，递交推荐信和个人求职申请，并尽可能争取打听到更多的内幕消息。这位时年二十八岁的年轻男人身体羸弱，目光明亮，生有一双女人般的小手和一部美髯。当天晚些时候他下榻于城中位于清河坊附近的施水坊桥梳头沈待诏之楼，与一位同样来杭谋职的金坛人尹子源正好同寓。由于内心为即将实现的职业理想所激动，加上考虑到在杭期间官场应酬所必不可少，当房主人具酒为之洗尘时，他轻易甚至不无欣然地破除了禁绝已久的酒戒。夜深以后，前来看望的朋友们陆续散去，他在床前一只内置便桶的矮柜上秉烛写日记。由于一天应酬下来实在太累，只勉强记了一百来字就草草上床安歇。

此前二十余天他一直在为这次对他来说至关重要的行程做准备——从经济学和关系学两个方面。其间又有一半时间用于旅途，一半时间在家乡镇江精心谋划。"为甘露寺本无传长老抄经，客有惠杭州潘又新笔者，书小楷数千而不伐，可爱可爱。""同白无咎到太平寺观壁上画，水中作一笔，绕之不断。立视久之，若汹涌生动之意，奇笔也。"没有人相信出现在日记开头部分的这种羽扇纶巾式的风雅，竟然只是一篇重彩浓墨的世俗文章的一部分——作为点缀与过渡。事实上正是这位甘露寺里赠笔的客人为他带来了约定中的有关杭州的最新消息。而后者白无咎的父亲白珽曾任主管全省教育和文化工作的江浙儒学副提举，对白拜访的本意说穿了不过为求得一通荐书。所恨事有不偕，"值出江阴未回，乃子无咎、无华留饮。"因此无锡太平寺观壁上画云云，同样也是迫于无奈——将下一班夜航船到来之前的时间胡乱打发掉。

接下来他急急赶去苏州平望，那里居住着另一位刚下职的江浙儒学副提举诗人龚璛。当晚他在龚家"留宿具晚饭，饭已，留灯夜话，是夕多蚊"。这样的悠闲与惬意是否意味着事情已经有了眉目？答案应该是肯定的。在随后几天的日记中，我们将看到这封荐书已经顺利到达了主管部门的官员手里："省西见张菊存下龚子敬书。"随便提一句，像白珽、龚子敬这样的名字，在元代文学史上的名头是足以令人肃然起敬的，如比之于二十世纪三十年代，起码不亚于苦茶庵里的周二先生和半隐于浙江石门镇的缘缘堂主人丰子恺。

杭州施水坊桥开小旅馆的剃头匠沈六郎应该为自己无意中接待了这样一位客人而感到荣幸。这位谈吐风雅的旅客名叫郭畀，字天锡，号云山，是当时刚刚崭露头角的一位诗人兼书画家。他选择这里下榻仅仅因为地理上的便利——就在他前来干事的江浙行省官署附近。在一三〇八年的这个多雨的秋季，他的全部梦想就是为了把自己从一个镇江儒学学录的现职弄成学正。（相当于从现在的市教育局教育科科长升为副局长）而手头的荐书以及众多朋友的精心谋划使他觉得有足够的理由对此充满信心。至于偶然的雪泥鸿爪，使得这里日后竟成为杭州的一处名胜，遑论祖上可能为皇帝剃过头的房主人沈六郎，甚至连郭畀本人也从未想到过。

而事实上他安心待在这里的辰光也不多，除了干事所需，其余时间全被他用在了凭吊故国山水和会见朋友上。他差不多访遍了杭州的寺院与道观。有时独行，有时由一位父辈朋友、六十八岁的诗人汤北村陪同。将日间诸事如实记于当晚的日记，是他多年以来养成的一个良好习惯。因此，为后世杭州人所大大看重的"金钟白塔"一事，在当天的日记中也不过是极为普通的个人文字功课。

晚登临吴山，下视杭城，烟瓦鳞鳞，莫辨处所。左顾西湖，右俯浙江，望故宫苍莽，独见白塔屹立耳。

次游万寿尊胜塔寺，亦杨其姓名者（西僧杨琏，作者耻及其名）所建。正殿佛皆西番形像，赤体侍立，虽用金装，无自然意。门立四青石柱，镌凿盘龙甚精致，上犹有前朝铜钟一口，上铸淳熙改元，曾觌篆字铭在，皆故物也。行至左廊，记得壁间一诗云：玉辇成尘事已空，惟余草木对春风。凭高花鸟无穷恨，目断苍梧夕照中。寺门俗称望江亭，俯视钱塘江水，大略与扬子江同，但隔岸越山苍翠差胜尔。远见西兴渡口，烟树如荠。

信手拈来的片羽只鳞，却成为后来的文物学家奉若至宝并愿意为之感激涕零的充足理由。因其中有关金钟白塔的那些描述，在同时或后代涉及杭州的文献中一向未见记载，其珍贵程度当可想象。由此也可见一个作家在生活中敏锐地保持自己的观察并将它如实记录下来，无论对于历史还是个人，都是多么的重要。

一次午睡醒来他还发现这样一个有趣的现象，"寓楼颇洁，便于坐卧，大抵杭城楼居相连，自有一种风韵耳"。另外一次是雨中访友归寓，"储叔仪隔河楼上见呼，出纸索书，具酒晚饭"。同样，这种带有美学意义的评价与描述，也引起了后代的杭州人对此所生发的源源不断的感激。到了清代中期，显然出于爱屋及乌之意，甚至连当年沈六郎位于施水坊桥的小旅馆也仰彼余泽，成为杭地胜迹之一。在道光年间杭州著名诗社清尊吟社的一次例行诗会上，青年诗人黄荮泉分得的诗题就是《施水坊桥郭京山寓楼》：

> 东岸桥寻施水坊，楼居风韵说吾杭。便于坐卧偏宜
> 客，况有亲邻累举觞。旧友重来叹寥落，一官本分费商

量。羡他待诏能为主,至今名传沈六郎。

郭畀日记的全称为四卷本的《郭天锡日记》,历来知者几稀。一个戏剧性的转折发生在雍正初年。这里需要感谢的一个人物是杭州名士厉樊榭。当时他偕一位朋友江砚南在扬州旅行讲学——作为富甲海内的淮上巨贾程松门的座上宾。在一次例行的豪宴临近尾声时,令人兴奋的事情发生了。在后来为日记出版所作的序言中,这位浙西诗派的领袖人物这样描述当时的事情经过:"酒半,松门兄子岷东出观所藏元京口郭天锡先生日记真迹,共四册,行楷精妙,奕奕有神。中有至大戊申客杭一册。时酒边醉眼观之,不甚记忆。后十余日,耿耿于胸……即往言之岷东,岷东殊不秘也。携至予寓舍,呼灯捉笔,写成草本,略汰其无系武林典要者……先生去今三百余年,偶然攒笔,完好无恙,而适遇予两人皆杭人,钞而传之,似乎有待者。"

然而厉鹗在干下一件好事的同时也干下了一件坏事,那就是他出于某种自以为是的好意,将日记中被认为有损郭形象的那些文字和细节大都删去。那些文字和细节真实记录了元代一个外省低级官员为谋取升职如何在省城四处活动,包括请讬、求荐、修改履历、打通关节,甚至还包括索贿和行贿——当然是在时尚和官场风气的压力之下。在我看来正是这些生动、触目惊心的所谓"无系武林典要者",才构成了这部作品的特色和文学意义上的真正价值。这个删节本后来被出版家鲍廷博刻入了他那著名的《知不足斋丛书》,书名"客杭日记"大约也为厉鹗所起。我们可以想象，如果不是后来八千卷楼的钱塘丁氏兄弟又从塘栖劳氏处购得真迹，将所有删节一概补齐，并刻入《武林掌故丛书》，这对今天那些元代文化与吏治的研究者来说该是多么残酷的打击。

《客杭日记》后世推崇者甚多，而且这中间杭州人要明显超过镇江人——出于对客人由衷赞美自己家乡的敬意。但它的意义与价值肯定不仅于此。仿佛一台复印机毫不留情地将自己的心迹与行为保存完整，我们很难想象在此之前和在此之后还有谁在日记体文学这一行中干得如此漂亮。由于生性慵懒以及对佛学的过于沉溺，似乎妨碍了作者后来文学上更大的发展。直至逝世之时，他留给文坛的全部遗产除我们现在所看到的这册日记外，仅只有《元诗选》里真假难辨的十几首短诗（其中大半甚至还混入了元代另一画家郭天锡的作品）。但他的文学天赋是毋庸置疑的。他的生活态度也任性直率。在组成他落拓一生全部内容的读经、泼墨、行吟、饮酒、鉴赏书画这些活动中，最为狂热的一件事就是在寺壁上绘制彩画。他晚年时候对茶道也情有独钟，这方面的志同道合者是小他二十岁的画家倪瓒。当时倪尚未去笠泽归隐，他们每年总有一段时间在一起汲泉涤盏，谈诗论文。

后者曾为此写过一首追忆体的短诗，诗中的郭畀潇洒、放浪，身若闲云野鹤。由于有关他生平资料的匮乏与珍贵，这首诗向来为对他感兴趣的那些研究者所津津乐道。但很少有人注意到：这是一个与《客杭日记》的作者形象迥异的人。一个天性淡泊的人。一个儒雅，天真，不知世事为何物的人。它在很大程度上带给读者的困惑是：面对两个仿佛来自不同世界的郭畀，我们到底应该相信哪一个呢？

郭畀一二八一年生于镇江，自小即饱读诗书，这显然跟他出生书香名门这一幸运有关。在他少年时期，父亲郭景星一直担任当地淮海书院的山长，这个职务相当于今天一座中等城市的大学校长。青年时代由于父荫以及机遇，他曾在外省的地方教育机构短暂任职，后来又极富传奇色彩地在浙江的青田县担任税务巡检，从而对官僚机构的腐败以及民生疾苦有着一定程度的了解。那时候他已是一个卓有成就的书画家了。他那支被倪瓒誉为"毫端五色霞"的灵秀之笔在批改作业、抄呈公文的同时，也为他在江南的达官士子中赢来了不薄的名声。十八个月以后，他又突然回到家乡镇江担任儒学学录，并于元大德十一年（1307），也即赴杭谋职的前一年匆匆去京参加教育官员的全国统考。一切似乎都按计划顺利进行着，直至我们在文章开头处看到过的那个早晨，他背着一只装满土产和名贵书画的行囊，胸有成竹，来到杭州。

《客杭日记》使他成为同时代人中现实主义文学的典范，并且随着时间的推移，我相信苟同这种观点的人会越来越多。在短短的六千余字的篇幅内，记录了一百多个人物的言行风貌和差不多同样数目的寺庙、道观、街道、山水、服饰、古迹、饮食、气象，还包括省中的制度、官场的礼节、公文的格式、上官的威仪，以及怎样打点，怎样运作，怎样晚间摸到主管官员家里去"付后司所用"，怎样为应付办事衙门勒索上亲戚家借钱不遇，从下榻的官巷附近一主一仆到北新桥（今称大关），

"空费船钱一贯二百五十"。这个数目大约相当于他月工资的百分之一，因为他当时担任镇江儒学学录的俸禄，不过每年制钱一百二十贯和禄米两石。

郭畀客杭期间另一件繁忙事情就是不停地为求请者作画和写字，这也占据了日记中相当的笔墨。早在二十岁以前，他的书画已尽得小米（米友仁，宋代大画家米芾之子，曾客寓镇江多年）的精髓。而另一位现实中的老师高彦敬（字房山，元初书画大家，与赵孟頫齐名）也是当时名满天下的人物。从到杭的第三天"北村具酒午面，浼书数纸"起，到离杭前为一个偶然相识的闲官宋某的四幅山水题诗，出现在这张求请者名单上的人物竟有二十余人。其中有的是前辈高人，有的本身就是书坛圣手。他的热情与谦卑使他对这一切采取来者不拒的态度，并尽可能做到随求随写，当场打发。唯一的一次例外是自己的舅舅，"方仲明寄纸求书画，因情绪不佳，更迟一二日下笔"。我们注意到，在日记中，这一天的日期是十月二十一日，刚巧是他到达杭州的一个月后，而所谓情绪不佳，以时谋划之事进展缓慢，因而兴致索然。

饮馔也成为日记里的一项主要内容，显然事出有因。作为一个俸人廉薄的低职文官和出门在外者，况且还带着一个书僮王二。如何经济，方便，又尽可能不失体面地对付每天的吃饭问题，看来也是令他颇费脑筋的事情。这方面的一个常见格式是三杯薄酒一碗面条，但这通常发生在他与朋友之间相互宴请的时候。平时吃些什么虽无记载，但我们不难想象那种以果腹为目的的所谓吃饭。作为难得的奢侈，有时候为解嘴馋，他也会上饭馆去吃一碗他所爱吃的片儿川或素鸡汤面。他喜欢吃面那可真算找对了地方。面条是杭州的骄傲，这方面甚至还有着伟大的传统，光《梦粱录》里所列的款式就不下三四十种。至大初年去宋未远，虽饱受兵火战乱之灾，但从郭畀日记中有关面条的名目来推测，当时的城市应该已有一定程度的恢复。不过以今天杭州家庭主妇的眼光来看，郭畀客杭期间饮食勉强上得了台面的大约只有四次。一次是九月三十日"路遇胡石塘主簿，煎鱼沽酒"。一次是此后不久，"同尹子源见储叔仪，留小酌。次同叔仪到子源寓楼，开樽荐亥首"。另一次做东的主人也是此人，"尹子源请荐海蜇，话至二鼓"。最后一次是他去拜访一个担任府判（副市长）的老乡张云心，"留坐，具午酌，荐糟蟹鸡面"。这里有一个挺有意思的现象：郭畀对自己日常生活所难以问津的美食一律喜欢以"荐"字加以尊称，而非记录平日饮食所使用的"具"。尽管连一个猪头也堂而皇之出现在这张珍贵食单上不免令人扫兴，但我们同时也注意到，煎鱼却被细心地从上面划掉了。这里透露的信息是否可以使我们做出这样的假设：由于当时接连发生的皇室内部的混战，加上大德年间对朝鲜穷兵黩武的战争准备，市场上的肉类供应严重紧缺。而淡水鱼作为浙江特产加上资源丰富，同时也不便于供应军需，因此价格一直被稳定在一个普通的水平。另外，三位宴请者的身份也大可值得玩味，尽管郭与他们官职与俸禄大致相等，但由于所处部门权势意义上的不可同日而语，生活质量也就明显拉开了档次。

类似这样随意而饶有兴趣的记叙，通过偶然展露的一鳞半爪，令读者得以略窥元代社会生活各个侧面的例子，在日记中应该还有着许多。如果打一个比方，郭畀在杭州匆匆奔走的身影颇像一个科技时代的光电鼠标，为我们打开当时国家机器帷幕深垂的大大小小的许多窗口。这似乎也正好印证了鲁迅先生有关历史的一个观点，大意是如果你想要了解到一点真相，也许在野史中才更有可能找到。在此意义上说，我们的这位野心勃勃的外省学官当时无意中扮演的正是这样一位时代录音师和书记员的角色。整个客杭期间，他一边游历交往，一边每日到省中去督促事情的进展。一天上午他冒雨赶到儒学提举司，发现"大雨中止有武老兀坐厅上，诸吏无来者"。几天后的一次遭遇几乎与此类同，整座政府大楼空空荡荡，原因据说是当时的平章知事（省长）别不花获升调任，大小众官都一窝蜂地赶去送行，以致无人办公。还有一次的情景说来更为气人，由于可能存在的打点方面的疏忽和不到位，主管官员当场给他吃了一个闭门羹，"到儒司，司官不出，独吏辈兀坐司房而已"，郭畀在日记里这样写道。不得已，他只好在一个朋友张竹村的陪同下，到附近一处书院看了一上午的诗牌，后又在仙林寺门口观"一术士之女谈星说命，若悬水然"，才略为消去心中的不快。

由于上述挫折都集中发生在客杭的前期，虽然不无沮丧，却丝毫也不影响郭畀对事情的结果仍然保持信心。像所有过于相信自己力量的年轻人一样，他整天怀揣一卷《梦粱录》，在这座被马可·波罗吹嘘为有"石桥一万二千座，户口一百六十万家，房屋一百六十万所，大街一百六十条"的著名城市里东游西荡。他游览了西湖边宋时旧称杨驸马宫，入元后扩址重建修葺一新的开元宫，因刚从扬州迁来不久的行省政府就暂借此办公。观赏了玄同观北斗殿壁上李息斋（著名画家李衎）所画的两枝墨松，观亦故杨氏所有，前朝称瞰碧园，可惜寄寓居于此的周密三年前已去世。并经考证后认为北关门外塑有古观音像的妙行寺，即前人著作里所记载的接待寺。他经常在一位年逾六旬的忘年交汤北村的陪同下去官巷喝茶。有时上午还跟一帮朋友讨论他的精神老师米友仁的画技，随后就独自一人去某座寺庙欣赏佛画消磨掉一整个下午。有一次他还去拜访了一位性情怪异的前辈高人吾丘衍。此人终生不娶，住在城西一座破屋的楼上潜心修道，多年来不下楼梯半步。即使你是当朝的达官名宦前去礼贤下士，他也只送你到楼梯口为止。没想到郭畀与他倒是一见莫逆。后者不仅与他讨论了自己的新作《无稽集》，甚至还用那支名气很大的玉箫为他即兴吹奏了几阕古曲。

杭州就是这样一座地方不大而生气勃勃的城市，每天都会上演许多让人意想不到的情节和故事。他在散步时碰到曾在镇江为官的旧友井同知，此人为太后凤辇即将驾临灵隐进香前来先行打点。在赵孟頫的经纪人崔进之家里，请他帮自己美言几句的意思还未及出口，后者已向他索要小楷碑文，让陪同前去的介绍人李君德感觉有点失面子。有一天夜深他倦行归来，一位德清人吴菊存前来拜访。"吴公即至元二十七年赴北写《金刚经》者"，张炎曾有《长亭怨词》赠他，称"远游归后与谁谱。故人何许，浑忘了江南旧雨"。彼此因有共同语言，不禁相见恨晚。在省东一家药铺，因同乡高子西病疟，他在买药过程中与药房老板张君远又交上了朋友。另一位在开元宫偶然相识的外郎宋春卿更有意思，一见面就向他索要一种名叫"根脚抹子"的稀奇古怪的物事，大约是如今天的省政府电话通联簿一样的东西，而在第二天的日记里，他居然认真地写道："早见宋春卿，与根脚抹子。"当天日记还记录了他与汤秋岩以及尹子源在旗亭沽酒。还有汤北村的儿子汤君白对他的突然造访，并带来一位名叫张伯愚的老先生"携扇十柄求书"。

　　然后是他那些形形色色的僧道朋友，玄同观的吴若遗、开元宫的王眉叟、妙行寺的伏维那、翠云子以及僧录事柯以善等，郭界对这些能同时在物质世界与精神世界潜心修炼的家伙钦佩不已。尽管他们的身份实际上相当暧昧，既是宋室遗民，又是现职官员和世外高人，要较真起来难免有些尴尬。同乡宗寿卿看上去混得也不差，寄身城北有喻弥陀神笔所画佛像和唐塑古观音像的妙行寺，香客中多的是身份显贵的人，没过多久就有升职。他还在一所道观里多次与张景亮探讨因果报应之说。此人是赵子昂姐夫张师道的儿子，并即将出任吴江州判。当我们在二十世纪九十年代嘲笑一个和尚享受正处或副厅级待遇，没有想到这种制度只是对七百年前的元代官场习气的拙劣模仿。现在可以查明的是，吴若遗当时的官职是提点，王眉叟与伏维那也是提点，其余两人大约职位相当或略低。享受朝廷俸禄同时也笑纳人间香火，使这些人的生活远较一般同级官员要来得滋润。如郭界在杭期间所收受的唯一一件贵重礼品——一个鱼面果盘——就由时任玄同观住持的吴若遗所送。同时，作为当时的主要社交场所，寺庙道观在客观上发挥着现代社会的咖啡馆与文艺沙龙的作用。政坛内幕，官场消息，名人隐私，生意供求，只要你肯下功夫，在这里你都能打探得到。考虑到郭界来杭州的主要目的是谋求职务升迁，他对上述地点的频频造访恐怕也不能说完全出自艺术与精神所需。

他还在玄同观的大殿上拜见了当时名望如日中天的赵孟頫。这已经是第三次了。前面两次的拜访时间是到杭后的第二天和第三天，但都因赵孟頫的原因未能如愿。这位时任江浙儒学提举——郭界前来谋职的主管机构最高行政长官——的艺术大师向他打听了有关京城的最新消息，当然是在得知郭界去年冬末刚去那里参加岁考以后。然而奇怪的是事情到此就没有了下文，仿佛演出中的大提琴手靠在自己的琴身睡着了，从而成为整部日记里最令人感到可疑的部分。从郭界到杭次日起就迫不及待地谋求与赵孟頫见面这一点来看，恐怕目的正为求职一事。"湖上玄同观见赵子昂，时郝左丞坐正席，子昂问都下事。"关于见面的情况到这里就中断了，并在以后的日记里再也不见提起。当天下午他在西湖四周的寺庙乱逛，纵情山水之中。我们前面曾经提到过，当遇上意外和不如意的事情时，郭界一般都采取这种方式用于排遣心中的郁闷与委屈。

湖上玄同观的会面过程中一定发生了什么，尽管没有更多的资料与事实来佐证，我对这一点仍然深信不疑。郭界在杭州的奔走努力最终以惨败而告结束，我当然没有将这个不幸结果归罪于赵孟頫的意思。只不过是做了这样的推测：如果我们把整件事情从乘兴而来到铩羽而归看成是一个完整的过程，那么玄同观的一幕极有可能是一个转折，至少也预兆了某种不祥。考虑到两人年龄相差二十八岁，加上地位与官职的悬殊，说有什么个人恩怨那是站不住脚的。但郭界的父亲郭景星的情况却与赵孟頫相似，两人都是宋末元初的江南名士，入元后当异族统治者出于某种政治策略到南方选荐人才，赵孟頫欣然应征，一拍即合，郭景星却以双亲无人抚养为由力辞。然而这同样也不能说明什么或喻示什么。现在仅仅可以断定的一个事实是：会见过程中肯定出现了某种意外。让我们想象一下当初发生在玄同观金碧辉煌的大殿上的全部情景吧：副省长郝天挺端坐中间，教育厅厅长赵孟頫在右座陪同，居高临下地发话。一个外省年轻的低职官员站立在他们面前，尽管心高气傲，又不得不低下头来。笨拙，羞怯，低声下气。因此，事情的症结也有可能是郭界出于某种自卑没能将求职一事说出口，但我宁愿相信是赵孟頫打了官腔或者干脆一口拒绝了他的请托。

杭州渐渐开始展露出它复杂而阴暗的一个侧面。吴若遗提点慷慨馈赠的鱼面果盘郭界最终还是没舍得自己享用，于当天晚间就将它送到了省政府一个秘书张德辉的府上。后者作为客杭谋官一事实际上的策划者与主持者，至此终于如同海明威笔下的冰山一样渐渐浮上了水面。此人系郭界的同学兼老乡，同时也是江浙行省礼部的员外郎。喜欢晚间在家中接待请托办事者是他的一项特色，让人不难领略他的居心。当郭界为事情进展缓慢感到担忧，张德辉告诉他可以去找一个名叫马从简的能耐很大的官员，这使郭界不免喜出望外。但拜访的结果是"未允所请，归见德辉，德辉言来日当为著语"。当天夜里张德辉还暗示他，要想把事情早日弄成，不多花点钱看来是不成的。郭畀当场就把身边的钱全部留下，"付后司所用"。

于是我们看到一个不露声色布下的高明的圈套——为以后一次次的索贿埋下伏笔。由于郭畀在日记里对自己所干之事的难度与性质一直语焉不详，我们既不清楚它的实际操作过程，也不了解它在多大程度上要触犯当时朝廷的正常用人制度。目前能够知道并加以肯定的一件事是，自那一晚开始，郭畀的形象实际上已从一个诗人、山水画家变为一个丑陋的行贿者。每天早晨他准时出现在行省"伺候吏辈"，其余大部分时间都被用在了告贷和浼人疏通关系。随着马某一次次的"未允所请"，"仍未从命"，"晚见马公，犹未慨然"，他开始在杭州城里失魂落魄地四处借钱。"盛亲家见借钱一笏"，"同方仲明舅见高国梁司丞说假借事"，"问李君德借钱"，"遣王二下长安盛亲家公处借钱"。他需要更多的钱吗？是的。他需要更多的银两与至元宝钞来向自己的纯洁心灵宣战吗？是的。他像一个精神统帅笨拙地指挥物质的士兵。有一次他公然在白天将钱送到一个管理档案的官员吴令史手里。

郭畀的日记笔调随着邻楼的尹子源成功弄到财赋府的委任文件变得越来越灰暗。他的笔现在仿佛世俗波涛中心苦苦挣扎的无助的桅杆。这一时期频频出现于他笔下的人物不是自称有官场背景，就是兜里可能有点儿闲钱。他像一个空中楼阁的居住者极力想要说服自己相信这是真的，并对负责设计与施工的他的那些朋友丝毫也不怀疑。而在我们看来，这座美丽建筑物的根基恐怕原本就不牢靠，事实上它现在已经开始松动，并且有可能一下子就会塌陷下来。

一个多月以前，当他在镇江家中百无聊赖，写下"小窗兀坐，诵满城风雨近重阳之句，谁其慰予岑寂耶"这样的句子时，没有想到他在杭州的心境会同样是"予滞留日久，干事未就，愈觉郁闷耳！"到了十月下旬，连他自己也开始看出整件事情好像已经偏离了原先设计的轨道。有一次他应朋友的邀请共进晚餐，同桌者为"大名（北京）人三都目，皆军中掌案牍者"，当他了解到三人中只有一个姓程的识字，其余都是文盲时，心中突然充满了强烈的憎恨。十月二十日这一天他又去游了玄妙观，一个老道士向他卖弄道观的渊源与历史沿革，说当年门立徽宗御书碑石，殿前立高宗御书道德经石刻经幢，也被他当场奚落了一顿。他为自己心情的恶劣感到吃惊。他知道自己已经做错了什么，又不知道怎样才能纠正过来。他害怕末日审判的降临。回到寓所，事情仍然没有进展但圈套开始有了新的形式。大约是张德辉或马从简派人通知他，"是日本司文书有好音，但为张士瞻者阻之"。

于是我们面前展现出整部日记中最诡异神秘的一个景象——烧玄坛香——一连几天，在夜深人静以后，寓楼窗前的一只圆桌上摆放着黄褾纸与供品，气味刺鼻的香烛忽明忽暗，心事重重的房主人仿佛老僧入定跪倒在地，祈盼冥冥之中能有一只大手为他扭转乾坤。而白天，人世的努力也同样还在绞尽脑汁进行着。他找到一个张士瞻的间接朋友李君宝，再由李转托自己的朋友马惟良"见张士瞻说话"。在此之前，他甚至连街上匆匆见过一面的内廷官员井同知也不放过，花一整天的时间寻找到井在新宫桥的下榻寓所，"浼于郭都事处著语"。
"一个战士用完了身上最后一点儿武器，包括指甲在内"，这
正是对一三〇八年十月下旬的艺术家郭畀的绝妙形容。

　　与此同时，一些迹象也表明他已在为可能面临的失败做
准备。他找到在省财赋部门工作的熟人唐仲文，请唐出面写信
给长兴方面，催讨他父亲郭景星当年在那里任儒学教授时的欠
俸。如不出意外，这笔钱将够他用来还债和支付回镇江的路
费。另外，他让杭州学正张景芳为他送来一张照元除事劄子
（一种撤回申请的公文格式），以俟不时之需，也说明内心已做好
准备，打算从原先自我推荐、争取破格录用的强硬立场退回。
这种态度以及策略上的突然转变有可能出自什么人的暗示或劝
告，马从简与张德辉当然不在此列。当天夜间他可能又得到了
某种危险信号，以至第二天一早起来就依样画葫芦，将照元除
事劄子写好，并立即亲自送交江浙行省礼部架阁库主管雷毅
夫。事情顺利处理完毕以后，他略微恢复了一点原先的生气。
在回来的路上他遇见一个杭州名医苏淳斋，两人愉快地在市肆
小饮。后者向他讲述了节制和保持良好心态对身体的重要，郭
畀则从人道主义角度谈了他对医家所认同的剐股煎药的看法，
并引用了他的朋友汤北村咏姚静斋女剐股救兄一事的一首诗：
"女生他人妇，兄死谁养亲。剐股与纱臂，孰仁孰不仁？"

　　寓楼檐下秋雨不断。杭州像一片巨大的落叶泡在清冷潮
湿的雨水之中。事情的结果最后终于出来了。尽管已有心理准
备，郭畀仍然无法坦然面对眼前的事实：对他渴望的升职仅仅
做出某种缺乏力度的推荐，而非原先私下里讲定的直接任命。

他在杭州城南的山林中转了一整天，回来后打起精神跟新老朋友一一告别。第二天又在房东沈六郎的陪同下上街买了点当地土产如核桃笋干之类，并有生以来第一次喝醉了酒。"杭州，一个爱你的人现在要回去了"，我在难以言说的同情与伤感中读了他最后几天的日记：

> 廿七日，客杭。到省中伺候，书卷已完，马生改抹，但咨省而已，令人恨。再嘱马生，不允。盛亲家来别，付家书，报事体乃是。晚见马生，云：非不用力，首领官不从，奈何？愿退元物，不曾收。再见德辉。见汤君白，同见李君德借钱。归家闷甚。奔走两月，今日坏尽。

> 廿八日，早见唐仲文嘱俸事。次见宋春卿，会李士可，同二公游开元宫，次到寓所共茶。二公更欲相携，余以事不如意，舍之而别。李君德来问卜。再到省中见杨生，嘱更迟一二日。见张德辉论乃事。见雷景颢，不遇。访郭总管，不遇。会李齐贤。又见德辉，值出。晚灯下坐久，谋之无计，更迟二日，且往长兴索俸作归计耳！

接下来我们可怜的镇江儒学学录郭界的故事很快就要结束了，并且场景也将从杭州转移到太湖边的一个山区小县长兴。他在知州吕某的官署中做了一段时间的座上宾，并与一帮当地文人混得不错。长兴的文化舞台较之杭州要小得多，甚至比他的家乡镇江还要小。他受到明星般的追捧当然是因为他的谦卑以及深湛的学识，但我对他在当地的逗留时间超过一个半月这一点还是不能不感到意外。等着欠俸问题的解决应该是个合理的解释，同时他那饱经意外打击的精神与肉体也需要一个相对安静的环境来休养。杭州留给他的伤口实在太大了，以至他返回镇江以后，又去焦山普济寺住了一段时间，"一洗城市之俗尘也"。他那首著名的七绝《宿焦山上方》，以厉鹗的观点来看，也当为此次游程留下的最后记录，因此在当年抄完日记写的跋语中说："天锡有诗云：扬子江头风浪平，焦山寺里晚钟鸣。炉香未断灯花落，唤起山僧看月明。妙甚，即此时作也。"

郭畀客杭的无功而返为理想主义者在现实面前的尴尬提供了新的失败文本。在某种意义上它是知识分子自以为是的精明和狡狯与世俗的精明和狡狯较量的结果。因此我们如果说它的铩羽而归是"偶然的"，不如说它是"必然的"。在这场力量悬殊的斗争中，一方以下职官员、饱学老儒、文坛名士等担纲，另一方却是把持政府要害部门的猾吏与要员。除了作者本人始终执迷不悟以外，我相信大多数读者从一开始就不难判断出事情的结局。在日记中，我们看到：龚子敬的推荐书到了张菊存那里就没有了下文；李叔仪的父亲资深书吏李伯玉代撰的个人求职报告竟然引用律文有误，在礼部、宣慰司、儒司之间遭到斥责与拒绝；张德辉一见面就十分可疑地把他拉到家里说话，且反复暗示他要舍得花钱；赵孟頫态度暧昧；马外郎贪得无厌；王都目的刁难；张士瞻的强横；并同知的敷衍了事。凡此种种仿佛灰暗的电影镜头，使剧情的发展完全脱离了原先构思中的完美与精致。而郭畀的表现正像一个蹩脚的三流导演，在这幕由他自编自演的长达五十余天的闹剧中，空耗了大量的人力、物力、财力，最终不得不灰溜溜扔下导演帽与麦克风一走了之。他的愚蠢在这里，他的可爱也在这里。天性温良加上中国文人骨子里的山林思想，使他对自身的失败始终能够保持息事宁人的低调态度。这也是他最能引起我敬意的魅力所在。在离开杭州前留赠友人宋春卿的诗中，他感慨"功名身外复何求，丘壑心中实过之"。在长兴，当一位名叫孟云心的收藏家向他郑重出示宋代黄居采的两轴湖石蝶猫时，他至少已能静下心来鉴赏，并发现"黄氏父子作石，用笔横拖，小作圈子，俗谓之野鹊翅也"。

故事到这里终于讲完，也就是说，他在焦山罗汉岩赏月的背影尽管俊朗如玉树临风，但已是日记里所能留给我们的最后的身影。这以后他行云流水，深居简出，从一个世俗的积极分子退回到隐士般自律的生活方式之中。即使我有美国人的哈勃望远镜，在浩瀚的文学星空中也只能找到有关他的可怜的一丁点儿踪迹，而且大都出自同时代书画题识及友人诗文。其中比他小八岁才满二十的萨都剌的赠诗"人道省郎好，簿书清昼闲。惟公不自喜，忽尔要思还。酒债西湖路，归心北固山。闲愁且抛却，莫遣鬓毛斑"，题作《寄省郎郭天锡》，显然是不久以后闻知此事寄来安慰他的，而陈元英在他《仿米老云山图卷》题诗称"郭君胸次多丘壑，身作省郎犹布衣。自恨买山钱未办，结茅如此足相依"，足以证实山水和幽居已经成为他此后唯一的志趣所在。中年以后他的朋友名单上更是删减到只剩下两位，休休庵的年轻高僧了堂，这是他的精神老师，往来频繁，经常在一起讨论经义和修炼，并在赠答中以诗明志："向来用世心，转首成弃遗。"再就是和倪瓒长达十余年的友情，因后者晚年所作的那首名诗——郭髯余所爱，诗画总名家。水际三叉路，笔端五色霞。米颠船每泊，陶令酒能赊。犹忆相过处，清吟夜煮茶——遂为世所知。有关他客杭以后生活和艺术的基本面貌，大约也就如此了。其中倪迁的诗保持了自己一贯的四平八稳，仿佛身材弱小的人穿中山装的那种风格，格律工整，毫无特色。唯一有价值的是诗前的长序，在为后人对生卒年的确认提供了参考的同时，更让我们知道他的才华不仅体现在纸绢上，甚至还能让宗教场所的殿壁作为载体纵情挥洒："天锡掾郎与予交最久，死别匆匆二十余载，念之怅恨，如何可言？锡山弓河上玄元道观，锡麓玄丘精舍，其画壁最多……胜伯徵君携此卷相示，为之展玩，感慨并叙述其畴昔相与之所以然者，其中有不能自已也，捉笔凄然久之。"由于此序的落款时间为至正二十三年（1363）十二月十日，这样历史家们就可以很容易地将时光倒溯二十余年来推测他的卒年。我对倪瓒的兴趣当然只因为他是郭界的朋友。他们之间的交往除了煮茶饮酒、吟诗作画外没有什么其他的记叙。但从郭界死后不久倪即弃家归隐笠泽蜗牛居并终老其身，不难看出他的那位大胡子朋友对他人生态度取向上所施予的影响。而这一切都和杭州有关。在我看来正是那次难堪的旅行将一个功名的热心者推向了相反的极致，这也正是古代中国文人中的杰出者在遭受人生重挫后的惯用手法和普遍出路。因此，让我们原谅郭畀不能做得比别人更好。还能有什么别的选择呢？入世与归隐，庙堂和江湖，这巨大的文化鸿沟的两端向来势若冰炭，又分庭抗礼——犹如南高峰与北高峰——即使最伟大的哲学也无法将它们和解消融。

假如没有当初扬州盐商宴席上厉樊榭酒阑灯畔的惊鸿一瞥以及鲍廷博的热心刊印，今天的读者是否还能读到《客杭日记》？答案应该是否定的，因为它的作者当初写它时就没打算要将它当作名山事业。这个问题本身并不重要。但它的存在却为我们研究元代的社会政治生活提供了一个类似照相机镜头那样的真实窗口。尽管作者当初客杭所乘坐的夜航船与今天的波音飞机之间有七百年之隔，其青衫小帽的服饰与二十世纪末流行的雅戈尔西服与皮尔·卡丹风衣也大异其趣，但他的欲望，他的梦想，他讲述的令人心酸的故事对生活在网络时代的我们来说却仍然是那样亲切，仿佛一切仅仅发生在昨天甚至今天。因此一个现代读者如果有兴趣打开这册日记，几乎会得出在夜深时分的酒吧听一个朋友讲述他最近的遭遇与挫折时的那种温馨感觉。而都市人才市场和政府部门招聘公务员人才济济的应聘队伍中，只要你留心观察，你也会发现这中间的一个神情萎靡者很有可能正是这部书的作者。这是文学的魅力吗？也许是的，但这同时也是人性的魅力。时间与技术也许可以改变人的信仰与生活方式，但它无法改变人的本质。我相信在真实的心灵之间一定存在着一条秘密通道，这已经由古往今来许多杰出作品所证实，而现在，一个元朝的镇江儒学学录郭畀不过再次以他的真实记述对此做出了有力的证明而已。

在中国文学广博到简直可以令人自大的版图上，元代曾相对被认为是应该标作"薄弱""平淡"的时代。除了元曲和杂剧硕果仅存以外，其他方面的情况都不尽如人意。每想到这一点我都会在内心对厉鹗深怀抱怨，当初他在扬州如果能少喝几天酒，把那四册"行楷精妙，熠熠有神"的日记一字不漏抄下来，而不是仅仅节录客杭部分，那该有多棒啊！因到了民国时虽有人拿出一部抄本来说就是当年的母本，但里面已被删得一塌糊涂以至气息可疑，故而抱怨尽管抱怨，说厉氏的功劳要远大于过失是毫无疑问的。因为他让我们知道在那个异族入侵、斯文扫地的年代里至少有一部散文作品叫《客杭日记》，它的作者是一位人称郭彝的年轻的野心勃勃的镇江人。一生如同宝石被掩于尘土之中，却始终能在精神与情操上善待自己。后来，他默默地离开了这个世界，不清楚是客死异地，还是在自己家乡镇江的床上。至于具体是哪一年，现今通行的几种说法都不能让人信服。当然，无论对当时还是现在的文坛而言，这都算不上是什么大事。在他的同时代人中他远非伟大人物，今天知道他并喜爱他作品的人事实上也寥寥无几。作为一名普通文人他只是像一名普通文人那样过了一辈子。生活在他看来也许既不是什么奋斗，也并非消极与逃避，生活只是在相对宁静的时间与空间里，真实、坦荡、敏锐、随遇而安地度过自己的一生——碰巧这也正好是我素所崇扬的人生态度，也是我为什么尊敬他，并在很长的时间内一直持久地为他吸引的全部理由。

现在是二〇〇〇年的春节，我在世俗的喜庆声浪中写作这篇不成体统的文字，思想却停留在去年秋天的某个傍晚。同样是在杭州，同样阴雨绵绵，在距施水坊桥旧址不远处的一座宾馆，我在窗前重读他的日记，作为对白天寻访遗迹无功而返的某种自我补偿。这是又一次类似良友相晤那样的不拘形役和刻骨铭心，打开的书平平摊于桌上——在世纪末特有的凝重而清寒的光线里。他的声音中有一种岩石与丝绒的含糊混响。即使我的手指不去触动书页，也能清晰地感受到他的体温、脉搏与呼吸，仿佛火的循环，又仿佛引述神谕。一部真实的书所具有的那种穿越时空亘古不变的力量，我再次感受到了。我想报以感激，但我的双唇在微微颤动。我想读下去，但我的眼睛已为泪水充盈。

二〇〇〇年春节

〔总督〕阮元

滇池的文化背影

一八二六年六月廿六日，六十三岁的阮元匆匆忙忙从广州出发，携带家小前往昆明，心里可是一点准备也没有。旨意是不到半月前紧急下达的，虽说出于道光本人之手，指令内阁迅速"调两广总督阮元为云贵总督，湖广总督李鸿宾为两广总督"（《宣宗实录》卷九十八），但皇帝实际上也是被逼的，前总督赵慎畛于五月十七日不幸病卒，消息传到京城已是六月初。考虑到那里汉夷杂处，又为边防要地，必须选择老成持重、刚柔相济的人物前去才能放心，于是第一时间就想到了他。因事出突然，加上日期紧迫，他只能将手头事务稍作安排就立即动身，连跟民众及亲友弟子的告别地点也只能选择在出发当天饯行的码头。《雷塘庵主弟子记》道光六年（1826）谱下对当初盛大的欢送场面有很好的描述："是时文武属吏，军民人等皆切攀辕之思，各书院山长及在城绅士，并学海堂诸生、各书院生童，多赋诗为大人送行。越华书院山长刘朴石先生彬华序文云：我朝百九十年来，名卿宰相帅广之久于其位、而盛名足以压倒百蛮，明略知足以训群吏、慈惠足以洽黎庶、学问足以式秀髦、威令足以整帅旅，系人去思不已者，惟宫保大司马阮公为最。"而他当场自然也表示了谦虚，并以诗相答，其中"讲学是非宜实事，读书智愚在虚心"这两句，可谓自己多年从事学术研究的不传之秘，作为临别赠言，也慷慨把它留给那里的朋友和弟子了。

当初他走的似乎是一条水陆交替的路线，时逢夏秋之交，考虑到途中有些地方水浅难行，预先做了打量。大致行程为先从广东坐船到广西，穿过整个湖南，再由贵州转陆路到云南。身边行李除了替换衣服，就是多年来苦苦搜集的那些书了。尽管行前知道携带不便，大部分已经忍痛割爱留下，数量依然还是相当可观。其《检书》诗称"十载居岭南，积书数十架。兹为南诏行，安得全弃卸。亲友可以别，此事岂能罢。损之又损之，已劳四牡驾"。以每匹马载书千册记，总数当在四千册左右。六月二十八日到肇庆。七月十七日到陡河（广西灵溪）。七月二十二日过浯溪，这已经是进入湖南界了。八月初三日抵常德府，然后溯沅水，过洞庭。八月十五日舟过会同县时正逢中秋佳节，独坐船头赏月，有《沙岸坐月》诗。八月二十一日过贵州镇远府，即今黔东南州镇远县。九月初九日过黔西老鹰崖（普安县白沙乡）。九月十三日入云南界，在平彝县有一个简单的交接仪式，接收临时代理的前领导班子交付的总督大印。五天后的九月十八日下午四点钟一身风尘走进位于今昆明市中心胜利堂的原总督衙署，算是正式开始上任了。

两百年前的云南，尽管吴三桂和陈圆圆已在那里演出过一台好戏，在江南人眼里依然是个相当神秘的地方，路程实在遥远是主要原因，与邻省四川贵州所隶疆界过于频繁的拆分，也让即使对它感兴趣的学者有时也弄不清楚，更不用说是一般的读书人了。滇池和点苍山肯定是知道的，这是它文化意义上的地标，如同浙江的西湖和天目山一样。其他大概只有诸葛亮发明的馒头和东吴弄珠客笔下神奇的缅铃了。好在有晚明谢在杭的《滇略》，当年他借了袁中郎的抄本《金瓶梅》不还，姓袁的到处找他不见踪迹，没想到跑到这里来当参政，顺便做实地踏勘寻访了。他在书中为我们描绘的省城地理概貌是："金马碧鸡二山在滇省城外，西为碧鸡，东为金马，相距五十里许，中隔滇池。"而滇池"即昆明池也，在省城西南，周广五百余里，合盘龙江黄龙溪诸水，为南中巨浸。其水源广，而末狭，有似倒流，故曰滇"。叙事朴实，兼有考证，是个称职的文化高官的样子。而两山相隔五十里，池周广五百余里，则山在湖中应该可以无疑。至于有关缅铃的研究，当然也有很大的进展，不过本书是正史不合适，被他放进笔记《五杂俎》里了："滇中有缅铃，大如龙眼核，得热气则自动不休。缅甸男子嵌之于势，以佐房中之术。惟杀缅夷时活取之皆良。其市之中国者皆伪也。彼中名为太极丸。官属馈遗，公然见之笺牍矣。"相比同时包汝楫《南中纪闻》所谓"缅铃薄极，无可比拟。大如小黄豆，内藏鸟液少少许，外裹薄铜七十二层，疑属鬼神造"，不仅破除了原先被有意抹在上面的浓厚的神话色彩，连来龙去脉也交代得清清楚楚，四库馆臣说他文笔"详远略近，博观而约"，应该是有道理的。

而我们的新任总督先生是有名的道德君子，对这些玩意儿根本不会感兴趣，甚至有可能听都没听说过。据王章涛《阮元年谱》所记，当天他进门后坐下来，茶都没顾得及喝上一口，首先关心的事情就是"询饬各营务及各边务，铜政，盐政"，让手下打算孝敬或奉承的官员白白准备了一场。这位扬州贫寒人家的子弟，从小由母亲督促着读书，三更灯火五更鸡，勤勉刻实，深得邻里夸赞。他的好运似乎是从乾隆五十年（1785）获全县科试第一名开始的，从此成为一名享受国家津贴的县学廪膳生，而那时他才二十岁出头。江苏学政谢墉初次见到他的文章惊叹道："余前任在江苏得汪中，此次得阮某矣。"次年高中举人后参加会试失利，留在京城没回来，准备复习再战，其间为解闷写了本《考工记车制图解》，没想到从此在学界崭露头角，声誉鹊起。两年后考中进士，任翰林院庶吉士。乾隆五十八年（1793）刚满三十岁就出任山东学政，相当于现在的山东教育厅长加省委宣传部长加文联主席。两年以后，同样的位置，不过地方转移到了经济地位更为重要的浙江。三十六岁时出任巡抚，正式进入封疆大臣的行列。短短十四年时间，从一个只不过读了几年私塾，只有高中文化程度的小青年，成为全国最富裕地区的一方大员，这样的速度和力度，放在现在是绝对不可想象的。此后二十多年基本是在国家重臣的位置上转来转去，当过湖广总督和两广总督，也当过兵部右侍郎和漕运总督，直到从广东被突然调来这里。

云南系西南重镇，与缅甸、越南等国家接壤，国防安全问题向为重中之重，加上物产资源丰富，所产盐、铜不仅在全省经济占有较大的比重，在全国范围来说也是重要出产地，一刻疏忽不得。此外还有复杂的少数民族关系，这放在哪个朝代都是不容忽视的问题。果然，上班还没几天，皇帝的圣旨就追了过来，而且一下就是两道，恰恰正是针对边务盐务积弊的，其中的一道称"据御史廖敦行奏称，滇省盐务现因卤淡短课，是短课之由总因盐斤日少，而课必取盈。以致管盐各官不克措解。著阮元等确查该御史所奏"。（详见《宣宗实录》卷九十九）于是赶紧询属员，做调查，写报告，好不容易应付过去了，正想松一口气，没想到第三道圣旨又到了，这次是对他边务整改措置的答复："云贵总督阮元等复奏：御史杨殿邦所奏边要各条，均经逐一访查，容再随时妥办。得旨，所奏俱悉，务要随时认真查办，不可稍有疏忽。"（见《宣宗实录》卷一一一）前面是军机处的转奏，后面是皇帝的批复，口气听上去似有不满之意。

　　一到任就这么麻烦，想来也够他受的。来前他本以为"滇地虽控夷，政事颇清暇。正宜理陈编，青灯坐清夜"。就是满心打算到这里来做闲官，整理拖了好几年、一直没时间好好修订的个人全集的，现在才知根本不是那么回事。此后一年对当地享惯了清福的官员来说，应该是个严峻的考验，因为他的身影不停地出现在全省各地，相当于现在的领导下基层调研。尽管没有电视台扛了摄像机一路跟着报道，但看看他编年体的《揅经室续集》道光六年、道光七年卷下那些诗的标题：《阅边兵至开化》、《南云行》、《上已日东川道中》、《过以濯河》（下有自注：河在会泽县）、《阅黔西威宁镇兵》、《可渡

桥夜月》（下有自注：桥在威宁、宣威二州，滇黔分界处）、《阅
盘龙江登雄川阁望滇池》、《巡西边晓发》、《住大理阅兵
三日看点苍山》、《丽江雪山》、《天生石桥》（下有自注：
在大理府城西南三十五里）、《渡沧澜江铁索桥》、《漾濞溪道
中》，就明白怎么回事了。当然集子里吟咏当地景物的诗作也
不少，如西台宜园、金马碧鸡什么的，这也容易理解，毕竟身
为当地最高领导，很多事情需要在衙门里才能解决，总不能一
年到头都在外面。何况一手持铜琵铁绰唱大江东去，一手持红
牙檀拍歌杨柳岸晓风残月，原是中国文人的拿手好戏。像他这
样素以风雅自命的人，当然更不可能是个例外。

　　等政事有了一定头绪，工作环境和工作性质基本适应了
以后，他压抑已久的艺术天性自然也会很快冒出来，道光七年
（1827）九月十九日上午，在前往太理阅兵的途中，手下有个
人深知新上司的癖好，在一旁悄悄对他说，历史上大大有名的
那块《南诏德化碑》，就在当地太和县境内。果然一下子就吊
起了他的兴头，带了几个人坐篮舆前往寻访，因地方胥吏的积
极配合，很容易在下面一个叫薛官堡的地方找到了。《揅经室
续集》卷八有《南诏残碑》诗，其中有句云："文章与书法，
确是唐贤派。上溯东爨碑，古法尚不坏。"即为此事而咏。诗
后另附有其子阮福的详细考证，说是"在大理府太和县，名
《南诏德化碑》，撰文为南诏清平官郑回，书为杜光庭。字多
剥落，仆地已久，土人呼为磨刀石。乾隆五十三年（1788）王
兰泉先生昶宦滇时，访得于县南二十里大道之侧，载入《金石
萃编》。跋尾称是碑在大历元年，碑文约三千八百字，今仍存

八百字。福又得兰泉先生昔未释出四十余字。家大人云：'唐以前碑字，犹是北周、北齐遗法。王、主二字三横皆齐；日、月二字宽而不窄。'以此较北朝碑，真相合矣。"意思是王昶断为五代物，他老爸根据碑文某些字形的特殊写法，认为年代可以远溯至公元五世纪的北朝，只因王先生是前辈，又有交情，话说得比较含糊而已。再者明明是自己的考证，让儿子出面代书，也是防着姓王的如果下不了脸面时也可有个推托。而以两位乾嘉大师的功力，残碑所存八百字尚未能全部辨识，今地方有关部门公布的碑文竟足足有四千五百十二字，可见数字时代科技进步的力量确实可以强过任何古人。

两个月后，友人张澍的来信，激起他更大的兴致。此人以研究西北地理著称，据说还精通西夏文字，是当时有名的经学大家。在来信中张告诉他说，根据宋代地理名著《太平寰宇记》里留下的线索，"南宁州刺史爨深南宁县西有碑，南史骠骑大将军爨云陆良州南有碑。倘或搜寻，应成鼎足"。可以想象这一线索带给他的激动，仅仅几天后，爱子阮福就从陆良传来了好消息，说这块当地历史最悠久的古刻，也已经被找到了。从时间方面来看，应该是在收到信的当天或稍后，立刻让儿子动身出发前往那里去寻访的，可见当初他是何等的喜不自胜，急不可待。此碑的问世时间传为南朝刘宋孝武帝大明二年（458），墓主爨龙颜当时身为南宁州刺史，故又称《爨龙颜碑》，而学界另外还给它起了个别名叫大爨碑，因当地还有一块小的叫爨宝子碑，这样有大有小就不容易搞错。《阮元年谱》道光七年十一月条下有云："是时，阮元在云南陆良访得

《爨龙颜碑》，并在碑下文题跋。"更详细的记录则可以在阮福所撰《滇南金石志》里查到："《宋故龙骧将军护镇蛮校尉宁州刺史邛都县侯爨使君之碑》，碑之左下文有无字隙处，家大人亲书题跋刻之。跋文曰：'此碑文体书法皆汉晋正传，求之北地亦不可多得，乃云南第一古石，其永宝护之。'福手摹此碑二十四字于后，以见当时北派字体犹见于隶，非比晋帖之伪。"父子二人于异乡文物有如此狂热的劲头，除了生平志向所在，对云南人民的感情亦可概见。时间方面，前碑发现于九月，后碑发现于十一月，相隔不过两个月，而有如此重大的收获，这趟云南可算没有白来。

那么，这个爨龙颜到底是个什么人，有些什么来头，值得我们的总督大人如此的惊喜异常、奉若至宝呢？根据今人研究，爨氏为南中大姓，历史悠久，文献方面的记载最早见之《战国策·魏策》，所谓"使三军之士不迷惑者，巴宁爨襄之力也"。《三国志》又记孔明征云南，平叛乱，收其俊杰为地方官吏，史称"建宁爨习"，当亦其族之重要人物。后人认为早在公元前三世纪左右爨氏已经举族南迁进入今滇地一带。二爨碑先后问世的南北朝，当正爨氏称雄南中时期。上世纪七十年代初于陆良县又有石刻出土，上书"泰和五年岁在辛未正月八日戊寅立爨龙骧之墓"。古文"泰"同"太"，太和为北魏孝文帝年号，五年即公元四八一年，而龙骧是军事职称，当为龙骧将军之省略。推其文义，爨龙骧当即爨龙颜，或碑撰于大明二年，泰和五年乃正式下葬或改葬之年，故另刻石以记之。这样，张澎信中的热情指点终于成为现实的成果，可惜后面这块挖出来时，已是他辞世一百多年后的事了，无幸再见识这件宝贝，不然的话，可以想见他会是如何的欣喜。

当年年底，他在友人和下属的陪同下，偶然前往距滇池仅十余里的黑龙潭游览。本来只是工作间歇的散心，用现在的话来说就是度假，结果却又促成了一篇力作的完成。因伟大的《尚书》在他脑海留下的印象太深了，一生中反反复复不知读过有多少遍，其中的重要篇章几乎都能只字不漏地背诵。在那里他在闲看之际突然灵感产生，发现当地无论方位、地势还是水流的形态，都和禹贡篇里所记黑水的走向十分相似，何况还有黑龙潭和黑龙祠，这一切不能说都只是出于偶然。加上几天前本地硕儒王崧送给他的珍贵的王莽时代货币，据说就是在附近大理浪穹出土的。当地农民牧牛于野，牛蹄一不小心踏空，结果发现下面是个地窖，里面满满藏着的都是古钱币，总数有两千余枚。这两件几乎同时发生的事情，再次激发起他考证的兴趣，并有理由对西汉时期云南的文明程度产生新的认识。今存于文集的《云南黑水图考》系于道光七年条下，可证回去后不久就把它写了出来。文章虽然不长，但史料丰富，论说详核，又有自绘舆图与文字互动，可见是下了大功夫的。这一招是他二十多年前著《浙江图说》时发明的，此时不过技艺更精罢了。

其核心观点或考据过程大约是这样的，先引用《尚书》禹贡篇"华阳黑水惟梁州""导黑水至于三危，入于南海"之经义，考定古梁州之域当在滇池之南，然后再证明"滇省城东北十余里有黑龙潭，潭上有龙王庙，此潭、庙甚古，莫知其始。《汉书·地理志》'滇池县有黑水祠'，余谓今滇池之上黑龙潭、庙，非即古华阳黑水之黑水祠欤？或者潭东唐梅宋柏之间，今之三清道宫即汉祠故址，而潭北龙王庙即神祠所迁降者欤？滇池与南盘江、礼社江切近百里，前汉有黑水祠，理亦宜之。"既然班固说西汉已有滇池县，滇池边又有黑水祠，而《尚书》出自汉儒之手也是学界公认的事实，那么两本书里的黑水自然是同一黑水，如果不是源自黑龙潭，又能让它从哪里流出来？何况相比其他学者说黑水河在甘肃敦煌，至少说服力要更强一些。因此。文章完成后想必他自己也很得意，余兴勃勃，另赋诗两首以记其事，其一云："千岁梅花千尺潭，春风先到彩云南。香吹蒙凤龟兹笛，影伴天龙石佛龛。玉斧曾遭图外划，骊珠常向水中探。只嗟李杜无题句，不与逋仙季迪谈。"其二云："铁石心肠宋开府，玉冰魂魄古梅花。边功自坏鲜于手，仙树遂归南诏家。今日太平多雨露，当年万里隔烟霞。老龙如见三沧海，试与香林较岁华。"黑龙潭今称在昆明北郊五老峰下，此诗刻石原在上观三清殿玉照堂壁上，现存上观碑亭内，有兴趣的读者不妨可以自己去看一下。

两年后的道光九年（1829），古代学术史上的一件大事，即由他本人担任总编辑，亲友弟子几十人合力辑成的皇皇巨著《皇清经解》，也终于隆重问世，此书集有清一代儒家经学之大成，内收诸家解经名作一百八十三种凡一千四百卷，后世学界誉为是对乾嘉学术的一次全面总结。因由广州学海堂辑刻出版，故又名"学海堂经解"，但成书和最后定稿都在昆明的云贵总督府里。这是他一生学术研究进入巅峰期的标志，虽有赖多位当世学者通力合作，但无论创意还是资金都是他的，包括精审书目、联络作者、校核版本，因此将主要功劳算在他头上，也不算怎么过分。而《雷塘庵主弟子记》又告诉我们，"是书大人于道光五年在粤编辑开雕，六年夏移节来滇。凡书之应刻与否，大半皆是邮筒商洽所定，今越五年书成"。即尽管出于时间方面的考虑，编辑和刊刻几乎同时进行，依然花费了整整五年，此书再加上此前完成的《十三经注疏》和《经籍籑诂》，基本已将古代的经典学术著作一网打尽。而这中间他个人为此付出了多少心血，应该不难想象。至于为什么要这样做，很多人至今尚记得他的一句名言："夫遗金不如诒经，犹徒为一家读书计耳。"意思是如果你生前富有，将钱留给子孙，只能供一人读书，将钱用来印书，就能供天下人读书了。

道光十年，像以往任何一年，和以后任何一年一样，任上也发生了很多事情，有些甚至相当棘手，包括发现猛梭、猛赖一带有国外军事势力活动，必须马上照会越南国王，责令严加管束；属下龙陵厅芒市地方作乱，这也没有好商量的，立刻派出官兵剿捕，以防事态扩大；重华圃的炮兵操练教场日渐破烂，影响朝廷军威，需要设法筹款重修；有人举报贵州镇远镇总兵孔广源渎职严重，也须认真查实，依法惩处。而公务以外，最让他牵肠挂肚的，莫过于住所附近的那个碧鸡台。因为正史告诉我们说，清代的云贵总督衙门，即明黔国公沐氏之国公府，这个名字喜欢金庸小说的人应该并不陌生。康熙十七年（1678）平定吴三桂之乱，经过改建成了全省的最高衙门。他在里面做老大的时候，事实上已是一百五十年后，包括公堂、露台、花圃、演武场等在内的建筑，都已相当破烂。在所作《碧鸡台记》里他吞吞吐吐地说："西南楼久圮，道光六年余初到滇，子福构木台以复其境。今四年矣，木渐朽，遂彻之，而迁其台于署西北废圃澹泉西南七丈许。台以七千土筑垒而成，纵横上下皆一丈三尺，工朴用省，成之甚易。台腹以梯旋而上，台上又立四壁，为八尺之瓦屋，宽其西窗，碧鸡关成如在几案。昔李赞皇帅蜀，建筹边楼，而边垒一新……余以衰老腐儒，奉使持节坐镇之，而不必有所更张设施，惟以崇国德威，休养民生为事。所以政简身闲，得与宾客登台，兴复不浅也，又安用侈其名而矜之乎？则名之曰碧鸡台可矣。"

坦率说，文章写得不是很好，绕来绕去的，语义闪烁，欲言又止，但想表达的意思很清楚：他有公余时间登高远眺的爱好，公堂西南原有旧楼，倒塌已久，其子阮福曾自掏腰包在原址筑简易木台以供他登览之用。后来木台又坏了，只好择地另建。里面提到的废圃，应该就是原沐府的花圃，而改木台为土台，并强调"工朴用省，成之甚易"，同时有意在碧鸡后面加关成二字，显然出于对民间舆情的担心，怕有人批评他大兴土木、假公济私什么的。果然，在文集中另外还找到一首诗（题长不录），因混入道光九年己丑卷中，一般人包括年谱作者可能都没发现，诗中自称"草草荒园起一台，不伤民力不伤财。两层白纸糊虚窗，四壁黄泥垒大坯"，可见这位当年身兼两省省长的高官，胆子也未免太小，相比现在花几千万造高尔夫球场的乡长，花几个亿造县府大楼可以眼睛都不眨一下的具长书记，实在有点显得太窝囊了。

云南是多民族省份，一个官员如果要讲政治的话，除了边界问题，没有比这更重要的事了。早在到任之初，他就似已成竹在胸。这个办法讲穿了不稀奇，实际上就是在广东屡试不爽的以夷治夷的云南版。今人所著《阮元年表》说他"筹边费一万两，招募傈僳三百户驻腾越厅属边界，给以山地耕种，以防野匪"。此事《清稗类钞》里应该有更详细的记载，该书吏治卷《阮文达使傈僳屯种》条称："阮文达公总督滇黔时，腾越边境有野人，时入内地劫掠为患。而保山等处又别有边夷曰傈僳，本土司所辖，以垦田射猎为生，精于桑弩毒矢，野人畏之。文达乃筹边费万金，招傈僳三百余户驻腾越边界，给地屯种，以御野人。"这里所谓的野匪、野人，自然是一种匿称，隐指意图染指其地的外国势力罢了。几年下来，效果良好，为保长治久安，他提请朝廷将此项费用列入国防开支。奏折递上去以后，很快就有了回音。"著照所请，准其于司库备边项下先行借动银二万两，饬发该府厅购置田亩，分别拨种招佃，俟田亩招齐，即行停止盐粮。所借之银，即由本省捐廉分限补归完款，毋许延宕。此项既归捐补，并着免其造销。钦此。"不仅经费到手，还不用报销，可见这一策划很对皇帝的胃口。

鸦片问题也是一件棘手的事，此前在广东，他采用的手段是恩威并施，阻止了事态的进一步恶化。当时政界高层有人鉴于形势所迫，大胆提出自己栽种用于代替进口，以防白银进一步外流的策略。阮元态度如何不得而知，在道光十一年与云南巡抚伊里布联名上奏的《议复查禁种卖鸦片章程折》中，坦承"滇省边隅，民风素本淳朴，而接壤越南，又近粤省，遂致有鸦片烟流入滇境，效尤吸食之事。而治边夷民，因地气燠暖，向种罂粟，收取花浆，煎膏售卖，名为芙蓉，以充鸦片，内地人民以取罂粟子榨油为名，亦复栽种渔利"，似亦隐约流露出一定的倾向性。而朝廷的意见依然是严防死堵，并对他的做法明显表示不满，称："该督等仅以饬属查禁，空言复奏，何以使地方官实力奉行，奸民知所儆惧？著恪遵前降谕旨，妥议章程奏明后，通饬所属，随时严禁，并于每年年终具奏一次，致日久生懈等因。钦此。"（《鸦片战争档案史料》第一册）

其中比较有意思的是，在他信誓旦旦声称每年都会率带人员下乡，看到有种鸦片的就现场锄毁一语下面，有皇帝的朱批："锄铲二语，殊觉不实。若令种植之家锄毁，是必不可信之事，若预带多人以备锄铲之用，又无此查办之法，不过一片纸上空言耳！"同样，在另一处表示一定要加强打击力度、严查鸦片贩卖，"饬各地方官于关津要道税口，加派诚妥胥吏"的下面，皇帝的朱批又出现了："当今之世，胥役之中，责其诚妥，盖亦难矣，无非多增一弊。"这些尖锐的评语说明了什么，说明当初夜深时分于这奏折前晃动的，实际上是一颗相当智慧的脑袋，足以令那些习惯骂昏君的人闭嘴。但一个国家就像一个人一样，如果生了病，了解自己的病况是一回事，有没有相应的药来治是另一回事。因此鸦片战争还是打败了，而以本土鸦片取代进口鸦片的办法，后来还是稳稳占了上风，成为咸同两朝经济的一个热点，其中又以原阮元治下云贵地区功劳最大。光绪年间有人游历昆明，"出南门，绕过金马碧鸡坊，过迎恩塘，时暮春天气，罂粟盛开，满野缤纷，目遇成色"。同样，后来任职贵州开州知府的陈惟彦，公余游历各地，"约计所经州属，开垦之地半种洋烟"。据光绪五年（1879）的一个统计数字，当年全国消费鸦片十万担，土产九万担，进口只有一担。当然，这一景象阮大人肯定是看不到了，因为那时距他死已有整整三十年了。

翠湖位于昆明市中心，当地老人喜欢叫它"菜海子"，地方志又称湖东北有"九泉所出，汇而成池"，但从更早的文献来看，应该就是滇池的一部分，不过面积比原先小了很多而已，这也是城市工业化所必须付出的代价。它最大的亮点是中间交叉着的两条长堤，犹如用青草和花朵写成的十字，上面点缀着大大小小的亭台楼阁。现在当地的宣传资料都把其中的一条归结为是总督大人的功劳，称系他任上最后一年倡捐所筑，同时改放生池为观鱼楼，堤北架听莺桥，堤南架燕子桥，中间架采莲桥，世称阮堤云云，好像有意要跟杭州的西湖叫板，一比高下似的。后来的一条为民国军阀唐继尧所筑，这是毫无疑问的，前面那条是否真是他的作品，尽管在本人文字里没有留下相关记录，但以到任当年就捐出个人藏书修复五华书院和育才书院，次年八月又筑新粮仓五十间，并在当地施行一米易二谷之法，确保储存期增长而谷不出问题，包括道光十四年八月修与春楼，道光十五年二月重修五华山武侯祠，还有道光八年夏创立的用于测验水位深浅与海口通塞的三处石柱，其中有一处也就在湖上。这些事例都生动地表明，如何让百姓的生活和城市环境能有所改善，是他在任上考虑得最多的问题，因此，虽然本人不说，当地民众这样认为，应该还是可以相信的。

道光十五年六月八日是他卸任的日子，那年他已经七十二岁。当年二月再次获升，而且还是实职，以体仁阁大学士的身份管理兵部，这就相当于国务院常务副总理兼国防部长了。自道光六年九月十八日到任，至十五年六月八日卸职返程，在滇九年不到一点，除中间离开两次，一次是道光八年十月回京述职，次年三月底回滇，另一次时间稍长一些，即道光十二年十二月中旬因升协办大学士赴京致谢，适逢闱期奉旨充任会试副总裁，次年七月下旬回滇，两项加起来正好一年。余下的七年九个月的时间，两千七百个日日夜夜，他是在大观楼下、滇水湖边，或者白天繁忙的公务和夜晚厚厚的书卷里度过的。除克守职能，确保边境平安，民族和睦，矿业繁荣，税入增多，老百姓大家都有饭吃外，还留下了两百多首诗，六十多篇文章，二十余篇当地名胜的碑记，三部权威的地方志，两块重新发现并受到良好保护的古碑，一口唐代咸通十二年（884）的铜钟，一件三国古兵器诸葛钩，一家国家批准可以铸制铜元的东川铜局，四卷研究大理石艺术化的专著《石画记》。他儿子阮福因有这样的父亲，自小得家风熏染，自然也不甘落后，留下了一部《孝经义疏补》和一部《滇南金石志》。当然，留在当地的还有其他方面的那些遗产，这可能是无法用数字统计的，比如个人的立身德操与情怀，比如对教育、人才培养的高度重视，比如主动发现问题和处理问题的能力，比如文化建设和古迹保护的自觉意识，比如终其一生保持的好学不倦的精神。尽管在他走的那一天，现存史料里找不到如广州那样盛况空前的欢送场面，但当地人民对他的评价，应该也相当不错。也就是说，作为一名国家高级官员，他在云南的九年，交出的是一份合格而相对完美的答卷，这一点，看看后来地方志里的评价就知道了。

　　离开云南后的阮元，实际上在国家核心层的领导位置上坐了不到三年，就因年事已高主动提出了辞职，毕竟那时他的年龄已是七十五岁了。于是肩头扛着皇帝送他的"清慎持躬""怡志林泉"两块御匾，回到了家乡扬州。在那里，他的政治生命虽然已告结束，艺术生命却依然像从前那样生机勃勃。每天的主要工作就是考订残碑，研究经史，整理故籍，包括继续编撰有益后人的各类大型丛书。如果把他一生创作、主编和参与编写的各类著作叠起来，起码有现在五层楼那么高。其中既有像《宛委别藏》《诗书古训》《诂经精舍文集》《淮海英灵集》《八甎吟馆刻烛集》《三家诗补遗》《儒林传稿》《畴人传》《嘉庆嘉兴府志》《广东通志》《云南通志》这样的专业书籍，也有前面提到的《十三经注疏》《经籍籑诂》《皇清经解》等皇皇巨著，还有《积古斋钟鼎彝器疑识》《仪礼石经校勘记》《山东金石志》《两浙金石志》《考工记车制图解》等学术精品。而后人对他的评价之高，甚至超出了他本人的意料。或许他不是如戴震、钱大昕那样天才型的学者，但能同时在朴学、考据、义理、辞章上全面发展，且均能取得较大成就，至少在同时代人中无人能及，这一点，跟一百年后的胡适颇多相似之处。后来梁启超在《清代学术概论》里称"嘉庆间，毕沅、阮元之流本以经师致身通显，任封疆，有力养士，所至提倡，隐然兹学之护法神也"应该不算怎么过誉。

　　雷塘位于扬州北郊，因一位伟大而有争议的皇帝而得名，这就是大名鼎鼎的隋炀帝杨广。一八〇五年阮元四十二岁，因父丧按规定回乡守孝三年，正好祖墓就在附近不远。但当时这位历史上强权人物已根本无人知晓，包括他的事迹和陵墓。"乃问之城中人，绝无知者"。后来终于从一个当地老农那里，得知有个地方叫皇墓墩，居然就是他要找的隋炀帝墓，大喜过望之下就坐在那里不肯走了，拿出钱来让附近村民担土植树。"委土一石者与一钱，不数日，积土八千石，植松百五十株，而陵乃岿然。复告之太守伊君墨卿，以隶古书碑刊而树之。"（以上引文均见嘉庆《重修扬州府志》卷二十七《修隋炀帝陵记》）由于是家庙所在，他的遗体后来也被葬在那里，至于自己身后同样也落得被人遗忘的下场，绝对是他生前所想不到的。如果一个当代粉丝去那里慕名谒访，看到的景象可能相当残酷，必须有较好的心理承受能力才行："一个数十米方圆的大封土，不过已经被掘开一半。一块长两米多的大石横在墓前，露天而置，这是扬州文管会或博物馆挖掘后留下的。原来所置翁仲石马之类已不多见，当地乡民所使用的下河洗菜淘米所用的台阶，明显是原来牌坊上的石块。"（引自网络资料）当然，这些并不影响他在中国文化史上的影响和地位。一个人的肉体可以被消灭，但一个人的精神，你很难指望通过锄头钉耙就能解决，何况这种精神又是建立在厚实的学问和思想的基础上的。今天，无论你是学术机构的资深专家还是大学的普通研究生，只要你的专业是乾嘉经学和金石碑拓，想把他绕过去基本是不可能的，而想把他真正弄懂，自然更不可能。因此，这篇文章也就只能这样马马虎虎结束了。

二〇一二年

股市高手胡光墉

　　暮春临晚的杭州河坊街中段，细雨霏霏，云气低垂，衬托得一旁的胡庆余堂更显森然缄默。包括不远处元宝街上，《越缦堂日记》称"营大宅于城中，连亘数坊"的故居，也是这样。三米宽、两米半高的大门，再加上罕见的高度超过三米的门额，于周围的大小铺面间自有一种威严气势。从形象上看，既可说像顶官帽，又像一个端肃严正的"高"字。石料采用有花纹的严州青石，以云南产的精铜当灰口。里面的天井，台阶两侧的素面石栏，也均以大块青石铺砌。正中大厅及主要厅堂的梁架，则为百年一见的长条紫檀、酸枝和楠木，上刻山水走兽、人物花卉，精美无比。与此相映成趣的是日常设施方面的材料，大多为西方时新建筑构件，如罗马风格的雕栏、大面积彩色玻璃、铜铸件、铜隔漏等，甚至还有当时最先进的通信设施得率风（telephone），以方便家人之间的即时联系。说起来，这也是那个时代中国有钱人的醒目标志。你可以说它中西结合，也可以说它不伦不类。时尚嘛，在任何时代，时尚都像一头猛虎，谁能躲得了啊。这一切再加上巍然耸立的南北山墙、楠木厅西墙和大门山墙，基本奠定它今天作为全国文物保护单位的显赫地位。如果再想象一下此间主人生前帝皇般奢侈的生活，比如说，光美妾就有三十六名之多（有关胡光墉的姬妾数目，陈云笙《慎节斋文存》称二十四人、沙沤《一叶轩漫笔》称近百人，此处引汪康年《庄谐选录》卷十二所记），每晚的侍寝，居然要以摸牌抽奖的方式进行，让人真不知说什么好。

按相关史料记载，胡庆余堂筑于同治十三年（1874），而故居的营造时间还要早上两年。这两座建筑，是主人胡光墉资产地位达到最高峰时的象征。按理说，此类青石石库门宅院风格，呈现的正是典型的杭州地方特色，几乎可称是宋本《营造法式》精义的立体版。可不知为什么，写《南旋日记》有那个佚名徽州师爷却不这么看，他走进这里是在次年，自扬州返乡路过，尽管有胡光墉的亲戚陪同，还是难免有点刘老老进大观园的感觉："楼极高耸，画栋雕梁，五色炫目，厅前有鱼池，以红丝磁琅玕为栏，旁砌假山，中嵌名人石刻，池畔两亭对峙，木刻楹联书法甚佳。过亭穿石而上，另有一亭，为宸翰亭，较之厅上之楼尤为高耸，凭栏而望，满城屋宇如在井底，城隍山、西湖皆望可尽。"接下去知识分子的酸劲，或士子在商人面前传统的优越感就上来了，开始信口批评："惜楼过高，且过于雕琢，近乎洋人格局，而弹琴下棋及吟诗作画之室，俱付阙如，据云用去朱提百万方克蒇事，以予观之，实觉俗不可耐，不堪久留。"后见里面那个芝园布置得实在精致不过，平整的铺地青石板"阔而且洁"，一时好事多了句嘴，称赞道"大有吾乡景象"。一百余年后的今天，因此人尘封的日记被意外发现，引得杭徽两地学者为胡的籍贯问题再次争得不可开交。

胡光墉是杭城闻人，十九世纪中后期国内资产最富的民营企业家，同时也是浙江在全国知名度最大的人物。不过杭州人一般都爱称他的字号叫胡雪岩。此人的身世颇富传奇色彩，尤其发家过程，更被当今大大小小的财富专家引为经典个案。胸襟、气度、手段、忍耐力，这四样东西，再加上他天生的经营头脑，可谓一生于商场所向披靡的立身之本。想想看也是，一个年轻时名不见经传的钱庄小伙计，因偶然在茶馆喝茶认识了一个叫王有龄的候补副县级干部，就不惜挪用公款五百两下血本投资，相当于在股市最低迷的时候敢于大胆入市，以地板价抄到一只日后涨了几十倍的大牛股。这样的胆量、眼光，试问现在又有几人能够做到？

晚清作家汪康年《庄谐选录》对整件事的过程是这样记载的："胡为某钱店司会计，有李中丞者，时以某官候补于浙，落拓不得志。一日诣其店，众慢不为礼，胡独殷勤备至，且假以私财，某感之，誓有以报。迨后扬历封疆，开府浙江，甫到任，即下檄各县曰：'凡解粮饷者必由胡某汇兑，否则不纳。'众微知其故，于是钱粮上兑，无不托诸胡，胡遂以是致富。"汪康年提供的细节生动而具体，向为胡雪岩的传记作家们所珍爱，但其中主角的姓氏被他搞错了，当然也可能是有意隐匿，不管到底怎么回事，笔记里的所谓李中丞，实际上应该就是后来担任浙江粮台、浙江巡抚，于太平天国杭城战役中自杀的王有龄。

几年后胡雪岩再次出手，以两万银子加爱姜阿巧的代价，投资卸职在家的前浙江藩司（即布政使，负责一省人事、财政的副省长）何桂清，让他去北京跑官，争取成为下一届浙江巡抚人选，使的同样是这种见跌抄底、持股待涨的手法。这姓何的当然也是好样的，既惑于金钱美色的刺激，又感恩于胡雪岩的情义，经过在朝廷的一番上下活动打点，后来果然不负投资方的信任，得遂其愿，顺利出任浙江巡抚一职，让胡雪岩再次赚了个钵满盆溢。

稍后，对同样出现在他生活里，先后担任过浙江藩司的麟桂、蒋益澧等人，他的投资方式似乎又有所变化。或许，一个真正的股市高手就是这样，必须时刻根据大盘的运行情况调整操作策略，这样才能保证自己永远立于不败之地。对这些走马灯似的来去频繁的本省现职高官，胡雪岩基本是以买绩优股的心态跟他们打交道的。付出的价格虽高，但由于质地佳，业绩好，不管什么时候买入，总能保证自己有赚。比如借给麟桂的那二万两银子，换取的是胡雪岩的阜康钱庄获户部表彰，被中央政府任命为浙江省独家代理银行，外加清军江南大营军费汇兑全部由他代理的天大好处。由于其时太平天国战争打得正急，相当于每一声炮响，都会给他送来白花花的银子。而接任的湘军大将蒋益澧，可能因听说过一些传闻，上任伊始本存了想治他一下的念头，但胡雪岩一见面就是大手笔，从腰包里掏出十万两银票捧上，说要代表饱受战争之苦的杭州人民慰问湘军，使得蒋益澧非但下不了手，还立刻把浙江省财政厅每年的收入都交给他打理作为回报。

另外，还有理由怀疑当时挂名未到任的浙江巡抚、曾国藩的弟弟曾国荃，此人有可能也是胡雪岩长期持有的一只绩优股，只是没正式上市而已，并不等于私底下就没有进行过大宗交易。至少从后来发生的事情看，两人之间的关系，应该比我们想象得要深。因为十年后当胡雪岩的商业巨舰沉没之时，举国骚然，中外震惊，朝廷下旨严办，落井下石者比比皆是。唯一站出来为他极力周旋，在慈禧面前说好话的只有两个人，一个是他的东家左宗棠，而另一个非常奇怪的就是曾国荃。我们知道，左宗棠系他死党，两人之间关系铁得就像左手跟右手，再怎么做都好理解，而曾某跟他的交情向不见记载，连高阳的皇皇巨著《红顶商人》也几乎没有片言只字涉及，在此关键时刻表现出来的侠义，除了让人吃惊和意外，也难免不产生更多的联想。

我们终于说到左宗棠了，此人不仅是胡雪岩一生结交的最大高官，同时也是他唯一倾肝胆相照、不计功利的朋友。当然，以在商言商的角度而论，最初胡雪岩跟他打交道，恐怕也未能免俗。也就是说，在胡雪岩的眼里，同治初年出任浙江巡抚的左宗棠，应该也是一只股票，只不过是所有股票里价格最高、成长性最好，因此也最值得他去投资的一只罢了。两人的过命交情，是在后来的密切交往中逐渐培养起来的。对左而言，作为一名杰出的军事统帅，生平最让他烦心的，就是必须腾出一半精力去处理那些打仗以外杂七杂八的事情，现在有了神通广大的胡掌柜，那就好办了，一切都可以交给他去搞定。反过来也一样，在遇见左宗棠以前，胡雪岩资产实力再雄厚，生意场上名气闹得再大，却不过是名普通乡绅，如果户口所在地仁和县的县太爷想要威风一下的话，都可以随便让你跪下来给他磕头。仰仗左的提携照拂，此后不仅具有从二品候补布政使的显赫政治身份，赏穿黄马褂，赐一品顶戴，全家跟着风光不说，连身边的管家也被朝廷赐予六品官爵，相当于现在的副厅级了。因此，两人的结合，完全符合经济学上的互补定理，具有相当稳固的现实基础。

一个出身贫寒、连小学可能都没毕业，月薪四两的钱庄跑街学徒，通过做生意交朋友，现在不仅富可敌国，居然还成了国家副部级的后备干部，难怪他的浙江老乡，混了大半辈子只混了个正处的同光间大名士李慈铭要愤愤不平了。"胡雪岩者，本贾竖，每以子母术游贵要间……左宫保初至，欲理其罪，未几复宠，军中所需，皆倚取办，益擅吴越之利。"（《越缦堂日记》同治五年丙寅四月二十三日）李越缦之喜骂人、善骂人，为晚清官场一绝，不过他对左、胡关系本质的分析，也算是说到点子上了。在此之前胡雪岩虽已发家致富，但以光绪初年身价最高时总资产两千多万两白银计，起码有一半以上是在结识左以后赚到的。从最初办粮饷、办西征军需，到稍后在福建代办海备，筹建南洋舰队，再到后来包揽进口武器生意、全权代理国际贷款业务，每一项的进账，恐怕都不是一个小数目。

以同治六年（1867）至光绪七年（1881）前后六次向外商

借款为例，累计总金额一千五百九十五万两，年利率一分五厘六到九厘五不等。按当时通行的一头吃外商回扣，一边吃利差的两吃法，其中代理商的利润在六百万两左右。这是何等惊人的数字！曾国藩的儿子曾纪泽知悉此事后，曾在当天日记里写道："胡雪岩之代借洋款，洋人得息八厘，而胡道报一分五厘。奸商谋利，病民蠹国，虽籍没其资财，科以汉奸之罪，殆不为枉。"当然，这样的抨击，也只能如李越缦那样随口骂上几句出出气，既当不得真，更无法向国家有关部门举报。因为落入胡雪岩腰包的这六百万，并非贪赃枉法所得，而只不过是经营中打了政策的擦边球而已。何况一向奉行有钱大家赚之商业原则的胡雪岩，自然也不可能一人独吞，方方面面的利益想必都会照顾到。有史料称：其间某年左生日，胡雪岩送的礼物"金座珊瑚顶"和两支千年老人参，其值就起码超过十万。

左宗棠、胡雪岩两人最后关系铁到什么程度？我们可以再来举一个例子。同治十三年（1874）胡雪岩在代理湘军采购德国水雷一事中，每颗六两买进，卖出的价格是每颗三百两，私下提高了整整五十倍。左宗棠在知悉此事后只是压了压价，压到了每颗二百四十两。后派人去海外了解到真实价格，怕事情万一泄密将引发祸端，才临时决定取消这笔订单。但始终给胡雪岩面子，不跟他说破此事，依然像以往那样给予绝对的信任。胡雪岩方面呢？自然也不含糊。左宗棠最后一次筹办南洋防备、招募六千湖南乡勇，急需胡雪岩提供五十万两银子用于练兵，实际上已是退休前一年的事了。也就是说，当时几乎任何人都能看出，左宗棠作为一只连涨了几十年的大牛股，已即将面临退市。而作为股市高手的胡雪岩，又焉能瞧不清楚这一点！但他当时不顾自己头寸紧张，毫不犹豫就一口答应下来。一般学者都把胡氏金融帝国的塌陷归于他在生丝囤积上的失败，但实际上推倒第一块多米诺骨牌的，却是阜康钱庄因商业对手谣言导致的挤兑。如果不是把手头可以调动的款子都给了左宗棠的话，这场风波几乎完全可以化险为夷，甚至不会有发生可能。

一个是恩宠特加，一个是士为知己者死。作为国家重臣的左宗棠和作为民营巨商的胡雪岩，用他们二十余年赤诚相交演绎的，是一个类似管鲍之交那样的侠义传奇，还是传统的官商勾结、利益分享的落套故事？这或许该取决于我们从怎样的角度去认识。事实上，胡雪岩在自己面临破产的生死关头，唯一想到有可能施与援手的一个人就是左宗棠，他赶紧向当时正在福建马尾跟法军作战的左拍去加急电报求救，但在上海电报局被左的政敌李鸿章亲信盛宣怀扣留。而事后左宗棠在得知慈禧欲重治已拥有不法商人新身份的胡雪岩时，不顾年老病重，立刻上书朝廷，尽最大努力为之周旋庇护。两人的友情后来甚至超越人间红尘、延续到了地下，光绪十一年（1885）九月左宗棠病逝于福建，仅两个月后的十一月上旬，在杭州的胡雪岩就迫不及待追随他的恩公郁郁而去。这一天，距朝廷正式下旨，对他进行革职查抄、严加治罪时间上只相隔一周不到。

生前风光无限，华屋巨室，妻妾满堂，个人资产总值最高时可达国家年财政收入将近一半，临终前那一刻的情景，据当时知情人目击可谓相当凄惨，不过"一豆青灯，七尺铜棺"

而已。这跟当今股市中那些所谓强庄或机构的命运又是多么相似。由于此前已有消息说可能会被抄家，出于自保，身边家眷子女已被全都驱散。只有一位忠诚的老仆始终陪伴着他，并于身后将他安葬在杭州西郊鹭鸶岭下的乱石堆中，直到上世纪八十年代中期，才被人偶然发现，亦不过普通棺木而已。包括他耗资近百万建起的胡氏豪宅和胡庆余堂，前者死后仅以一万元的价格抵给了别人，后者甚至在身前的经济危机中就已变卖还债。今天的外地旅游者闲步吴山河坊街有幸看到的，不过是本世纪初杭州市投资近三千万元进行重建的成果。政府方面的理由似乎是：作为商人的胡雪岩虽然死了，但作为一种创业精神或经营理念的胡雪岩还在。毕竟一个半世纪以前，是这个人率先把浙商的旗号打向了全国，如果那时有胡润财富排名榜，相信每年占据第一位的应该都是他，几乎用不到评选。而他的诚信和慈善，还有先义后利、随机应变的商业原则，或许对现在的人还有启迪。

二〇一二年

〔名士〕柳亚子

柳亚子的牢骚

　　十七名恃才自傲的青年文士围坐在一座破败祠堂的大殿中央，高歌纵谈，意气风发，四周点缀着诗稿、画卷、酒器、烟具，以及伶人伎乐、莺莺燕燕，这是一九○九年秋天苏州文化的一个精彩片段，地点是在虎丘山塘右侧以义烈著称的张公祠内。比起两百五十六年前吴中著名知识分子团体复社在这里召开第二届代表大会时的招摇，这次无论规模还是影响显然都要逊色得多。如果不是与会者中一个名叫柳安如的吴江人后来与中国共产党领袖们的一番私人交往，几乎没有人会相信——包括历史学家与政治史研究者——这次聚会所偶然推出的一个冠名南社的纯粹文学组织，会在二十世纪的历史上产生如此大的声望与影响。说起来还真让人不敢相信，甚至就在当天早晨一干人兴冲冲订雇画舫前往虎丘开会以前，作为他们领袖人物的柳安如——或者叫柳慰高，后改名柳亚子——尚一连四天泡在所下榻的惠中旅馆对面的戏院里风流自许，力捧一个名叫冯春航的当红男旦，于银筝凤管、彩幕红氍间俨然新一代的顾曲周郎。当然，这一切也许并不影响在后来的回忆录和各种传记里，其脸部浓重的传统文人脂粉逐渐为光彩耀人的政治油彩所取代和任意涂抹。在文学理想与政治抱负之间上下求索、始终无法辨识自己的真实面目，这大约是柳亚子一生壮怀激烈而又牢骚满腹最致命的根源。

"柳先生在第一次国共合作分裂后从未担任过蒋介石和国民党的党政机关职务，未做任何工作，采取了消极抵制的做法，但支持我们党的各种抗日主张，是我们党的一位好朋友。"（邓颖超《缅怀柳亚子先生》）"先生诗慨当以慷，卑视陆游、陈亮，读之使人感发兴起。"（毛泽东《一九四五年十月四日致柳亚子信》）而一贯以激情与浪漫著称的郭沫若先生更是干脆以一顶"今屈原"的高帽相赠。也许正是基于这样的视角与评价，柳亚子的才华成就得到了普遍的颂扬。包括南社的历史地位，也从一个抵制新文化的同人文学社团，一跃而为"与同盟会互为掎角，一文一武共襄国民革命成功"的重要力量。可以想象，生平对知识阶层一向不大感兴趣的毛泽东以及党内同人对柳亚子之所以如此推许，除了他艺术本身的天赋以外，恐怕还着眼于抗战胜利后尽一切可能争取党外进步力量支持的大局。事实上，那时的柳亚子不仅与宋庆龄、何香凝、沈钧儒等被朝野视为民主斗士，甚至因过于同情中共被国民党开除党籍也已有数年。一位拥有不可忽视的舆情力量与声望的文化名人——这就是也许为柳亚子自身所茫然不知的价值与筹码。

当然，作为一名有着明显性格缺陷的传统文人的代表，柳亚子的自负、简傲、不容易伺候在朋友圈子里也一向大大有名。这一点甚至当他在中国的政治文化舞台上最初亮相时，就让人有幸好好领教了一番。如果我们现在回到苏州张公祠初创南社的那个深秋的下午，就会看到在社事初定、觥筹交错、言笑晏晏、诗兴逸飞之际，仅仅因为诗歌写作问题上的一些不同意见，当选为书记的柳亚子突然就和社刊编辑、词学专家庞树柏与好友蔡哲夫大吵了起来。由于柳亚子的观点既偏激又霸道，加上他一向闻名的严重口吃，于激烈的争论中处于劣势也就在所难免。但柳亚子随后采用倒地大哭这样一种极端方式确实令他的革命同志都大吃了一惊，并一时不知所措。在二十年后写的《南社纪略》一书里，柳亚子还在试图为自己当时所扮演的荒唐角色进行辩解："我是患口吃病的，自然争他们不过。我急得大哭起来，骂他们欺侮我，檗子（庞树柏）急忙道歉，事情才算告一段落。"喜欢以极端手段处置个人情感上的任何压抑与窒碍，从行为学的意义上说，属于精神人格的某种隐疾。从他后来挂冠孙中山总统府、想担任南社唯一领导的主观意图受阻时断然宣布退社、受蒋介石冷遇就向蒋宣战，无论手法还是做派几乎都同出一辙。因此，尽管生活为他提供的舞台与时代背景全然有别，投射在他深度近视镜片上的二十世纪的光线也每天都是新的，但他的脸部却习惯于深埋在挟策求售、致君舜尧的古典政治梦想中，时而得意忘形，时而怨气冲天。至少其人生格局与思想特征与他仰慕的前辈文人如吴梅村、龚定庵等看不出有什么两样，即庙堂与江湖间一个自负异才、言行放诞的所谓名士。认识这一点也许相当残酷，但对那些与柳亚子有着大致相同的毛病、热衷政治、垂涎功名、病入膏肓的当代文人们不啻一帖猛药。

古镇黎里与北面一个同样古朴的市镇同里相映成趣地坐落在318国道的两侧。即使以汽车时代的速度而论，它们之间的距离也需车主以100迈的车速开上半个多小时方可抵达。而另一座海滨小城金山则相距更遥。在中国现代的文学史或政治史上，这三处地方之所以往往被视作一个整体，其主要原因恐怕还出于地理学之外的某些因素。事实上如果不是一百年前南社的三位领袖人物——柳亚子、陈去病、高天梅——分别出生于上述地点，确实很难让人相信还能找出什么别的理由将它们如此密切地联系在一起。同样让人纳闷与意外的恐怕还有柳的突然成名，因为在南社成立以前，这位后来历官三朝、名倾朝野的政治人物不过是一个普通乡村教书匠的儿子，身材矮胖，双目近视，而且还患有相当严重的口吃症。唯一值得他骄傲的也许只有十六岁当年所侥幸考取的那名秀才，这使他有机会在县城松陵结识了同样前来应试的陈去病与金天翮，并从此眼界始开。次年由陈去病介绍加入总部设在上海的中国教育会，并与蔡元培、邹容等民初风云人物有幸相识，不妨视作是文学家柳亚子向政治家柳亚子所迈出的第一步。当时年方十七、自称维新人士的柳亚子表面上似乎有意将自己打扮成一位革命狂人，口袋里藏着拟上清帝光绪的万言书和用肥皂自制炸弹的秘方，言词激烈，行为乖张，私下里的打算却因对包办婚姻深恶痛绝，伺机在沪上的时新女校里找一位才貌双全的新潮女性做老婆，而且鞋子尺寸必须三十七码以上。虽说当年秋天他最终还是迫于母命与同乡郑佩宜女士订婚，但据南社旧人郑逸梅先生晚年回忆，那几年柳亚子在上海确实跟一个叫史冰鉴的松江女子有过一番情感上的经历。细心阅读他的全集，在年轻时写给某位要好朋友的信中，也曾有"我生命史中最热烈的一段，就是在闸北的情形"这样的表述，可见对这一点他自己其实也并不想否认。这里提到的闸北为当时全国著名的上海爱国女校所在地，柳亚子的表姐兼生平知己、后来在南京殉难的才女张秋石曾求学其中，而史冰鉴为张秋石的同学兼密友。"张娘妩媚史娘憨，复壁摇灯永夜谈。白练青溪厄阳九，朱栏红药护春三"，保存在《磨剑室诗集》内这唯一的艳体，依稀可辨认出几分当时的旖旎风光。当然，在正式出版的柳亚子身后的各种传记里，这样的情史你肯定是读不到的。同时，这一事件似乎也给我们留下这样的印象：尽管柳亚子的倔强与倨傲一向为世称道，但在外力的强大作用下，有时似乎也会委曲求全，做出某种程度的妥协与让步。如果我们将这次婚事上的屈服与多年后与毛泽东在北京的冲突结合起来观察，虽然性质全然有别，但其中某些性格特征与情感上的相似之处相信还是不难找到。

从上海回来到南社成立前热血耿耿的五年间，刚投身政治、以双料革命家自命的青年柳亚子，却是以新婚丈夫和业余作者的身份在家乡黎里的沉闷空气里度过的。其中一个重要原因是他参与撰稿的《苏报》因言论过激被突然查封，以及他的师长章太炎、邹容等因此事先后被捕入狱。加上其时中国教育会与柳亚子就学的爱国学社又不甘寂寞地闹起了内讧。暂回家中避避风头，静观事态变化，于是也就成为当时情况下不得已的选择。其间数度往返苏、沪之间，广交同志朋友，撰写报刊专栏，搜罗乡邦文献，参加各类名目新奇的组织，甚至兴致勃勃拜职业革命家陶成章为师学习催眠术。头脑狂热，兴趣广泛，作为这方面的高潮是一个初秋的下午，在黄浦江边的一条豪华外轮上，他由人领着去拜见了秘密回国的流亡革命党人孙中山先生。尽管事后找不到柳亚子个人方面的任何记录，比如感想、细节、印象、交谈内容等，但我们仍然有理由相信，这次会见肯定给他留下了十分深刻的印象。今天参观黎里柳亚子纪念馆的心思缜密的游客，想必仍然可以在磨剑室的案头发现那尊小小的孙的半身铜像。如果你向讲解员打听它的历史，我想她也许很乐意告诉你，自一九〇六年秋天柳亚子初次拜谒孙中山回来以后，这尊铜像就一直被置放在他的案头。

孙中山当然不是柳亚子唯一崇拜的政治偶像。这个长期闭塞乡间的少年秀才当时犹如一个扑在万花筒的圆孔内流连忘返的孩子。新时代的画卷在他视线里神奇地展开，挟带着风雷与漫天飞舞的霞光。从卢梭、王尔德、保罗到马克思和列宁，还有国人中的梁启超和自称"革命军中马前卒"的邹容，以及后来的斯大林和毛泽东，似乎都在柳亚子个人的政治星空先后闪耀并焕发出浪漫的持久的光芒。他对古代的卓越人物如严子陵、王粲、贾谊等也一直怀有由衷的敬意。尽管如此，如果谁为柳亚子的虔诚与虚心感动，进而认为这是一个谦逊的青年，那他显然将被证明过于天真。从后来发生的许多事实来看，一生自命不凡、心雄万夫的柳亚子当时差不多是以一种引为同类、惺惺相惜的态度来接受这些非凡人物的。全国柳亚子研究会的印学专家们或许还乐于从他们的专业角度举证：在柳亚子身后遗下的满满两抽屉印石图章里，随手捡拾几枚就能找出像"亚洲卢梭""列宁私淑弟子""佯狂屈正则（原）"这样狂言无羁、自高自大的例子。正是后者的大言煌煌甚至在柳亚子身后还为人衔恨以致风波陡起，并将一顶老反革命分子的帽子戴上他的精神躯体——这就是一九六六年震惊中国政界的反动印章案。所幸其时长眠地下的柳亚子已看不到听不到这一切了，不然其间的风风雨雨，想来绝非牢骚二字可以了得。

分湖位于黎里镇的西面，在柳亚子十二岁随父迁往镇上的周寿恩堂暂居以前，他们全家一直居住在湖边大胜村东头的那幢祖传老宅里。一棵高大茂盛的百年古槐亭亭如盖，作为这座景物秀美、民风淳朴的水乡小村最显著的标志。在柳亚子的个人词典里，也许门前后来曾被他比作严子陵富春江的分湖，无论从内涵还是外延上来看都应该是相当复杂的概念。比如说，既是特定的地理名称，又是家乡文化的缩影与象征，在政治上又时常被用来形容某种与仕途腾达对立的人生状态。甚至还可干脆看作文坛上大大有名的柳牌牢骚的别称和广告标识。一生中至少有两次当我们素怀经国济世大志的诗人在遇到政治上的重大挫折时，扬言隐居分湖便作为某种精神要挟或向对方开出谈判条件出现在他笔下。民国元年（1912）他应邀出任南京国民政府总理孙中山的私人秘书，因孙中山未能赏识他自矜的政治才具，上班未满三天便拂袖而去，所留下的记事诗里就曾明确表示了"不如归去分湖好，烟水能容一钓舟"这样的意思。

还是在加入中国教育会、读书写作、在同辈间刚崭露头角的青年时期，柳亚子后来言词激烈、思想极端的性格缺陷事实上早已暴露得相当充分，并多次在他人身上牛刀小试。当时他好像特别热衷与他的朋友们谈论暴力问题和各种舶来主义。结结巴巴的嗓音犹如乡镇节日的鞭炮声，炸响在分湖深秋或初春那些沉闷的夜晚。而短小、精干的躯体却像黎明和火焰的中心，给尚淫浸在漫漫长夜中的二十世纪初的江南小镇带来最初的曙色。是的，柳亚子的思想激情以及口无遮拦的言词风格，确实天生具有某种与火焰性质相同的内涵与外形，这一点不仅为他的朋友，甚至为他的敌人所乐于承认。然而，由于他的理智无法为他的身体在内部安装一个必要的控制枢纽，这团熊熊燃烧的烈火在给别人送去温暖与热情的同时，有时也时常会因火势过猛或温度太高，从而产生不必要的伤害。例如南社同人汪旭初就曾记有一段他与柳亚子令人啼笑皆非的交往始末：

"（柳）性率直无城府，喜怒毁誉，皆由中发。初每以卧龙（诸葛亮）况余，及论事不合，则于报端著文诋余：'卿本佳人，何苦作贼？'"相比汪的先誉后毁，诗人、古文名家林庚白的遭遇似乎更为不幸。"林庚白参加南社，常到亚子寓所谈天。一日，论诗不合，争闹起来，亚子大发脾气，举起一棒，向庚白掷去，庚白逃，亚子追，环走室中。亚子高度近视，行动不便，大声叫骂。他的夫人郑佩宜听到了，阻挡了亚子，庚白才得溜走。"（郑逸梅《我所知道的柳亚子》）

成功地参与组织筹建南社、并出任首任书记，是柳亚子一生中都值得骄傲的事件。苏州虎丘效仿复社前辈风流的那次匆匆聚集，标志着这个志高才大的乡村秀才，从此开始正式在国人的文化和政治视线中亮相。尽管山塘的画舫笙歌与分湖的渔舟村笛景色殊异，但由于大部分准备工作始于此地，加上中国文人所独擅的成名后喜欢对家乡景物夸大其辞的惯用手法，因此后者在柳亚子的笔下难免一直有着类似孔明的隆中、严光的富春江、毛泽东的井冈山那样的传奇色彩。包括它普普通通的水源，也不影响柳亚子爱屋及乌地将它说成是"吴越间巨浸"。前不久当我在那里实地踏勘，怀古凭吊，对这一点的印象应该说尤为深刻。当然，同样让人感触良深的也许还有这座位于苏南经济开发区中枢的知名小镇与周围城乡热浪朝天的富裕景象极不相谐的那种落后与清贫。当晚投宿柳亚子故宅周寿恩堂隔壁那家据说是全镇唯一的旅馆，当我被告知最好的双人间每天只需二十五元一个铺位时，着实吃惊不小。就在那天晚上，在关掉必须用一根牙签才能转换频道的电视机，枕着远处分湖的水色帆影恬然入梦以前，我终于做出了柳亚子的一生就其本质而言只是一位传统文人而绝非政治家这样的武断结论。

南社对柳亚子的脱颖而出所起的作用犹如舞台之于演员，这一点现在已经可以取得共识。一帮地方文人偶然兴会所致、诗酒风流，竟始料未及地让他们中间那位素怀大志，且有表演天才的年轻人迅速走红。与此同时，另一出争夺社内领导权的闹剧，台上台下也正在紧锣密鼓地进行之中。有迹象表明，早在首次虎丘雅集前的筹划、准备阶段，柳亚子对未来组织的人事安排似乎就已有了某种大胆的设想。而作为共同发起人的陈去病的谦让与高天梅的临时因故缺席，显得更像是天赐良机或西学概念上的"运命使然"。在推倒帝制前的中国，由于知识阶层一向恪于温良恭俭让的古训不敢逾雷池半步，那些不拘形骸、敢于自我炒作的人不仅因此沾了便宜，而且更有可能赢得公众的钦佩与推崇。尽管以政治家的眼光来看，柳亚子当年在权力领域里的一番作为还远称不上是此道高手，但至少有两件事在当时情况下可以说做得相当漂亮，一是借论诗观点不合突然表现出的那场号啕大哭，让同道中人初次领教了他死缠烂打的独门功夫。二是不失时机对自己社内的主要政治对手高天梅别有用心地攻击，会前会后均公开扬言"虎丘雅集有危险的可能，于是天梅杜门避增橄不来了"。事实证明，这些有力措施对当时柳亚子的被成功推上南社主要领导地位起到了举足轻重的作用。尽管这么做对曾经作为他政治老师的陈去病与高天梅来说未免有欠厚道，以至几十年后出版的《南社史料》一书在谈到这一事件时，作者尚为之愤愤不平，并驳斥道："亚子这句话，未免把天梅说得太胆怯了。"他所持的一个令人信服的理由是：当时与会者中的诸贞壮、胡粟长两位均为江苏巡抚旗人瑞方幕中红人，如果说真的要有什么风险与政治压力的话，诸、胡二位又何以会毫无顾忌，欣然赴会？

不幸的是，在如愿以偿取得对南社的控制地位后，我们将看到柳亚子并未就此敛手。相反，以一种更大的热情排斥异己，唯我独尊，成为最初几年他除写诗酬酒外最来劲的事情。由于当时社刊的文选编辑陈去病和诗选编辑高天梅在社内的威望均高于他，上任不久后柳亚子就以校对马虎、编排杂乱等借口将上述两人双双炒了鱿鱼，应该并不让我们感到意外。几年后自觉地位已经巩固，更是极力主张对社内原先颇具民主意味的章程制度进行彻底修改，由分工负责的"三头制改一头制"，并公然宣称："我觉得南社的编辑事情，老实说，除了我以外，是找不到相当的人来担当的。""为了南社的前途，我认为用不着避免大权独揽的嫌疑。"这似乎很容易让人产生这样的印象：半个世纪后中国地方政府盛行的家长制、一言堂等陋习如果想要认一认家门祖宗的话，一九一二年在上海寓园南社第七次雅集上傲慢自矜、口吐狂言的柳亚子先生，倒是个不错的人选。尤为令人瞠目结舌的是，在当天晚些时候大会进入表决程序时，由于柳亚子的提案为到会的绝大多数代表所断然否认，勃然大怒之余，竟当场提出退社相威胁，并不顾党内诸多朋友同志的劝阻，于次日在上海的各大媒体上公开发表了正式声明。这一事件也许表明，在柳亚子的政治学与行为学中，个人意志永远是第一位的，而所谓的社会、团体、政党、宗派不过仅仅作为它的载体。如果彼此相谐，他的才具和热情将得到最大程度的发挥，反之则水火不容，就算不与你兵戈相见，起码也会立刻成为他那著名的大牌牢骚发泄的对象。两年后当以大局为重的南社设法主动与柳亚子妥协时，我们将看到得意非凡的柳亚子开出的条件甚至较原先更为苛刻：社内设主任制，由他担任。编辑、书记、会计等职一律由选举制改为主任委派，必要时甚至可以由主任自己兼任。出乎所有关注此事的人士意外，这场斗争后来以党内同人屈服、柳亚子踌躇满志重返盟主宝座而告结束。

那么，又何以如此？问题又究竟出在哪里呢？谁也无法论定。一种说法是当时南社高层大多身羁要务，余者或嗜酒如命，或醉心著述不暇他顾。就拿我们熟悉的高天梅与陈巢南来说，一个是中国同盟会江苏分会的会长，一个在杭州身兼两家报纸《越铎日报》《平民日报》的主编，只有柳亚子是空闲之身，有条件将时间精力集中用于社务。另外，以每年数集的速度出版的社刊，在经济上也是一笔不小的花费，而柳家厚实的家底应该可以从容应付其中的主要开销。这一点在当时情况下估计也起到了十分关键的作用。总之，真正的问题也许并不在于柳亚子的霸道与咄咄逼人，而在于我们怎样来正确对待和认识。那些熟悉他了解他的朋友可能会说，这没什么好奇怪的，因为柳亚子一向就是这么个人，"善怒能狂"，"唯我独尊"。而我们后来的各类历史读物之所以乐于将他定位于著名民主斗士，多半是因为政治上的急功近利或某种短视——比如柳亚子一生中与蒋介石的恩怨龃龉，以及对国民党内外政策的不满，等等。这就是为什么一九四九年春天在北京，当他突然以自己的惯用武器——他有名的牢骚——来向毛泽东叫板时，中国共产党内的很多同志都要为此感到震惊和愤怒了。

早在登上泊于黄浦江边那条外国轮船拜见革命领袖孙中山以前，柳亚子充满幻想与诗意的头脑，应该就已经不止一次为自己描绘过类似三顾茅庐或渭水垂钓那样令人神往的图景。虽不清楚两人初次会面的真实情况，但从这以后柳亚子对此事一直讳莫如深这一点来看，估计当时孙中山对出现在自己面前这位锋芒毕露、期期艾艾的慕名来访者，并没留下多深的印象。包括多年后当他就任中华民国临时政府大总统，在南京国会礼堂看到经雷铁涯推荐前来担任自己古文秘书的柳亚子时，表示出的也只是礼节性的客套，看不出有格外借重之意，甚至连是否还记得当初有见面这回事也是个问题。这对后者一贯的傲慢、自负以及肚子里的满腹经纶，显然是个不小的打击。要知道为了这次见面，事先曾费煞柳亚子一番心思。无论在衣着、话题、用词、姿态还是使用的语调上，均动了不少脑筋，包括身边的黑色大皮包里，说不定还有一部《隆中对》和《资治通鉴》藏着呢！你想想，"前发齐额，后发披肩，穿一领大红斗篷"这样的超酷打扮，能是普通人吗？没有韩信和诸葛亮的水平，谁敢这样干啊？而孙中山居然对此视若未见，仅寒暄几句后就以有事处理为由端茶送客。这一切当然有理由让柳亚子深感沮丧与愤怒——准确点说，是引得他的牢骚再度大大发作。仅仅不过三天时间，我们兴冲冲前来打算兼济天下的二十世纪的诸葛亮、姜子牙，一怒之下就托病辞职，扬言要回他的分湖隐居读书，独善其身了。

大约就在这前后，一个以"青凹"为笔名的政论作家开始在《天铎报》《民生日报》《太平洋报》等沪埠大报的头版上频频出现，才情纵横，言词激烈，笔锋瞄准孙当时打算争取的统战对象——一位手中握有重兵的鹰派人物袁世凯。尽管不久以后，当圈内人士知悉此人即是宣称已去家乡归隐的柳亚子时，都不免大感意外，但他们仍然无法断定柳亚子对袁世凯这种挟雷霆万钧之力的憎恶与痛击里，是否含有某种个人意气的成分——借此宣泄对孙中山所制定的政策的不满？不过，可以完全肯定的是：一年后他与苏曼殊、朱少屏、叶楚伧等支持他的南社旧党，整天在上海的秦楼楚馆吃花酒、捧戏子的胡闹场面，却货真价实，向公众真实展示了一个政治失意者内心难以排遣的寂寥与愁闷。也许，像柳亚子这类满心打算成为政治家的文人们的一个性格通病是：他们总是自以为具有治理天下的才赋，结果却往往连自己的行为也治理不了。他的后辈亲戚徐孝穆或许正是鉴于柳亚子这种时而亢奋、时而颓废的人生态度，私下里一直将他称为"神经病患者"。

此后十年柳亚子的牢骚频频加剧，这位自比贾谊、严光、王粲、陈琳、辛弃疾、龚自珍的自觉怀才不遇的江南名士，使酒骂座，寻花问柳，"与里人顾悼秋、凌昭懿、沈剑双辈结为酒社，狂歌痛饮，滚跳在瓦砾场上，以至腿部受伤"。（柳无忌《柳亚子年表》）此前在与南社要人高吹万、姚石子等泛舟杭州西湖时，更是"狂态毕露，先是抚膺痛哭，襟袖俱湿，继而要跳入西湖，效屈原自尽汨罗"。（李海珉《柳亚子》）作为其中一个几近癫狂的高潮是一九一七年与同社社友、诗人朱鸳雏的那场令路人侧目的公案。当时年仅二十岁的朱鸳雏仅仅因为在对宋诗的评价上与柳亚子持不同观点，竟被认为有意向自己的权威挑战的柳亚子擅用手中权力，将其一举开除出社，以致自尊倔强的朱鸳雏愧愤交加、结郁成疾，没过两年就黯然辞世。事后柳亚子虽然在悼念文章里自承"这是我平生所很追悔而苦于忏赎无从的事"，但深藏在民主外衣内的暴力躯体一旦在现实中原形毕露，引发普遍的抗议与声讨恐怕也就在所难免。在当年的南社大会上柳亚子的主任一职宣布落选，应该不是什么令人意外的事情。另外，仅就处理问题方法的粗暴以及手段上的残酷无情而论，也许明眼人不难瞧出，这与五十年代中期发生在中国文坛的评《红楼梦》、大鸣大放、反右等触目惊心的事件，也颇多可以细加参照印证之处。

柳亚子在他三十岁到四十岁时的一个想法是：效法战国时期的著名贤者信陵君，辅佐君王治理天下，门下蓄养食客三千，皆鸡鸣狗盗、身负异才之士。而一旦政治上遇到挫折，当然就有理由花天酒地、醉生梦死，将肚子里卖不出去的货色自己消费了。"谁使英雄无用武，翻投酒国作宾氓"，或者"疏狂便合称名士，慷慨何由老霸才"，仿佛只要是他想说的和做的，道理总归现成就有，谁让他是诗人呢？何况又有这么锋利的辩舌。那些年头有人时常看见他身穿一件年久色泛的旧花呢黄色长袍，眼镜手杖，礼帽布鞋，乘坐一辆他素所喜欢的黄包车，在被他擅自改名为梨花里的家乡黎里小镇上行色匆匆，不是赴宴观剧就是赶着去校他主编的《新黎里报》的社论大样，或搜庐寻访他嗜好的新发现的吴江文献。由于双目近视得实在厉害，他的诗友兼生平知己朱少屏先生每逢这种时候，不得已只好主动扮演了仆人的角色。作于那阶段的《吴根越角诗余》《迷楼集》《分湖归隐图》等，无不印有他当时生活和思想的真实痕迹。假如柳亚子能终其一生维持着这样著书立学、诗酒风流的名士形象不变，倒也并非是件坏事，就算有违初衷，无缘匡扶社稷，至少他的艺术天赋和精神品格足以令后人仰慕。弄得好的话，说不定又是一个俞曲园或王壬秋将出现在文学史上。

然而正在这时，在酒精与丝竹中昏睡的另一个柳亚子突然又醒来了。一九二一年七月，当后来与他关系密切的中国共产党人在南湖红船上召开成立大会时，颓唐疏狂的柳亚子尚在距此不远的嘉善西塘乐国酒家与一帮新老酒友聚饮轰谈，狂歌酬唱。如果翻检汇集这次同人雅集的诗歌专集《乐国吟》，就会发现其中光柳亚子的个人应景之作就有三百首之多。是什么使他在短期内又对政治与暴力革命产生了浓厚的兴趣？根据柳无忌在为其父所作的年表披露，二十世纪二十年代马克思、列宁著作在中国的大量传播是其中的一个重要原因。布尔什维克主张通过武力夺取政权的新奇理论，与柳亚子内心崇尚权力、习惯通过极端手段解决客观事物矛盾的思想几乎一拍即合。此后不久柳亚子突然申请加入在苏俄指导下改组的新国民党，并从此热心党务，不妨看作他再次打算在国家的政治生活中大显身手的一个明确信号。与此同时他振臂一呼组织发起新南社，争取到廖仲恺、何香凝夫妇，汪精卫，于右任，叶楚伧，邵力子等知名人物参加，走的依稀还是当年吴梅村出山前召开复社大会，隐隐以在野党领袖自居，谋取政治上更大资本与利益的路子。事实也证明他的策略相当成功。一年后的一九二五年他欣然出任国民党江苏省党部常务委员兼宣传部长，次年更是在该党第二次党代会上被推选为中央监察委员。在经过多年的挫折与困顿后，这位自命有宰辅之才，感慨时运不济的人物，现在终于为自己找到了一点感觉，在权力的阶梯上占有一个位置，并一步步逼近他梦想中的高度。也许，对于作为政治家的柳亚子来说，一九二六年五月去广州参加国民党二届二中全会，是他个人历史上最辉煌的时刻。然而让人遗憾的是，如同当年孙中山的浑浑噩噩、有眼无珠一样，当时国民党内的第一号实权人物蒋介石对柳亚子自觉惊人的政治才华，同样也没留下什么特别的印象，这不免使他的热情与信心再次遭受重大打击。在以政事为由主动约见蒋介石、理论一番依然未果后，衔恨而去的柳亚子当晚即神秘地出现在中共高层人士、时任黄埔军校政治部主任教官的恽代英家里，极力建议后者立即采用极端手段杀蒋举事。据首次披载此事的陈迩冬先生《一代风骚》一文介绍，柳亚子献计除蒋一事系柳亚子生前亲口对自己所说。可以想见，这样的荒谬计划理所当然为其时正打算与国民党全面合作的中共方面所拒绝。据说恽代英当时甚至还这样开玩笑地对柳亚子说，人家叫我们共产党是过激党，我看你老兄是"过过激"，因为你比我们还要过激呢！（柳无忌《柳亚子年表》）从后来恽代英逝世时柳亚子所作悼诗自注里"余在广州，曾建议非常骇人之事，君不能用"这样的语意来推测，这则传闻应该不是什么空穴来风。

也就是在这次乘兴而去、败兴而归的会议的某个间隙，两位相互慕名已久的诗人——柳亚子与后来成为中共最高领袖的毛泽东——在珠江边的一间茶楼上初次晤面，并畅叙平生。相同的个性、志向、政见、才情以及书生意气，这是他们此后长达二十余年的友情的基础和养料。从柳亚子抗战期间赠毛泽东诗中"云天倘许同忧国，粤海难忘共品茶"以及毛柳唱和中著名的"饮茶粤海未能忘"等诗句来看，这次意外会晤在两人内心似乎均留下了相当美好的印象。当时刚满四十的柳亚子也许因为年龄上比毛泽东大六岁，参加革命的资历也自觉较毛泽东为早，言语之间不免时时以兄长自居。前述陈迩冬文也谈到会面中柳亚子在毛泽东同样拒绝了他主张杀蒋介石的建议后，曾扬言"你们不听我的话，将来要上当的！"口气中不无斥责与教训之意。二十年后当两人在重庆再度相逢时，友情关系上大致还是如此定位。此前在柳亚子所作《怀人四截》一诗中，他甚至还运用战国毛遂的典故将他比作自己的门生："平原门下亦平常，脱颖如何竟处囊？十万大军凭掌握，登台旗鼓看毛郎。"

进入二十世纪三十年代中期，抗战烽火构成了新时代以及中年柳亚子思想与精神的悲壮画面——在为援助东北义勇军创办的国难救护队的队伍中，在国民政府缉捕赤色分子与持不同政见者的黑色名单上，在举办义卖画展、营救爱国人士、奔赴全国各地巡回演讲等各类救亡活动的前列，柳亚子精神抖擞、大义凛然的身影犹如一面代表气节与力量的旗帜，旗下是他的战友何香凝、蔡元培、茅盾、郭沫若、马寅初、廖承志等著名爱国人士。对于当时国内剑拔弩张、内乱外患的复杂的政治格局，这是一支介乎于南京政府与延安政权之间的特殊力量，因此也就势必成为各方面势力都想争取和拉拢的对象。由于柳亚子与蒋介石之间的私人恩怨，加上对其政策与个人品格的一贯不满，思想的天平最终倾斜于西北的红色根据地，想来也是最正常不过的事情。一九二二年以后柳亚子"独拜弥天马克思"的坚定信仰，在这里也起了相当关键的作用。许多研究者对柳、毛之间思想上的迅速靠近既感兴趣又觉意外，其实这里头的关系应该并不十分复杂。柳亚子一生崇尚暴力革命的心志由毛泽东手中的铁锤镰刀大声说出、并发扬光大。反过来，毛泽东对柳亚子的推崇既有后辈诗人对前辈尊敬的成分，同时也作为一个出色的政治家善于驾驭各种对自身有利的政治力量的成功典范。

当然，浑身散发着与生俱来的诗人气质，却一心想成为政治家的柳亚子并没有认识到自身的这种局限。在漫长的为期八年的异国统治下面，他先是效法明末清初家乡苏州一带的某些文学前辈，将自己在上海辣斐德路的寓所题名为"活埋庵"，闭门读书，蓄须明志，埋头撰写他的史学著作《南明史纲》。有一段时间还在著名的西南联大任过教员。一九四〇年十二月十二日乘坐"亚洲皇后"号离沪赴港的那些神色惊惶、逃离战难的旅客，当天晚上在甲板吸烟或船上豪华的西餐厅里用餐时，也许有机会遇见到这位衣衫简朴、眉目间有愤激色的矮胖的中年男子。在整个抗战期间，这也是柳亚子的标准表情。此后五年他作为一名激进的民族主义者一直活跃于九龙、香港、桂林等后方城市，从事宣传、营救、筹款、结社、义演等各种救亡活动。其间发生的皖南事变是他与自己的政党彻底决裂的一条醒目分界线。由于与宋庆龄、何香凝、彭泽民等公开联名发表批评蒋的言论，竟被后者断然开除党籍——简直就像是他当年对朱鸳雏采取的极端手段的一个绝妙翻版。这真是以其人之道还治其人之身了。当然，这样显然有损自尊的打击事实上并不能让柳亚子屈服，反而促使他与延安的共产党人在感情上更为接近。此后火焰与炸弹已俨然成为描述柳亚子的关键词，倾天长啸、壮怀激烈、须眉偾张，以更激进的姿态，出现在中国的政治舞台上。这估计也是郭沫若为什么要以"今屈原"这一冠名慷慨相赠的原因。而如果用柳亚子自己的话来说，也许应该叫作"三军可以夺帅，匹夫不可夺志。西山采蕨，甘学夷齐，南海沉渊，誓追张陆，不愿向小朝廷求活也"。

山城重庆位于中国西南部的嘉陵江边，曾是三国英雄刘备栖身的地盘，抗战期间成为国民政府在中国最后的军政中枢。那里的政治景观向来与它迷雾茫茫的自然气候一样不可捉摸，并时常会出现某种戏剧性的转折。一九四五年秋天当中共主席毛泽东突然应邀前往那里与蒋介石共商国是，曾让这座日照稀疏的城市一度出现和平的熹微。对于其时正和郭沫若、田汉等人发起组织革命诗社，致力于统战工作的柳亚子来说，这至少给了他与毛泽东重晤的机会，并促成后者一首著名词作《沁园春·雪》的问世与广泛流传。正如柳亚子在自己写的和词跋文里"展谈之余，叹为中国有词以来第一作手，虽苏辛犹未能抗手"的高度评价一样，原词以及柳亚子的唱和之作先后公开发表后，不仅立即引起轰动，并成为当年中国文化界的首件大事。除了让人有幸领教了共产党人的文学天赋，在政治评判与个人魅力上，也始料未及地为毛泽东挣来了漂亮的分数。由于柳亚子内心愿望中的第一读者是他的政治对头蒋介石，因此，在所和词里说上几句"君与我，要上天下地，把握今朝"这样的大话，吓唬吓唬对方，其内心衷曲倒也完全情有可原。

黎里镇中心的柳亚子纪念馆目前依然是国内保存柳亚子的生平资料与遗物最丰富的地方。图片、书籍、衣物、手迹、用品，从藏有他童年幻想的矮柜与衣镜，到几张边角泛黄的自印方格稿笺，甚至一管秃笔与一张用红线勾画出重要段落的旧报纸，无不印有他生前手温与思想的生动痕迹。磨剑室的正墙上依然挂着南社社友傅纯根所赠的那副有名的对联"青凹前身辛弃疾，红牙今世柳屯田"，而主楼第四进内当年曾侥幸躲过军阀孙传芳特警缉捕的那层复壁，虽然自己不会开口说话，但有关它的传奇故事，正由讲解员不无骄傲地一次次向参观者娓娓复述。当然，我得赶紧承认自己不是一名合格的听众。因为前不久我对那里所进行的一次用心叵测、意有所图的拜访的几乎所有时间，我的思想都为在陈列室偶然看到的那帧柳亚子的旧照所吸引。相片上的柳亚子风度儒雅，意态自得，身体斜倚在劈波斩浪的巨轮的舷栏边。目极远天、精神抖擞，简直就是当年吴伟业去北京前在苏州逗留时那种踌躇满志的得意劲儿。从时间与所摄地点上来推断，大约正是他一九四九年二月底应毛泽东电邀赴京途中、在所乘坐的华中轮上的留影。如果我的记忆不错的话，当时与他同行的应该还有他的夫人郑佩宜，以及陈叔通、马寅初、郑振铎、叶圣陶、万家宝（曹禺）等社会各界名人。

在此后的有生之年，依稀重又回复到诗人形象的柳亚子慎言微行，深居简出。位于城西北长街八十九号的那座僻静宅院，是他晚年在京最终的定居之所。大门额顶"上天下地之庐"六个龙飞凤舞的大字系毛的手笔——作为搬家时的礼物——同时也作为两人友情的见证或某种政治信物。在某些于人民大会堂召开的重要会议的席间，如果谁有兴趣仔细寻找，想必偶尔也会看到他佝偻、近视、耳挂助听器、咳嗽得厉害的苍老身影——犹如我们在早些年电视屏幕上所时常见到的那种标准形象。作为他一生政治上最后一个小小的高潮，五十年代某年当他应邀偕夫人郑佩宜赴中南海怀仁堂观赏文艺演出，坐在前排的毛泽东曾转过头来亲切向他致意，并以自己即席吟咏的《浣溪沙》一词当场索和，这不免让柳亚子受宠若惊。但这位从前以门生视前者，顾盼自雄，相许"君与我，要上天下地，把握今朝"的时代风云人物，现在落在纸上的已是"不是一人能领导，哪容百族共骈阗"这样令人同情的纪晓岚式的文字了。也许，对于他的旧僚、朋友、同事，最后一次有机会见到他应该是在一九五六年十一月孙中山诞辰九十周年的纪念会上。当时柳亚子已经衰老得相当厉害，耳聋目昏，站立不稳，以至需要有人小心挽扶着才能勉强在主席台就座。两年后的六月二十一日，也正好是毛泽东在京读《人民日报》有关余江县的报道，写下七律两首的那个浮想联翩、欣然命笔的夜晚的几乎同时，在北京医院的一间高干病房内，一生慷慨激昂、好作惊人之语的柳亚子一言不发，黯然辞世。三天后首都各界人士相集中山公园中山堂举行公祭大会，在主祭者的长长名单上不乏刘少奇、周恩来、陈毅、吴玉章等中共重量级人物。公祭结束后他的灵柩按事先安排被送往八宝山革命公墓火化。在那里，他躯体的政治部分在火焰与空气中迅速消逝，化作一抹轻烟。而艺术部分却被永久记录在文学史上，直至今天为止，尚是一座恐难为时人逾越的山峰。

二〇〇五年九月改定

〔艺人〕黄异庵

江南花落李龟年

一、锦瑟无端

在我的文字生涯中，因偶然听说的一个人的名字，或者说，偶然见到的一件前人手稿，产生写作的冲动，进而打算要为他写一本传记，这是第一次，而且很有可能也是最后一次。这里既有文体上的生疏，又有行业方面的隔阂。怎么说呢，作为多年来从事想象性文字为主的作家，现在要对付的却是一位民国艺人复杂的一生；而他生平擅长的书法和评弹艺术又为我所陌生。加上资料方面又是如此匮乏，比如说，我既无查阅他档案的条件，又不能说服他的亲友把他们所知道的全都告诉我。总之，这是一件相当冒险的工作。但最终还是打算要试一试，既为他的才情所折服，也出于对此人一生命运不幸的深深同情和感慨。

事情的缘起有些特别，但还是比后来有些读者猜测的要简单。几年前一个深冬夜晚，去朋友家里借书，当时我在写作有关南宋皇城上塘河成因方面的文章，用了一些网上的现成资料，需要核对原著，于是顶着寒风匆匆赶去。因出门前通过电话，本以为已准备停当放在那里等我了，事实上根本不是那么回事，非但还没找来，甚至连放在哪里自己都弄不清楚。由于车子就在楼下等着，彼此也顾不上寒暄，就在书房大大小小的柜子间分头寻找起来。有意思的是，正是因了这一耽搁，因翻找过程中偶然发现的一件前人遗物，意外促成了两位素昧平生者，或今人与古人之间的一段因缘，却是事先怎么也想不到的。

朋友姓陈，在博物馆从事考古和文物保护工作，眼光精到，腹笥也很了得，在当地算得上是一位人物。家中收藏书画古籍不少，都是平时看了喜欢后随手买下的。无奈为人懒散，从不想到打理，比如我说的那件东西，就夹在一套皕宋楼原刻的《仪顾堂文集》中，准确点说是一册手录前人诗词的手稿本，保存得相当完好，从纸张的新旧程度上判断应该已有些年头。大小为线装十六开阔本，竖排红格，每页十行，每行录有二十字左右。经点数后共有八十页，因是双面誊抄，加倍计算，因此总字数在三万左右，均为蝇头行草，笔势精妙，奕奕有神，就连我这样不怎么懂书法的人，看了后也知道是好东西，尤其字里行间透露出的那种气息，让人感到亲切，以我的粗浅理解，一个从事艺术工作的人，不管他是干什么的，传统文化的修炼肯定是必不可少的一关。就拿眼前这件东西来说，没有几千册书烂在肚子里，很难想象有这么好闻的气息。

陈先生自己显然也感到了意外，经过仔细回忆，终于想起这是多年前在某地见到后买下的，具体哪座城市记不清了。当初他怀疑可能是沈尹默中年时期的作品，因那种沉潜、灵秀的笔墨，跟沈尹默那一阶段的作品风格应该比较相像，可惜从头到尾仔细找了一遍没找到作者署名，唯一留下的线索是两方小小印款"怡盦"与"放慵"，又苦于无法证实与沈尹默一生的艺术活动有关，因为至少到目前为止，没人发现曾在其他地方用过。这样的结果自然令他沮丧，兴致一过就把这念头给丢开了。后来想起时也曾打算再拿出来考证一番，却又不知道放在哪里，时间一长，这事也就慢慢淡忘。

严格地说，到那时为止，此事对我来说还只是一个偶然事件，既谈不上兴趣，更不包含有什么特别的意义。但就在告辞出来在门口分手的那一刻，他突然说让我等一下，然后跑去将那册用报纸包好的稿本取来硬塞在我手里，并再三叮嘱：这东西你带走吧，有时间的话，可以看看，最好能考证一下作者到底是什么人。字写得这么好，就算不是沈尹默，起码也不会是平凡之辈。再说，放在我这里也不保险，说不定过段时间又会找不到了。他一边说一边呵呵笑着，将我推出门外。就这样，在那个寒冷的冬夜，一个对收藏、书法什么的从未有丝毫兴趣的人，因无意中接触到的这件东西，开始有了微妙的变化。

二、太仓

一百年前的苏州太仓西门下牵埠，也就是后来的西厢镇，现在叫西郊西街的那个地方，有爿挂了黄理记招牌的酱油店。

主人姓黄名理彬，是个饱学秀才，祖籍安徽黄山，外出经商多年，后来稍有积蓄成了家，选择太仓城西定居了下来。由于该地为著名的古娄江入城口，同时又是运河入海的必经之道，因此自南宋以来一直百业兴旺，热闹非凡，素有商埠之称。黄先生的铺子开在这样的黄金地段，加上质量地道、服务热情，在当地有相当的知名度，至少十年前的初夏我在那里采访的时候，地方上的老辈人说起它时脑子里还有印象。

一九一三年的某日，有个叫黄沅的孩子就出生在那里的坛坛罐罐间。虽说父亲只不过是个小店老板，但种种迹象表明，这孩子的禀性自小似乎就异于常人，聪颖好学不说，对事物的理解力也相当出色。四岁那年跟了家里兄长们去上私塾，一本《三字经》拿在手里，竟像天生就会似的，几个月学习下来，已能识得书里一半的字了。相比年龄比他大了八岁的二哥，学习进度上的差距相当明显，把教他的先生喜得抓耳挠腮，空闲时间总爱把他抱在膝上，手把手地教他描红写字、猜谜识图什么的。七岁那年春节，这孩子已能搬了个小板凳，站在酱油店的柜台前替人家写春联了。左邻右舍以及过路行人瞧着他老气横秋、凝神挥毫的样子，无不啧啧有声，惊叹不已。一个小先生的外号，从此也就开始在地方上传扬开来。

上海闻人江锡舟（“舟”一作“洲”，见新版《上海市志》人物卷）在太仓街头的偶然出现，给黄沅生活带来的影响可谓天翻地覆。此人系当时沪上文化界的名士，事实上当初他去那儿只是偶然的旅游度假，并无其他目的。有一天，在他闲步街头观赏市景的当口，一个趴在酱油店柜台上埋头临帖的孩子的背影吸引了他。他情不自禁走近前去，在一边静静看了很久。于是，一个二十世纪最新版本的伯乐与千里马的故事就这样产生了。

"人小字好有天才"，这是江锡舟现场观赏后做出的评价。他当场做出了一个重大决定：想把这孩子带走，准备交给自己的好朋友，当时在上海书法界坐头把交椅的刘介玉去悉心培养。黄沅的父亲黄理彬看来也非等闲之辈，面对这样突兀的场面，非但没表示出半点犹豫，反而大喜过望，很果断地就将孩子托付给这个两小时前可能还不相识的人。多年以后，当黄沅在国内艺坛走红，同时又成为江锡舟的乘龙快婿时，如果偶然想起童年往事，不知是否还会记得这古意犹存、激动人心的一瞬？

当时年仅八岁的黄沅，就这样跟随他陌生而亲切的江伯伯到了上海，成为刘介玉门下最年轻的一名弟子。刘介玉是时称"沪上三大书法家"中的老大，圈内排名甚至还在吴昌硕的前面。说起他的真名，一般人可能还有些陌生，但只要一提他的字号"天台山农"，当年可说是很少有人不知道的。此人擅书魏碑，对颜体的沉雄厚重也颇有心得。因此在开始正式授课时交给他的新弟子的，就是一本《颜家庙碑》的拓本，册上还题有"脱帖"二字，意思已说得很清楚了。在这样的名师悉心指导下，黄沅书艺的突飞猛进应该可想而知。

刘介玉的精神身份是书坛大名士，但他当初还有一个现实身份却是上海著名的大世界娱乐场经理黄楚九的秘书。因为喜欢这孩子，便时常把他带到自己上班的地方去玩。身为沪上游艺界牛人的老黄对小黄的书法天才虽然也很欣赏，但更多的恐怕是以商业眼光而非艺术眼光，果然没过多久，太仓街头曾经出现过的一幕，在大世界男女游客们的眼里俨然又重演了：只见游艺厅最热闹的地方即布满哈哈镜的那个进口处，一天早晨突然隆重地摆出了卖字的书案，一个人比桌子高不了多少的孩子聚精会神在那里挥毫疾书，而他父亲则在一边磨墨铺纸。虽然只卖一元一幅，但相比当时名家的作品大多也就二元三元，应该已经不算低了。神童？天才？全国最牛逼的少年书法家？总之，黄沅这个名字一夜间就红遍了整个上海滩，这一年他才不过十岁。

三、投契

那天夜里回来已经很晚，内心的欣喜与压力，可以说兼而有之。想想看也是，本来不过看看玩玩、欣赏一下的事情，现在却似已成为一种负担。为了不负朋友一番好意，于是就把自己关在书房里，花上大半夜时间先将稿本从头到尾细细看了一遍。前面已经说过，这是一册读书札记式的东西，私人性质很强，内容主要为抄录前人诗词，间或也有即兴批点。所涉人物均为明清时期的文坛名家，按原稿上的秩序排列，分别为乾隆名臣纪晓岚、清初昆山名士归庄、清代早期诗人阎古古（阎尔梅）、清代中期诗人王梦楼和汪容甫、明代中期诗坛领袖李攀龙、晚清诗人兼画家汤贻汾。这七位诗人，虽说都是文学史上的著名人物，但彼此之间身份、遭际什么的不尽相同，至于风格主题方面的差别就更大了，由此也可见此人艺术兴趣之广泛。

　　此外值得一提的是，作者当初在抄录这些集子时，究竟以怎样的眼光和标准进行取舍和筛选，这也是一个很有意思的话题。通过耐心的比较和分析，基本可得出这样的结论：性情、艺术纯度和表现手法的别致，几乎成为他择取的主要标准。亲情和咏物之作应该也为他喜爱。而那些应酬、唱和、题咏以及与时政（用现在的说法是主旋律）相关的内容，则明显受到了冷落。同时，在每家诗词录毕后都有即兴写下的感想，也是他的一个良好的习惯，多半信手而书，长短不一，最长的一条有两百余字，最短的一条不满二十字，由于这些信息对我们破译作者身份之谜会有一些帮助，不妨把它们都抄在这里：

　　　　"卅五年七月十九日至二十日，家两日之力，钞毕纪文达公诗文。纪均著作如林，率尔选录，挂一漏万，固所不免。留有余，待将来重读全集时再为补选可耳。怡盦仅识。"（此书于抄录纪晓岚诗文后，钤朱文方印"怡庵"。）

　　　　"三十五年夏，访邂庵，见案头置有手钞《万古愁曲》，借归抄录，系以小诗：曲名万古愁，当作《离骚》读。掷地铿然鸣，一览惊凡目。怡盦。"（此书于抄录归庄万古愁曲后，钤朱文方印"怡庵"。）

　　　　"三十五年大暑，筇游书肆，见有白牟山人诗集，借过选录若干首。怡盦记。"又：

　　　　"白牟山人诗境高逸，有唐人气习，忠君爱国之思，流露字里行间，遗民诗也。全集读过，令人肃然起

敬。惟有关两室人烈死哭之二首，其末一首曰：楼下重
围险，胡笳半夜催。两人相策励，一语不迟回。决绝成
名去，从容就义来。岂如文信妇，老矣辱金坛。一字一
泪，不忍卒读。末两句引文信国妇欧阳氏为元兵所执至
燕一事，余微嫌其有失忠厚，故不录焉。怡盦又记。"

（以上两则书于抄录阎尔梅《白耷山人诗》后，均钤有朱文
方印"怡庵"。）

"梦楼集已购得，不复选录矣。三十五年立秋。怡
盦记。"（此书于抄录王梦楼诗后，无印鉴。）

"卅五年九月重阳前二日，选录汪容甫先生遗诗若
干首。放慵记。"（此书于抄录汪容甫诗后，无印鉴。）

"近得隆庆本沧溟诗集，狂喜，视若球图，盖所谓
事到有缘即聚合矣。卅六年春。放慵记。"（此书于抄
录李攀龙《沧溟诗集》后，无印鉴。球图者，古所谓天球河
图，天子宝器，喻此版本之珍贵。）

（最后一家汤贻汾的《琴隐园诗》，因稿本已满，没
能全部抄完，故不见有记，亦无署名、印鉴。）

在手稿首页的右端，还有作者写下的一段数百字的自述，
如同某种解释或自嘲，似乎正是为了让像我这样后世偶然有幸
见到的人知道，自己当初为什么要花如此精力，去抄录这些
应该并非很难弄到的集子。其文称："丙戌夏客杭州，闲暇之
时，辄游书肆，搜罗书籍。见善本书无论古人近人著作，必欲
得之然后快意。限于资力，每不能如愿，徒呼负负。曩者家藏

书籍不下数千卷，遭乱散佚，百无一存，不胜唏嘘。近见河间纪文达公遗集，书凡十四册，为长孙树馨先生编校。版本尚佳，惜多剥落，且索价甚昂，从而借读。集中多应制之作，不敢谬加评论，择其心爱诗文抄录于册，俾讽诵焉。"

以上是手稿中透露的跟作者本人相关的全部情况，这些信手写下的文字，或交代时间背景，或辨析版本流传，或对所抄诗集作即兴式评论，尽管只是只言片语，但文词恳切，议论精审，姿态优雅，仿佛具有某种魔力，让人读后为之神往。而隐于文字背后的这位秘密书写者，虽然眼下还不清楚是什么人，但他的文学品位，他的气度、性情和涵养，我们已经领略到了。在江南岁暮的深夜，笼在明亮灯光里的键盘屏幕，与一旁摊着的残卷淡墨相映成趣。我静静地看着它们，一种越来越强烈的好奇心，让人睡意全无。

四、从大世界到酱油店

自大世界游乐场一举成名以后，少年得志的黄沅就这样一直在上海滩上靠卖字养家。虽说当初他在公众眼里红得发紫，但毕竟只是十来岁一个孩子，轰动一阵后，估计风头也就慢慢过去了。因此，这以后的日子是怎样一年年过来的，几乎没人说得清楚。比如在沪上掌故大王郑逸梅笔下，也只称他"颖慧殊常，在文艺上有相当的修养。从小即从天台山农读书临帖，十岁在沪上大世界游艺场卖字，署名十龄童，后从金石家邓散木学刻印章。间画兰竹，也潇洒有致，作诗也饶有唐音，尤工绝律"。郑逸梅的文笔素以详核著称，但必须指出的是，文中所谓"署名十龄童，后从金石家邓散木学刻印章"，前言后语之间，实有整整二十年的时间差。因邓散木以"粪翁"自号据年谱始于一九四三年，而黄沅由陈巨来始介投于邓门下学治印，当时沪上报章曾以《黄异庵入粪门》之通栏标题加以调侃。既有"粪门"之谑，就不可能早于此年。而对一九一三年出生的黄沅来说，这差不多已是三十岁以后，即这册抄本开始使用前后的事情了。

目前可能还健在的无锡老报人沙仲虎先生，可能会为我们填补黄沅生平这一空白提供一些帮助。作为年轻时候的好友，上世纪三十年代中期在一篇题为"异庵之才艺"的文章里，曾经透露出一些他那阶段相关的信息，内称"异庵尝从天台山农游，故其文有奇气，诗辞歌赋，与庄行老诗人何量寿、青浦沈瘦东辈唱和，清逸俊丽，冠于诸子。异庵又尝鬻书于春申，洛阳纸贵，争相购藏。故异庵亦才人也"。说他是才人，意思不止书家，古文诗词方面亦有相当功底，这大约也是在天台山农身边打下的基础。何量寿、沈瘦东两位都是民国时期上海的知名诗人，尤其后者，为青浦宿儒，尤精于诗学，有《瓶粟斋诗话》二十三卷传世，收入前几年出版的《民国诗话丛编》第五册。考虑到刘介玉晚年移家嘉兴一事发生在一九二九年，此后他曾回家乡住过一段时间，但作为从小在大都市花花世界长大的人，小地方的生活节奏显然已有些接受不了，于是没过多久重又杀回上海。残萤先生作于一九三八年的《异庵小传》称

"君故好游，非久甘雌伏者，艺既精，复藁笔海上"，说的应该正是这件事。此次重返，大约凭着居家期间诗艺上的进展，因此敢于跟海上诗词名家诗酒唱和了，尽管那时他的年龄甚至还不到十七岁。新的谋生饭碗是上海著名报纸《时事新报》编辑，这是无锡作家胡绪清先生在《不同凡响之弹词家》一文里告诉我们的，文中称："黄君异庵，少怀大志。富文学，擅音律，为《时事新报》编辑者有年。睹兹江河日下，世风不古，人心非益之际，遂尽弃其旧，而隐于艺，挟实甫之旧著，为敬亭之遗韵，词句典雅，音调铿锵，四绝俱备，不同凡响，盖非世俗之所谓弹词家也。"胡绪清的文章发表于一九三七年，既称"有年"，则不止一两年；又称"隐于艺"，则任编辑一事当发生在转行改学评弹以前，具体年月为十七岁至十九岁，起码不会晚于他在弹词界一举成名的一九三二年。这样，他二十岁以前的生活情况大致就清楚了。

五、怡盦与异庵

一连几天的头脑发热，孜孜投入，从事着与破案性质相等的工作，如同网络时代所有功底不深、善走捷径的作家一样，我首先想到要借助的工具也是搜索软件，百度、搜狐、Google什么的全都用上了，满怀信心地将"怡盦""放慵"这两个关键词一次次地输进去，满怀信心地一次次期待，得到的结果却相当令人沮丧，甚至可说悲惨到极点——可资参考的资料几乎没有（最为讽刺的是，截至目前，如果在Google里输入"怡盦"两字，唯一能显示出来的信息竟然是自己，即我试图跟他在国外的儿子联系后留下的。事后才知道，我当时犯下的最大错误，就是没想到把手稿里的另一线索"怡庵"也放进去搜一搜）。图书馆当然是更好的选择，但要在那里的几百万册藏书中查找一个连姓什么都不知道的人，无异大海捞针。由于没有其他途径可循，不得已只好暂时放弃努力，老老实实将破解秘密的锁匙，重新寄于对作者存留册中那些零碎信息的解读。

然而，无论怎样细致地研读，无论怎样翻来覆去地看，并大胆展开一个诗人全部的想象力，其结果依然不容乐观。因为随着对文本熟悉程度的不断加深，同时越来越沮丧地发现，自己所能被允许发挥的范围，其实相当狭小。因为根据手稿中作者留下的文字，唯一能据此做出的判断只是此人的生活年代。因首页上有一个明确的时间标志物是丙戌，还有"遭乱散佚"等自述，可以基本确认作者手稿使用的起始时间，应该为抗战刚结束后的一九四六年也即民国三十五年，而至一九四七年购汤贻芬诗集后本子抄满结束，前后两年。但最让我感兴趣的并非在此，而在于作者的真实身份，究竟这是一个什么样的人，在生计看上去都成问题的情况下，对艺术竟然还能保持如此的执着，这才是事实上我最想了解的。以最初的推测，手稿主人应该是一位名气不小的落魄文士，长期从事着与文艺相关的工作，比如杂志编辑、成名诗人或书画家。一度也考虑过资深学者、大学教授的可能性。因为如果只是一般文学爱好者的话，很难对文字间所流露出的那种深厚的学养作出解释。比如能一眼瞧出阎古古诗里用的僻典，这可是需要有相当功力的事。再比如偶然得遇隆庆本的沧溟诗集后，所产生的那种狂喜之情，也不是随便什么人想表示就能表示的。何况在稿本开头，作者自己也曾声称"家中曾藏书数千卷"，这个数目，无论是在当初还是在眼下，都已经不算小了。

再退一步说，如果放弃任何好奇心，包括某种功利上的打算，纯粹将它作为一件艺术品来欣赏，在这样寂静的冬夜，灯下品茗，细细把玩，仅从文字角度所获得的享受，也已经足够心满意足了。其中尤以卷首那段自叙最为赏心悦目，短短一百来字，文意隽永冲淡，千回百转，为我们刻画出一个类似孔乙己式人物的生动形象。民国三十五年为中国近代史上的一个重要年头，那时国家刚从战争与沧桑中醒来，满目疮痍，百废待兴，抄录者两手空空徘徊杭州街头，不清楚当初他在那里干什么。是旅游、谋职、途经转车，还是去当地探望朋友；也不知是单身出门在外还是全家避难寄居。但在客地萧索、囊中羞涩的情况下，对精神生活依然还能保持这样的热爱，不免让人肃然而起敬意。当然，不久以后，当我得知他的真实身份并非作家或学者，而只是一名流落江湖的地方剧种演员后，这种感佩程度也许就更加深了。

六、西厢记

评弹是苏州的骄傲，也是当地文化在全国最响亮的一块牌子。根据专家研究，其历史可以一直追溯到南宋的话本和元明的词话，但真正发展到用纯正吴语来说唱，则要到明末清初才渐成气候。普普通通一块醒木、一把折扇、一条手巾，到了身着长衫手执弦子的艺人手里，不知要折腾出多少艺术的惊涛骇浪来。由于它的听众群主要集中在苏南、浙北和上海市范围内，而苏州为其中心地带，传播势头自然也就更猛。当年乾隆南巡，在那里的玄妙观曾被前辈名角王周士一番弹唱灌得如痴如醉，当夜就将他带回下榻的沧浪亭行宫，这还不过瘾，后来干脆又请到北京皇宫唱了半年才准其回乡。赵瓯北《赠说书紫癫痢》称"酣嬉每逐屠沽博，调笑惯侑侯王酒，妙拨鲲丝擅说书，故事荒唐出乌有。优孟能令故相生，淳于解却强兵走。有时即席嘲座客，自演俚词弹脱手"，据说就是写给他的。至于艺坛上向有"北有老舍茶馆，南有光裕书场"之称的光裕社，其前身光裕公所成立于乾隆四十一年（1776），想必系艺人们趁此良机发起并逐渐做大，当然你也不妨把它看作中国曲艺史上第一个行会组织。

黄沅自然不是乾隆皇帝，但他少年时候爱上评弹的过程，却与后者不无相似之处。同样的痴迷，同样的疯狂，同样的从最初时的偶然消遣到后来沉溺其中而不能自拔。虽说艺术没有界限，在习书临帖的间隙钻进书场去听听书看看戏，本来也是很风雅的事，但发展到后来竟玩命似的迷上，并为此断然放弃自己原本极占优势的书道上的大好前程，这人生赌盘上的注码，下得可真是有点大了。而且不管别人怎么劝，都不能让他回头。究其根源，只能说是命中合该有此一段孽缘，除此之外还能有什么别的解释呢？

　　当时他的家人和朋友们几乎全都在反对者的立场上，这种情形完全可以想象。是的，就像没有人会赞同一个国家级的花腔女高音去夜总会跑场子，也没人能理解一个期望中的董其昌或何绍基的理想接班人，好端端地就不想玩下去了，自甘堕落要去做戏子，用王羲之的鼠须笔为杂货铺记账，将风雅的书法艺术糟蹋到乡镇草台班子夜档招贴的地步。但对像黄沅这样恃才自傲、个性张扬的年轻人来说，社会的不理解固然叫人委屈，一旦自己拿定主意，即很难为外力所能改变。他最初心仪的老师是朱兰庵（即南社成员、小说家姚民哀），遭到婉拒后转投另一名家王耕香门下，光裕社老辈社员，其时正以招牌戏《三笑》擅名吴中，吴藕汀《书场陶写》称"僮儿原是伪，私恋秋香婢。肉里噱头多，当场善插科"是也，下有自注云："肉里噱，指书情本身所产生的笑料噱头。"可见并非泛泛之辈，手下是有真功夫的。此人无意中得此佳徒，一个愿学，一个愿教，这进展就不是一般的神速，半年不到就能代师上场。以当年年底在家乡太仓那次演出为例，开场以后不过几天，当地观众就惊讶地发现，每天晚上最先登台唱开篇的，已经不是他们熟悉的王耕香本人，而是黄理记酱油店老板的儿子黄易安了。

　　这以后二十岁不到的黄沅就开始跟着师傅闯江湖跑码头。当年年底在湖州双林演出，因王先生要回家过年，又不想让刚唱热的场子冷下去，新收的徒弟于是自告奋勇替师傅挑起了大梁，凭着天生聪颖过人和平日所下的苦功夫，居然也表演得有声有色，不仅赢得台下新老听客的一致认可，甚至还有说他已超过师傅的。但问题是《三笑》在当时市场接受空间已相当有限，一是剧本老少新意，二是版权属公共性质。如果真想在这一行中站稳脚跟，意味着必须拥有完全出自原创的优秀剧目，这一点黄沅心里相当清楚。加上此前朱兰庵以"朱家《西厢》概不传后人"的刺激，更激发起他的傲气和好胜心。鉴于朱兰庵成名全靠自己撰写唱本的启发，除演出外所有时间都被他用来投入了对王实甫原著的悉心研读，同时参考唐人传奇、宋代话本、南曲昆腔等有益经验，黄沅冥思苦想，反复琢磨，事实上也没用了多少时间，一部有自己特色和风格的弹词《西厢》剧本就横空出世。为了有别于朱兰庵的版本，自然也暗含向对方叫板之意，他断然做出一项决定，宣布将自己的名字"易安"永久性地改成"异庵"。异庵者，即异于朱兰庵也；异于朱兰庵者，即异于朱兰庵之《西厢》也。

一九三二年的春天到来了，这一年，无论对他本人还是中国评弹史都是一个重要的年头，烟花三月快要过去的时候，一代大师刘介玉在家乡缠绵病榻四年后遽归道山，仅仅半年以后，在无锡著名书场控江楼举办首场个人演出的黄沅获得空前的成功。特别值得指出的是，这次演出使用的剧本，就是刚刚创作完成后不久的黄版《西厢》。无论唱腔还是做工都新意迭出，堪称一流，用当时媒体的话来说，叫作"听众如痴如醉，整座城市都被轰动了"。那些素称挑剔的听众，被他剧本里显示出来的深厚古文功底和现实噱头弄得如痴如醉，而这一切正是天台山农门下学艺六年结出的硕果，可惜当时他的老师已无法看到了。可以说，正是从那一天开始，"黄异庵"这个名字，从此就跟一部唱遍大江南北久盛不衰的《西厢》连在了一起。有意思的是，五十年代他学生杨振雄赖以成名的主打戏，居然也是一部《西厢》，而且剧本也是自己动手改写，就不知跟后来批判他老师的那部《黄青天》相比，水平高下如何。

七、台上的惊艳

在无锡首战告捷、一举成名以后，黄沅的下一个目标即瞄准了上海。那里当初不仅是财富和权力的象征，还以政治、经济、美女和港口的吞吐量闻名于世，文化方面也自有其特色，由于自古为松江属邑，文事一向颇盛，加上民国后全国各地的作家、艺人、前清遗老、知识阶层、财富爆发户都集中在那里，因此暗潮汹涌，艺术消费的潜在市场很大。对他那几年的生活和事业，残萤先生的文章曾经是这样描述的："顾君犹不自满也，时谢鸿飞先生为海上词坛宿将，乞就正之，且执贽称弟子，于是君之名遂闻于东南，而一时风雅君子相与周旋者，恨相见晚矣。"那一年，这位新冒出来的评弹新秀，才刚过了他的二十一岁生日不久。

上海这座城市，在黄沅一生中具有特殊意义，可以称得上是铭心刻骨、爱恨交加。怎么说呢？那里不仅是他儿童时代的天堂，更是生平艺术活动最初的起点。他的师辈、友人在那里，他的第一次婚姻在那里，他的情感、他的记忆，也几乎全跟那里的街道、洋楼、霓虹灯和哈哈镜息息相关。可以想象，一九三三年至一九三五年间，已在艺界崭露头角、作前度刘郎重来的黄沅，在当地是如何的如鱼得水、长袖善舞。而稍后四马路汇泉楼年度书会上的闪亮登场，更是将他的知名度一举推向了全国。必须加以说明的是，上述这座书场，是当时书界最著名的艺术圣殿。大江南北的弹词艺人，不管你的嗓子有多么好，也不管你名气是小是大，只有在受到这家书场老板的邀请，在这里的舞台上有过正式亮相后，才算在业界真正站稳了脚跟。当年黄沅身着青布棉袍，头戴一顶古怪的平顶僧帽，在台上这么一站，且不说俊秀的容貌、独特的音色所引发的满座惊艳，也不说他举手投足间流露的那种儒雅气息如何令人倾倒，此人最大的本事，在于对雅俗关系恰到好处的把握，无论四书五经、唐宋诗词、元人说部还是明清笔记，只要到了他的手里，稍加变化、一番雅搞后，立马能成为让人捧腹的笑料。整个二十世纪中国评弹界，甚至一直到今天，要说起真正的"雅噱"二字，也只有他足以当得。因此，现在网上的灌水高手们如果要认师承的话，想必就是他了。比如"游殿"一折在说到罗汉堂中少了一尊罗汉时，被他解构成罗汉今天请病假了。再如破损的罗汉须重新装金，又被他噱称是"面孔上硬伤，送去美容了"，凡此种种，可略见他风格之一斑。

　　这里要提到的一个人物是当时的业界名家郭少雄，在黄沅一生中，这也是除老丈人江锡舟外，给予他帮助最大的一个人。假如说他生平在艺坛上的成功要拜此人所赐，也不算怎么夸张。郭少雄是那时俨然与苏州光裕社隐隐有分庭抗礼之势的上海润余社的核心人物，当黄沅最初应得意楼老板张老四之邀来沪演出，曾格于行规局限，无法登台，是郭少雄介绍他改拜上海名角谢鸿飞为师，出面解决了这一燃眉之急。随后又让他加入了自己的行会，这样，黄沅在上海的演出算有了组织的保护。

其中让他最为感动的一件事情发生在当年年底。在有着现在中央台春节联欢晚会般魅力和地位的汇泉楼年度书会上，每天一位，按序出场的七位全国顶尖名角中，郭少雄担负着最重要的角色——作为最后一天演出的终场压轴。但他临时做出一项决定，极力说服老板把自己的位置让给了黄沅。为了消除后者内心的担忧，郭少雄承诺自己会天天到场，坐在台下观众席上，以便黄沅的演出一旦出现什么意外，可以立即上台替代他。可以想象一位担纲春节晚会压台节目的演员，该是怎样的威风和知名度！黄沅很快成为那年评弹界最耀眼的一颗明星，在全国迅速走红，社会各界对他也都是好评如潮，叹赏不已。

这以后黄沅的日子似乎越来越风光，次年等他再度应无锡方面盛情邀请前往献艺，那场面就更壮观了，报纸连篇累牍发表有关这位头牌明星的报道，杂志出版了包括他的名作《西厢记》在内的作品专号《沉醉东风集》。而新作《赛金花》则同时由当地报纸开始连载，一时好评如潮。同期刊出的包括《江东日报》主编沙仲虎在内的社会各界名流文章，对他的艺术才华和品格均予以了极高评价。杂志首页还刊有黄沅的画像，配上了他自己的题诗"书生弄笔非今日，长啸一声拔剑歌"，下署丙子（1936）冬日，钤白文小方印"陶然"。诗中所透出的勃勃英气，自然与其时渐渐吃紧的战争氛围有关。我们知道，一本地方上的文学杂志为优秀作家出版专号，当然是可以理解的事情，但用来集中刊印一个评弹艺人的唱本，可谓从所未有。这同时也表明，在文化界人士眼里看来，黄沅为演出撰写的那些戏本，因其格调的优雅，语言的诗化，完全可以纳入文学的范畴。年底，一位著名女性工作者兼传奇人物赛金花在北京去世，与曾朴小说《孽海花》和刘半农汇辑史料的《赛金花本事》不同，他带有明显个人风格的悼念方式是创作了弹词开篇《赛金花》，大公子黄东井先生在邮件里告诉我："开篇，听父亲讲过，十四则开篇，是为纪念赛金花而作，从获悉赛金花病逝起，连续十四天，每天一则，登于《无锡日报》，曾轰动一时，父亲也颇为得意。"

八、陈巨来

截至此时，黄沅正处于一生中最光彩的阶段，凡一个成名艺人所能享受到的荣誉，他都享受到了。到处是鲜花和掌声，江南各大书场向他发出演出邀请，电台报纸记者追逐着采访，圈子内外几乎没有不知道他的人。尤其是那些眼光更刁、耳朵更灵的社会名流，对他的价值和功力或许更能鉴识。其中陈巨来晚年还在《万象》上写文章回忆他，称他真正崭露头角要到一九三七年，即含有以前的名气不算什么，只有在上海的走红才能作为衡量标准的意思。此外他还为我们描述了抗战最初几年黄沅的生活情景：战火纷飞，全家逃难，先是两手空空流落近郊一个小县城，因欠下旅店房租无法偿还，不得已重操旧业，以流浪艺人的身份在街头卖唱。后来重返日伪时期的沪上做孤岛艺术家，成为彼时最高档、拥有长帆布靠榻式软座的沧州书场的台柱，"那时余为沧州一霸，介绍名女人如吕美英等特多，由（有）九十几听客，造成满座，异庵又大响档，于是主人茶房头头等等向余及黄要求少放噱头，'帮帮忙，帮帮忙'，不已而已"。意思是黄沅所向披靡的风头令其他书场黯然失色，不得已想出试图通过陈巨来的影响力叫黄沅本事不要全部用足、让他们也能有口饭吃的歪点子来，也算是民国奇闻或艺坛逸事了。

陈巨来是民国时期国内知名的金石大家和社会贤达，但此外还有个特殊身份即有名的超级评弹票友。包括后来的辞世，也是在上海大华书场的座间，这是黄沅的弟子冯筱庆先生亲口告诉我的。此人年龄略长于黄沅，浙江平湖宦家子弟，少年时期投浙派金石大师赵叔孺门下，又为文坛遗老况颐周快婿，得其亲授诗学。后到上海发展，住在汪精卫住过的豪宅里，与吴湖帆、张大千、谢稚柳等交游，声望地位日隆，应该不亚于现在的程十发、吴宗锡辈吧？他跟黄沅结识的媒介应该就是折扇加弦子，讲得确切点不过是当初黄沅的众多粉丝之一，而黄沅对他的篆艺碰巧也心仪得很，彼此惺惺相惜，友情长达三十余年之久——至少一九七七年黄沅复出后至沪探望与前妻所生之女儿，曾应邀在马当路大华书场下午档试演尚未脱稿的新作《红楼梦》，在场友人中就有他和周汝昌。演出好像并不是很成功，因其时战鼓和语录歌尚余音袅袅，而听众的欣赏水准也大异于他成名的那个年代，周汝昌后来赠诗有云"喉韵弦音总是情，自家拨尽一声声。还为阳春伤和寡，滔滔瓦釜正雷鸣"，当即为此事而发。

陈先生文章里谈到的另一件事也很重要，在涉及黄沅个人的私生活时，有"长大后娶名画家江寒汀之妹为妻"之记载，且以肯定的语气称此次婚姻没能维持多久，他的妻子即"以黄贫困，即另嫁人了"。江寒汀是苏州常熟人，二十世纪著名海派书画家，即幼时将黄沅从太仓带走的江锡舟之长子，他的妹妹，自然就是江锡舟的女儿了。虽无法得知具体结婚日期，但从时间上分析，应该发生在黄沅拜王耕香为师学唱评弹之后，而结束于无锡控江楼的首次成功演出之前。也就是说，为黄沅十八岁至二十岁之间的事。因有人写文章称岳父江锡舟对他想学评弹并不持反对态度，反买了三弦送给他，可见其时婚姻关系尚好。而无锡首场演出成功以后，黄沅在经济上应该已渐能立足，并随着名气的增大日子越来越好过，妻子离去另嫁的原因既为贫穷，则自然当在成名以前。另外也是据冯筱庆先生相告，师傅一生有过四位妻子，"二十岁左右第二次到上海系为情所迷，与一风尘女子相好"。则一为成名前贫穷夫妻百事哀而离去，一为成名后乱花渐欲迷人眼而生情，两者之间应该没有因果关系。

九、六艺词客

行文至此，再粗心的读者想必也已能猜到，这里说的这位上世纪中国评弹界的明星人物，与本书开头提到的那位神秘手稿的作者，实际上就是同一个人。必须申明的是，这绝非作者故意要卖关子，而是他一生中使用的艺名笔名之类——用现在的话来说叫马甲——换得也实在过于频繁。从最初时的易安、怡庵，到青年时期的异庵、怡安，再到中年时期的怡盦、异盦。此外还要加上那些阶段性使用的字号，什么冠群、陶然、放慵、了翁、六艺词客、四海老人，数量多得恐怕连他自己也弄不清楚。这种汉语所独具的同音异字、一音多义的特色，虽令醉心于语言生活的旧时代文人一个个趋之若鹜，玩得不亦乐乎，但对于后世研究者却无异是灾难性的。也就是说，当事人兴头上来之际多玩上一把，相当于给后来研究他们的人多设置了一重障碍。当然，相比柳亚子和鲁迅一生用过的别名都有一百多个，黄沅还不算是其中最厉害的，而且亦非全然出自语言游戏，大多或自有深意在焉。但除非你有未卜先知的能力，否则要弄清怡盦与易安、或放慵和四海老人之间的关系，真是谈何容易。

这里要特别感谢伟大的互联网，说起来，在对手稿进行考证的过程中，一批民国中后期的著名书法家，包括这位六艺词客黄异庵先生在内，一度也都进入过我的视线，但仅仅只是怀疑书法风格上的某种相似，拿不出确凿的有说服力的证据来。最终帮助我解开谜题则得益于网上结识的一位朋友。说来也巧，这位朋友恰恰正是他移居国外的二公子黄东山先生。说起我们最初的相识过程也富有浪漫色彩，记得是某个沮丧之极的深夜，在又一次的搜寻失败后，我对着摊在桌面的稿本，茫然无绪，后来实在无聊只好又到网上去逛，偶然闯入某博客内，见有一帮人在纵论书画金石，而博主乘兴贴出几方印章称是先父遗刻，由于印文用的都是宋词，偶然记起前几天看到过的有个叫黄昪庵的弹词艺人，其晚年力作《百词印谱》文句集的好像也是宋词，心中不禁一动，于是花上半宵功夫将博客翻了个底朝天，感觉此人与我正在找的人之间应该有着极深的关系。于是就在博客留言，并很快得到答复。事情最后的解决就是如此的得来全不费功夫，这是我的意外幸运，或许是命运对我一番苦心孤诣、悉心寻访的某种补偿？

十、名满东南

黄昪庵二十世纪四十年代后期的生活在后人回忆中同样语焉不详，相比他的青少年时期，留下来可知佐证的身世资料甚至更少。但至少可以肯定的是，这位旧中国二十年代的少年天才书法家、三十年代的曲艺明星，进入到四十年代以后，因学问功夫的深厚和艺术的精湛，已俨然跻身当地文化名流之列。此人对二十世纪评弹界的意义，往大处说，可比之龚自珍之于晚清诗坛，一种整体格局上的创新和拓展。说得小一点的话，也是业界为数不多的有自己独特气质的艺术家。包括平时交往的朋友，也大多是文化圈子里的知名人物。宋文治为他画《古干虚亭图》，上面又有陆俨少的行书题跋，录姜白石杏花矢影词，题款一个称"吾兄"，一个称"道兄"，关系瞧上去亲密得很。另陆俨少的《松隐庐》长卷为中年时期名作，该卷由吴湖帆引首，沈尹默、邓散木、白蕉、叶恭绰、徐邦达、启功等名家题跋。而在这中间，我们很容易地也能找到这位异庵先生的名字。

战后的某个时期——即手稿本问世前后——由于长了黄东井出生所加大的经济上的压力，生活一度可能比较潦倒，不知道那些年月他是怎样熬过来的，但艺术追求却从未放弃过。这方面西泠印社二〇〇六年秋季大型艺术品拍卖会展出的设色成扇《湖甸小景》，可以为我们透露一点有关他的信息。该拍品正面为前妻之兄江寒汀擅长的花鸟，背面棣书七言绝句即黄沅所书，诗云："青山眉黛得天工，晓镜妆台日景红。卷起珠帘看沧海，不胜情思倚东风。"下署戊子重九，则为一九四八年深秋。诗情豪迈，内力丰厚，可知状态不错。从题记所叙内容也可得知，当初两人结伴从苏州启程去黄大痴旧居游玩，下榻当地名士沈泽周沧溟水榭，"承主人设宴款客，席间都系上宾，谈吐生风，极一时之乐"。大痴是元代画家黄公望的别号，此人虽因父母双亡，从小被过继给平阳黄氏，中年盛名时期住在松江、殁后葬在杭州，出生地却为江苏常熟，现在那里著名的虞山西麓小石洞尚有他的墓地祠堂存焉。因此，这里说的旧居，其所在地虽然不能排除平阳与杭州，但指常熟的可能性应该更大一些。这件作品背后透露出的信息是，当时黄沅的妻子，也就是江寒汀的妹妹尽管早已离开了他，与江家的关系却依然保持良好，这显然跟江锡舟先生在他生命中的意义和分量有直接的关系。此人不仅为他天赋最早的赏识者，甚至还把自己心爱的女儿也嫁给了他。可以认为，没有当年太仓街头的惊鸿一瞥，有幸结缘，作为小镇酱油店小老板儿子的黄沅，一生极有可能就是另外的一个样子。

直到目前为止，在同时代师友的回忆或后辈同行敬仰的目光中，他惊人的才华，他的立身谨严、谈吐风雅，依然是让人感兴趣的话题，但这并不影响他同时也是一个可塑性很强的人，因前者指他的精神品格，后者指他世俗中的形象。现在还在想起他、谈论他的那些人，虽然所持大多为个人视角，但至少在一点上能产生共识，都认为此人是个浑身上下散发出真性情，让人一见就能喜欢上的人。一则故事说他某年春节在居所附近的黄鹂坊桥边小酒店独酌，一边喝一边随手打个灯谜让伙计猜，即以桌上的油氽臭豆腐干为谜面，要求打三个古人名，还规定必须是粉面格。这么难的玩意，让几个跑堂的哪能猜得出啊？结果谜底还是他自己抖开的，叫作：黄盖、李白、文丑。有时喝得兴头之际，还会主动在酒桌上吊起嗓子来一段他的拿手戏《西厢·酬简》，算是送戏进社区，主动为广大人民群众服务，活脱脱一个转世的平民风格的金圣叹。当然，几天后当你在另外场合看到他，比如名流聚会、募捐义演或政府高官的宴会上，可能就是另一番法度森严、谈吐风雅的气象了。

十一、革命时代的才子

一九四九年的政权更迭，拉开了黄异庵颇不平静的下半生的序幕。跟当时大多数文艺界人士一样，他也从最初时的观望、犹豫、进退两难，到很快成为新政府的热情拥戴者。毕竟共和国成立最初几年的气象，令国人深感振奋和向往。当时三十六岁的黄沅正处于自己艺术的巅峰时期，同年稍后他在常熟花园饭店开说《文征明》，新老听众趋之若鹜，一如既往地每天赶来捧场。这时发生了一件很奇怪的事情，剧场方突然提出希望他能编一部以李自成造反为题材的新书，心中毫无准备的黄沅最初的反应是拒绝，但他很快辨析出其中的微妙，仔细想想也是，一个以赢利为唯一追求的书场老板，能请到他这样当红的大牌明星来挂牌，按理说连巴结都来不及，又焉敢指手画脚点名要他写什么新戏？想到了这一层以后，他很快改变主意，将事情承揽了下来。

整个创作过程颇具传奇性，剧场外面，由于场东早早贴出了耸人听闻的预告，资深听客们闻讯后群情鼎沸，纷纷盼望能早日欣赏到这部大戏。剧场里面，创作者破釜沉舟，不让自己有任何退路，没日没夜地在房间里埋头苦干，或伏案查阅资料，或奋笔挥毫疾书。晚年也终成一代名师的评弹艺人杨仁麟当时正好有事也在那里，后来他在《书迷少年书坛梦》一文里回忆，称自己"亲眼看他新编《李闯王》，每天清晨手执狼毫，伏案疾书一写就十几页，然后把编好的唱词轻轻反复背诵，又琢磨角色官白，真是全神贯注。可是在台上熟练生动，丝毫听不出是现吃现吐的生书"。考虑到杨仁麟在曲艺界的地位和身份，这样的描述应该可信。

半个月以后，黄沅略带几分憔悴的身影出现在剧场门口，向熟悉的老听众们频频打招呼，这个动作意味着手头的剧本已经顺利脱稿。当天晚上进行的首场演出显得相当成功，台下掌声雷动不说，更难得的是方方面面对此都予以了好评。作为其中的八卦，黄沅闭门创作期间生活上的秘密据说是每天都要吃一只鸡，抽一包烟，以确保精力的充沛，而写作策略上的表现同样也可圈可点，比如凡正史野史里对剧中主角有诋毁的地方，能处理的都被他尽量处理了，虽不致于反其道而行之，把白的说成黑的、黑的说成白的，但对那位历史上的草莽英雄，晚明史局中的乱世魔王，极尽所能要求自己从正面去理解，去把握，这一点也毋庸讳言，何况这方面自有郭沫若的《甲申三百年祭》作俑在先，也不能把账都算到他的头上。由于这部戏的脱稿时间为一九四九年五月，这样，无意中也就成为整个评弹界解放后创作的第一部新戏。

十二、颠峰，低谷

以后的日子似乎更加风光，首先是作为苏州评弹团前身的"新评弹实验工作团"在一九五一年的成立，其中的核心人物为潘伯鹰、曹汉昌等人。黄沅的名字没有出现在剧团主创人员名单上并不奇怪，实际上他担任了当时更重要的光裕社的主要领导人。这一有着悠久历史，被视为业界灵魂的行业机构那时刚刚开始恢复工作，黄沅在首届选举中即以他的知名度和良好人缘被选为负责行政事务的副主席。次年苏州评弹团正式宣告成立以后，培养演员、整理剧本、创作新戏等，全由他领头筹划，更是忙得一塌糊涂，估计连那一手漂亮的行草也不大有空写了。是年上海评弹界举办书会摆下擂台，邀兄弟省市的同行们一显身手，规定只能以新创作的剧本参加比赛。考虑黄沉一时脱不开身，有关方面领导推荐另一评弹名家杨震新参赛。杨震新因手边没有新戏而发愁，黄沉得悉后毫不犹豫将自己的得意之作《李闯王》给了他，结果在舞台上大出风头，夺得此次竞赛状元回来；而作为剧本原创者的黄沉，同时也获得新书创作一等奖的荣誉。或许正因为如此，后来黄沉不幸落难吃官司时候，领导也没忘记这位叫杨震新的，安排他搭便车，真可谓是荣辱与共了。

更大的荣誉其实在此以前已经笼罩到了他的头上，一九五〇年十一月，第一届全国戏曲改革工作会议在首都北京召开，整个华东地区十余个剧种，数千名演员，代表名额总共只有极珍贵的四名，而其中有一名就是弹词名家黄异庵。作为后来流传颇广的会议期间的一个插曲，当时周恩来代表毛泽东看望与会的艺术家们，同时传达了这样一个信息：采访会议的塔斯社记者急需一首以抗美援朝为题材的诗歌，打算配合相关报道在《真理报》上发表。站在周恩来旁边的田汉大声问："有谁能作诗？"黄沉表示自己正好有一首现成的，并当场拿了出来。田汉匆匆看后认为写得相当不错。次日又向他转达了周恩来的意见，兴冲冲地告诉他说，"总理讲这首诗写得很好，黄异庵是个评弹才子。"

事情的整个经过看来就是这样，据现在所能找到的当事人的回忆，发生过程、引述原话或略有出入，主要事实部分基本都保持了一致，只不过把闻讯当场逞技吟就的诗，说成是正好有一首现成的，语言策略而已。具体写得如何，能否体现他的艺术功底和水准，不得而知，但纯粹站在创作者的立场上来看问题，自己写出的作品能得到他人赞誉，怎么说也是件令人高兴的事情，何况这称誉还来自国家最高领导层。因在当初的历史背景下，按一般世俗理解，这类偶然的、充满戏剧性的事件，常常意味着此后个人政治生命的风云际会和飞黄腾达，比如上级提拔、同行看重、朋友尊仰。即便黄沅生平于这方面再愚钝，想必也不会完全不懂，事实上稍后一项上海评弹协会主席的官帽已在等着他了……如果他的想象力够大，胆子也够大的话，甚至没什么是不可能的。

　　然而让人始料未及的是，北京之行的风光，对黄沅产生的正面影响至今不见有人述及，相反，他后半辈子令人扼腕的苦难经历，却与此事有着直接或间接的关系。或者说，古语所谓"成也萧何，败也萧何"，到他那里就变成为是"成事不足，败事有余"了。一种普遍流传的解释是，此后黄沅开始骄傲起来，目空一切，对同行中人多有得罪，在后来的运动中被人整了，包括郑逸梅、董桥等人所持的都是这种观点。也有人认为是妒忌他天才的人借运动之机联手陷害他，陈巨来更明指为"苏州上海两个评弹团合力陷之"。事情真相究竟如何，因部分当事人尚在世在位，很难指望能得到彻底的澄清，但一个文化人如日中天的艺术生命，就这样突然宣告夭折，并从此一蹶不振，甚至身陷囹圄，发配青海……多年后，当历经劳改、流放等苦难生涯的黄沅被允许回苏州居住，尽管那时已是人书俱老、万事皆空的风烛残年，但只要有人向他提及此事，依然是一声长叹，两行清泪，胸中耿耿，不能尽释。在一首题为《咏鸦》的古风中，他借题发挥，依稀透露出几分当年的获罪因由，其中有云："鹊鹊鹊，鸦鸦鸦，各有所司两不差。天下乌鸦一般黑，鸦自不知身何色。有意直言来报忧，竟成破坏罪应得。狂飙铩羽有谁怜，群鹊高飞声满天。从此只闻鹊报喜，更无鸦鸣三十年。三十年，亦草草，乌鸦不乌头白了……"言词沉痛，几令人不忍卒读。当年郑板桥题八大山人画卷，称"横涂竖抹千千幅，墨点无多泪点多"，没想到放在两个世纪后的黄异庵身上同样也很适用，或许，这就是中国文人星移斗转也改变不了的集体宿命？

（作者附记：原拟写出完整传记，因故未果，存此以作纪念。篇名借用周汝昌赠诗《贺从艺七十年盛会七绝四首之二》："斜阳生柳忆前贤，总把歌词当史篇。弦索铿锵谁最似，江南花落李龟年。"）

二〇〇九年

到底发生了什么，重要吗

宗仁发

　　现在想来，我是一下子被柯平的《吴山恨事》给震住了。像柯平这样渊博的诗人恐怕并不多，尽管在获取信息十分便利的今天，有知识好像已显得不那么重要了，但我仍是对学富五车的人有崇拜感。或许这个在我身上根深蒂固的东西，源于我的青少年时期无书可读，后来怎么补也抵消不掉阅读的饥饿感。回忆几十年前的往事时，我总愿意提起的是我曾在一所大专学校里，当过一任图书馆长。那段时光，或许是我人生梦幻式的岁月。当然，我知道，喜欢书和有知识之间没什么必然联系。彼特拉克说过："我的图书室是充满学问的，尽管它属于一个没学问的人。"但更多的例子似乎还是告诉我们，渊博肯定是来自读书。布鲁姆在《西方正典》中谈到伍尔夫的时候，关注的正是她在女性写作中的一个因素——即她对阅读超乎寻常的热爱与捍卫。一个诗人居然能写涉及这样复杂知识的文章，这是我一看到《吴山恨事》就被吸引的主要原因。如果这是一个历史学家写的文章，我可能就会忽略过去。也就是说，自己是受好奇心驱使，跟着诗人柯平在《吴山恨事》中游览了一番。

　　《吴山恨事》是一篇"大散文"，篇幅长达三万多字，时间跨度是从春秋战国一直写到当下，牵涉到的历史人物、典籍、民间传说举不胜举，但这些也许都不是衡量是不是"大散文"的主要因素。大散文应该是不像散文的散文，一不像了，就拓宽了小散文的局限。多年倡导大散文的《美文》主编贾平凹说："所以十多年来，我们拒绝那些政治概念化的作品，拒绝那些小感觉小感情的作品，而尽量约一些从事别的艺术门类的人的文章，大量地发了小说家、诗人、学者所写的散文，而且将一些有内容又写得好的信件、日记、序跋、导演阐述、碑文、诊断书、鉴定书、演讲稿等等，甚至笔记、留言也发表。""现在的情况也是这样，一些并不专门以写散文为职业的人写出的散文特别好，我读到杨振宁的散文，他写得好。季羡林先生散文写得好，就说余秋雨先生，他也不是以写散文为职业的。"这样说来，柯平写出《吴山恨事》似乎又属情理之中了。仔细想想，如果对散文的文体界定持开放的态度，就完全能够发现更多不像散文的好散文。在中国的传统典籍中文史不分家是不争的实情，《史记》既是"史家之绝唱"，同时也是"无韵之《离骚》"。胡适的弟子、被称为"历史的说书人"的唐德刚在今天也依然坚持"写历史必须用文学来写"的理念。从这个意义上看，《吴山恨事》便是一篇文学和历史相融合的作品。它与一般写历史的文章不同之处在于它抛弃了那种历史学者的职业行文规矩，也没有背上要完成个什么项目的包袱，只是觉得这个话题里充满谜团，写写好玩。无心插柳柳成荫，这种无功利的心态，恰是出好文章的前提。

当然，写《吴山恨事》也是有动机的，那就是作者要搞清楚，本来建在水边上的伍子胥庙是怎么跑到今天杭州西湖边吴山顶上的。为此，作者在卷帙浩繁的资料中细心梳理，追根溯源，条分缕析。从吴越之间的历史说起，把伍子胥和夫差的龃龉及伍子胥之死的主线理出来，将最早建的伍子胥庙的位置考证准确，然后再将为什么越地作为吴地的敌对区会给主张彻底灭越的伍子胥建庙弄明白，等等。我这样转述《吴山恨事》，恐怕没读过此篇文章的人以为这也没什么啊，挺简单的事嘛。我相信你若看了文章就不会这样认为了。柯平在解决这些问题时遇到的障碍真是太多了，有山川地貌的自然和人为变迁，有历史记载的缺失、混乱，也有写史的人故意篡改事实，还有权力在历史中的干预，可以说是迷雾重重。作者建立《吴山恨事》的过程，又一次印证了杜威所说的"历史无法逃避其本身的进程"，它将一直被人们重写，随着新的当前的出现，过去就成了一种不同的当前的过去。

话说回来，柯平的《吴山恨事》不是历史学的论文，它作为一篇"大散文"存在必须以文学性作为支撑。也就是说要找到《吴山恨事》的魅力所在才是欣赏它的根本。但有些缠来绕去的是怎么说《吴山恨事》也和历史的各种纠葛分不开。说得再彻底些，《吴山恨事》的姓"文"不姓"史"，恰恰完全依赖于茨威格所说的历史本身——"历史是真正的诗人和戏剧家，任何一个作家都甭想去超过它。"也就是说在歌德曾怀着敬意把历史称为"上帝的神秘作坊"里本身就隐含着故事性和趣味性。但这种隐含的故事性和趣味性绝非自动呈现出来的，而是需要作家用"建构的想象力"去发现和寻找的。怀特在《作为文学虚构的历史文本》一文中讲得十分透彻，他说："已故的柯林伍德认为一个历史学家首先是一个讲故事者。他提议历史学家的敏感性在于从一连串的'事实'中制造出一个可信的故事的能力之中，这些'事实'在其未经过筛选的形式中毫无意义。历史学家在努力使支离破碎和不完整的历史材料产生意思时，必须要借用柯林伍德所说的'建构的想象力'，这种想象力帮助历史学家——如同想象力帮助精明能干的侦探一样——利用现有的事实和提出正确的问题来找出'到底发生了什么'……柯林伍德把历史学家的这种敏感性称为对事实中存在的'故事'或对被埋藏在'明显的'故事里面或下面的'真正的'故事的嗅觉。他得出结论，当历史学家成功地发现历史事实中隐含的故事时，他们便为历史事实提供了可行的解释。"在谈到历史和文学的关系时，怀特说："事实上，历史——随着时间而进展的真正的世界——是按照诗人或小说家所描写的那样使人理解的，历史把原来看起来似乎是成问题和神秘的东西变成可以理解和令人熟悉的模式。不管我们把世界看成是真实的还是想象的，解释世界的方式都是一样。"

值得注意的是《吴山恨事》在解开伍子胥在越地被奉为神而祭拜之谜时，较为详尽地把伍子胥死后的无头尸身被装进皮囊，扔进江中与钱塘大潮形成的原因的来龙去脉找到了。从这样一个联想链条考察，就能理解越国作为吴国的敌对国，人们为何要虔诚祭拜主张彻底消灭越国的主帅伍子胥。其实，这场造神运动主要是由民间力量完成的。柯平找到了东汉时上虞人王充在《论衡》中的说法："传言吴王夫差杀伍子胥，煮之于镬，乃以鸱夷橐投之于江。子胥恚恨，驱水为涛，以溺杀人。今时会稽、丹徒大江、钱塘浙江，皆立子胥之庙，盖欲慰其恨心，止其猛涛也。"王充认为："夫言吴王杀子胥，投之于江，实也。言其恨恚，驱水为涛者，虚也。"不管实虚，这场与水有关，与伍子胥之死有关的造神运动，一经开始就是无法遏止的。显然，并不局限于钱塘之浙江的人们在水边建庙，祭拜伍子胥，但由于钱塘大潮影响广泛，伍子胥的神话编入这个大广告之中，就愈演愈烈了。《钱塘记》说："朝暮再来，其声震怒，雷奔电走百余里。时有见子胥乘素车白马在潮头之中，因立庙以祀焉。"看来民间的造神和官方路数并不是一回事，官方看待伍子胥着眼于他的忠烈，而民间则是对这个横死的伍子胥心有恐惧，害怕他兴风作浪，殃及百姓。以这个角度看，官方觉得伍子胥庙在江水之畔与在吴山之巅是无所谓的，都不影响彰显伍子胥的忠烈光辉，而在民间其庙在哪则完全不同，只有在水边，甚至在怒潮的面前才能慰藉、安抚住这个"潮神"。伍子胥不是山神，在山上拜他是牛头不对马嘴的。

至于《吴山恨事》的主题，在我看来十分丰富、多向，作者也没有回避或有意省略关于伍子胥恶行的记载，如阖闾九年率吴师攻入楚国后，将仇人的尸体从坟中挖出来鞭打，这还不算，更让人难以接受的是，竟然会"令阖闾妻昭王夫人，伍胥、孙武、白喜亦妻子常、司马成之妻，以辱楚之君臣也"。对这样的行为，伍子胥居然还给定一个自己的逻辑为"吾日暮途穷，吾倒行逆施之"。只有这种对待历史人物的态度，才使《吴山恨事》尽可能通过"建构的想象力"，来还原历史，还原真实。

　　受柯平的考证癖传染，在读《吴山恨事》时，我不由自主地花费了不少时间去琢磨文中留下的一道作业题。说《吴越春秋》有这样一段记载："越王葬种于国之西山。葬一年，伍子胥从海上穿山胁而持种去，与之具浮于海。故前潮水潘侯者，伍子胥也；后重水者，大夫种也。"针对这段文字，柯平提出："至于潘侯的出处何在，伍子胥为什么会被称作潘侯，因史料匮乏，钩稽无术，只好姑存之以俟高明了。"开始看到这个问题，觉得柯平是不是被《汉书地理志》说的"萧山，潘水所出。东入海"把思路给带跑了。按上下文的关系来推断，"前潮水潘侯者"和"后重水者"都是在说潮水吧，这个"潘侯"似乎不应该是个名词，这样伍子胥也不存在为什么被称作"潘侯"的问题了。为回答这个疑问，我在刘玉才的《吴越春秋选译》（巴蜀书社，1991年出版）的注释中找到了一个答案。刘玉才的注释说："潘侯"是指旋转的水流，"潘"通"蟠"也。兴奋之余，回头想想，这个说法恐也未必服人。如果把"潘侯"与传说中的波涛之神"阳侯"按一个思路想，也可能是对的。唐传奇《灵应传》中就有把伍子胥和阳侯并称的句子："鼓子胥之波涛，显阳侯之鬼怪。"再若从古代水神分片管辖的角度考虑，"潘侯"莫不是管潘水的神，也未可知。这是我读《吴山恨事》时的一段走神，一通胡思乱想，柯平先生见笑了。